*Im Knaur Taschenbuch Verlag ist bereits
folgendes Buch des Autors erschienen:*
Crime Machine

Über den Autor:
Howard Linskey, geboren 1967 in Ferryhill in der nordenglischen Grafschaft Durham, hat schon als Barkeeper, Catering Manager und Marketing Manager gearbeitet sowie als Journalist. Er schreibt für verschiedene britische Tageszeitungen, Zeitschriften und Websites. Mit seiner Familie lebt er in Hertfordshire nördlich von London. Sein Debüt *Crime Machine* wurde von der Kritik in Großbritannien, den USA und Deutschland hoch gelobt.
Weitere Informationen unter www.howardlinskey.com

Howard Linskey

Gangland

Thriller

Aus dem Englischen
von Conny Lösch

Die englische Originalausgabe erschien 2012 unter dem Titel
»The Damage« bei No Exit Press, Harpenden, Großbritannien.

Besuchen Sie uns im Internet:
www.knaur.de

Deutsche Erstausgabe Juli 2014
Knaur Taschenbuch
© 2012 Howard Linskey
Für die deutschsprachige Ausgabe:
© 2014 Knaur Taschenbuch. Ein Unternehmen der Droemerschen
Verlagsanstalt Th. Knaur Nachf. GmbH & Co. KG, München.
Alle Rechte vorbehalten. Das Werk darf – auch teilweise –
nur mit Genehmigung des Verlags wiedergegeben werden.
Redaktion: Ilse Wagner
Umschlaggestaltung: ZERO Werbeagentur, München
Umschlagabbildung: plainpicture/Bildhuset/Johan Strindberg;
FinePic®, München
Satz: Adobe InDesign im Verlag
Druck und Bindung: CPI books GmbH, Leck
ISBN 978-3-426-51397-2

2 4 5 3 1

Für Erin & Alison, wie es sich gehört.

Prolog

Glasgow

Die Leiche saß aufrecht auf einer Parkbank. Den Kopf im Nacken, die Arme weit ausgebreitet, als hätte das Opfer vor dem tödlichen Treffer noch schnell jemanden umarmen wollen. Die Kugel war durch das weiche Gewebe des rechten Auges gedrungen, hatte das Gesicht ansonsten aber unversehrt gelassen. Wäre das dunkle blutige Loch nicht gewesen – dort, wo einst der Augapfel saß –, hätte man glauben können, der Mann würde ein Schläfchen halten. Von hinten bot sich allerdings ein anderes Bild. Das großkalibrige Geschoss war auf wenig Widerstand gestoßen und hatte den Schädel des Mannes durchschlagen, ihm den Hinterkopf weggerissen, ebenso wie einen Großteil seines Gehirns. Die Austrittswunde war eine klaffende, matschige und blutige Schweinerei von der Größe einer Grapefruit.
Die Detective Constables Jason Narey und Eamon Walker waren die ersten Polizisten am Tatort, und Narey schreckte zurück, als er das Ausmaß der Verwüstung erkannte. Das einzig Positive an dieser Art zu sterben war, dass man absolut nichts davon mitbekam, überlegte Narey. Eben war man noch quietschlebendig und in der nächsten Sekunde schon tot, schneller als ein Fingerschnippen ging das.
Ein seltsamer Anblick. Die meisten Erschossenen lagen auf

dem Boden. Dieser hier saß noch auf der Holzbank, auf der er gesessen hatte, als die Kugel ihn erwischte und alle um ihn herum hysterisch kreischend aus dem Park gerannt waren. Jemand hatte die Geistesgegenwart besessen, umgehend die Strathclyde Police zu verständigen und zu melden, dass der Sandyhills Sniper erneut zugeschlagen hatte. Wie es der Zufall wollte, waren Walker und Narey in der Nähe, gingen einer Spur in einem anderen Fall nach, waren daher als Erste am Tatort. Und soweit Narey erkennen konnte, gab es hier nichts, was der Einschätzung des Anrufers widersprach. Alles wies darauf hin, dass der gesuchte Heckenschütze hinter dem Mord steckte.

Der städtische Park war jetzt, abgesehen von den beiden Beamten und dem Ermordeten, gespenstisch leer. Die Detectives hatten sich zunächst nur sehr vorsichtig genähert, obwohl sie wussten, dass der Mörder längst weg sein musste. Das war die typische Vorgehensweise des Sandyhills Sniper. Er legte sich auf die Lauer, wählte ein Ziel in der Ferne, vorzugsweise jemanden in einer Menschenmenge, um maximale Hysterie auszulösen, dann schlug er zu. Drei Morde an anscheinend willkürlich gewählten und vollkommen unschuldigen Opfern hatte er bereits auf dem Gewissen. Kaum war der Schuss gefallen, löste sich der Sniper in Luft auf, hinterließ keinerlei verwertbare Spuren, nicht einmal eine leere Patronenhülse. Das einzige echte Beweismittel war die Kugel selbst, die den Körper des Opfers jedes Mal wieder verließ und im nächstbesten soliden Gegenstand stecken blieb.

Die Kollegen von der Ballistik hatten bei den früheren Tötungsdelikten 308er Munition sichergestellt, und Narey hatte keinen Anlass, daran zu zweifeln, dass ein entsprechendes Kaliber im Gestrüpp unweit dieses armen Teufels gefunden werden würde.

Beide Männer hatten bereits einen flüchtigen Blick auf das Opfer geworfen, und man musste nicht Medizin studiert haben, um zu erkennen, dass ihm nicht mehr zu helfen war. Sie zogen sich also zurück, blieben mit einigem Abstand jeweils auf einer Seite der Leiche stehen, um den Tatort vor nervigen Passanten und profilierungssüchtigen Journalisten abzuschirmen, bis die Kollegen von der Spurensicherung eintreffen würden.
Narey hatte eine Stelle zwischen ein paar Bäumen gewählt, nur für alle Fälle. Der Sniper mochte zwar längst weg sein, aber zwölf Jahre Polizeidienst hatten ihn Vorsicht gelehrt. Von seinem Beobachtungsposten aus hatte Narey das Opfer bestens im Blick. Der Tote sah aus, als würde er einen Rausch ausschlafen, aber die gallertartige Hirnmasse, die an der Mauer hinter ihm klebte, erzählte eine andere Geschichte.
»Arme Sau«, sagte Narey.
»Ich möchte nicht in der Haut desjenigen stecken, der das sauber machen muss«, rief Walker von seinem Posten auf der anderen Seite der Freifläche herüber, »jedenfalls hat sich die arme Sau den falschen Tag für einen Spaziergang im Park ausgesucht.«
Dem konnte Narey nicht widersprechen. Wäre der Mann an jenem Nachmittag zu Hause geblieben oder einkaufen gegangen, wäre er jetzt noch am Leben, denn das vorliegende Verbrechen hätte kaum willkürlicher sein können.
Der Mann auf der Bank sah aus wie Anfang vierzig, wirkte für diesen Teil Glasgows auch einigermaßen seriös, war in T-Shirt und Armeehose aber lässig gekleidet.
Narey fragte sich, ob der Tote eine Frau hatte. Wahrscheinlich auch Kinder und Freunde, Kollegen, Kneipenkumpels, und alle würden sie vor Schreck erstarren, wenn sie erfuh-

ren, was ihm zugestoßen war. Er hatte das Pech, das vierte, vollkommen beliebige Opfer des Sandyhills Sniper zu sein. Die unmotivierten Morde an wahllos ausgesuchten Opfern hatten Glasgow in eine Art Schockstarre versetzt. Die Menschen fürchteten sich, auf die Straße zu gehen oder zur Arbeit zu erscheinen, und sogar die Kneipen hatten Umsatzeinbußen zu verzeichnen.

Die Presse stocherte wie immer in offenen Wunden: »Polizei ratlos« war noch eine der freundlicheren Schlagzeilen gewesen, gefolgt von der Unterüberschrift »Kriminalbeamte schließen weitere Morde nicht aus«. Als ließen sich Morde überhaupt je ausschließen. Und jetzt gab es ein viertes Opfer, ein gefundenes Fressen für die Boulevardblätter. Scheißjournalisten, etwas Besseres, als sich lustig zu machen, fiel denen nicht ein. Am liebsten würde er sie selbst auf die Suche nach dem Täter ansetzen, mal sehen, wie weit sie kämen. Keinen blassen Schimmer hätten die, keiner von denen.

Alle hatten eine Heidenangst vor diesem Killer, schon deshalb, weil es wirklich jeden treffen konnte. Dem Sniper war es egal, wen er tötete. Zuerst hatte es einen Lkw-Fahrer erwischt, der an einer gut besuchten Tankstelle in Sandyhills getankt hatte, weshalb die Presse den Killer »Sandyhills Sniper« taufte, obwohl er sich anschließend auch Opfer in anderen Stadtteilen suchte. Als Nächstes war eine Geschäftsfrau mittleren Alters erschossen worden, die zu Fuß in der abendlichen Rushhour nach Hause geeilt war, wenig später musste ein junger Mann dran glauben, der mit seinem Fahrrad unterwegs war, um sich seine Prüfungsergebnisse abzuholen; natürlich hatte er ausschließlich beste Noten gehabt, worauf die Presse voll abgefahren war. Und jetzt dieser hier, das vierte Opfer in zehn Tagen; ein armer, harmloser Mann, der an einem Sonntagnachmittag im Park spazieren ging.

Gott sei Dank hatte McGregor den Fall übernommen. Nareys Chef, der legendäre Detective Chief Inspector Robert McGregor, hatte bereits eine Theorie. Er war der Ansicht, der Täter kopiere die Mordserie des Beltway Sniper von 2002. Damals hatte ein Irrer namens John Allen Muhammad dreizehn vom Pech verfolgte, arme Seelen in Washington und Virginia wahllos niedergeschossen. »Wir haben es definitiv mit einem Nachahmungstäter zu tun«, hatte DCI McGregor, kurz nachdem das zweite Mordopfer eindeutig identifiziert worden war, vor den versammelten Detectives verkündet, und sie hatten an seinen Lippen gehangen.

Zumindest waren die Verantwortlichen vernünftig genug, ihren besten Mann auf den Fall anzusetzen, was bedeutete, dass McGregor vorübergehend von den Glasgower Bandenmorden abgezogen werden musste. Alle wussten, dass McGregor den Fall haben wollte. Obwohl er sich nach seiner Rückkehr aus London, wo er sich auf organisiertes Verbrechen spezialisiert hatte, auch in seiner Heimatstadt der Bandenkriminalität annehmen wollte, war er wirklich scharf darauf gewesen, diesen Fall übernehmen und abschließen zu dürfen: »Wir werden ihn lösen«, versicherte er den Beamten im Besprechungszimmer.

Und jetzt kam er entschlossenen Schrittes den Abhang herunter auf seine Kollegen zu. Man konnte sich stets darauf verlassen, dass McGregor noch vor der Spurensicherung am Tatort eintraf, seiner Entourage aus Detectives vorauseilte, die erfolglos versuchten, mit ihm Schritt zu halten; groß, stark, mächtig, sein charakteristischer langer dunkler Trenchcoat flatterte im Wind. Kein Wunder, dass ihn die Boulevardpresse als »kühnen Kreuzritter« bezeichnete.

Als er McGregor näher kommen sah, richtete sich Narey

auf, bis er fast strammstand. Irgendwas hatte der Chef, das den Wunsch in einem weckte, gute Arbeit zu leisten. Fast war es, als wollte man ein besserer Mensch werden, wenn man sich in seiner Nähe aufhielt. Narey glaubte, dies sei das, was man allgemein unter Führungsqualitäten verstand. McGregor war nicht wie andere Vorgesetzte. Die machten sich nur Sorgen um ihre eigene Karriere. McGregor ging seinem Beruf ganz offensichtlich mit Leidenschaft nach, und er besaß einen unglaublichen Instinkt. Man behauptete, er denke wie ein Gangster und habe dadurch gleichzeitig das Zeug, diese höchstpersönlich zur Strecke zu bringen, auch weil er sich nicht scheute, sich die Hände schmutzig zu machen. Legendäre Geschichten umrankten ihn. Welcher Polizist hätte keinen Respekt vor einem solchen Chef?

DCI McGregor trat neben Narey und versperrte ihm mit seiner stämmigen Gestalt die Sicht. Einige Detectives waren außer Atem, nachdem sie quer durch den Park geeilt waren, nur McGregor sah aus, als wäre er gerade eben erst aus dem Wagen gestiegen.

»Jason«, sagte er, »wie geht's der Familie?« In der Frage steckte eine Herzlichkeit, mit der der jüngere der beiden Männer nicht gerechnet hatte. Schließlich gab es jetzt im Moment andere Prioritäten.

»Gut, danke, Chef.« McGregor hatte sich mit einem vierfachen Mord herumzuschlagen und nahm sich dennoch die Zeit, sich nach dem Wohlbefinden seines Assistenten zu erkundigen. Offen gestanden war Narey erstaunt, dass sich der Chef überhaupt noch an seinen Namen erinnerte, von seiner Familie mal ganz abgesehen.

»Wie alt ist Ihre kleine Tochter? Acht?«

»Ja, genau.« Narey strahlte. »Sie haben ein ausgezeichnetes Gedächtnis, Chef.« Wahrscheinlich konnte sich McGregor an

alle Namen und Geburtsjahre der Kinder seiner Kollegen beim CID, dem Criminal Investigation Department, erinnern.
»Wollen Sie einen guten Rat? Genießen Sie die nächsten fünf oder sechs Jahre, danach werden Sie verrückt. Also schön«, sagte er, als fiele ihm urplötzlich wieder ein, dass sie aus einem bestimmten Grund hierhergekommen waren, »gehen Sie voran.«
Mit großem Stolz, dachte Narey und konnte sich gerade noch verkneifen, es laut auszusprechen. Stattdessen sagte er: »Passen Sie auf, wohin Sie treten, Sir. Es ist ein bisschen rutschig.« Aber DCI McGregor schlitterte bereits den grasbewachsenen Abhang zur Leiche hinunter.
»Wir sind der Spurensicherung mal wieder zuvorgekommen, stimmt's?« McGregor schnaubte. »Wahrscheinlich quälen die sich immer noch in ihre idiotischen weißen Overalls.« Darüber wurde geschmunzelt. »Dann wollen wir uns die Leiche mal ansehen, ja?«
»Keine Sorge, ich fasse nichts an«, setzte er dezidiert ironisch hinzu, als hätte man ihm unterstellt, die Leiche von oben bis unten befingern zu wollen. Keinem anderen Beamten hätte man solche Scherze durchgehen lassen, aber McGregor schon, immer wieder.
Einige Meter von dem Toten entfernt blieben sie stehen und warteten geduldig, dass McGregor einen Blick riskierte und sein Urteil verkündete. Er enttäuschte sie nicht. »Ein Mann mittleren Alters geht im Park spazieren«, setzte er an, sprach leise, wie zu sich selbst, »hat er was zu verbergen? Ich weiß es nicht. Wir sollten das prüfen. Nur weil er das Pech hatte, das jüngste Opfer des Sandyhills Sniper zu werden, heißt das noch lange nicht, dass er keine Spur aus Butter-Toffee bis auf den Rücksitz seines Rover Baujahr 75 gelegt hat, weil er kleine Kinder befummeln wollte.« Alle lachten über den

Galgenhumor des Chefs. »Aber ich will's bezweifeln. Ich vermute, wir werden feststellen, dass die arme Sau geschieden ist, was nicht von ihm ausging, und wahrscheinlich hat er dieses Wochenende die Kinder nicht. Bis seine Stammkneipe aufmacht, wusste er nichts mit sich anzufangen.«
Narey hatte so noch nicht darüber nachgedacht, plötzlich schien eines zum anderen zu passen. Der Chef hatte ein lebendiges und glaubwürdiges Bild des Opfers entworfen, und das auf der Grundlage eines einzigen Blicks. Narey kaufte es ihm vorbehaltlos ab. Warum sonst sollte ein Mann allein im Park spazieren gehen, es sei denn, er vermisst seine Kinder?
DCI McGregor zeigte auf eine zerknüllte braune Papiertüte zu Füßen des Opfers, die Narey nicht einmal aufgefallen war. »Die hat er fallen lassen, als er getroffen wurde. Die Tüte ist leer, was belegt, dass er ein anständiger, altmodischer Mensch war, dem es nicht im Traum eingefallen wäre, den Park mit der Tüte zu verschandeln, in die er das Brot für die Enten gepackt hatte.«
Wenn der Chef recht hatte, war das ein tristes Bild. Das Leben dieses armen Teufels war völlig aus den Fugen geraten, als seine Frau ihn vor die Tür gesetzt hatte, und nun war ihm nichts anderes übriggeblieben, als durch den Park zu schlendern und sich beim einheimischen Federvieh beliebt zu machen. »Ich frage mich, ob er einen Hund hatte?«, überlegte der DCI. »Könnte sich lohnen, rauszubekommen, ob einer weggerannt ist, als es geknallt hat, was mich zum Schusswinkel führt ...« Er ließ den Satz unvollendet und beugte sich vor, um die Eintrittswunde genauer in Augenschein zu nehmen. Er spähte in das unzüchtige Loch in der Augenhöhle, in der kein Augapfel mehr saß. Dabei sah er aus wie ein Golfspieler, der sich einen Überblick über einen ganz beson-

ders kniffligen Putt am achtzehnten Green von St Andrews verschafft. McGregor richtete sich wieder auf, umrundete die Bank und begutachtete nun die Austrittswunde lange und sehr genau. Anschließend kehrte er zurück, ging leicht in die Hocke und blickte noch einmal in die blutige Augenhöhle. Dann drehte er sich um und suchte die Gegend mit den Augen ab.

»So viele Möglichkeiten; die Bürohäuser mit den Flachdächern, die neuen Wohnungen und die Mietskasernen.« McGregor drehte sich zu der Leiche um, als hätte er etwas nachzusehen, anschließend sah er wieder nach vorn. »Aber ich glaube es nicht.« Er biss sich beim Nachdenken auf die Unterlippe. »Weiter weg, die Hochhäuser ganz da hinten. Was meinst du, Peter?«

DI Peter Blaine hatte zumindest den Mut, ihm halbherzig zu widersprechen. »Ich weiß nicht, Chef«, erwiderte er leise. »Scheint verdammt weit weg zu sein.«

»Könnte schon außerhalb der Reichweite liegen, aber ich wette um ein Bier und einen Schnaps, dass der Schuss von dort kam.« Die Meinungsverschiedenheit war durchaus freundschaftlich. McGregor war niemand, der seine Beamten in der Öffentlichkeit bloßstellte. »Heutzutage gibt es Gewehre, mit denen kannst du noch aus tausend Metern Entfernung jemanden erschießen. Ich würde sagen, das ist fast außer Reichweite, aber nicht ganz. Nicht für jemanden, der speziell ausgebildet wurde, ein Veteran vielleicht, aus dem Irak oder aus Afghanistan.« Mit dieser Theorie hatten sie alle gearbeitet; dass es sich um einen durchgeknallten Ehemaligen der bewaffneten Streitkräfte handelte. Einer, dem der Krieg so zugesetzt hatte, dass er jetzt Amok lief. Aus Angst vor den Reaktionen in der Presse hatten sie diese Theorie aber natürlich noch nicht

publik gemacht. »Wir sollten die Balkons da hinten überprüfen«, fuhr McGregor fort. »Sehen, ob er was liegen gelassen hat. Man weiß nie.«
»Ja, Chef«, erwiderte Blaine.
Narey starrte auf die drei Hochhäuser, auf die McGregor gezeigt hatte. Sie waren sehr weit entfernt, ragten aber hoch über dem Park auf und boten einen perfekten Ausblick auf die Bank. Es wäre leicht gewesen, von dort aus einen Schuss abzugeben und zu verschwinden, bevor jemand etwas merkte. Narey kannte sich mit Gewehren von einer Reichweite von über tausend Metern nicht aus, glaubte aber, dass sein Chef wusste, wovon er sprach. Eines dagegen war ihm klar: Die Chancen, dass in den Hochhäusern jemand mit den »Schackos« zusammenarbeiten würde, liefen gen null, egal, um welches Verbrechen es sich handelte.
McGregor musterte erneut das Opfer, sah wieder zu den drei Hochhäusern, verengte den Blick und richtete sich auf. »Meine Herren, ich denke, Sie werden feststellen, dass der tödliche Schuss dort drüben abgegeben wurde«, sagte er, zeigte auf den linken der drei hoch aufragenden Wohnblocks. Narey wandte sich nicht von McGregor ab, was sein Glück war, sonst hätte er verpasst, was als Nächstes geschah. Er hörte ein entferntes, dumpfes Knacken und zuckte zusammen, als etwas an seinem linken Ohr vorbeizischte.
Bevor sich jemand rühren konnte, traf die Kugel DCI McGregor mitten in die Brust. Er wurde nach hinten geschleudert, ein Keuchen entwich seinem Mund, gefolgt von einem Schwall dickflüssigen Bluts.
Narey blickte auf seinen Chef herunter. McGregor war auf dem Hintern gelandet, die Parkbank stützte seinen Rücken, sein Kopf sackte auf das Knie von Opfer Nummer vier, er

hatte die Augen weit aufgerissen, und ein Ausdruck reinen Entsetzens trat auf sein lebloses Gesicht. Der für ihn so typische schwarze Trenchcoat hing im Matsch.
»Verfluchte Scheiße!«, schrie jemand, und dann brach die Hölle los.

I

Newcastle – ein Jahr später

Wie es sich für einen Pornokönig gehörte, war der legendäre Peter Dean völlig auf den Hund gekommen. Nach einem weiteren spektakulären Hustenanfall stützte er sich auf das verkratzte Waschbecken, in das er gespuckt hatte, und betrachtete sein müdes, faltiges Gesicht in dem alten Badezimmerspiegel. Er starrte auf sein ungewaschenes, graubraunes Haar und den gnadenlos immer höher wandernden Ansatz. Inzwischen hatte sich schon eine richtige Schneise geöffnet. »Herrgott noch mal«, nuschelte er angesichts der kahlen Stellen und fragte sich, ob er für eine Haartransplantation vielleicht schon zu alt war. Er nahm seine aschfahle Gesichtsfarbe und seine wässrigen Augen zur Kenntnis. »Zu viele Kippen«, stellte er düster fest und griff unwillkürlich nach dem Päckchen, strich mit zitternden Händen ein Streichholz mehrmals an, bis es endlich brannte. Dean nahm einen wohltuenden Zug, blies den Rauch aus, absichtlich direkt an den Spiegel, so dass sein Bild völlig eingenebelt war.

Dann schlappte er in den Wohn- und Schlafraum seiner Einzimmerwohnung, der ihm gleichzeitig als Büro diente, setzte sich auf den alten kaputten Sessel und versuchte, die Kälte zu ignorieren, indem er sich die Arme um den Brustkorb

schlang. Er vermied es möglichst, Geld für Luxusgüter wie Heizung auszugeben, und fragte sich jetzt, ob er noch einen zweiten Pullover überziehen sollte, wobei er sich zum tausendsten Mal einredete, zum Schluss würde doch noch alles irgendwie gut.
Das war nicht immer so gewesen. Es gab mal eine Zeit, in der er gemeinsam mit Bobby Mahoney und seiner kleinen Filmproduktionsfirma gutes Geld verdient hatte; sehr gutes Geld sogar. Aber damals war Bobby auch noch ein aufstrebender Gangster gewesen, der sich mit ein paar bewaffneten Überfällen hier und ein bisschen Schutzgelderpressung da, mit Gras und Nutten durchs Leben schlug – lange bevor er die gesamte Stadt unter seine Kontrolle brachte. Ende der siebziger Jahre war Peter ein angesagter Mann in Newcastle und, so schwer vorstellbar das heute auch ist, dem Mann, der später die größte Verbrecherorganisation von Tyneside leitete, auf Augenhöhe begegnet. Damals war er Mahoneys Mann für alle Sorten von Pornos und Sexspielzeug gewesen.
»Angel Productions« hatte als Schmalfilmvertrieb angefangen, mit großen unhandlichen Filmspulen, die auf laut ratternden Projektoren liefen und Bilder auf Leinwände oder für ein weniger anspruchsvolles Publikum auch direkt an eine weiße Wand warfen. Peter hatte Erfolg, weil sein Material krasser war als das Zeug, das die Westernfans unten in Soho so liebten. In Kinos konnte man das kaum zeigen. Das war die Zeit, als man sich, vorausgesetzt, man hatte überhaupt den Mumm dazu, *No Sex Please, We're British* oder *Confessions of a Window Cleaner* ansah und Robin Askwith für den Gipfel des Unanständigen hielt. Den meisten ging das natürlich auch schon zu weit, aber Peter versicherte Bobby: »Da draußen wird es immer Leute geben, die schmutzigen,

echten Sex sehen wollen.« Für Peter waren diese Leute wie Manna, das vom Himmel fiel.

Vor der Einführung des Internets war es verpönt, verboten und teuer, echten Menschen beim Sex zuzusehen, und Peter Dean war der Mann, der es möglich machte. Er verkaufte seine Filme unter dem Tresen seines Studios oder in den Hinterzimmern von Bobbys Pubs, und sie hatten ihren Preis. »Wenn du die mit nach Hause nimmst«, sagte er, »versteckst du sie vor deiner Frau, vor deinen Kindern und vor der Polizei. Du kennst mich nicht. Du bist mir nie begegnet, hast du verstanden?«

Heutzutage sieht man im Internet hundertmal härtere Pornos, als die alten Filmchen es waren, und allesamt sind sie kostenlos. Deshalb lebt Peter Dean heute in sehr bescheidenen Verhältnissen, in einer dreckigen Mietwohnung über einer Videothek, wobei er sich der Ironie gar nicht bewusst zu sein scheint.

Peters Abstieg kam schleichend. Zunächst hatte er sich als ehemaliger Schmalfilmkönig dem VHS-Zeitalter ausgezeichnet angepasst, seine Filme wurden verdorbener und fieser, und er stellte fest, dass er immer mehr davon absetzen konnte. Irgendwann führte er sogar eine Reihe großer Läden, was er unter anderem auch Bobbys Großzügigkeit zu verdanken hatte. Bobby Mahoney stellte sicher, dass Peter immer genug Bargeld hatte, um die Mädchen zu bezahlen und Filme zu drehen, die in den schwarzen Plastikkassetten damals absolut handlich und heute, im digitalen Zeitalter, unglaublich unförmig wirkten. Das Material bestand in der Regel aus körnigen Aufnahmen von »schönen Nachbarinnen«, die erbärmlich schlecht strippten und anschließend halbherzig an sich herumspielten, bis endlich ein Fensterputzer auftauchte, sie erwischte und »bestrafte«, und zwar so, wie er es für richtig hielt, nämlich mit einem guten harten Fick. Bobby Mahoney finanzierte Peter über lange Zeit, weil er wusste: Wo Sex ist, gibt's auch Geld.

In den achtziger Jahren war Peter steinreich. Er hatte Autos, ein großes Haus, und er feierte legendäre Partys mit echtem Champagner und Drogen vom Feinsten. »Reiner bolivianischer Stoff!«, versicherte er allen.

Wo es Geld, Drogen und Partys gibt, gibt es auch Mädchen, und auch davon bekam Peter mehr, als ihm rechtmäßig zustand. Er konnte sie sich aussuchen – und nicht alle waren Pornosternchen, obwohl er sie natürlich ausnahmslos »vorsprechen« ließ. »Bevor ich Zeit, Mühe und Material auf dich verschwende, musst du mir schon zeigen, was du draufhast, Schatz«, erklärte er mit ernster Miene. Ein paar verzogen sich daraufhin, die meisten aber ließen ihn schulterzuckend gewähren. Kein einziges Mädchen tauchte je in Peters Filmen auf, ohne sich zunächst auf seiner Casting-Couch bewährt zu haben. »Keine schlechte Art, Geld zu verdienen«, vertraute er Bobby augenzwinkernd an.

Irgendwann war es aber vorbei mit dem schönen Leben, und seit der Einführung der DVD hatte Peter es sehr viel schwerer. Das Zeug, das er auf den Markt warf, wirkte urplötzlich überholt und peinlich. Er war loyal, vielleicht sogar ein bisschen zu loyal, denn er blieb denselben Mädchen treu, die er in den Achtzigern in knappen Schuluniformen hatte auftreten lassen und die er jetzt für seine »Gelangweilte Hausfrauen«-Serie »neu erfand«. Seine Hausfrauen wirkten jetzt allerdings sogar gelangweilt, während es ihnen der Fensterputzer auf dem Küchentisch besorgte. Die Verkaufszahlen sanken ins Bodenlose, und bei »Gelangweilte Hausfrauen 14« musste er sogar draufzahlen, was in der Pornobranche praktisch unmöglich ist.

Als das Internet einschlug, hatte Peter dann richtig zu kämpfen. Wie sollte er mit »MILFs aus dem Norden« für zwanzig Pfund pro DVD bestehen können, wenn der anspruchsvolle Konsument sich Pamela Anderson oder Abi Titmuss bei sehr viel schärferen Übungen einfach herunterladen konnte? »Heutzutage zeigen dir Paris Hilton und Britney Spears völlig umsonst ihre Puderdosen«, erklärte er Joe Kinane angewidert, als er ihm von seinen jüngsten Umsatzeinbußen berichtete. »Die lassen sich nicht mal mehr dafür bezahlen!«
Das einzig Vernünftige wäre gewesen, sich zur Ruhe zu setzen, aber dafür hatte Peter nicht genug auf der hohen Kante. Er bereute, in seinen Dreißigern so maßlos mit Geld um sich geworfen zu haben; die vielen Partys, der Champagner und das Koks waren nicht billig gewesen, aber damals hatte er sich keine Sorgen gemacht. Das Geld floss in Strömen, und er hatte geglaubt, es würde immer so weitergehen. In der Pornobranche gibt es keine Rente, und wie viele seiner »Schauspieler« fragte sich auch Peter, was er machen sollte, jetzt, wo sein Imperium zusammengebrochen war. Praktisch bankrott und dreimal geschieden, verkaufte er sein Haus, und anstatt sich einen kleinen Bungalow in Barnard Castle zuzulegen, mietete er eine winzige Wohnung über der Videothek und butterte den Rest seines Geldes in eine Neuauflage von »Angel Productions«.
»Ladies and Gentlemen, hier kommt Phoenix Films!« Peter Dean war wieder da.
Die Zeiten mochten sich geändert haben, aber für Peter war es noch nicht zu spät, mitzumachen. Er hielt sich immer noch für einen Mann der Ideen, und nun würde er die extremen Marktanteile bedienen. Er würde Filme an »Kenner« besonderer Kost verkaufen. »Wir bedienen alle Geschmä-

cker, egal, wie seltsam sie dem sogenannten *normalen* Mann auf der Straße auch vorkommen mögen.«
Es gab kleine Filmchen über kaum volljährige Babysitter, die von unerwartet früh heimkehrenden Ehepaaren dabei erwischt wurden, wie sie sich den Schlitz massierten und sich anschließend mit einem sadistischen Dreier »bestrafen« ließen; gefälschte Snuff-Movies, in denen Schauspielerinnen offenbar brutal vergewaltigt und anschließend »in echt« ermordet wurden, nur dass die sogenannten Schauspielerinnen nicht wirklich gut waren und ihre Angst nicht halb so gekonnt vortäuschten wie ihre Orgasmen. Vor Peters Kamera tauchten immer wieder dieselben Frauen auf und ließen sich mehrmals töten. »Ich drehe Filme auf Bestellung über jedes Thema, das Sie wünschen«, erzählte er potenziellen Geldgebern. »Kommt allein auf den Preis an.« Es gab Vergewaltigungen, Folter, Masochismus, Sadismus, Masturbation und Brutalität. Sex mit Minderjährigen, Volljährigen, Überfälligen und Senilen. Dreier, Vierer und Gruppenveranstaltungen, bei denen so gut wie jeder herkömmliche Haushaltsgegenstand in so gut wie jeder Körperöffnung verschwand. Peter arrangierte ganze Säle voller Mädchen und junger Männer, die untereinander tauschten, dabei aber ständig vergaßen, mit wem sie nur wenige Augenblicke zuvor gevögelt hatten. Die Drogen halfen. In der Hardcore-Porno-Branche kennt keiner den anderen, nur den Namen und die Telefonnummer seines Dealers vergisst man nicht.
Das Problem war: Egal, was Peter Dean machte, egal, wie verdorben es war, es reichte nie ganz. Mit dem Internet konnte er nicht konkurrieren. Jeder schmutzige Gedanke, jede Phantasie, die Peter in seinem schmutzigen Leben hatte, war längst irgendwo da draußen realisiert, tausendfach vergrößert und immer nur einen Mausklick entfernt, von

irgendeinem Hornochsen oder seiner versauten »Ex-Freundin« kostenlos hochgeladen, entweder, weil sich einer der beiden nach der Trennung am anderen rächen wollte, oder, weil sie die Vorstellung reizvoll fanden, in ihren privatesten und intimsten Momenten von Millionen von Fremden im Netz beobachtet zu werden. Wie sollte Peter da mithalten?
Er hatte es nicht kommen sehen. Jetzt, mit über sechzig Jahren, war Peter Dean das Paradebeispiel eines Gescheiterten. Es dauerte ein oder zwei Jahre, bis ihm langsam, aber sicher das Geld ausging. Als es so weit war, beschloss er in einem letzten verzweifelten Versuch, noch einmal alles auf eine Karte zu setzen. Er besuchte David Blake.
Bobby Mahoney hatte sich schon eine ganze Weile nicht mehr blicken lassen, weshalb Peter unmöglich persönlich mit ihm sprechen konnte. Bobby hatte sich irgendwo in der Sonne zur Ruhe gesetzt, jedenfalls war das die Version, die offiziell verbreitet wurde. Es gab auch andere, zynischere Stimmen, die behaupteten, er sei in Wirklichkeit längst unter der Erde, von einer rivalisierenden Bande oder einem ehrgeizigen Mitarbeiter ermordet. Peter glaubte nicht daran, aber ihm war klar, dass er sich an einen anderen aus Bobbys Firma wenden musste. Der heutzutage wichtigste Mann dort war David Blake; mit Mitte dreißig noch recht jung, aber was man so hörte, durchaus schlau genug, zwar alles andere als ein harter Brocken, aber die tatsächlich knallharten Kerle aus Mahoneys Crew schienen gern für ihn zu arbeiten. Blake hatte jetzt das Sagen, und das wusste jeder, der in der Stadt einen Namen hatte. Und so ließ sich Peter Dean bei einem anständigen Herrenfriseur das schüttere Haar schneiden, zog seinen besten dunkelbraunen Ledermantel an, in dem er sich vorkam wie Humphrey Bogart in der Rolle des Philip

Marlowe, und machte sich auf, um sich mit Blake im *Cauldron* zu unterhalten, einem alten Nachtclub, der seinen und Bobbys Leuten als Firmensitz diente.

Gleich bei seiner Ankunft reagierte er verstimmt, als ihm ein kahlrasierter Mann mit Lederjacke erklärte: »Du kannst den Chef nicht sprechen. Du hast keinen Termin.«

»Scheißegal«, erwiderte Peter, weil der Kerl nicht besonders einschüchternd wirkte. »Ich weiß, dass Blake da ist. Wir kennen uns seit Jahren, er will mich ganz bestimmt sehen.«

Dann versuchte er, sich an dem Mann vorbeizuschieben, was keine gute Idee war, wie sich schnell herausstellte. Verdattert realisierte Peter, dass er hochgehoben, herumgewirbelt und mit Wucht gegen die Wand geschleudert wurde. Seine Brille fiel zu Boden, und er schürfte sich die Wange am Mauerwerk auf, so dass sie blutete. Bezeichnend für Peters prekäre Situation war, dass er sich größere Sorgen um seine Sehhilfe machte als um seine Gesundheit. Knochen heilen schließlich, aber eine neue Brille konnte er sich nicht leisten.

In diesem Moment trat David Blake selbst in den Flur, um nachzusehen, was los war, entdeckte den in die Ecke gedrängten Peter und fing bei dessen Anblick an zu lachen.

»Lass ihn runter, Palmer«, sagte er, »wenn du wüsstest, wo der überall seine Finger drin hatte, würdest du ihn nicht mal mit der Kneifzange anfassen.«

Kein vielversprechender Einstieg. Palmer löste seinen Griff.

»Du hast fünf Minuten, Peter«, sagte Blake, als er Peter in sein Büro führte und sich beide jeweils auf einer Seite eines imposanten Schreibtischs niederließen. Peter sah durch die Tür nach draußen. Ein halbes Dutzend von Blakes Leuten stand da, aber er entdeckte kaum bekannte Gesichter. Allesamt knallharte Kerle, zwanzig bis dreißig Jahre alt, mit der Statur von Türstehern. Außer Kinane, dem legendären Voll-

strecker der Firma, und Hunter, der praktisch mit Bobby Mahoneys Crew aufgewachsen war und zu den wenigen gehörte, die von der alte Garde übrig waren, kannte Peter keinen Einzigen mit Namen.
Blake war als Boss eines eigenen Unternehmens noch recht jung, aber andererseits kamen Peter heutzutage alle jung vor. Er schätzte ihn auf Mitte dreißig. Blake trug einen eleganten Anzug, allerdings ohne Krawatte, war ungefähr einen Meter achtzig groß und hatte volles, dunkles Haar, um das ihn Peter sofort beneidete.
»Warum willst du mich sprechen?«, fragte Blake ohne weitere Umschweife.
Peter fing mit seinem üblichen Gequatsche an, bemühte sich, ein bisschen was von dem Jargon aus der Wirtschaftsfachliteratur einzubauen, mit der er sich jüngst beschäftigt hatte. »Ich habe ein kleines Liquiditätsproblem«, erklärte er Bobbys jungem Protegé. »Eigentlich brauche ich nur ein bisschen Startkapital. Wenn du mir ein kleines Guthaben zur Verfügung stellen könntest, würde ich eine wunderbare neue Idee lancieren, die eine beeindruckend hohe Rendite auf deine Investitionen verspricht.« Auch wenn er sich nur ungern selbst lobte, sein Vortrag war ausgezeichnet, und er war ziemlich sicher, dass er Blakes Interesse geweckt hatte, zumindest dem sanften Lächeln nach zu urteilen, das die Lippen des jüngeren Mannes jetzt umspielte.
»Na, dann raus damit«, drängte Blake ihn, »worin besteht deine tolle Idee?«
Jetzt wusste er, dass Blake angebissen hatte. Peter beugte sich vor, aber nicht zu nah, denn gleichzeitig veränderte auch Palmer seine Position, als wollte er verhindern, dass er dem Chef zu sehr auf die Pelle rückte. Gott, diese Sicherheitsleute waren vielleicht schreckhaft.

Peter räusperte sich und fuhr fort: »Welches ist die erfolgreichste Pornoseite im Netz?«, fragte er.
Blake zögerte, da er nie darüber nachgedacht hatte: »YouPorn?«
»Korrekt!«, sagte Peter und fuchtelte mit dem Zeigefinger vor dem Gesicht des jungen Mannes herum, als wäre dieser ein ganz besonders aufgeweckter Schüler. »Und warum ist sie so erfolgreich?«
»Weil da alles umsonst ist«, antwortete Blake. »Klarer Fall.«
Peter gelang es nicht, seine Enttäuschung zu verbergen.
»Eben nicht«, sagte er, »ich meine, ja, die Seite ist umsonst, aber nicht deshalb ist sie so erfolgreich.«
»Nein?« Blake schenkte ihm einen skeptischen Blick und hob anschließend, sehr zur Belustigung seiner brav schmunzelnden Entourage, die Augenbrauen. »Warum denn dann, Peter? Sag du's mir.«
Peter hob die Hände, um zu signalisieren, dass er sich geschlagen gab. »Wegen des Namens.« Und als seine Feststellung auf wenig Zustimmung stieß, führte er den Gedanken weiter aus. »Wegen des Namens findet man die Seite. Es gibt Millionen von Pornoseiten im Internet, aber ›YouPorn‹ hat einen Namen, der ganz ähnlich klingt wie eine enorm erfolgreiche andere Seite, die es längst gab.« Er hielt inne. »YouTube, vielleicht kennst du die?«
»Klar kenne ich YouTube«, erklärte Blake, »der Name ist geschickt gewählt, aber ich glaube, das tatsächliche Alleinstellungsmerkmal ist dann doch eher, dass dort Unmengen von Hardcorepornos umsonst zu haben sind, meinst du nicht?«
Peter wusste nicht, was ein Alleinstellungsmerkmal war, also nickte er einfach. »Mag sein, aber ich glaube trotzdem, dass es am Namen liegt. Mit dem Namen steht und fällt alles«,

behauptete er großspurig, hob eine Hand und fuhr damit über eine imaginäre Werbetafel direkt vor sich.
Blake seufzte und sagte: »Peter, du hast sechzig Sekunden, um auf den Punkt zu kommen. Ich muss gleich zum Flieger.«
»Ja, na klar, natürlich, kein Problem.« Peter griff in die große schwarze Dokumententasche, die er mitgebracht hatte, und zog einen Karton in DIN A3 heraus, den er von dem wenigen, das ihm vom Verkauf seines Hauses geblieben war, extra für diesen Anlass vorbereitet hatte. Er zog den Stoff ab, mit dem er sein Kunstwerk geschont hatte, und überreichte es Blake ehrfurchtsvoll. Zu sehen war darauf die graphische Präsentation der Website, die Peter mit Hilfe von David Blakes finanzieller Unterstützung ins Leben rufen wollte. Es war die Idee, die Peter dorthin zurückbringen sollte, wohin er gehörte: ganz nach oben an die Spitze.
Blake betrachtete den Entwurf. Er ließ sich Zeit. Peter hielt den Atem an. Zunächst schien Blake die Stirn zu runzeln, und Peter verlor allen Mut, dann aber lächelte er, und Peter hatte das Gefühl, ihm würde eine ungeheure Last von den Schultern genommen. Gott sei Dank, dachte er, der Mann mit dem Geld steht auf meine Idee. Jetzt würde doch noch alles gut werden. Peters Sorgen hatten ein Ende. Er war so glücklich, er hätte sich über den Tisch beugen und Blake küssen mögen, doch genau in diesem Moment geschah etwas Seltsames: Blakes Lächeln verbreitete sich zu einem Grinsen, das sich unglaublicherweise in spöttisches Gelächter verwandelte. Blake sah Peter an und lachte aus vollem Hals. Er warf erneut einen Blick auf den Entwurf und lachte noch lauter, bis er schließlich nicht mehr an sich halten konnte. Blake zeigte Palmer das Werk, und auch der lachte laut los, woraufhin sich alle darüber-

beugten, das Bild betrachteten und in das dröhnende Gelächter einstimmten, alle zusammen, jeder einzelne arschkriecherische, erbärmliche Schwanzlutscher aus Blakes kleiner Crew der harten Jungs lachte sich schlapp über Peter und seine geniale Idee. Was, zum Teufel, stimmte nicht mit denen?
Endlich fasste sich Blake wieder und sagte: »Danke, Peter, war mir ein riesiges Vergnügen, nein, wirklich, das war's. So was Lustiges hab ich lange nicht gesehen, aber jetzt muss ich wirklich los. Wie gesagt, ich muss zum Flieger. Wir sehen uns, ja?«
Und mit diesen Worten erhob sich Blake und verschwand. Seine Bodyguards glitten einer nach dem anderen aus dem Raum, die meisten immer noch kichernd. Peter betrachtete sein Kunstwerk, das für solche Heiterkeit gesorgt hatte, und konnte nicht nachvollziehen, weshalb ein intelligenter Mann wie Blake, ein erfolgreicher Mann, ein sogenannter Unternehmer, schlicht nicht erkannte, welche Goldgrube eine Pornoseite mit dem Titel »SitOnMyFacebook« zu werden versprach.

Peter Dean fuhr nach Hause und knickte ein; zuerst kroch er ins Bett, dann verfiel er in eine tiefe Depression. Er aß nicht mehr, zog sich nicht mehr an, wusch sich nicht mehr und reagierte nicht mehr auf die seltenen Anrufe der wenigen Bekannten, die er noch hatte. Rechnungen und Werbesendungen stapelten sich auf dem Fußabtreter vor seiner Tür. Er dachte häufig an Selbstmord, und mit der Zeit kam er auf immer einfallsreichere und effektivere Möglichkeiten, sich umzubringen.
Zwei Wochen später tauchte Peter jedoch noch einmal auf, um einen Anruf entgegenzunehmen, der sein Leben für im-

mer verändern sollte. Eine Stimme erklärte ihm, er würde Geld bekommen, sehr viel Geld, und außerdem neue Freundschaften mit mächtigen Menschen schließen. Anscheinend sollten Peter Deans Träume doch noch in Erfüllung gehen, und alles war ganz einfach.
Er musste nur David Blake töten.

2

Ich bin dauernd darauf angewiesen, Glück zu haben. Andere brauchen nur ein Mal welches. Das ist der Gedanke, der mich heutzutage ständig begleitet, der in den frühen Morgenstunden an mir nagt, bis ich es schließlich aufgebe, schlafen zu wollen, und einfach aufstehe, Sarah leise atmend liegen lasse.
Nach einer unruhig verbrachten Nacht, in der ich dauernd aus Träumen hochschreckte, die so realistisch waren, dass sich der Schweiß auf meiner Brust sammelte und meinen Körper trotz Hitze frieren ließ, wachte ich wie üblich sehr früh auf. Liegen zu bleiben und mich weiteren Alpträumen auszuliefern schien mir sinnlos, also verdrängte ich sie aus meinen Gedanken und stieg leise aus dem Bett, achtete darauf, Sarah nicht zu wecken, weil sie ihren Schlaf dringend brauchte. Ich dachte schon, sie wäre wach, als sie sich rührte und »Davey« nuschelte, aber sie drehte sich gleich wieder um, hatte nur im Traum meinen Namen gerufen, als wäre ich der Einzige, der sie daraus retten konnte.
Ich tapste leise nach unten in die Küche und kochte Kaffee, ermahnte mich wie jeden Morgen, nicht zu vergessen, dass ich es in so vielerlei Hinsicht gut getroffen hatte. Ich war gesund, hatte mehr Geld, als ich je würde ausgeben können, und ich hatte Sarah Mahoney.
Außerdem natürlich unser Haus in Hua Hin. Nicht viele

Leute kochen ihren Kaffee in einer Küche, die größer ist als eine durchschnittliche Wohnung. Die Sonne ging gerade auf, färbte den Himmel graublau, wie man das ausschließlich frühmorgens zu sehen bekommt. Die Landschaft draußen vor meinem Fenster sah aus wie mit Aquarellfarben gemalt. Schon bald würde die Sonne hoch am Himmel stehen, und dann würde es nicht mehr lange dauern, bis der Boden unter unseren Füßen feuerheiß wurde. Sarah gefiel das so. Sie konnte stundenlang in einem ihrer Bikinis, die aus kaum mehr als drei winzigen, mit einem Stückchen Schnur verbundenen Dreiecken bestanden, in der Sonne sitzen und sich unter der thailändischen Sonne knusprig goldbraun braten lassen, aber ich war nicht so scharf darauf. Ich hielt es nicht lange draußen aus, ich wurde unruhig. Ich fühlte mich nicht wohl, wenn ich wie ein Truthahnbraten schmorte, und ich konnte mich auch nicht entspannen, wenn wir von Bodyguards umgeben waren. Unsere ehemaligen Gurkhas hielten diskret Abstand, und es war auch nicht so, dass sie Sarah lüstern angeglotzt hätten – auch wenn ich ihnen das kaum hätte vorwerfen können, denn sie sah absolut umwerfend aus –, doch ich hatte gern ein bisschen Privatsphäre, die aber leider zu den Dingen gehörte, auf die ich verzichten musste, seit ich der Chef war. Lieber schwamm ich in unserem Indoor-Pool.

Ich verbrachte viel Zeit im Haus, während sich Sarah draußen sonnte. In einem Raum hatte ich eine Reihe von Computerbildschirmen aufgestellt, mit deren Hilfe ich unsere sämtlichen legalen Investitionen im Blick behielt. Ich achtete darauf, dass nichts Unverschlüsseltes oder Belastendes dort sichtbar wurde, das mit unseren anderen Geschäftszweigen zusammenhing, mit denen wir tatsächlich unser Geld verdienten. Die legalen Geschäfte waren größtenteils reine Fas-

sade; die Restaurants, die Clubs und Bars, die Wellness-Oasen und Fitnesszentren, sogar die beiden Taxiunternehmen, die wir kürzlich gekauft hatten, und das Wechselbüro. Streng genommen handelte es sich nicht um eigenständige Unternehmen. Im Prinzip liefen sie leer, warfen dabei insgesamt durchaus ein bisschen Profit ab, aber eigentlich dienten sie nur einem Zweck: unser Geld zu waschen. Durch sie sahen wir anständig aus, wir reinvestierten das Geld, das wir anderswo einnahmen, und wuschen es, bis es sauber war. Die größten Bauchschmerzen machte es mir, immer wieder neue Möglichkeiten aufzutun, das schmutzige Geld ins System einzuspeisen, ohne dass jemand etwas davon mitbekam. Wer sich in meinem Milieu auskennt, wird das bestätigen; je mehr Geld man verdient, desto schwieriger wird es, da man den Behörden über jeden Penny Rechenschaft ablegen muss. Das Problem ist so alt wie mein Beruf. Ich sage nur: Al Capone. Hätte er seine Steuern gezahlt, hätten sie ihn niemals drangekriegt.
Die Erträge aus den Drogengeschäften, dem Escort-Service und den Massagesalons, die Schutzgelder, die wir uns von Unternehmen und Firmen zahlen ließen, die auf unserem Gebiet operierten, und auch die Beute aus dem einen oder anderen bewaffneten Raubüberfall mussten gewaschen werden. Es ist nicht einfach, so viel Geld zu besitzen. Das Problem hätte ich gern, denkt jetzt vielleicht manch einer, aber da liegt er falsch. Mache ich auch nur einen einzigen Fehler, starre ich für den Rest meines Lebens graue Gefängnismauern an. Und das ist der Stress, mit dem ich ununterbrochen leben muss.
Aus diesem Grund war es an der Zeit, ein paar Umstrukturierungsmaßnahmen vorzunehmen. Die Gallowgate Leisure Group sollte schon bald weltweit operieren. Wir wollten

Gallowgate Offshore werden – dann hätten wir wirklich eine Lizenz zum Gelddrucken. Aber noch war es nicht so weit, zuerst musste ich noch ein paar Probleme zu Hause lösen; musste mich zum Beispiel um das neue Luxushotel kümmern, das wir in Quayside bauten, ebenso wie um unseren neuen Club, der kurz vor der Eröffnung stand und der größte Nachtclub Nordenglands werden sollte. Noch wichtiger aber war, dass ich etwas wegen der Heroinflaute unternahm. Mein wichtigster Großhändler für Koks und Heroin hat sich gerade vom Markt verabschiedet, urplötzlich und für immer. Er hielt es für eine gute Idee, mehr als eine Tonne Kokain auf einmal von Amsterdam nach Großbritannien zu importieren, weil er auf diese Weise das Risiko mehrerer Fahrten minimieren wollte. Eine Riesenlieferung von zu zirka neunzig Prozent reinem Stoff, der verschnitten ungefähr die siebenfache Menge ergeben würde, bis er den Konsumenten erreichte, und einen Straßenwert von insgesamt über zweiundfünfzig Millionen Pfund hatte. Natürlich war nicht alles für uns bestimmt, aber wir hätten einen beträchtlichen Anteil davon übernommen. Und da unser Mann seit knapp zwei Jahren unser Hauptimporteur für Heroin und Koks war, wirkte sich seine Festnahme auf uns ebenso katastrophal aus wie auf ihn.

Eine so große Lieferung kann man nicht einfach in einer Schublade verschwinden lassen. Sie war in einem Geheimfach hinter der Bordküche einer Segeljacht versteckt, aber anscheinend hatte jemand der SOCA einen Tipp gegeben, und die hatte die Fährte verfolgt. In meinen Kreisen betrachtete man die *Serious Organised Crime Agency,* die Abteilung gegen organisiertes Verbrechen, früher als Witz, aber das hatte sich längst geändert. Die Kollegen hatten dazugelernt. Die Jacht wurde beschlagnahmt und Stück für

Stück auseinandergenommen, bis sie fanden, was sie suchten. Drei Tage brauchten sie, dann hatten sie die Drogen, präsentierten sie in einer Nachrichtensondersendung, die an jenem Abend zirka zwanzig Prozent Marktanteil brachte, und unser Großhändler sah einem todsicheren Lebenslänglich entgegen. Ich hatte keine Angst, dass er reden würde, er war vom alten Schlag und kannte die Risiken. Der bevorstehende Warenengpass bereitete mir allerdings Kopfzerbrechen. Kommt es zu einer Drogenflaute, herrscht auch in meiner Kasse Ebbe – und auf meiner Gehaltsliste befanden sich viele Leute, die Wert darauf legten, pünktlich bezahlt zu werden.
Der Türke und ich standen daher kurz vor Geschäftsabschluss. Vor weniger als einem Monat hatte ich in einem kleinen familiengeführten Restaurant in Istanbul den größten Deal meines Lebens fix gemacht. Die Rahmenbedingungen entsprachen dem Üblichen. Wir saßen gemeinsam an einem Tisch, während unsere Bodyguards hinter uns standen und sich gegenseitig misstrauisch beäugten. Ich hatte Kinane und Palmer mitgebracht. Alle anderen Gäste hatten an jenem Abend Hausverbot, und auch der Eigentümer hatte sich verdrückt. Ich hatte vergessen, wie man sich in einem verqualmten Raum fühlt. Alle Türken rauchten, und über uns hing ihr Qualm wie ein Schleier. Es war drückend heiß, eine Klimaanlage gab es nicht, und ich spürte, wie sich feuchte Schweißflecken unter meinen Achseln bildeten. Ich hoffte, möglichst schnell wieder hinauszukommen.
Genau genommen war der Türke Kurde. Weil er seinen Hauptsitz aber in Istanbul hatte, wurde Remzi al Karayilan »der Türke« genannt. Ihm schien es egal zu sein, seine Geschäfte liefen gut, also warum hätte er sich daran stören sollen? Er war erfolgreich, weil es ihm gelungen war, eine Brü-

cke zwischen zwei Welten zu schlagen; er kannte Leute in Europa, die reines Heroin brauchten, und seine Kontakte im Osten konnten es besorgen.
Typen wie der Türke brauchen eine Ewigkeit, bis sie endlich zum Punkt kommen. Zuerst musste man das Brot mit ihm brechen, sich über die Familie unterhalten und diesen ganzen Scheiß. Er war beleibt, trug seinen fetten Bauch wie einen Nachweis seines Wohlstands vor sich her, aber auch sonst sah man ihm an, dass er ein starker und mächtiger Mann war. Ich hatte ihn überprüfen lassen und wusste, dass er Männer mit bloßen Händen getötet hatte. Jetzt saß ich ihm gegenüber und konnte nachvollziehen, warum er es in dieser Stadt so weit gebracht hatte. Er sah aus wie einer, mit dem man sich definitiv nicht anlegen sollte.
Der Türke schob sich zwei Datteln in den Mund und kaute geräuschvoll darauf herum. Noch bevor er sie hinunterschluckte, fragte er mich: »Haben Sie eine Frau, Mr. Blake?«
Ich schüttelte den Kopf. Der Mann betrachtete mich wie einen Freak, aber ich dachte nicht daran, Sarah ins Spiel zu bringen. Ich wollte nicht, dass er überhaupt von ihrer Existenz erfuhr.
Der Tisch war mit kleinen Tellern gedeckt, auf jedem eine andere Speise: türkische Meze, weißer Käse, scharfe Peperoni, Dolma, Köfte, Tintenfisch und Feigen. Aus Höflichkeit aß ich ein bisschen was, dann kam er endlich zum Geschäftlichen.
»Ich bin neugierig, zu erfahren«, behauptete er, »was Sie glauben, mir geben zu können, abgesehen von Ihrem Geld?«
»Genügt das nicht?«
»Als ich noch nicht genug davon hatte, hätte es mir vielleicht gereicht, aber jetzt nicht mehr. Ich möchte nicht als reicher Mann im Gefängnis sterben.«

»Sie wissen, was ich Ihnen bieten kann. Sonst hätten Sie sich gar nicht erst mit mir hierhergesetzt. Ich kann Ihnen den sicheren Transport Ihrer Ware vom Balkan nach Amsterdam und weiter garantieren, direkt bis an die Häfen der britischen Ostküste. Von dort wird sie in die Wohnghettos meiner Stadt geliefert. Für mich arbeitet ein ganzes Netz aus Dealern, die problemlos und völlig unbehelligt von der Polizei ein Dutzend Kilo auf einmal absetzen können. Das ist mein Angebot. Jetzt überzeugen *Sie* mich, dass Sie meine Investitionen wert sind.«

»Ich? Ich habe gar nichts zu bieten, Mr. Blake« – er beäugte mich verächtlich –, »nur Freunde in einer Gegend, in der Sie keinen Fuß vor den anderen setzen könnten, ohne dass man Ihnen die Kehle durchschneidet.« Obwohl er mit starkem Akzent sprach, war die Botschaft doch deutlich. »Die Afghanen, die den Mohn anbauen, vertrauen mir, und die Beamten an der iranischen Grenze leben von meinem Geld. Wie viele Männer haben Sie in diesen Ländern, Mr. Blake?« Allmählich langweilte mich seine aufgesetzte Förmlichkeit, aber das Argument ließ sich nicht von der Hand weisen. Der Großteil des britischen Heroins kam heutzutage über die Türkei ins Land, seine Beziehungen nach Afghanistan waren für uns also ausgesprochen wertvoll.

»Und die Amerikaner?«

»Denen ist das scheißegal«, versicherte er mir. »Solange ich nicht mit den Taliban paktiere und vom Propheten schwafele, machen die sich keine Gedanken über mich oder das, was ich tue. Die interessieren sich nur für Extremisten. Seit Jahren sind die Amerikaner in Afghanistan, und was hat es gebracht? Neunzig Prozent des Heroins weltweit werden dort hergestellt«, erklärte er schulterzuckend, »die Amerikaner tolerieren das. Sie tolerieren jeden, der kein Taliban ist. Und

die einzige Alternative sind die Warlords, die ihr Geld vor allem mit Mohn machen.«
»Meist gelangt die Ware über Pakistan zu uns. Warum gehen Sie nicht diesen Weg?«, fragte ich.
Die Frage schien ihm zu missfallen, und er tat sie schulterzuckend ab. »Das Land ist noch korrupter als mein eigenes, sogar korrupter als Ihres«, erklärte er mir mit gespielter Verwunderung.
»Soll das heißen, der Iran ist nicht korrupt?«
»Ich finde es einfacher, mit Regierungen zu kooperieren, die daran interessiert sind, die westlichen Märkte mit Heroin zu sättigen. Der Iran sähe es gern, wenn im Westen alle süchtig wären. Niemand wird mich dort davon abhalten, meinen Teil dazu beizutragen. Solange ich den richtigen Leuten viel Geld bezahle, passieren meine Lieferungen jederzeit den Iran.«
»Dann weiter in den Osten der Türkei«, sagte ich, »über die Provinz Ağrı, wo die Ware in Gürbulak von Ihren Leuten in Empfang genommen, auf Öltanker verladen und in den Balkan geschmuggelt wird.«
Er konnte seine Verärgerung über mein Wissen nicht verhehlen. »Wer sind Sie?«, schrie er und schlug mit der Hand auf den Tisch. »Ein Drogenfahnder?«
»Wenn ich einer wäre, hätten Sie jetzt ein Problem. Ich bin nur ein Geschäftsmann, der seine Hausaufgaben macht, bevor er Absprachen trifft.«
»Es ist nicht gut, so viel über meine Methoden zu wissen«, sagte er und drohte mir mit dem Finger. »Kann sein, dass mir das nicht gefällt.« Völlig unvermittelt stand er auf. »Eine Million Euro im Voraus als Zeichen Ihres Vertrauens, dann sprechen wir über die erste Lieferung.« Er stand auf. Das war das Signal, dass unser Gespräch beendet war. Er ging mit

seinen Männern ohne ein weiteres Wort. Einen Handschlag gab es nicht.
Der Türke schien davon überzeugt, dass seine Importwege unangreifbar waren. Ich hoffte, dass er recht hatte, denn ich würde ihm eine Menge Geld anvertrauen. Selbst für eine Organisation von unserer Größe ist eine Million kein Kleingeld.
Heute kann ich mir allerdings darüber keine Sorgen machen, denn heute ist der Tag, an dem Pratin anruft. Ich bezahle Pratin nicht wenig. Einmal im Monat kommt er aus Bangkok, so pünktlich, dass man die Uhren danach stellen kann, und reist später mit einer hübschen großen Aktentasche voller Scheine wieder ab – und zwar nicht mit Thai Bahts, sondern ausschließlich »US Dollar American«, wie er zu sagen pflegt. Seit Sarah und ich nach Thailand gezogen sind, habe ich Pratin recht gut kennengelernt. Er ist *Roi Tamruat Ek,* das bedeutet, Captain bei der Royal Thai Police, wobei sein Einfluss aber sehr viel weiter reicht, als sein Dienstgrad vermuten lässt. Pratin kennt die Leute, auf die es ankommt. Für mich ist er so etwas wie eine Versicherungspolice, eine weitere fixe Summe, die monatlich gezahlt werden muss, so wie das Geld, das Amrein, unser Gewährsmann, von uns bezieht. Und natürlich muss ich auch eine schöne Stange an meine Gurkhas abdrücken, die unser Grundstück Tag und Nacht abschreiten und dafür sorgen, dass niemand unerlaubt eindringt. Billig sind sie nicht, aber diesen Posten auf unseren Kontoauszügen stelle ich niemals in Frage, weil unsere Bodyguards gewährleisten, dass ich am Leben bleibe. Darum geht es heutzutage: Abschirmung, Schutz, Sicherheit. Ich bezahle Leute, damit sie mich schützen und ich nicht in den Knast wandere und damit mir meine Spitzel verraten, wann und wo mir meine Feinde ans Leder wollen.

Das alles kostet ordentlich Geld, teilweise zahlbar in »US Dollar American«. Bei uns fällt das unter Lebenshaltungskosten.
So was erzählt einem aber keiner, wenn man noch dabei ist, sich hochzuarbeiten. Bevor ich in Newcastle das Ruder übernahm, ging ich davon aus, mein Vorgänger Bobby Mahoney sei steinreich. Ich hatte die Zahlen gesehen; unglaubliche Summen flossen da herein, das meiste unversteuert. Ich weiß, wie viel er den Mitarbeitern seiner Firma zahlte und wie viel wir monatlich abzudrücken hatten. Eigentlich hätte genug übrig bleiben müssen, um in Saus und Braus zu leben, aber leider stiegen die Geschäftskosten in letzter Zeit ständig. Je größer unser Imperium in den etwas über zwei Jahren seit Bobbys Tod wurde, desto mehr hat es mich gekostet, nicht umgebracht oder dazu verdonnert zu werden, lebenslänglich in einem britischen oder thailändischen Knast zu schmoren. Ständig muss ich mich fragen: Zahle ich dem richtigen Mann die richtige Summe? Soll ich lieber seinen Chef oder einen ganz anderen schmieren, von dem ich vielleicht noch gar nichts weiß? Wenn ich Mist baue, bedeutet das für alle das Aus.
Ich versuche, nicht daran zu denken, während ich mich durch die wichtigsten Nachrichtensender zappe und meinen Kaffee trinke; Sky, BBC, CNN, nur mit FOX gebe ich mich erst gar nicht ab. Bevor ich nicht überall mal reingeschaltet habe, komme ich nicht zur Ruhe. Erst wenn ich sicher bin, dass sich die Erde noch um ihre eigene Achse dreht, kann ich in den Tag starten.
Gerade wollte ich umschalten, als ein weiterer Bericht meine Aufmerksamkeit fesselte. Die Verhandlung gegen Leon Cassidy, den Sandyhills Sniper, hatte begonnen. Der Reporter von Sky News erläuterte mit ernster Stimme, dass Cassidy

»des fünffachen Mordes angeklagt ist, darunter auch des Mordes an Detective Chief Inspector Robert McGregor«. Ich war in Newcastle gewesen, als der Sniper in Glasgow wütete, und konnte mich erinnern, was für ein Riesending das in den Nachrichten war. »Die Polizei ermittelt derzeit in Zusammenhang mit den Morden nicht gegen weitere Personen«, erklärte der Reporter, was eine notdürftig geschönte Umschreibung dafür war, dass alle glauben sollten, das Arschloch sei gefasst. Von wegen Unschuldsvermutung, dachte ich, aber die Tatwaffe wurde in seiner Wohnung gefunden, und daher sah es ganz danach aus, als würde Cassidy verurteilt werden.

Ich schaltete den Fernseher aus, zog mich um und schwamm eine Runde in unserem Indoor-Pool. Der fast schon wie versteinert wirkende Jagrit nahm meine Anwesenheit zur Kenntnis, aber er ist nicht der Typ, der zu Überreaktionen neigt. Er zuckte mit keiner Wimper. Durch die riesigen Fenster sah ich ihn draußen stehen und unser Grundstück bewachen. Mit seinem olivfarbenen Teint und den dunklen, wachsamen Augen wirkte er wie aus Jade geschnitzt. Jagrit ist einer meiner Gurkhas, den ich ebenso wie seine Kollegen wegen seiner unerschütterlichen Loyalität und legendären Abgebrühtheit engagiert habe. Gurkhas sind die perfekten Aufpasser für mich: ehrlich, anständig und ehrenhaft. Aber wenn du auf der falschen Seite stehst, verwandeln sie sich in gemeine Dreckschweine, die sich anschleichen und dir die Kehle durchschneiden, ohne dass du auch nur das Geringste mitbekommst. Solange sie Wache schoben, konnte niemand auf unser Grundstück gelangen. Diese Elitekämpfer waren wahrscheinlich der einzige Grund, weshalb Sarah und ich überhaupt noch schlafen konnten.

Das Wasser sah einladend aus, und ich schwamm ein paar

Bahnen, zählte jedes Mal mit, wenn meine Hand den Beckenrand berührte. Ich ging fast jeden Morgen schwimmen, um in Form zu bleiben, aber mir gefiel auch, dass ich dadurch am Beginn des Tages einen klaren Kopf bekam. Im Wasser konnte ich nachdenken, ohne zu grübeln, Vergangenes zu bereuen oder mich vor der Zukunft zu fürchten. Wer braucht das schon? Ich musste mit dem ganzen Scheiß abschließen, den ich gesehen und verbrochen hatte, und weitermachen. Anders ging es nicht. Sorgen sind was für alte Frauen und Idioten. Wer sich ständig überlegt, was gewesen wäre, wenn, wird irgendwann irre.

Nach dem Schwimmen ging es mir besser. Ich trocknete mich ab und zog einen Bademantel an, dann kochte ich noch mehr Kaffee und ging in mein Büro, um meine E-Mails zu lesen. Eine stammte von Kinane. Ich runzelte die Stirn. Er bat mich, so schnell wie möglich nach Newcastle zu kommen. Das gefiel mir gar nicht. Wenn er mit Palmer und meinem Bruder Danny nicht allein klarkam, dann musste es wichtig sein. Schließlich lebte ich genau deshalb mit Sarah hier unten, Tausende von Meilen von der ganzen Scheiße entfernt, damit sich die anderen um alles kümmerten. Schließlich wurden sie dafür bezahlt.

Kinane schrieb, er würde mich später übers Internet anrufen, also schaute ich nach Sarah. Sie schlief immer noch fest, atmete tief, und ich war froh. Seit Monaten konnte sie nicht mehr gut schlafen. Sie stand häufig nachts auf und ging dann leise nach unten. Normalerweise war ich erleichtert, wenn ich merkte, dass sie sich aufsetzte und ich anschließend ihre Schritte auf der Treppe hörte. Auch ich schlief nicht mehr besonders tief, und wenn ich allein im Bett lag, ohne dass sie sich neben mir hin und her warf, konnte ich meist noch ein paar Stunden die Augen schließen. Wenn ich mal wieder ei-

nen Alptraum hatte, wollte ich nicht, dass sie es mitbekam. Also ließ ich sie meist in Ruhe, es sei denn, ich hörte sie unten weinen, dann ging ich runter und sah nach, ob ich ihr helfen konnte, wobei mir inzwischen klargeworden ist, dass ich das nicht kann. Irgendwie muss sie da allein durch. Sie ist keine Drama-Queen und weckt mich nicht absichtlich, aber irgendwas an ihrem Schluchzen lässt mich jedes Mal aus dem Schlaf hochschrecken.
Manche Leute sehen nicht gut aus, wenn sie schlafen, aber Sarah wirkt wie eine Märchenprinzessin; wie Aschenputtel oder Dornröschen. Jetzt gerade sah sie so friedlich aus, dass ich sie direkt für eines dieser Werbeplakate für einen erholsamen Auslandsurlaub hätte fotografieren können.
Eigentlich musste ich arbeiten, aber ich ließ mir Zeit. Ich betrachtete mein Mädchen, sah sie mal richtig an. Sie war so schön, dass ich für einen Augenblick alle Zweifel und negativen Gedanken vergaß, die mich plagten. Die Sonne drang bereits durch den dünnen Stoff der Leinenvorhänge. Schon bald würde sie aufwachen, aber jetzt gerade zauberte ihr das Licht Farbe ins Gesicht, bemalte es mit warmem Glanz, ließ sie noch jünger und hübscher aussehen, als sie sowieso schon war, und das will was heißen. Ich dachte, möglicherweise bin ich mit dem schönsten Mädchen auf der ganzen Welt zusammen.
Als ich so dasaß und Sarah betrachtete, wie sie ruhig, friedlich und zauberhaft dort lag, als könnte ihr die Welt unmöglich etwas anhaben, fiel es mir schwer zu glauben, dass es schon fast zwei Jahre her war, dass ich ihren Vater erschoss.

3

Peter Dean dachte lange und intensiv darüber nach, wie er sich an David Blake heranmachen sollte. Schließlich entschied er sich für Billy Warren als Vermittler, der vielleicht nicht jedermanns erste Wahl gewesen wäre, aber Peter hatte seine Gründe.

Billy Warren war ein schmieriges kleines Arschloch, das seit über zehn Jahren zu Mahoneys Crew gehörte und als ganz junger Rowdy mit Autodiebstählen auf Bestellung angefangen hatte. Als er älter wurde, brach er in Häuser ein und nahm alles mit, was er tragen konnte. Wenn es so aussah, als wären die Hausbewohner im Urlaub, kam er mit einem Transporter zurück und holte auch noch die Möbel ab, was ihm den Spitznamen »Pickford« eintrug, der hängengeblieben war, bis zu dem Tag, an dem er schließlich erwischt wurde. Der Junge saß seine Zeit ab, hielt den Ball flach und nannte keine Namen, wie sich das für einen echten, ehrlichen Gauner gehört.

»Nein, Euer Ehren, ich kann mich an den Namen des Mannes, dem ich das Diebesgut verkauft habe, nicht mehr erinnern. Ich habe ihn im Pub kennengelernt. Nein, eine Adresse habe ich auch nicht.« Billy wies das Gerücht weit von sich, er dürfe nur aufgrund nicht unerheblicher Zahlungen an korrupte Polizisten und einen einheimischen Verbrecherfürsten operieren, bei dem es sich angeblich um

einen gewissen Mr. B. Mahoney aus Gosforth, Newcastle, handelte. Der Richter verlor schon bald die Geduld, und Billy bekam drei Jahre, wovon er zwei im Gefängnis in Durham absaß und anschließend als geläuterter Mann wieder in die Gesellschaft entlassen wurde. Als Belohnung für seine Loyalität bot besagter Mr. B. Mahoney aus Gosforth, Newcastle, Billy die Möglichkeit, sich beruflich umzuorientieren, zumal er ihn davon zu überzeugen wusste, dass Hauseinbrüche nicht wirklich Zukunft hatten.
»Ich biete dir einen neuen Job an, Billy, du kannst erstklassige Ware verkaufen«, erklärte Bobby.
Billy Warrens Gesicht schlug vor Verwirrung Falten. »Hä?«, fragte er.
»Ich möchte, dass du Schnee verkaufst, Billy«, präsierte Mahoney, »weil ich glaube, dass du das gut kannst.«
Und so war's. Am Anfang war alles kinderleicht. Ein paar Jahre lang genoss Billy Warren das schöne Leben. Er wurde nie erwischt, weil die Hälfte der Polizisten, deren Aufgabe es gewesen wäre, ihn zu verhaften, längst auf Bobby Mahoneys Gehaltsliste stand. Und obwohl der anderen, ehrlicheren Hälfte nicht gefiel, was sie sahen, hieß das noch lange nicht, dass sie ihre Kumpels verpfiffen hätten. Billy war noch keinem einzigen Polizisten begegnet, der seine Kollegen wegen Bestechung verraten hätte.
Das Leben meinte es also gut mit ihm. Billy verdiente genug, um sich eine anständige Wohnung zu mieten, einen Wagen zu fahren, der die Frauen beeindruckte, und, wann immer er wollte, mit seinen Kumpels einen draufzumachen. Für einen Mann Anfang zwanzig kann es eigentlich kaum besser laufen, doch mit der Zeit änderte sich seine Einstellung. Unglaublich, woran man sich so alles gewöhnen kann. Aus Billy, der nie genug bekam – genug Geld, genug zu essen, genug

zu saufen, genug zu kiffen –, wurde ein Mann, der alles im Überfluss besaß und trotzdem mehr wollte. Tatsächlich fing Billy sogar an, daran zu zweifeln, dass er den Anteil bekam, der ihm zustand. Durch seine Finger floss viel Geld. Er stellte Kontakte her und verkaufte Koks, aber nicht nur das. Billy konnte Ketamin, Meth, Crack und sogar ein bisschen Heroin besorgen, wovon Bobby aber nichts wissen durfte, weil für ihn der Spaß beim Heroin aufhörte. Bobby war der Ansicht, Heroin würde die Gemeinschaft zersetzen. Ha, als ob es so etwas wie eine »Gemeinschaft« überhaupt noch gab.
Wie alle in Bobbys Crew hatte auch Billy Warren ein bisschen was nebenher laufen. Das war bekannt und wurde sogar akzeptiert, alle machten das, man redete nur nicht darüber, vor allem nicht vor dem Chef.
»Du darfst nur nicht zu gierig werden«, erklärte ihm Geordie Cartwright, »du kannst den Großen ruhig ein kleines bisschen bescheißen. Solange der Löwenanteil oben bei ihm landet, drückt er ein Auge zu.« So lautete das ungeschriebene Gesetz. Aber Billy hatte angefangen, über die Zukunft nachzudenken, und die sah gar nicht so rosig aus, wie er sich das gewünscht hätte. Klar, Geld hatte er, aber nicht die ganz große Kohle, geschweige denn die Summen, die nötig wären, um eine echte »Nummer« in der Stadt zu werden – aber das war es nicht allein. Billy vermisste noch etwas, und das nagte nun schon seit Monaten an ihm. Niemand hatte Respekt vor Billy Warren. Die anderen aus Bobbys Crew nahmen ihn permanent auf die Schippe. Billy wusste, dass er nicht die hellste Kerze auf der Torte war, aber er kannte sich auf seinem Gebiet doch recht gut aus.
Wollte man einen jungen Geschäftsmann überreden, sich von einem viel zu großen Teil seines Gehalts zu trennen und eine viel zu große Menge Kokain zu erwerben, dann

war Billy einwandfrei der richtige Mann. Trotz des Geldes, das er der Firma brachte, behandelte Bobby Mahoney Billy aber wie seinen Hofnarren. Kaum betrat er den Raum, ging es schon mit der Verarsche los. Sie ritten auf seiner Körpergröße herum, nannten ihn »Bodenfurz« und »Schrumpfspecht«; sie machten sich über seine tiefsitzenden Jeans und seine Kapuzenjacken lustig, bezeichneten ihn als »Gangsta« und fragten ihn, wann er das letzte Mal gevögelt hatte, denn sie wussten, dass es bestimmt schon eine Weile her war. Billy war kein Renner bei den Ladys, es sei denn, er bezahlte dafür.

Am schlimmsten war Jerry Lemon, Mahoneys tätowierter Lieutenant, der früher für die bewaffneten Raubüberfälle zuständig war. Er quälte Billy so, dass es ihm gründlich zusetzte. Lemon nannte ihn »kleiner Schwuler«, obwohl Billy kein Homo war, und manchmal rief er ihn auch »Bunny« Warren, was total tuntig klang. Lemon warf ihm vor versammelter Crew Kusshände zu, und wenn er daraufhin ein Gesicht zog, fragte er ihn: »Was ist los, Bunny, stehst du nicht auf mich? Willst du mir nicht den Schwanz lutschen? Da hab ich aber was ganz anderes gehört. Angeblich warst du in Durham für jeden zu haben.« Und die gesamte Crew lachte ihn aus. Die Schmach brannte auf Billys Gesicht.

Er war ziemlich sicher, dass Jerry selbst nichts gegen »ein bisschen Schwanzlutschen« hier und da einzuwenden gehabt hätte, denn die Art, wie er ihn aufzog, hatte fast schon was Anzügliches, aber Billy hätte sich nie getraut, etwas in der Richtung zu ihm zu sagen. Jerry war ein beinharter Typ, der Billy im Zweifelsfall einfach so zum Spaß abgeknallt und sich anschließend schulterzuckend bei Bobby für die möglicherweise entstandenen Unannehmlichkeiten entschuldigt hätte.

Aber es gab noch einen anderen Grund, weshalb sich Billy nicht gegen die blöden Witze wehrte: Er hatte Angst, Jerry könnte etwas wissen. Billy war zwar nicht schwul, aber in Durham hatte ihn sein Zellenkumpel gezwungen, Dinge zu tun, die er ganz bestimmt nicht hatte tun wollen und an die er auch nie wieder erinnert werden wollte. Wenn er daran dachte, schämte er sich so sehr, dass er einen guten Teil seiner eigenen Ware selbst konsumierte. Aber was sollte er machen? Zu dem Zeitpunkt war Aussteigen keine Option, und die Alternativen wären weit schlimmer gewesen, also machte Billy, was er immer schon gemacht hatte: Er überlebte.
Wusste Jerry, was passiert war, oder hatte er nur geraten? Konnte er Billys Gedanken lesen? Wenn Jerry wirklich was spitzgekriegt hatte, gab es zwei beunruhigende Möglichkeiten. Entweder, er würde es allen weitererzählen und Billy würde erst recht zum Gespött werden, nur weil er seinem Kumpel mal einen geblasen hatte. Oder aber, Jerry behielt die Information für sich, damit er sie gegen Billy verwenden konnte, vermutlich, um ihn irgendwann zu zwingen, dasselbe auch bei ihm zu machen – die Aussicht war weit schlimmer.
Der Tag, an dem Jerry Lemon der Kopf weggeblasen wurde, war der beste Tag in Billy Warrens Leben. Endlich hatte sein Peiniger bekommen, was er verdiente. Wenig später aber fand David Blake, Bobbys Spezialist für Sicherheitsfragen, heraus, dass Billy sich ohne Bobbys Wissen auf einen Deal eingelassen hatte. Billys Wohl und Wehe lag nun in Blakes Händen, und er fing an, den Mann zu hassen.
»Ohne die Erlaubnis von dem Wichser kann ich in Newcastle nicht mal mehr pissen gehen«, erklärte er Kinane.
Kinane verengte den Blick und betrachtete Billy eindringlich. »Du hast Glück, dass dich Blake weiteratmen lässt, Bil-

ly. Hättest du mich auf die Art beschissen, wäre ich mit dir zehn Meilen vor die Küste gefahren und hätte dich über Bord geworfen.«
»Ich hab mir nichts dabei gedacht, Mann, ehrlich«, stammelte Billy.
»Und wenn mir noch mal zu Ohren kommt, dass du ein schlechtes Wort über David Blake verlierst«, fuhr Kinane fort, »mach ich das. Hast du das verstanden, Billy?« Billy nickte, als hinge sein Leben davon ab, und genau so war es auch.
Im Prinzip wäre diese kleine Unterhaltung folgenlos geblieben, hätte Peter Dean nicht in der Nähe gesessen und die Ohren gespitzt. Er liebte Tratsch, unser Peter, und wenn sich Kinane die Mühe machte, Leute in Blakes Namen einzuschüchtern, dann zeigte das nur, wie weit es dieser Blake in Bobby Mahoneys Organisation gebracht hatte. Als Peter überlegte, wen er um Geld für sein Internetunternehmen anhauen wollte, erinnerte er sich an das Gespräch. Und auch jetzt dachte er wieder daran, als er in eine freie Lücke auf dem Parkplatz vor Billys Wohnung fuhr.

4

Jaiden Doyle steckte voller Elan. Vielleicht lag es an dem für die Jahreszeit ungewöhnlich milden Wetter, am Geld in seiner Tasche, vielleicht aber auch an seinen neuen Klamotten. Mit der richtigen Kleidung hatte man gleich das Gefühl, dazuzugehören. Zumindest schien sein neues Outfit auf Palmer und Kinane die richtige Wirkung zu haben, denn sie begegneten ihm viel freundlicher als sonst.
Vor einem Monat war er mit Nachrichten aus den Sunnydale Estates sowie ein paar Erläuterungen zu den Wocheneinnahmen bereits schon mal in diesem Hotel in Quayside aufgetaucht und hatte mehr Geld verlangt. Man sollte meinen, die Zahl der Junkies, die bereit sind, satte Kohle für Heroin hinzublättern, müsste allmählich mal abnehmen, sogar in beschissenen Wohnghettos wie den Sunnydale Estates, aber tatsächlich konnten sie die Drogen gar nicht schnell genug bekommen. Jaiden dachte, David Blakes engste Mitarbeiter würden sich freuen, dies zu hören, tatsächlich aber machten sie ihn bei dem Treffen in der Bar in einem der schicksten Hotels in Quayside erst mal einen Kopf kürzer.
»Was denkst du dir dabei, so rumzulaufen, du verlotterter kleiner Wichser?«, fuhr Kinane ihn an, noch bevor Jaiden überhaupt den Mund aufbekam. Der riesengroße Vollstrecker bedachte Doyle mit einem Blick, als wollte er ihn in zwei Hälften zerteilen.

»Hä?« Jaiden brauchte einen Augenblick, bis er kapiert hatte, dass von seiner Aufmachung die Rede war, und er fragte sich, ob Kinane was an den Augen hatte. Verlottert? Seine Klamotten waren brandneu und allererste Sahne. Doyle fand sich echt schick. Er trug ein gelbes Southpole-Oberteil mit Kapuze über einem bügelfreien T-Shirt und FUBU-Jeans, die so tief hingen, dass man die schwarzen Buchstaben des Calvin-Klein-Logos auf dem Bund seiner Unterhose lesen konnte. Ganz besonders stolz war er auf seine funkelnagelneuen schneeweißen Nikes, die noch keinen einzigen Kratzer hatten. Abgerundet wurde der Look durch eine lange dicke Goldkette um seinen Hals, weshalb er den Reißverschluss des Kapuzenoberteils offen ließ und sie dadurch, ebenso wie das Designer-T-Shirt darunter, richtig zur Geltung brachte. Die Kapuze hatte er über den Kopf gezogen. Wo er herkam, wollte man nicht von der Polizei erkannt, von Zeugen gesehen oder einer konkurrierenden Bande entdeckt werden. Doyle hatte gedacht, ein alter Haudegen wie Kinane, ein echter Gangster, der es bis ganz oben geschafft hatte, würde das verstehen, aber stattdessen betrachtete er den Teenager voller Verachtung.

»Willst du unbedingt verhaftet werden?«, fuhr Palmer ihn an. Kinanes Größe ließ Palmer verhältnismäßig klein wirken, tatsächlich war er aber ein durchschnittlich großer Typ mit einem überdurchschnittlichen Ruf, den er seiner Vergangenheit bei den »Special Forces« zu verdanken hatte. Angeblich war er bei der SAS oder der SBS gewesen, hatte eine Schublade voller Orden mitgebracht und bei Dutzenden von Geheimoperationen mitgewirkt, bis er beim Militär ausgestiegen und »auf die dunkle Seite« gewechselt war, wie Braddock es ausdrückte. Palmer war ein muskulöser, kahlrasierter, zurückhaltender Schotte mit Bartstoppeln am Kinn; sein Akzent klang teilweise nach Glasgow und ein bisschen auch nach Newcastle, seiner Wahlheimat. Doyle wusste nicht allzu viel über den kleineren Mann, nur das, was man sich so auf der Straße erzählte, aber er wusste, dass er innerhalb der Organisation mit Kinane auf einer Stufe stand und ganz offensichtlich ein stahlharter Typ war.

»Palmer war im Krieg und hat Hunderte kaltgemacht«, hatte Shanks, Doyles Kumpel, diesem erst wenige Tage vor dem Treffen erzählt. Und es stimmte, denn Bobby Mahoneys Mitarbeiter begegneten Palmer mit ebenso großem Respekt wie dem sehr viel größeren Kinane. In Gegenwart der beiden passte Doyle höllisch auf, was er sagte, und legte es ganz bestimmt nicht darauf an, sie absichtlich zu verärgern. Jetzt aber kapierte er einfach nicht, was ihr Problem war. Doyle fand, er sah in seinen Klamotten aus wie Eminem oder ein weißer Tinchy Stryder; wie ein echter Gangsta eben, ein Mann, mit dem man sich besser nicht anlegt. Seine Kumpels waren von seiner Aufmachung echt beeindruckt, aber offensichtlich teilten Kinane und Palmer deren Enthusiasmus nicht.

»Was ist los?«, fragte er.

»Was los ist?«, knurrte ihn Kinane an, und Doyle durchzuckte Angst. »Du siehst aus wie ein Oberarschloch, das ist los. Du könntest genauso gut mit einer Tüte voll Heroin und einer Uzi unter dem Arm hier reinmarschieren.«

»So kannst du in kein Hotel gehen, du siehst aus wie aus dem Ghetto«, erklärte Palmer. »Kannst dir gleich ein Schild umhängen, auf dem steht: ›Nehmt mich fest, ich bin Dealer.‹ Guck dich doch mal um, du Hirn.«

Doyle betrachtete die Leute in der Bar, einige wandten sofort den Blick ab, hatten ihn aber anscheinend gerade eben noch angestarrt. Es war sehr ruhig, abgesehen von der entsetzlich öden Klaviermusik, die aus den Lautsprechern drang, und dem leisen Geplauder der anderen Gäste. Letztere trugen Sakkos und Hosen, manche sogar Krawatten. Urplötzlich dämmerte Doyle, wie deplaziert er wirken musste. Er war noch nie auf die Idee gekommen, dass es vielleicht gar nicht so gut war, wie ein Dealer auszusehen, wenn man tatsächlich Dealer war.

Er blickte erneut Palmer und Kinane an. Beide musterten ihn mit gerunzelter Stirn.

»Sorry und so«, stammelte er eine Entschuldigung, »wusste ich irgendwie nicht.«

»Dann weißt du's jetzt«, sagte Kinane.

Palmer griff in die Innentasche seines Jacketts und schrieb etwas auf die Rückseite eines Getränkebons. »Wenn du weiter für uns aus Sunnydale berichten willst, dann gehst du hier hin und kaufst dir was Ordentliches zum Anziehen, aber schnell. Ich meine ein Sakko, eine Hose und ein paar Hemden. So etwas, was wir anhaben. Keine Kapuzenjacken, keine Turnschuhe und keine Klunker. Kapiert?«

»Ja.« Doyle nickte wie bekloppt, wollte seinen privilegierten und geschützten Posten als Botschafter behalten, weiterhin als Vermittler zwischen diesen mächtigen Männern und Braddock fungieren, der in ihrem Auftrag Sunnydale regierte.

»Blake kauft da auch ein. Das ist allererste Qualität«, erklärte Palmer, »auch wenn du so was nicht erkennen würdest, wenn du's direkt vor der Nase hast.«

»Und noch was«, ergänzte Kinane.

Doyle hatte inzwischen ängstlich blickende Hasenaugen. »Was?«, fragte er.

»Lass dir die Scheißhaare schneiden.«

Doyle war von dem Treffen vor ungefähr einem Monat als Geläuterter zurückgekehrt. Bei der Arbeit in der Siedlung trug er weiterhin seine eigenen Klamotten, war aber schleunigst in den von Palmer empfohlenen Designer-Laden marschiert und hatte sich gekauft, was sie ihm geraten hatten: Hose, Sakko, ein paar Hemden.
Danach war er zum Friseur gegangen. Wenn man von Kinane was gesagt bekam, müsste man schon schön blöd sein, um zu warten, bis er es ein zweites Mal sagte.
In Sunnydale kam er sich in seinen neuen Klamotten schon ein bisschen bescheuert vor, aber er musste zugeben, dass er sich in der Stadt super darin fühlte. Im Vorübergehen sah Doyle sein Spiegelbild im Schaufenster und fand sich toll.
Palmer und Kinane mussten derselben Ansicht sein, denn sie sagten nichts mehr über sein Aussehen, jedenfalls erst mal nicht. Stattdessen hörten sie zu, ließen ihn ausreden, ohne ihn zu unterbrechen, obwohl er vermelden musste, dass die Einnahmen ganz beträchtlich unter der bisher üblichen Summe lagen.
»Wer hat dir diese Zahl genannt, Doyle?«, fragte Palmer schließlich.
»Braddock«, erwiderte Doyle, »Braddock ist der Einzige, der über die Einnahmen Bescheid weiß.«
»Und hat er auch einen Grund angegeben?«
»Nein, sonst hat er nichts gesagt.«
Kinane und Palmer zeigten keinerlei Emotionen angesichts der schlechten Neuigkeiten. Sie stellten ihm noch ein paar weitere Fragen, üblicher Alltagskram, dann ließen sie ihn gehen. Als Doyle das Ende der Bar erreicht hatte, rief ihm Palmer hinterher: »Hey, Doyley!« Und als er sich umdrehte, sagte er: »Siehst fast ganz manierlich aus.«

Doyle strahlte Palmer an, wurde dann aber verlegen, drehte sich um und ging.

Er durchquerte das Foyer des Hotels, fluchte leise vor sich hin, weil er vor den Großen mal wieder so uncool gewesen war. Hatte gegrinst wie ein Blödmann, nur weil er mal ein bisschen Lob von einer Legende bekam. Er verließ das Hotel und fragte sich, ob sie ihn je ernst nehmen würden.

Doyle wollte über die Straße und den Uferweg zurück nach Quayside gehen. Niemand sah den Schützen, der aus dem Schatten trat, die Hand hob, seine Makarow ausrichtete und Jaiden Doyle zweimal in den Rücken schoss.

5

»Ich soll einen Job vergeben, an einen Mann hier aus der Stadt«, erklärte Peter Dean.
»In wessen Auftrag?«, fragte Billy.
Sie saßen an einem Tisch in Billys Wohnung, in der es so chaotisch war, dass Deans winziges Apartment dagegen fast aufgeräumt wirkte.
»Mach dir darüber mal keine Gedanken, Billy«, sagte Peter, »die Betreffenden wollen anonym bleiben. Dafür bezahlen sie mich. Stell dir einfach vor, ich sei der Kunde.«
»Von mir aus. Mich interessiert, wie viel Geld es gibt und um welchen Job es geht …« Billy schien plötzlich einzufallen, dass ihm niemand genau erklärt hatte, was von ihm verlangt wurde: »Um welchen Job?« Peter Dean holte tief Luft und sagte: »Einen Auftragsmord.«
»Einen Mord?« Billy lachte, merkte dann aber, dass Dean nicht mitlachte. »Du machst Witze, oder?«
»Ich mein's todernst«, sagte Peter.
Billys Mund ging auf, als wollte er eine Entgegnung formulieren, aber er sagte nichts. Stattdessen dachte er einen Augenblick nach und erklärte schließlich: »So was mache ich nicht, ich deale bloß.«
»Du musst nicht selbst abdrücken, das ist ja das Schöne. Ich will nur, dass du einen aus der Stadt findest, der das für uns erledigen kann. Du erzählst ihm alles über den Mann, den

meine Leute ausschalten wollen, gibst ihm ein paar Insiderinformationen, dann bezahlst du ihn und schickst ihn los.«
»Warum machen deine Leute das nicht selbst? Warum wollen sie uns bezahlen?«
»Sie sind nicht von hier und wollen anonym bleiben.«
»Verstehe«, sagte Billy, »die müssen selbst wissen, was sie mit ihrem Geld machen.« Er nahm einen Zug von seiner Zigarette, klopfte sie am Aschenbecherrand ab, dann fügte er hinzu: »Apropos, wie viel zahlen sie denn?«
Peter sagte es ihm, und Billy stieß einen Pfiff aus, als könne er es kaum glauben. »Wer ist der Kerl, der ins Gras beißen soll?«
Peter Dean holte ein zweites Mal tief Luft. Dies war der Moment, in dem er alles riskierte, in dem er alles auf eine einzige Karte setzte, einschließlich seines eigenen Lebens. Wenn er die Situation falsch einschätzte, wenn Billy David Blake gar nicht hasste oder zu große Angst vor ihm hatte, wenn er einfach nur wieder gut vor Blake dastehen wollte, indem er ihm erzählte, dass jemand einen Anschlag auf sein Leben plante, dann war Peter Dean ein toter Mann. Aber Peter war sowieso so gut wie tot, wenn er kein Geld auftrieb, um sein untergehendes Imperium zu retten. Also verriet er Billy Warren, wer die Zielperson war.
»David Blake? Bist du sicher?« Billys Augen wurden immer größer, während Peter nickte. »Ach, du heiliger Scheißstrohsack!«
Einen Moment lang rechnete Peter damit, gefragt zu werden, ob er sie noch alle beisammen habe, bevor sein Alptraum wahr werden, Billy sein Handy zücken und David Blake persönlich anrufen würde. Doch dann sagte Billy: »Das ist ein Riesenrisiko, das ich da eingehen soll.«
Aber eigentlich glaubte Billy das gar nicht, nicht wirklich.

Er war es gewohnt, sich durchzumogeln, unter dem Radar zu bleiben, das hatte er immer schon so gemacht, und er war auch ziemlich sicher, dass er den Job erledigen konnte, ohne sich selbst auch nur im Entferntesten in Gefahr zu bringen. Delegieren, darum ging es hier. Mit der richtigen Planung und Bezahlung wäre er in der Lage, ausreichend Abstand zwischen sich und den Job zu legen. Als die Summe genannt wurde, konnte Billy sein Glück kaum fassen. Du lieber Gott, was glaubten die eigentlich, wen sie aus dem Weg räumen wollten? Den Premierminister? Peter erklärte, er würde die Hälfte bekommen, wenn der Killer gefunden und engagiert sei, den Rest nach Erledigung.
»Interessiert?«
»Kann sein.«
»Aber kriegst du das auch hin?«, fragte Peter. Der ältere Mann sah Billy besorgt an, als dächte er plötzlich, er habe Billys Kontakte doch überschätzt. »Kennst du den Richtigen dafür?«
»O ja, keine Angst«, erwiderte Billy, »ich kenne einen, der das locker hinkriegt«, versicherte er Dean, »der ist perfekt für den Job.«
»Also dann«, fragte Peter, wobei es ihm nicht gelang, seine nervöse Aufregung zu verbergen, »wirst du's machen?«
Billy nahm einen weiteren langen Zug von seiner Zigarette: »Ich lass es mir durch den Kopf gehen.«

»Was ist so wichtig, dass ich alles stehen und liegen lassen und angeflogen kommen muss? Ich war erst vor zwei Wochen bei euch.« Ich saß im Computerzimmer im ersten Stock und telefonierte wie versprochen mit Kinane. »Ich dachte, du und Palmer, ihr kümmert euch um alles.«

Ich drehte mich auf dem Stuhl, während ich zuhörte, und blickte durch das geöffnete Fenster, so dass ich Sarahs schlanke Gestalt sehen konnte, wie sie elegant durchs Wasser pflügte und sich mit kraftvollen Zügen auf den Beckenrand zubewegte.
»Ich weiß«, erwiderte Kinane, »machen wir ja normalerweise auch.«
»Es geht aber nicht schon wieder um Braddock, oder? Du willst mir nicht schon wieder die Ohren vollheulen?«
»Nein, nicht Braddock«, versicherte er mir, »aber wenn wir schon beim Thema sind, muss ich sagen ...«
»Wir sind nicht beim Thema«, erklärte ich bestimmt. »Du hast gesagt, es geht nicht um Braddock. Du kennst meine Meinung. Lass es einfach.«
»Ja, und meine Meinung kennst du auch«, erklärte er mir, aber mein Schweigen genügte, um ihn verstummen zu lassen. »Es geht nicht um Braddock.«
»Also?«
»Wir haben Probleme.« Er klang fast kleinlaut.
»Was für Probleme?«
»Ich weiß gar nicht, wo ich anfangen soll.«
Sarah war mit ihren Bahnen fertig und stieg aus dem Wasser. Sie ging zu einem der Liegestühle und nahm ein großes weißes Handtuch, dann trocknete sie sich ab.
»Fang mit den schlechten Nachrichten an«, sagte ich, »danach erzählst du mir die weniger guten.«
»Amrein hat sich gemeldet«, sagte er, »er meint, er muss dich wegen der Gladwells sprechen. Es ist dringend, hat er gesagt.«
»Ja«, seufzte ich, »ich weiß, ich hab ihn hingehalten. Eigentlich hab ich keine Lust, mich über die Gladwells zu unterhalten.«

»Kann ich mir vorstellen«, gestand Kinane. »Was soll ich ihm sagen?«
»Sag ihm, ich melde mich, sobald ich wieder im Land bin«, lenkte ich ein, »das klingt, als würde es nicht mehr lange dauern. Was gibt's sonst?«
»Toddy«, sagte er, als könnte er es selbst kaum glauben, »sieht nicht gut aus.«
»Du willst mich verarschen. Ich dachte, Fitch hat's im Griff.« Meine Anwältin war die Allerbeste und härter als die meisten Männer in unserer Crew.
»Hat sie auch, absolut. Die macht die Bullen schon während der Vernehmung mürbe, wenn's irgendwie geht«, sagte Kinane, doch dann fügte er hinzu: »Diesmal meinte sie aber, es würde nicht gut aussehen.«
Ich hatte alle meine Hoffnungen darauf gesetzt, dass unsere teure Anwältin das Vorgehen der Polizei zerpflücken, Formfehler finden und Gründe suchen würde, weshalb Beweismittel nicht zugelassen werden konnten, da sie Toddys Menschenrechte verletzten. Seit er vor Monaten in den Sunnydale Estates von der Polizei festgenommen worden war, kämpften wir vergeblich darum, unseren Toddy vom Haken zu bekommen. Schuld daran waren die drei Kilo Heroin im Kofferraum seines Wagens.
»Die Bullen haben einfach zu viel Ware bei ihm gefunden«, rief mir Kinane in Erinnerung. »Fitch meint, um den Knast kommt er nicht herum.«
Das traf mich. Ich hatte immer gedacht, wir könnten Toddy raushauen oder, wenn er schon schuldig gesprochen wurde, wenigstens das Strafmaß abmildern. Ein oder zwei Jahre hätte er herumgekriegt. Wir hätten uns um ihn gekümmert, seine Mum und seine Freundin versorgt, Toddy für die abgesessene Zeit entschädigt und ihm garantiert, dass er nach sei-

ner Entlassung eine Zukunft hatte. Auf die Art war es unwahrscheinlicher, dass er einen Deal einging. Wenn jemand weiß, dass ihm eine längere Haftstrafe blüht, begegnet er Angeboten der SOCA mit größerer Bereitschaft, Namen zu nennen und anschließend in ein Zeugenschutzprogramm abzutauchen.
»Was sagen wir Toddy?«
»Nichts«, sagte Kinane. »Nur, dass alles gut wird. Wir finden irgendeinen Formfehler und holen ihn da raus.«
»Glaubt er das?«
»Weiß nicht, ja. Keine Ahnung, glaub schon. Doch.«
»Solange du dir sicher bist ...«, meinte ich, aber er schien den Sarkasmus nicht zu begreifen.
Mir wurde klar, dass ich mich zu sehr auf meine Anwältin verlassen hatte. Susan Fitch war teuer, aber auch sehr gut. Sie hatte schon mehr als einen Polizisten im Zeugenstand zerpflückt. Rotzfrech und dreist kamen sie dort immer an, hatten einen Notizblock voller unumstößlicher Beweise und konnten es nicht abwarten, den Angeklagten hinter Gitter wandern zu sehen. Dann sahen sie sich einer analytisch denkenden Frau mit kühlem Kopf gegenüber, die sich auf jedes noch so kleine Detail stürzte und auf jeder widersprüchlichen oder falsch interpretierten Beobachtung unverhältnismäßig lange herumhackte, bis es den Zeugen schwindlig wurde. Susan Fitch war dafür bekannt, selbst die hoffnungslosesten Fälle straflos rauszuhauen. Bei der Polizei war sie deshalb verhasst. Aber anscheinend würde diesmal nichts daraus werden, jedenfalls nicht laut Kinane.
»Ich kann's immer noch nicht glauben.« Kinane war aus gutem Grund fassungslos. Wir zahlen sehr viel Geld dafür, dass die Sunnydale Estates auf der Prioritätenliste der Polizei ganz unten stehen. Ebenso wie ich betrachteten auch die

Behörden den Heroinhandel dort realistisch. Es gab ihn seit dreißig Jahren, und es würde ihn immer geben, also wozu gegen etwas angehen, das sowieso unvermeidlich war? Wir hatten das Gesindel verdrängt, das vorher dort gedealt hatte, und durch unsere Leute ersetzt. Sunnydale war jetzt eine bedeutende Einnahmequelle unserer Firma. Wir waren in den Hochhäusern dort so erfolgreich, dass wir expandieren und Filialen in allen anderen Wohnsiedlungen der Stadt einrichten mussten. Jetzt waren wir in jedem heruntergekommenen Drecksloch in Newcastle mit Dealern vertreten, aber auch die Polizei sah uns dort definitiv lieber als die Alternativen. Unsere Leute waren sicher keine Heiligen. Wie auch? Sie dealten, und manchmal kam auch Gewalt ins Spiel. Aber wir achteten darauf, dass wir nie zu weit gingen. Unter unserer Aufsicht wurde niemand sinnlos umgebracht, wir fixten keine Kinder an und schickten sie anschließend auf den Strich, damit sie ihre Sucht finanzieren konnten, und unsere Ware war auch nicht mit Strychnin, Rattengift oder Bleichmitteln verschnitten. Wir räumten auf, machten Schluss damit, dass jede kleine Auseinandersetzung mit einer Schießerei aus fahrenden Autos beigelegt wurde.
Natürlich hatten wir uns vorher der ortsansässigen Gangster entledigen müssen, aber größtenteils war die Botschaft irgendwann bei ihnen angekommen, und der schwere Schock, den sie durch unsere Übernahme erlitten, war ein geringer Preis dafür, dass das Chaos ein Ende hatte. Sogar die Polizei kapierte das. Nicht dass in den Wohnghettos jetzt so was wie ein Junkienirvana herrschte, aber viel besser konnte es dort unmöglich werden, jedenfalls nicht in einer Welt wie dieser.
Weil die Polizei wusste, dass wir die beste aller schlimmsten Möglichkeiten waren, ließen sie uns gewähren. Zunächst ka-

pierten wir deshalb auch gar nicht, wieso Toddy erwischt wurde. Ein paar panische Anrufe später merkten wir, was für ein Riesenpech Toddy gehabt hatte.

»Herrgott noch mal.« Ich versuchte, mir meine Verzweiflung nicht anmerken zu lassen. Wenn Susan Fitch keine undichten Stellen in der Beweisaufnahme fand, würde sich die Sache so leicht nicht wieder einrenken lassen. »Das hat uns gerade noch gefehlt.«

»Erzähl das mal Toddy«, sagte Kinane.

Ich ignorierte ihn. »Du hast gesagt, es gibt noch mehr schlechte Nachrichten?«

»Kann man wohl sagen. Auf Doyley wurde geschossen.«

»Was?« Die Nachricht war noch unfassbarer. »Jaiden Doyle? Wo?«

»Draußen vor dem Hotel und von hinten – direkt nach dem Treffen mit Palmer und mir.«

Das ging mir nicht in den Schädel. Doyle war ein kleiner Angestellter unserer Firma. Er führte in Braddocks Auftrag ein kleines Dealerteam in Sunnydale, aber das machte ihn doch nicht zum Angriffsziel. Das ergab einfach keinen Sinn.

»Ist er tot?«

»Er wird's überleben. Die Kugeln kamen vorn wieder raus, knapp an der Lunge und dem Herzen vorbei, falls er eines hat. Ehrlich gesagt, Doyle ist mir scheißegal. Solche wie den gibt's an jeder Ecke. Mir macht Sorgen, dass sich überhaupt einer an ihn rantraut. Ist doch allgemein bekannt, dass er auf unserer Gehaltsliste steht. Eigentlich hätte ihn das schützen müssen.«

Kinane fasste den Anschlag als persönlichen Affront auf, und da hatte er nicht ganz unrecht. Wer auf unsere Leute schoss, zeigte Joe Kinane den Stinkefinger. Das hieß, er gab einen Scheiß darauf, ob sich unser Vollstrecker an ihm rächen würde – und eine solche Einstellung würde sich Kinane von niemandem bieten lassen. Es war richtig, mich anzurufen. In dem Moment konnte ich mir kaum etwas Schlimmeres vorstellen, als eine lange Haftstrafe für Toddy und einen Kerl, der den Nerv hatte, vor unseren Nasen und auf offener Straße auf einen von uns zu schießen. Aber trotzdem war ein Langstreckenflug nach Großbritannien das Letzte, was ich gebrauchen konnte, von dem ganzen Mist, um den ich mich nach meiner Ankunft würde kümmern müssen, mal ganz zu schweigen … Ich hatte gehofft, die Alltagsgeschäfte zunehmend delegieren zu können, aber anscheinend gab es in unserer Branche immer etwas, das nur der Chef regeln konnte. Ich seufzte. »Ich setze mich morgen ins Flugzeug.«

6

Sarah legte ihr Buch weg und fragte: »Was ist los?«
»Nichts«, erwiderte ich. »Aber ich muss nach Newcastle.«
»Wann?«
Ich zuckte mit den Schultern: »Am besten morgen. Je schneller ich mich darum kümmere, umso schneller bin ich wieder da.«
»Klingt aber nicht nach nichts.« Ihre Stimme blieb ruhig, trotzdem merkte ich, dass sie sich Sorgen machte. Wir spielten beide immer dasselbe Spiel, versicherten einander, dass es nichts Beunruhigendes gab, dass meine kurzfristige Geschäftsreise nach Tyneside reine Routine war, und sie tat so, als würde sie sich nur ganz nebenbei danach erkundigen.
»Bloß irgendein Kram«, presste ich heraus, »du weißt schon.«
»Na klar«, sagte sie, »ich weiß. Irgendwas ist immer...«
»Iss was Vernünftiges, wenn ich nicht da bin.« Sarah hatte die schlechte Angewohnheit, sich mit dem Essen keine Mühe zu geben, wenn ich nicht da war. Wie viele Mädchen hielt sie Toast für eine Mahlzeit.
»Mach ich.«
»Fünf Mal am Tag«, ermahnte ich sie.
»Zählt Wein mit?«
»Wird aus Trauben gemacht, von mir aus.«

»Du bist doch der Experte, wenn's um den richtigen Wein zum Essen geht. Welcher passt am besten zu Maltesers?«
»Hey, ich mein's ernst. Iss was Anständiges, sonst ist bald nichts mehr an dir dran. Du verlierst deine tolle Figur, und ich verliere das Interesse an dir.«
»Danke schön. Ich werde sowieso immer fetter.« Sie warf zum zigtausendsten Mal in dieser Woche einen Blick auf ihren unglaublich flachen Bauch und musterte ihn kritisch.
Meiner Meinung nach sah sie gut aus. Sehr gut sogar. Und es war schade, dass sie sich derzeit nicht gut fühlte, weil ich für ein paar Tage wegmusste und gegen ein Abschiedsgeschenk nichts einzuwenden gehabt hätte. Aber das konnte ich mir wohl abschminken. Ihren Körper bekam ich heutzutage nur noch im Bikini zu sehen. Natürlich hatte ich Sarah unzählige Male nackt gesehen, aber als sie am Morgen aus der Dusche kam und mich entdeckt hatte, hatte sie sich sofort etwas übergeworfen. Keine Ahnung, was das sollte, aber ich war ohnehin längst zu dem Schluss gekommen, dass ich die Frauen niemals verstehen würde.
»Sei ein braves Mädchen, solange ich weg bin«, sagte ich, beugte mich zu ihr vor und drückte ihr einen Kuss auf die Stirn. »Versuch lieber erst gar nicht, mit den Gurkhas zu schlafen.«
»Ich werde mir Mühe geben.« Sie lächelte mich zuckersüß an. »Aber versprechen kann ich's nicht. Was soll ich machen, wenn mir langweilig wird?« Dieses Mal beugte ich mich tiefer und küsste sie auf die Lippen.
»Danke für den tröstlichen Gedanken.«

Chef zu sein hatte Vorteile. Egal, wohin ich gehe, ich werde behandelt wie jeder andere Vorstandsvorsitzende eines mittelgroßen Unternehmens und vor dem Einstieg ins Flugzeug direkt in die Erste-Klasse-Lounge geführt. Das hat schon was für sich, andererseits aber habe ich mich inzwischen bereits daran gewöhnt, so dass es keinen allzu großen Spaß mehr macht.

Aus dem Nichts tauchte ein hübsches junges Ding auf und schenkte mir ein Lächeln, als sei ich das Zentrum des Universums, aber nur ihre Lippen waren freundlich, ihre Augen blieben ausdruckslos. Ich fragte mich, wie viele dicke, kahle Vorstandsvorsitzende darauf hereinfielen und sie anbaggerten.

»Champagner oder Orangensaft, Sir?«, fragte sie mich, und ihre rubinrot geschminkten Lippen formten ein einladendes »O«, als sie »Orange« sagte. Und einen Augenblick lang fragte ich mich, wie sich diese Lippen wohl an meinem Schwanz anfühlen würden und ob ihre blonde Hochsteckfrisur halten würde, wenn sie daran auf und ab glitt. Herrgott noch mal, ich muss was gegen diese Flaute unternehmen. Ist ja nicht Sarahs Schuld, dass sie unter Depressionen leidet. Ich kann es verstehen, wirklich, aber diese Abstinenz macht einen versauten alten Sack aus mir.

»Champagner«, antwortete ich, und sie nahm ein Glas und reichte es mir. Eigentlich bescheuert. Zu Hause in Hua Hin haben wir kistenweise von dem Zeug und viel besseren Stoff als die minderwertige Massenblubberware hier, aber in mir steckt noch immer der arme Junge aus dem Norden, in dem es schreit: »Sei kein Ochse, Mann, es ist umsonst!« Ich glaube nicht, dass meine Mutter in ihrem ganzen Leben auch nur ein einziges Mal Champagner getrunken hat, höchstens auf einer Hochzeit.

Ich saß eine Weile da, wartete, dass mein Flug aufgerufen wurde, und versuchte zu lesen. Irgendwo trieb ein Serienkiller sein Unwesen, und ein unkonventioneller Detective mit einer Vorliebe für harte Getränke war ihm auf der Spur. Vor ein paar Jahren hätte ich das ganze Buch während des Fluges verschlungen und Spaß daran gehabt, aber jetzt kam ich einfach nicht rein. Mir ging so vieles durch den Kopf, gerade jetzt, wo es Sarah nicht so gutging. Und dann Toddy und auch noch Jaiden Doyle. Wer sollte einen meiner Männer erschießen wollen? Viele wahrscheinlich und aus den unterschiedlichsten Gründen, aber ich musste rauskriegen, wer davon am meisten profitierte und die Chuzpe hatte, so eine Aktion durchzuziehen.

Ich sah aus dem Fenster, wo ein großer schwarzer Lexus hielt. Der Fahrer brauchte einen Augenblick, bis er das Fahrzeug einigermaßen gerade an den Bordstein manövriert hatte. Zwischen den beiden Transportern war nicht viel Platz, aber er fuhr ein paarmal vor und zurück, bis er genau in der Mitte der Lücke zum Stehen kam. Die Fahrertür ging auf, und der härteste Mann im englischen Nordosten stieg aus.

Joe Kinane war so groß, dass jedes Auto neben ihm wie ein Spielzeug wirkte. Kinane streckte sich, als hätte er viel zu lange im Wagen sitzen müssen, dann blickte er zum Café, sah mich, nickte und kam herein, die ganze Zeit über mit besorgt gerunzelter Stirn.

Die Tür flog auf, als hätte sie jemand aufgetreten, dabei handelte es sich nicht um unverhältnismäßig aggressives Verhalten, sondern es war Kinanes angeborener Unbeholfenheit geschuldet. Er wusste seine eigenen Kräfte manchmal nicht einzuschätzen. Joe war ungefähr ein Meter fünfundneunzig groß und wog an die hundertzehn Kilo. Er war Anfang fünfzig, was man ihm aber kaum anmerkte. Man hatte nicht das Gefühl, Kinane habe seine besten Jahre hinter sich und befände sich auf dem absteigenden Ast. Und ganz bestimmt hätte ihm niemand so etwas ins Gesicht gesagt. Allein sein

Stolz hätte ihn gezwungen, denjenigen in einen anderen Postleitzahlenbezirk zu katapultieren.
Bobby Mahoney hatte Kinane bereits als jungen Mann entdeckt, als er selbst noch gar kein so hohes Tier, sondern lediglich ein vielversprechender Anwärter war, der sich einen Namen machen und einen Ruf aufbauen wollte. Zu diesem Zeitpunkt begegnete man ihm innerhalb der Branche teilweise durchaus mit Respekt, aber es gab einige andere Kandidaten, die ebenso gut als Nummer eins in Frage kamen. Bobby war nur einer von ihnen. Ein anderer war Alex Clarke, der wie seine beiden Brüder aus einer alteingesessenen Verbrecherfamilie stammte. Die Clarkes waren abgebrühte Gauner, deren Vater und Onkel bereits seit zwei Jahrzehnten Leute einschüchterten. Der Aufstieg der Clarkes schien praktisch vorherbestimmt. Und Bobby war sich der Konkurrenz sehr wohl bewusst, wie auch der Tatsache, dass sie in dem Ruf standen, skrupellos und brutal vorzugehen.
Die Clarke-Brüder wollten ein Pub übernehmen, an dem sie Gefallen gefunden hatten. Es lag am Stadtrand, lief aber trotzdem gut, weil es sich direkt gegenüber einem aufstrebenden Club befand, auf den sie ebenfalls ein Auge geworfen hatten. Die Brüder stellten dem Besitzer ein Ultimatum: Entweder er verkaufte weit unter Marktwert, oder er sah seinen Laden brennen. Der Besitzer weigerte sich, darauf einzugehen, und so beschlossen sie, ihm einen Besuch abzustatten. Allerdings hatten sie nicht mitbekommen, dass an jenem Abend ein neuer Türsteher seinen Dienst angetreten hatte. Und dieser Mann war Joe Kinane.
Ich kann mich nicht mehr an die Vornamen der Clarke-Brüder erinnern – sie sind nur eine Fußnote in den Kriminalannalen von Newcastle –, aber ich weiß, dass Joe Kinane einen von beiden umgebracht und den anderen in den Rollstuhl

geprügelt hat. Alex Clarke wurden Gesicht und Kehle mit derselben Flaschenscherbe zerschnitten, mit der er Joe ans Leder wollte. Er hatte sie ihm abgenommen und gegen seinen Angreifer eingesetzt. Immerhin gelang es diesem noch, wegzurennen. Die Polizei fand Alex, indem sie der Blutspur folgte und ihn ins Krankenhaus brachte, bevor es zu spät war. Gerüchten zufolge soll einer der leitenden Detectives, der in der blutigen Angelegenheit ermittelte, Joe Kinane die Hand geschüttelt und gesagt haben: Ginge es nach mir, mein Lieber, bekämen Sie einen Orden. Dann führte er ihn ab. Seit jenem Abend war Joe Kinane eine Legende.
Zuerst wurde er wegen Mordes angeklagt, aber das Verfahren dauerte nur ungefähr fünf Minuten; da es um die ungeliebten Clarke-Brüder ging, wurde sehr schnell Totschlag daraus. Es gab mildernde Umstände, denn alle wussten, was die Clarkes an jenem Abend in der Bar gewollt hatten. Jetzt, wo einer der Brüder tot war, einer im Rollstuhl saß und der dritte verschollen war, waren viele bereit auszusagen. Kaum waren seine Wunden verheilt, setzte sich Alex in den Zug nach London. Zum Schluss blieben kaum Anklagepunkte übrig, und Joe Kinane bekam gerade mal acht Monate wegen »Körperverletzung« im Rahmen einer Schlägerei. Davon saß er vier ab, und als er, seine gesammelten Habseligkeiten in einer braunen Papiertüte, entlassen wurde und blinzelnd ins Sonnenlicht vor die Gefängnismauern trat, erwarteten ihn Bobby Mahoney und Jerry Lemon bereits dort. Sie brachten ihn in Bobbys Jaguar in die Stadt, luden ihn auf ein paar Drinks und ein Essen ein, liehen ihm Geld, das er nicht zurückzahlen musste, und erwähnten schließlich beiläufig, dass sie ihm Arbeit beschaffen könnten, wenn er dies wolle.
Eine Woche später stand Kinane an der Tür des *Cauldron*,

aber schon bald wurde klar, dass seine Talente andernorts bessere Verwendung fanden. Und gemeinsam mit dem inzwischen leider verstorbenen Finney wurde er Vollstrecker im Dienste der Firma. Mit Finney und Kinane an seiner Seite war Bobby Mahoney nicht mehr aufzuhalten.
Kinane hätte ich das niemals ins Gesicht gesagt, aber Finney war ihm sehr ähnlich, und möglicherweise war das der Grund, weshalb sich die beiden nie verstanden. Sie hielten sich jeweils selbst für den Stärkeren und lechzten nach Gelegenheiten, dies zu beweisen. Vor sieben oder acht Jahren hätten sie fast die Chance dazu bekommen. Es gab Streit, die Einzelheiten verschwimmen im Nebel des Vergessens, aber es ging um Geld, eine Auseinandersetzung mit rivalisierenden Unternehmen und Uneinigkeit darüber, wer wem was wann auf wessen Befehl angetan hatte. Zum Schluss hielt Bobby zu Finney, Kinane wurde aus dem inneren Kreis verbannt und musste sein Einkommen fortan unabhängig von Bobby verdienen. Die meisten Menschen mit Kinanes Begabung hätten die Stadt verlassen, aber er blieb und eröffnete einen maroden Boxstall, mit dem er sich einige Jahre über Wasser hielt.
Ich hatte es vermieden, mich mit Kinane zu verkrachen, obwohl ich zu Bobbys Vertrauten zählte. Und als ich das Ruder übernahm, war er einer der Ersten, die ich wieder in die Organisation aufnahm. Wenn ich mit Kinane einen Raum betrat, verstummten alle und hörten zu.
»Hast du's gefunden?«
»Irgendwann schon«, erklärte er mir und sah sich im Raum um, als wollte er gleich vor allen Anwesenden eine Rede halten, »aber warum jemand freiwillig hier wohnt, ist mir schleierhaft. Ist doch eine Scheißgegend.« Er sagte es laut genug, so dass ein paar Leute von ihren Tellern aufblickten,

sich aber sofort wieder auf ihr Essen konzentrierten, sobald sie sahen, wer sich da geäußert hatte. Wir befanden uns in Kings Cross, was früher ein übles Viertel war, jetzt aber mitten in der Gentrifizierung steckte und sich dank der Sanierung des St Pancras Hotel, neu gebauter hochwertiger Apartmentblocks und dem Anschluss an das europäische Schienennetz grundlegend verändert hatte. Ich vermute, Kinane gefiel das alles überhaupt nicht, schon weil es nicht Newcastle war.
»Hol dir einen Tee, Joe. Hattest einen weiten Weg.«
Er nickte und ging zum Tresen, gerade als einer der Manager des Cafés durch eine Seitentür trat. Das Mädchen, das mich bedient hatte, räumte die Tassen ab und wischte Tische, deshalb wurde Kinane vom Chef persönlich bedient. Dieser war jung und bemüht und glänzte fast genauso wie die fünfzehntausend Pfund teure Espressomaschine hinter ihm, mit der man ihrem Aussehen nach wohl auch eine Dampflok hätte antreiben können.
»Bitte, Sir, was kann ich für Sie tun?«, säuselte er.
»Kaffee mit Milch und zwei Stück Zucker«, bestellte Kinane.
»Einen Americano mit aufgeschäumter Milch?«, korrigierte ihn der junge Mann und nickte Richtung Preisliste hinter sich. Kinane musterte ihn voller Abscheu, dann die Preisliste mit ihren sämtlichen Grande-dies und Frappé-das, suchte das schlichte Wort Kaffee unter den Dutzenden von amerikanisierten, pseudo-italienischen Formulierungen. Als er nicht fündig wurde, gab er es auf und wandte sich erneut an den Manager, der inzwischen ein kleines bisschen ungeduldig wurde.
»Nein«, erklärte Kinane leise, »ich möchte keinen Americano, du schmieriges Arschloch. Ich möchte einen Kaffee mit Milch und zwei Stück Zucker. Verstanden?«

Der Manager starrte Kinane an und beeilte sich, zu nicken: »Ja, Sir.«
»Dann mach.«
Der junge Mann senkte den Kopf und setzte sich in Bewegung. Sekunden später stand eine dampfende Tasse Kaffee mit Milch auf dem Tresen, der die beiden trennte. Doch dabei ließ es der Manager nicht bewenden. Er eilte um den Tresen herum, holte zwei Tütchen Zucker von der Selbstbedienungsstation, riss sie auf und leerte sie in Kinanes Kaffee, dann rührte er für ihn um. Kinane dankte es ihm mit einem gebrummten: »So ist's recht, mein Sohn.« Der junge Mann gab ihm sein Wechselgeld, bedankte sich leise und verschwand durch die Seitentür.

Wenn möglich, fahre ich Auto. Öffentliche Verkehrsmittel sind eine Schande in diesem Land. Okay, anders als die meisten Leute, muss ich mir wegen der Kosten keine Sorgen machen, aber denken Sie mal darüber nach: Beim Fliegen steht man ewig herum, bevor man endlich an Bord darf. Dann dieser nervige Papierkram mit Pass und Bordkarte, was sich hinterher alles sehr leicht rückverfolgen lässt und nicht gerade ideal ist, wenn eigentlich keiner wissen soll, wohin man fährt und was man vorhat. Von Zügen will ich gar nicht erst anfangen. Als ich das letzte Mal ein Erster-Klasse-Ticket gebucht habe, musste ich dem Mann am Schalter klarmachen, dass ich nur eine Fahrkarte und nicht den ganzen verfluchten Zug kaufen wollte. Es ist so viel einfacher, sich ins Auto zu setzen und loszufahren.
Normalerweise erwarte ich von Joe Kinane nicht, dass er mich in der Hauptstadt abholt, aber er wollte reden, und das war eine gute Gelegenheit.
»Ist Palmer vom Türken zurück?«, fragte ich.

»Nein.«
»Der lässt sich Zeit, oder?«
Kinane zuckte mit seinen unglaublich breiten Schultern: »Ist ja auch heikel.«
»Es *war* heikel«, pflichtete ich ihm bei, »anfangs. Verhandlungen mit einem neuen Großhändler sind immer heikel, aber jetzt soll doch nur umgesetzt werden, worüber wir uns längst einig waren. Keine Ahnung, warum das so lange dauert«, behauptete ich.
»Ich weiß es auch nicht, aber er hat eine Million Euro im Koffer dabei. Er muss vorsichtig sein, oder?«
»Wahrscheinlich schon«, lenkte ich ein. Ich wusste nicht, was mich stärker beunruhigte: dass Palmer überfällig und von seiner Reise zu unserem neuen Großhändler noch nicht zurück war oder dass Kinane schnippisch reagierte, als ich mich nach ihm erkundigte. Er zeigte sich gegenüber Palmer lobenswert loyal; das war nachvollziehbar, da die beiden sehr eng zusammenarbeiteten, aber seine größte Loyalität sollte mir gelten. Ich wollte nicht, dass die beiden zu dicht zusammenrückten – zur Firma innerhalb der Firma wurden. Auch dass Kinane offensichtlich noch gar nicht auf die Idee gekommen war, dass sich Palmer mit der Kohle abgesetzt haben oder vom Türken ermordet worden sein könnte, machte mich nervös. Um in unserer Branche zu überleben, braucht man Phantasie. Deshalb ist einer nötig, der die Geschäfte leitet – ohne mich könnten die anderen keine fünf Minuten überleben. Jetzt gerade wollte ich nichts anderes als nach Newcastle zurück und so schnell wie möglich für Ordnung sorgen, dann mit dem nächsten Flieger wieder nach Hause zu Sarah. Aber mich beschlich das dumpfe Gefühl, dass es nicht so einfach werden würde.

7

Auf halber Strecke machten wir Pause. Kinane fuhr an eine Lkw-Raststätte, weil er »keinen Bock« hatte, für »ein Panini und einen Scheißmuffin ein Vermögen hinzublättern«. »Nicht, wenn ich ein anständiges Essen aus der Pfanne für die Hälfte kriegen kann.«
Wir setzten uns an einen Resopaltisch, der einen feuchten Lappen nötig gehabt hätte, eine tomatenförmige Ketchupflasche aus Plastik mit angetrockneter roter Sauce oben an der Öffnung stand darauf. Durch schmutzige Spitzengardinen betrachtete ich die draußen parkenden Laster. Wir waren die Einzigen, die mit dem Pkw gekommen waren.
Gebratenes, englisches Essen gehörte zu den Dingen, die ich neben einem ordentlichen Pint am meisten vermisste. Kinane ernährte sich hauptsächlich davon, und jetzt tat ich es ihm gleich. Beide bekamen wir Teller vorgesetzt, auf denen sich Speck, Würstchen, Spiegeleier, gebratene Tomaten, gebratenes Brot und Baked Beans türmten, und spülten alles mit mehreren Bechern heißem Tee hinunter.
Als ich aufgegessen hatte, konnte ich fast spüren, wie meine Arterien verkalkten. Kinane schmunzelte selig in sich hinein, wischte die Reste seines glibbrigen Eigelbs mit gebratenem Brot vom Teller und schob es sich genüsslich in den Mund.

»Was?«, fragte ich.

»Hätte ich fast vergessen.« Er nuschelte beim Essen. »Peter Dean will dich sprechen.«

»Machst du Witze? Nicht nach dem letzten Treffen. Ich hoffe, du hast ihm abgesagt.«

»Hätte ich ja, aber ...«

»Herrgott noch mal, Joe. Ich verlass mich darauf, dass du mir solche Leute vom Hals hältst. Hab ich nicht schon genug an der Backe?«

»Hör doch erst mal zu«, sagte er. »Du willst ihn und seine dämlichen Ideen loswerden, richtig?«

»Natürlich.«

»Also, dann hast du jetzt die Chance. Peter hat einen Sponsor gefunden.«

»Einen Geldgeber?«

»Anscheinend.«

»Willst du mir weismachen, jemand möchte in Peter Dean investieren?«

»Hat er behauptet.«

»Und du glaubst das?«

»Er denkt, er hat jemanden, der ihn finanziert.«

»Na, dann viel Glück«, sagte ich, »aber was, zum Teufel, hat das mit mir zu tun? Warum will er mich sprechen?«

»Weil der Gallowgate Leisure Group fünfzig Prozent von Phoenix Films gehören.«

»Du verarschst mich.«

»Nein. Ich hab's überprüft. Es stimmt. Bobby muss ihm wohl der alten Zeiten wegen oder aus reiner Wohltätigkeit was zugeschustert haben.«

»Klingt nicht nach Bobby. Peter braucht also meine Erlaubnis, um sich bezuschussen zu lassen?« So richtig kapierte ich es immer noch nicht.

»Laut Peter will uns sein Investor rauskaufen.«
»Aber die Firma ist wertlos.«
»Peter hat ihm aber was anderes verklickert. Er behauptet, der geheimnisvolle Investor will hunderttausend Pfund für ein Kontrollpaket hinblättern, das heißt, wenn wir freiwillig aussteigen, bekommen wir fünfzigtausend.«
»Fünfzigtausend? Du verarschst mich. Wir würden umsonst aussteigen. Wir sind schon ausgestiegen. Ich wusste nicht mal mehr, dass uns noch Anteile gehören.«
»Dann werden das die am leichtesten verdienten fünfzigtausend aller Zeiten. Du musst dich nur mit Peter treffen und ein paar Sachen unterschreiben.«
»Von mir aus«, erklärte ich. »Wenn jemand sein Geld aus dem Fenster werfen möchte, wer bin ich, es ihm auszureden? Aber ich fahre nicht zu ihm in seine widerliche Wohnung. Arrangiere das Treffen irgendwo anders.«
»Er hat darum gebeten, dich im *Chi-Chi* treffen zu dürfen, auf der Terrasse.«
Das sah ihm ähnlich. Ich konnte mir Peter Dean sehr gut draußen auf der Terrasse des *Chi-Chi* vorstellen, einem Lokal, das wie er unter Größenwahn litt. Egal, bei welchem Wetter, er würde eine Sonnenbrille tragen und davon träumen, während des Filmfestivals auf der Croisette in Cannes zu speisen, anstatt Schweinekram in Tyneside zu verticken.
»Na schön«, erwiderte ich, »aber nur ein Getränk, kein Mittagessen. Ich will nicht mit Peter am selben Tisch essen. Bei seinem Anblick kriege ich Gänsehaut. Wer weiß, was der für Krankheiten mit sich herumschleppt. Jennings soll zum Essen dazustoßen, nicht später als halb eins. Für Peter reicht eine halbe Stunde, auch wenn sie uns fünfzigtausend Pfund einbringt.«

An guten Tagen kann ich mir vorstellen, dass Bobby Mahoney auf mich herunterschaut und mich versteht. Ich kann mir einreden, dass er weiß, dass ich keine andere Wahl hatte. Tatsächlich ist er sogar froh, dass ich mich um seine Tochter kümmere und verhindere, dass auf den Straßen seiner geliebten Heimatstadt Anarchie ausbricht, und folglich wird er mir auch nicht wie der übelwollende Geist von Hamlets Vater Besuche abstatten. An guten Tagen kann ich die Umstände seines Todes und meine Beteiligung daran ganz nüchtern auswerten. Ich kann kühl und klar behaupten, dass ich keine andere Wahl hatte und Bobby Mahoney dies ganz genau wusste, als ich abdrückte und ihn tötete.
Er hatte gesehen, wie mir ein ehemaliger Offizier der russischen Speznas namens Vitali Litschenko auf Befehl von Tommy Gladwell eine Pistole an den Kopf hielt. Hätte ich auch nur eine falsche Bewegung gemacht, hätte er mich getötet. Ich bekam eine Makarow mit einer Kugel und den Befehl, Bobby zu erschießen. Dafür würde ich am Leben bleiben. Weigerte ich mich, würde er mich töten. Ich hatte zehn Sekunden, um es mir zu überlegen, und ich entschied mich für mein eigenes Leben. Ich tötete Bobby. Kein Tag vergeht, an dem ich nicht an diesen Augenblick denke. Hätte ich es nicht getan, hätten uns Tommy Gladwells Russen umgebracht. Jedenfalls rede ich mir das ein.
Niemand staunte mehr als ich darüber, dass sich Tommy tatsächlich an den vereinbarten Deal hielt. Er ließ mich leben, setzte mich in einen Zug nach London und verbot mir, jemals wieder zurückzukehren. Wenig später staunte niemand mehr als Tommy Gladwell darüber, dass ich wiederkam und ihn mitsamt seinen russischen Rowdys massakrierte. Niemand, ausgenommen ich selbst vielleicht.
»Mach schon«, hatte Bobby mich angefleht, kurz bevor ich

abdrückte, »du tust mir einen Gefallen.« Ich glaubte es ihm, weil ich es glauben wollte. »Sieh zu, dass du hier rauskommst, such Sarah und kümmere dich um sie.« Das war der letzte Befehl, den er mir gab, und ich hielt mich daran. Ich kümmere mich seither um Sarah. Mit diesem Gedanken tröste ich mich. An guten Tagen.
Aber nicht alle Tage sind gut. Manchmal wache ich morgens auf und erinnere mich mit entsetzlicher Klarheit an einen wiederkehrenden Traum. Darin befinde ich mich in der stillgelegten Fabrik bei Tommy Gladwell und seinen Russen, und aus Bobbys Mund kommen ganz andere Worte. Er fragt mich, ob ich ihn wirklich umlegen will, nur um feige meine eigene Haut zu retten; ob mir all die Jahre, die wir uns gekannt haben, gar nichts bedeuten? Ich drücke trotzdem ab, aber jetzt passiert alles ganz langsam und in Farbe. Ich schieße Bobby in den Kopf, und sein Blut spritzt in Zeitlupe an die weißen Wände. Dann wache ich mit einem solchen Schrecken auf, dass ich schon senkrecht im Bett stehe, bevor ich noch kapiere, dass es sich um einen Traum handelt. Und das Erste, was ich sehe, wenn ich die Augen öffne, ist Bobbys einzige Tochter, die neben mir liegt und keine Ahnung hat, dass ich derjenige bin, der ihren so sehr geliebten Vater ins Jenseits befördert hat.
Aber heute nicht. Als ich heute aus diesem Traum erwachte, war ich allein in meinem Hotelzimmer und dank Jetlag einen Augenblick lang so desorientiert, dass ich nicht mal genau wusste, in welchem Teil der Welt ich mich befand. Ich schaute mich um, dann fiel mir wieder ein, dass ich in Quayside war, in einem Zimmer mit Blick auf den Tyne, den ich jetzt hätte sehen können, hätte ich nicht die Vorhänge zugezogen, um das grelle Nachmittagslicht auszusperren.
Ich torkelte völlig erledigt ins Bad, ließ kaltes Wasser laufen

und fing es mit den Händen auf. Ich spritzte es mir ins Gesicht, und es hatte die gewünschte Wirkung. Mit einem Ruck beförderte es mich in die Gegenwart. Ich betrachtete mein bleiches Gesicht mit den blutunterlaufenen Augen im Spiegel und überlegte, ob ich mich für den Rest des Nachmittags wieder hinlegen sollte, widerstand aber der Versuchung. Ich hatte zu tun.

Mein erster Anruf galt Susan Fitch. Ich berichtete ihr von meiner Besorgnis, was Toddy und seinen Fall betraf.
»Ich bin Anwältin, Mr. Blake, ich kann nicht zaubern«, lautete ihre wohlüberlegte Antwort.
»Darf ich Sie daran erinnern, wie viel wir im vergangenen Jahr in Ihre Kanzlei investiert haben, Mrs. Fitch?«, entgegnete ich.
»Und darf ich Sie daran erinnern, dass Martin Todd mit drei Kilo Heroin im Kofferraum erwischt wurde, weshalb er nicht nur als Dealer, sondern als Großdealer gilt? Er kann von Glück reden, wenn er mit weniger als lebenslänglich davonkommt.«
Ich musste zugeben, dass sie recht hatte. Es sah nicht gut aus für Toddy. »Na schön, tun Sie, was Sie können, okay?«
»Natürlich, aber würden Sie mir auch einen Gefallen tun?«
»Welchen?«
»Halten Sie sich fern von Martin Todd. Sie können nichts tun, um ihn zu retten, und wir wollen nicht, dass Sie ausgerechnet jetzt auf der Liste seiner Freunde und Verwandten auftauchen. Meine Kanzlei mag teuer sein, Mr. Blake, aber diesen Rat gebe ich Ihnen ganz umsonst.«

8

Ich nahm mir ein Taxi zum Haus meines Bruders. Unser Kleiner, wie ich ihn schon immer nannte, war umgezogen. Bis vor kurzem hatte sich mein großer Bruder noch mit meiner alten Wohnung zufriedengegeben, immerhin war sie deutlich besser als die Bruchbude, in der er vorher gewohnt hatte – bevor er für mich arbeitete. Plötzlich aber meinte er, er wolle was Größeres mit Garten. Ich lachte ihn aus, weil ich mir einfach nicht vorstellen konnte, wie mein Bruder Danny seine Petunien gießt. Egal, ich nahm ihn ein bisschen auf die Schippe, redete es ihm aber nicht aus. Schließlich war es seine Sache, wofür er sein Geld ausgab.
Er wohnte seit ein paar Wochen in seinem neuen Haus, und als ich draußen vorfuhr, stand er im Garten und schnitt mit einer dieser großen elektrischen Scheren die Hecke. Zum Arbeiten hatte er sein Hemd ausgezogen und seinen gebräunten und muskulösen Oberkörper mitsamt den längst verblichenen Tattoos seines alten Fallschirmjägerregiments auf Armen und Rücken entblößt. Auf der Brust befand sich das Regimentswappen mit den Wahlsprüchen; »Utrinque paratus«, was auf Lateinisch so viel heißt wie »zu allem bereit«, und auch für unsere Firma wäre mir kein besseres Motto eingefallen. Auf dem Rücken prangte das Emblem der fliegenden Streitkräfte, Bellerophon auf dem Rücken des geflügelten Pegasus, den Speer in der Hand, um die Chimäre

zu töten. Ich hatte keine Ahnung von griechischer Mythologie, aber die Geschichte kannte ich. Und ich konnte mich auch noch an den Tag erinnern, an dem mir unser Kleiner zum ersten Mal sein neues Tattoo gezeigt hatte. Er war noch nicht lange bei den Fallschirmjägern und sollte schon bald auf die Falklands versetzt werden, in einen Krieg, der ihn für ungefähr dreißig Jahre lang fix und fertig machen sollte. Eines Nachts war er besoffen nach Hause gekommen, hatte mich geweckt und sein Hemd ausgezogen, um mir sein frisches neues Tattoo zu zeigen. Ich war erst sieben Jahre alt, und es jagte mir eine Heidenangst ein. Ich glaube nicht, dass ich wirklich verstand, was er getan hatte. Seitdem kam es mir immer so vor, als würde Danny diesem verfluchten Mann mit dem Speer gehören. Das Tattoo war verblichen, aber die Kindheitserinnerung noch sehr lebendig.
Heute war es zwar warm, eigentlich aber nicht heiß genug, um sich gleich bis auf die Hose auszuziehen. Ich nahm an, sein Aufzug war nicht allein dem Wetter geschuldet. Und wie sich herausstellte, hatte ich recht. Ich bezahlte das Taxi und ging zur Gartenpforte, als eine Frau mit einem kleinen Tablett und einem kühlen Bier darauf aus dem Nachbarhaus kam. Ich würde sagen, sie war um die vierzig, auf ihre Art recht adrett, der Körper durchtrainiert und die Frisur mit den blonden Strähnchen teuer. Anscheinend ließ sie sich ihr Aussehen einiges kosten, und als sie unseren Kleinen so anlächelte, fragte ich mich, wo wohl ihre bessere Hälfte stecke. Ich vermutete, er war irgendwo bei der Arbeit, schaffte im Schweiße seines Angesichts die Kohle ran, die es ihr ermöglichte, so gut auszusehen.
»Ich dachte, Sie haben vielleicht Durst«, erklärte sie und bot Danny das Tablett über die Hecke hinweg an.
»Muss Gedankenübertragung gewesen sein«, erwiderte

Danny und wischte sich demonstrativ mit dem Handrücken über die Stirn, dann griff er nach dem Bier. »Herzlichen Dank auch.«
Danny hatte mich immer noch nicht gesehen, richtete sich auf, hob die Flasche und trank einen langen tiefen Schluck, was der Frau ausreichend Gelegenheit bot, seine Muskeln zu bewundern. Sie sah aus wie eine Katze, die auf eine Schale Milch schielte.
»Hallo, Danny!«, rief ich, woraufhin er sich beinahe verschluckt hätte. »Wie geht's, wie steht's, Bruder?«
Tatsächlich hustete er, als wäre das Bier wirklich in den falschen Kanal gelangt. Er schaffte es gerade so, einigermaßen die Fassung zu wahren und mich vorzustellen. »Das ist Davey«, erklärte er der Nachbarin, »mein kleiner Bruder.« Er betonte das »klein« stärker, als nötig gewesen wäre, aber das machte er immer, wenn ich ihn nervte. Leider hatte er vergessen, mir ihren Namen zu verraten, und so beugte ich mich über die Hecke und schüttelte die Hand, die das Tablett nicht hielt.
»Ich bin Stephanie«, sagte sie und fügte überflüssigerweise hinzu: »Daniels Nachbarin.«
»Daniel?«, fragte ich, und er warf mir einen Blick zu. »Freut mich, Sie kennenzulernen, Steph«, erwiderte ich, »ich hoffe, ich störe nicht.« Woraufhin sie leicht errötete.
»Überhaupt nicht«, versicherte sie. »Daniel hat nur gerade seine Hecke geschnitten, und wo er gerade dabei war, wollte er's mir auch gleich machen.«
Ich unterdrückte ein dreckiges Grinsen und tat so, als würde ich seine Arbeit bewundern, aber sie blieb einfach stehen.
»Hübscher Busch«, sagte ich.
»Danke«, erwiderte er steif, »warst du zufällig gerade in der Gegend?«

»Leider nein«, sagte ich, »ich muss was mit dir besprechen.«
Dann sah ich sie an: »Familiäre Angelegenheiten.«
»Natürlich«, sagte sie, »ich lasse euch dann lieber mal allein. Es sei denn, Sie möchten auch ein kaltes Bier, Davey?«
»Nein danke, aber das ist sehr nett von Ihnen.«
»Kein Problem.«
»Danke, Stephanie«, rief er ihr hinterher, als sie zurück ins Haus stolzierte und die Tür hinter sich schloss.
»Vorsicht, mein Kleiner, nicht dass du dich in ihrer Clematis verhedderst.«
Er nahm die Heckenschere und fuchtelte damit herum, als wollte er mir den Kopf absägen, dann gingen wir beide in seine Garage, wo er sie verstaute. So leicht kam er mir nicht davon.
»Ölbohrinsel?«, fragte ich.
»Was?«
»Ihr Mann? Aberdeen, stimmt's? Oder Handelsvertreter?«
Er grinste, als wollte er gleich ein Geständnis machen.
»Dubai.«
»Du dreckiger Wichser«, sagte ich, »du bist wie einer von diesen geilen Böcken aus den alten Sechziger-Jahre-Komödien, die sich an anderer Leute Frauen ranmachen.«
»Wieso?« Er tat, als wollte er protestieren. »Ich hab nichts gemacht.«
»Noch nicht.«
»Hey, ist nicht meine Schuld, wenn sie scharf auf mich ist. Ich hab sie nicht ermuntert.«
»Abgesehen davon, dass du dein Hemd ausgezogen und versprochen hast, ihr den Busch zu stutzen.«
»Na schön, Finbarr Saunders, du kannst jetzt mit deinen Busch-Witzen aufhören«, erklärte er mir. »Außerdem ist sie mir viel zu alt.«

»Du bist doch noch viel älter«, rief ich ihm ins Gedächtnis.
»Kann sein, aber ich mag Jüngere lieber«, sagte er, und was man so hörte, bekam er sie auch. Das war eine unglaubliche Verwandlung. Vor zwei Jahren noch hätte keine Frau in Newcastle unseren Danny auch nur gegrüßt. Damals war er pleite, arbeitslos, Alkoholiker und wohnte auf einer Müllhalde, inzwischen aber hatte sich sein Leben vollkommen verändert, und das nur, weil er für mich arbeitete. Er hatte Geld, schöne Klamotten, er trank nicht halb so viel wie früher, und alle kannten ihn. Nicht jedes Mädchen in der Stadt wollte mit einem aus seiner Branche zusammen sein, aber es gab viele, die auf böse Buben standen, und so kam er durchaus auf seine Kosten. Sie wollten mit ihm gesehen werden, und er ging dankbar auf ihren Wunsch ein.
»Na, sei vorsichtig, die sieht aus, als wollte sie dich mit Haut und Haaren verschlingen.«
»Eigentlich ist sie ganz in Ordnung«, erklärte er.
Ich dachte, wir hätten jetzt genug Zeit mit Smalltalk verschwendet, und fragte: »Was weißt du über den Anschlag auf Doyley?«
»Nicht viel. Wir sind der Sache natürlich nachgegangen, aber es gibt keine echte Spur. Niemanden, der einen guten Grund gehabt hätte, ihn nach Quayside zu verfolgen und auf ihn zu schießen oder dafür zu bezahlen. Ich bin sogar hin und hab ihn im Krankenhaus besucht, und er selbst hat auch keinen Schimmer, wer's gewesen sein könnte. Der scheißt sich jetzt natürlich ins Hemd und redet wirr wegen der ganzen Chemie, die sie in ihn reingepumpt haben.«
»Man sollte meinen, das wäre er gewohnt«, sagte ich. »Will ihn Braddock aus dem Weg räumen?«, fragte ich.

»Möglich, daran haben wir auch schon gedacht. Aber warum sollte er einen aus seiner eigenen Crew draußen vor einem Hotel in Quayside abknallen? Wäre in Sunnydale doch viel einfacher, wo sowieso nie jemand was sieht.« Das hatte ich mir natürlich auch schon gedacht, aber ich wollte hören, wie Danny die Sache sah. »Womit ich nicht sagen will, dass Braddock keine unausstehliche Nervensäge ist, das ist er nämlich. Er braucht dringend eine Ansage«, fuhr er fort, »aber dass er hinter den Schüssen auf Doyley steckt, ergibt einfach keinen Sinn.«

»Hattet ihr viel Ärger mit der Polizei?«

»Die haben ein bisschen am Rad gedreht, wie du dir vorstellen kannst. Wenn in einer Hochhaussiedlung ein Dealer erschossen wird, macht ihnen das nicht viel aus, aber hier draußen vor einer Touristenfalle in Quayside finden die das nicht so prickelnd.«

»Schon klar. Wer kam denn vorbei?«

»Was glaubst du wohl? DI Clifford.« Er schnaubte. »Ich glaube, der peilt's nicht mehr. Ständig wollte er Bobby sprechen. Ausgerechnet. Anscheinend hat er sich in den Kopf gesetzt, dass Bobby wieder in Newcastle ist.«

»Ach du Scheiße.«

»Jedenfalls lässt er Bobby was ausrichten«, sagte er.

»Und zwar?«

»War ein bisschen sehr ausschweifend, aber ich glaube, es ging ihm darum, dass die Straßen von Newcastle sicher bleiben und er keine weiteren Schießereien dulden wird.«

»Der Mann ist eine Katastrophe.«

»Seh ich genauso«, sagte er und warf einen Blick auf seine Armbanduhr. »Dann bist du also wieder da«, verkündete er feierlich, »und ich hab heute Nachmittag noch nichts vor. Willst du's mir jetzt endlich zeigen oder was?«

Danny und ich fuhren in seinem Jaguar XF zum Nachtclub. Er versuchte, so zu tun, als wäre er nicht wahnsinnig stolz auf seinen neuen Wagen, aber ich war sicher, dass er sich am Steuer insgeheim supergeil fand. Wir parkten draußen vor dem neuen Club, der gerade erst auf einem alten Grundstück auf der Gateshead-Seite des Flusses neu errichtet worden war. Wir hatten einen alten Club gekauft, Stein für Stein abgetragen und in Rekordzeit einen neuen gebaut. Innen war er äußerst geräumig. »Du liebe Zeit«, sagte Danny, »ich hab Flugzeughangars gesehen, die kleiner waren ...«
Die Arbeiten waren noch nicht ganz abgeschlossen; hier und da fehlte noch ein bisschen Farbe, und auch ein Elektriker würde noch mal ranmüssen, aber wir hatten es fast geschafft. Unser Kleiner sah sich um, betrachtete die riesigen Scheinwerferanlagen, den gläsernen Lift in den VIP-Bereich und schaute hoch zu den Bühnen. »Wahnsinn«, brüllte er über den Lärm der Arbeiter hinweg.
»Das haben wir hauptsächlich Sarah zu verdanken.«
»Wie denn das? Sie hat doch nie einen Fuß hier hereingesetzt.«
»Ich hab ihr die Pläne gezeigt und mir eine virtuelle Kopie erstellen lassen, weißt du, so eine 3-D-Simulation auf dem Computer. Sie hat einen Blick darauf geworfen und gemeint: ›Nein, so funktioniert das nicht.‹ Und weil ich kein Idiot bin, hab ich auf sie gehört. Sie hatte ein paar tolle Ideen, hat den Laden wirklich verändert. Allerdings war das alles nicht billig.«
»Meinst du wirklich, wir können mit dem Diamond Strip konkurrieren? Ich dachte, Quayside kommt heutzutage mit dem Arsch nicht mehr hoch.« Der sogenannte Diamond Strip war ein Viertel voller Pubs und Clubs im Norden von Quayside oben auf dem Hügel um die Collingwood Street

herum. Seitdem sich Rapper, Fußballer und drittklassige TV-Prominenz aus Doku-Soaps dort blicken ließen, war es schwer angesagt.

»Wenn der Club so läuft, wie ich mir das vorstelle, ziehen wir die ganze Partyszene wieder auf unsere Seite des Flusses«, versicherte ich ihm.

Danny schien nicht überzeugt. »Muss ein verdammtes Vermögen gekostet haben.«

»Hat's auch«, gestand ich.

Er schüttelte den Kopf. »Ich bin sicher, du weißt, was du tust, Bruder, aber mir ist nicht klar, wie du jemals mit dem Laden hier Geld verdienen willst.« Ich lachte ihn aus, und Danny guckte verdattert. »Was ist denn so lustig?«

»Ich will doch gar kein Geld damit verdienen, Danny«, behauptete ich.

»Kapier ich nicht.«

»Der Laden ist eine einzige große Geldwaschanlage«, erklärte ich. »Hier fließt der Erlös vom Verkauf unserer Waren rein und wird in den Büchern als Eintrittsgeld und Getränkeumsatz verbucht. Der Club kann halb voll sein, ein dickes fettes Minus machen, und mir wird das scheißegal sein, solange wir hier unser schmutziges Geld waschen können und es auf der anderen Seite sauber wieder rauskommt, so dass der Buchhalter ein hübsches Schleifchen darumbinden kann.«

Danny dachte einen Augenblick nach. »Das ist verdammt genial.«

»Eine meiner besten Ideen«, gestand ich. »Willst du noch eine hören?«

»Logisch.« Er sah mich nicht an. Seine Augen wanderten durch den Raum, und er sah dabei aus wie ein Junge im Süßwarenladen.

»Nach der Eröffnung brauche ich jemanden, der den Laden führt.« Jetzt sah er mich an. »Fällt dir jemand ein, der in Frage kommt?«
Er grinste: »Ein gutaussehender, knallharter, ehemaliger Fallschirmjäger, bei dessen Anblick Männer ängstlich zittern und es die Ladys aus den Schuhen haut?«
»Nein, einen primitiven, dämlichen Blödmann, der tut, was man ihm sagt, weil er's selbst nicht besser weiß.«
Danny strahlte. »Wann soll ich anfangen?«
»Nach der Eröffnung«, sagte ich. Ich war erleichtert, dass er so auf den Job abfuhr. Neben Palmer und Kinane war Danny mein wichtigster Mann, aber ich wollte, dass er sich ein bisschen mehr im Hintergrund hielt. Die Schüsse auf Doyley hatten mir erneut bewusst gemacht, wie hart unser Geschäft sein konnte. Mir gefiel die Vorstellung, dass Danny nicht mehr der Typ sein sollte, der die Runde macht und Schutzgelder eintreibt oder Profit abkassiert, sondern das Aushängeschild unseres Clubs wurde. Ich würde ihm vertrauen können, dass er gut auf den Club aufpasst, und ihn dort in Sicherheit wissen.
»Wie soll der Laden heißen?«, fragte er.
»›Cachet‹«, sagte ich. Ich hatte mich noch nicht lange für einen Namen entschieden, aber jetzt gefiel er mir. Er war kurz und einprägsam, ein einziges Wort, stilvoll und auf den Punkt.
»Wieso nennst du ihn nicht ›Waschsalon‹?«, meinte Danny.

9

In Newcastle und Gateshead gehören uns dreiundzwanzig Pubs. Der *Mitre* war eines davon, und heute Abend hatten wir die große Bar im ersten Stock ganz für uns. Die Jungs kippten Pints, und Hunter hatte wie immer die Kontrolle über die altmodische Jukebox an sich gerissen. Niemand störte sich daran, weil sowieso alle zu faul waren, selbst Musik auszusuchen, und Hunter hielt uns bei Laune, suchte mit seinem Schielauge die Trackliste ab. Leider war er der Meinung, nach 1985 hätte es keine gescheite Musik mehr gegeben, und insofern war die Auswahl begrenzt. Die Jungs freuten sich über *Bat out of Hell* von Meatloaf, gefolgt von *The Chain* von Fleetwood Mac, wozu sie Luftgitarre spielten, dann kamen The Cult und ein bisschen AC/DC, anschließend *Run to You* von Bryan Adams. Man fühlte sich wie in einer dieser beknackten Fernsehserien plötzlich in eine andere Zeit versetzt.

Ich beobachtete Hunter, wie er die nächste Runde Songs auswählte. Diese Treffen waren praktisch die einzigen Gelegenheiten, bei denen wir ihn nicht im Overall zu sehen bekamen. An jenem Abend trug er eine Jeans und einen blauen Pullover, den ihm seine Frau vermutlich bei Marks & Sparks im Metro-Center ausgesucht hatte. Aus der Nähe betrachtet sah er nicht unbedingt wie ein Hardcore-Krimineller aus, aber er hatte im Laufe der Zeit doch so einiges erlebt und sich im Auftrag der Firma schon um eine ganze Menge Mist kümmern müssen. Er war groß und breit, und seine Haare waren jetzt eher grau als braun. An sich wäre sein Gesicht kaum auffällig gewesen, hätte er kein Schielauge gehabt. Sah man Hunter an, fixierte er einen mit dem linken Auge, während das rechte einen Punkt irgendwo über der linken Schulter seines Gegenübers anstarrte, was ein bisschen irritierend sein konnte. Hunter war unser Quartiermeister, und er tarnte sich mit seiner Autowerkstatt in den Eisenbahnbögen. Wenn die Jungs Waffen brauchten, gingen sie zu ihm, wobei sich ihr Kommen und Gehen der Polizei gegenüber jederzeit mit einem defekten Kühler oder einer kaputten Kupplung erklären ließ.

Die gesamte Crew war an dem Abend erschienen. Über zwanzig unserer am meisten geschätzten Leute. Ich hab es gern, wenn hin und wieder mal alle zusammenkommen. Bobby hat es genauso gehalten: sie alle in einen Raum bestellt, kostenlos Bier ausgeschenkt und ihnen beim Feiern zugesehen. Das war kein Ego-Ding. Mir war es wichtig, dass alle mitbekamen, dass auch Männer wie Palmer, Kinane und mein Bruder Danny in geschäftlichen Angelegenheiten mir gegenüber weisungsgebunden waren. Dadurch würde keiner so schnell vergessen, wer ich war und wie ich ins Bild passte.

Wir waren schon zwei Stunden dort, als Palmer hereinkam, direkt vom Flughafen. Sarkastisches Gejohle empfing ihn, weil er es schließlich doch noch geschafft hatte, wenn auch zu spät. Er winkte, um sich dafür zu bedanken. Als er mich an der Bar sah, kam er schnurstracks auf mich zu. Er trug den langen schwarzen Ledermantel, den er ständig anhatte. Soweit ich mich erinnern konnte, war er das Einzige, für das er je Geld ausgegeben hatte. Er lebte praktisch darin. Drau-

ßen hatte es geregnet, und auf seinen Schultern lagen noch Wassertropfen, sein Kopf war nass. Das schüttere Haar hatte er eines Tages kurzerhand abrasiert und war am nächsten Morgen als Yul Brynner aufgetaucht, wie Kinane meinte. Typisch Palmer. Er fackelte nicht lange, redete nicht drum herum. In einem Moment hatte er noch Haare, im nächsten war er kahl. Auf seinem Kopf waren nur noch Stoppeln, wenn überhaupt, und sein neuer Look ließ ihn noch gefährlicher wirken.
Ich war erleichtert, dass Palmer von seinem Treffen mit dem Türken zurückgekommen war. Ich setzte mich zum Reden an einen ruhigen Tisch in die Ecke.
»Wie ist es gelaufen?«
»Locker. Schade, dass wir nicht den Euro haben.«
»Du machst Witze.« Diese Ansicht hatte ich noch nie von einer Person innerhalb Großbritanniens gehört.
»Eine Million Euro wiegt deutlich weniger als eine Million Pfund«, erklärte er, »und man kriegt alles in eine große Tasche.«
»Ich meinte, wie das Treffen gelaufen ist.«
»Ganz gut«, sagte er.
»Irgendwelche Probleme?«
Er schüttelte den Kopf: »Nein.«
Dann nahm er einen Schluck von seinem Pint, und ich trank ebenfalls von meinem.
»Du warst lange weg«, meinte ich.
»Die machen alles ganz langsam da drüben. Erst wirst du allen vorgestellt, vorher darfst du dich nicht mal setzen, dann erst reden die übers Geschäft, das weißt du doch.«
Ich wusste es nicht, aber ich hatte den Türken ja auch erst zweimal getroffen. Den Rest überließ ich den Männern meines Vertrauens. »Hab den Überblick verloren, wie

vielen Cousins er mich vorgestellt hat, aber alle haben sie für ihn gearbeitet. Das ist ein großes Unternehmen. Drei Tage lang musste ich die Kohle mit mir rumschleppen, bevor er sie endlich entgegengenommen hat. Hab kaum ein Auge zugemacht mit so viel Geld im Zimmer, das kann ich dir sagen.«
»Und wieso hat das so lange gedauert, den Deal abzuschließen und darauf einzuschlagen? Ihr habt doch darauf eingeschlagen, oder?«
»Ja, haben wir, aber ich sag's dir, die machen alles ganz langsam da unten.«
Palmer wirkte ein bisschen angespannt. War er nervös, weil er was zu verbergen hatte? Oder hatte er nichts zu verbergen, fürchtete aber, ich könnte glauben, es wäre so? Vielleicht lag's auch an mir. Ich war tatsächlich angespannt. »Erst mal wollte er bestimmte Zusicherungen.«
»Was für Zusicherungen?«
»Das Übliche: dass wir als Organisation sicher sind, dass wir die Ware über sichere Wege nach Großbritannien schaffen und über die Mittel verfügen, ihm jeden Monat dieselbe Menge abzunehmen.«
»Das haben wir doch schon tausend Mal durchgekaut.«
»Ich weiß«, sagte Palmer, »aber er ist vorsichtig. Wärst du an seiner Stelle auch.«
»Und was hast du gesagt?«
»Ich hab ihm gesagt, dass wir seit Jahren ohne auch nur den Hauch eines Problems mit den Haan-Brüdern Geschäfte gemacht haben und sie an unserer Zahlungsmoral nie was auszusetzen hatten.«
»War er damit zufrieden?«
»Ja und nein«, erwiderte Palmer, »zufrieden, weil wir offensichtlich flüssig sind, aber nicht so zufrieden, als ihm wieder

einfiel, dass unsere ehemaligen Lieferanten lebenslänglich sitzen.«
»Berufsrisiko, das weiß er doch«, sagte ich.
»Vielleicht glaubt er, dass wir was damit zu tun hatten«, vermutete er.
»Nicht, wenn er seine Hausaufgaben gemacht hat. Wenn er uns überprüft hat, und das hat er bestimmt, dann weiß er, dass wir keine ehrgeizigen Undercover-Cops sind und dass wir niemanden verpfeifen.« Ich nahm noch einen Schluck Bier. »Jedenfalls niemanden, auf den es irgendwie ankommt.«
»Ja, weiß ich«, pflichtete er mir bei. »Wenn er mich für einen Undercover-Cop gehalten hätte, würde ich jetzt mit dem Gesicht nach unten im Mittelmeer treiben.«
»Also steht der Deal?«, fragte ich.
»Der Deal steht, und die erste Lieferung ist unterwegs. Die Million hat ihn überzeugt, und bis Monatsende braucht er zwei weitere, damit er einen Kreditrahmen hat.«
»Soll er bekommen«, versicherte ich Palmer.
»Dann sind wir im Geschäft.«
»Gott sei Dank. Noch acht Wochen, dann geht uns die Ware aus.«
Die Verhandlungen mit dem Türken hatten Monate gedauert, und wir saßen so gut wie auf dem Trockenen. Jeder, der noch Stoff in der Hinterhand hatte, konnte problemlos in Newcastle einfallen und früher oder später den Markt komplett an sich reißen. Deshalb war es so wichtig, dass Palmer dem Türken in Istanbul die Hand geschüttelt und den Deal perfekt gemacht hatte.

Danny hatte an dem Abend richtig gute Laune. Dass ich das Leben meines großen Bruders so grundlegend verändern konnte, ist die Leistung, auf die ich sehr stolz bin. Wer ihn vor zwei Jahren erlebte, hätte ihn heute nicht mehr wiedererkannt. Damals war er völlig gestört, wobei eigentlich niemand genau wusste, warum. Wir wussten nur, dass er noch als Teenager im Falklandkrieg schlimme Erfahrungen gemacht hatte und dass diese sein ganzes Leben irgendwie zerstört hatten. Nach seiner Entlassung von den Fallschirmjägern konnte er es in keinem Job mehr aushalten und lief mit vierzig Jahren wie ein Zombie durch die Gegend: ohne Arbeit, ohne Freundin, ohne Zukunft, ohne Geld, Scheißwohnung, Scheißleben. Er hing in den übelsten Kneipen von Newcastle ab, lebte von der Stütze und dem, was ich ihm zusteckte. All das änderte sich, als ich in der Scheiße saß. Als ich unseren Kleinen brauchte, war er für mich da, daran gab's nichts zu rütteln. Zu dem Zeitpunkt waren praktisch alle, die ich kannte und denen ich vertraute, tot. Wir hatten keine Crew mehr, und ich musste alles vollkommen neu aufbauen.

Damals verdienten sich auch Palmer und Kinane ihre Lorbeeren. Als wir es mit Tommy Gladwell und seinen russischen Schergen aufnahmen, waren sie an meiner Seite. Und Danny auch. Er hielt zu mir, und ich passte auf, dass er dafür belohnt wurde.

Heute Abend hatten wir alle schon ein paar Bier intus, und Danny wurde ein bisschen laut. Kein Vergleich zu früher, als er noch an der Flasche hing, aber peinlich genug. Er faselte irgendeinen Scheiß über unsere Kindheit, als wir kein Geld hatten und er sich um mich kümmern musste, weil unsere Mum das so wollte.

»Ich sag euch, ich bin ihn kaum losgeworden. Der ist mir absolut überallhin nachgelaufen.« Die Jungs, die für mich arbeiteten, konnten kaum genug davon bekommen, was ihn weiter anspornte. »Wenn ich mit meinen Freunden in die

Kneipe bin, hat er sich wie eine Klette an mich gehängt. Wir haben ihm gesagt, er soll sich bei meinem Kumpel ins Auto setzen, dann bringen wir ihm eine Tüte Chips raus. Anders sind wir den nicht mehr losgeworden.«

»Die Tüte Chips hab ich nie bekommen«, ergänzte ich.

»Aber die Tüte Chips haben wir ihm nie hinausgebracht«, erklärte Danny, als hätte ich nicht eben gerade dasselbe gesagt.

»Stunden später, wenn's dunkel war, sind wir raus, und da hockte er dann heulend im Wagen.«

So was hörte ich nicht gern. In meiner Branche kann man es nicht gebrauchen, in Frage gestellt oder für ein Weichei gehalten zu werden, und die Vorstellung, dass ich heulend im Auto saß, weil mein Bruder gemein zu mir war, schmeichelte mir kaum. Ich wusste, warum unser Kleiner das machte. Es war das Letzte, das er mir voraus hatte, die einzige Möglichkeit, den Größeren und Besseren von uns beiden zu markieren. Aber die Zeiten waren lange vorbei, und ich hätte ihn in einer Sekunde mit nur wenigen wohlgewählten Worten vor versammelter Mannschaft zur Schnecke machen können. Ich hätte zum Beispiel sagen können, dass er Glück hatte, weil ich heute großzügiger mit seinem Lohn war als er damals mit meinen Chips, und dass er verhungern würde, wäre es anders. Ich hätte grundsätzlich klarstellen können, dass Danny mir gehörte, aber was hätte das gebracht? Danny wusste, dass er mir alles zu verdanken hatte, und obwohl er mir dankbar dafür war, litt er auch ein bisschen darunter. Niemand steht gern in der Schuld seines kleinen Bruders. Man muss kein Psychiater sein, um das zu kapieren.

»Als wir klein waren, war er echt schrecklich zu mir«, erzählte ich in die große Runde und lächelte, als wäre das alles

sehr, sehr lange her. »Wahrscheinlich bin ich deshalb ein so großes Arschloch geworden.« Und alle lachten.
Lachten sie, weil sie es lustig fanden oder weil ich der Chef war? Ganz ehrlich, ich weiß es nicht. Hunter legte eine Platte auf, und irgendwo in weiter Ferne besangen Tom Petty and the Heartbreakers ein gewisses *American Girl*.

10

Früher fuhren wir mit unserer Zahlung immer persönlich zu Amrein. Er wohnte in Sevenoaks, in einem riesigen Landhaus, ausgestattet mit der allerneuesten Sicherheitstechnik und separaten Zimmern für seine Armee von Leibwächtern. Jetzt nicht mehr. Ich vermute, Amreins Vertrauen in sein Haus wurde erschüttert, als wir auf das Gelände eindrangen und Tommy Gladwells abgetrennten Kopf auf dem Fensterbrett seines Sommerhäuschens plazierten.
Man könnte dies als den Tiefpunkt unserer Geschäftsbeziehung bezeichnen, aber da wir beide Realisten waren, blickten wir nach vorn und machten weiter. Amrein ist darauf angewiesen, dass ich ihm jeden Monat eine fixe Summe zahle, und im Gegenzug dafür brauche ich die Informationen, den Einfluss und den Schutz, den er mir bietet. So etwas versteht man unter einer symbiotischen Geschäftsbeziehung. Dafür muss man sich nicht mögen, und Amrein mag mich ganz bestimmt nicht. Nicht nach dem kleinen Zwischenfall. Aber er weiß, dass er sich schlimm danebenbenommen hat. Hinter meinem Rücken hatte er Tommy Gladwell Informationen weitergegeben und uns vorenthalten. Allein dafür hätte ich ihn töten können, und das weiß er – außerdem hatte er dem Ältesten der Gladwell-Söhne sein Einverständnis mit der Übernahme unseres Unternehmens signalisiert. Hätten seine Vorgesetzten ge-

wusst, was er da treibt, hätten sie mir die Arbeit erspart und ihn selbst umgelegt. Seine eigenmächtigen Mauscheleien hätten ihn das Leben gekostet. Obwohl mich Amrein also ganz zweifellos verachtet, weil ich ihm einen Riesenschrecken eingejagt habe, weiß er doch auch, dass ich aus gutem Grund gehandelt habe und er von Glück sagen kann, dass nicht sein Kopf, sondern der von Tommy Gladwell auf besagtem Fensterbrett lag. Heutzutage herrscht also eine Art Waffenstillstand zwischen uns, aber wie schon erwähnt, wir treffen uns nicht mehr in Sevenoaks. Dieser Tage zieht Amrein große, schicke Hotels in neutralen Städten vor, öffentlich einsehbare Räume mit vielen Zeugen. Heute allerdings trafen wir uns in unseren Gefilden, in einem Konferenzraum des Malmaison in Newcastle. Dort hielt man Amrein für den Geschäftsführer eines Finanzdienstleisters. Und ich? Ich fragte mich, warum er mir die Ehre erwies und den ganzen Weg von Kent bis hierher anreiste, um sich in meiner Stadt über die Gladwells zu unterhalten. Das konnte nichts Gutes bedeuten.

Wir saßen zu zweit an einem Ende eines großen Konferenztischs, während seine Leibwächter eine Wand säumten, als würden sie auf dem Exerzierplatz strammstehen. Meine Jungs standen ihnen gegenüber. Sie wirkten vergleichsweise gelassen, waren aber genauso in Alarmbereitschaft und auf alle Eventualitäten vorbereitet. Bei Amrein war das nötig, und ich bin sicher, dass er ähnlich über mich dachte.

Im Hintergrund lief ein Firmenvideo, um mögliche Lauscher abzulenken. Gerade als wohlhabende und jugendlich wirkende Rentner mit perfekten Zähnen ins Bild rückten, die über einen ausländischen Golfplatz spazierten, kamen wir zum Geschäft.

»Arthur Gladwell liegt im Sterben«, erklärte er mir.

»Ich weiß.«
»Ihm bleibt nicht mehr viel Zeit«, sagte er, räusperte sich, und ich fragte mich, ob es ihn immer noch nervös machte, mir gegenüber den Namen Gladwell zu erwähnen. »Inzwischen ist es nur noch eine Frage von wenigen Tagen, und deshalb muss ich so schnell wie möglich ein Treffen arrangieren.«
Irgendwie kam es mir absurd vor, dass ein Mann wie Arthur Gladwell, der Glasgow nun schon seit Mitte der siebziger Jahre kontrollierte – seit er seinen Vorgänger und dessen Leute brutal ermordete, indem er sie teilweise bei lebendigem Leib in Stücke zerhackte –, auf so klägliche Weise aus dem Leben schied. Der Lungenkrebs hatte ihm stark zugesetzt, und es sah nicht aus, als könne er ihm noch lange standhalten. Dem seit drei Jahrzehnten gemeinsten, brutalsten Mann der Glasgower Unterwelt wurde schließlich von seiner Vorliebe für Zigaretten der Garaus gemacht.
Wie Amrein sagte, war es nur noch eine Frage der Zeit. Andererseits gab es auch Stimmen, die behaupteten, nicht der Krebs habe den alten Bussard in die Knie gezwungen, sondern die Trauer um seinen ältesten Sohn Tommy, der Augapfel des fiesen alten Drecksacks, der einmal sein Erbe hatte antreten sollen. Aber das war nicht mein Problem. Ebenfalls absurd ist nämlich, dass Tommy Gladwell es gar nicht nötig gehabt hätte, sich unsere Stadt unter den Nagel zu reißen, hätte er nur die Geduld aufgebracht, zwei Jahre abzuwarten, dann hätte er sowieso das Glasgower Imperium seines alten Herrn geerbt. Mit anderen Worten: Er könnte noch leben. Aber hinterher sieht man ja immer klarer.
»Übernimmt Alan die Geschäfte?«, fragte ich.
Alan Gladwell war der Zweitälteste. Härter, gemeiner und, wie mir aus zuverlässiger Quelle versichert wurde, auch in-

telligenter als sein großer Bruder. Aus unserer Sicht nicht gerade der ideale Nachfolger, aber ich ging davon aus, dass sein Aufstieg auf den Thron unvermeidbar war.
»Ja«, bestätigte Amrein.
»Was haben Sie vor?«, fragte ich. »Oder er?«
Er rückte seine filigrane Brille mit dem Drahtgestell auf der Nase zurecht, dann kam er zum Punkt. Ich hatte den Eindruck, dass er sich die Formulierung sehr genau überlegt hatte.
»Alan Gladwell hat uns angesprochen.« Er benutzte das Wort *uns* statt *mich,* um es möglichst unpersönlich klingen zu lassen. Dabei machte ich mir gar keine allzu großen Sorgen, dass sich Amrein noch mal mit einem Gladwell gegen uns verschwören würde. Ich glaube, er hat seine Lektion gelernt und weiß, dass er sich nicht mit uns anlegen sollte. Schließlich hatte ich ihm auf recht drastische Weise verdeutlicht, was ihm blühte, wenn so etwas noch einmal vorkam.
»Er möchte sich mit Ihnen treffen, das heißt mit einem verantwortlichen Vertreter Ihres Unternehmens«, korrigierte Amrein sich, und ich ließ ihn gewähren. Bestimmt hatte er inzwischen herausbekommen, dass Bobby Mahoney tot war. Wahrscheinlich hatte Amrein nach ihm suchen lassen – schon allein, um seine Neugier zu befriedigen und um in Erfahrung zu bringen, wer tatsächlich das Sagen bei uns hatte. Wenn Amreins Leute keine Spur von Bobby gefunden hatten, dann musste er tot sein. Amrein wusste also, dass ich der Chef war – und ich wusste, dass er es wusste.
»Das Treffen soll auf neutralem Gebiet stattfinden, vorausgesetzt, Sie sind einverstanden. Sie bringen Ihre Leute mit und er seine, jeweils beide genauso viele, damit das Gleichgewicht gewahrt bleibt. Wir kümmern uns um die Sicherheit.« Er meinte, er würde mir meine Sicherheit garantieren

und es im Gegenzug nicht dulden, dass ich mich an Alan Gladwell vergreife. Die Sicherheitsbedingungen machten mir allerdings weniger Kopfzerbrechen als der Anlass des Treffens.
»Worüber will er mit mir reden?« Ich wusste, dass Alan Gladwell kein Vollidiot war und dass er und die halbe Glasgower Unterwelt mittlerweile wussten, dass sein großer Bruder Tommy von der Konkurrenz in Newcastle umgebracht worden war. Allein dieser Umstand hätte mich Alan Gladwell gegenüber misstrauisch machen müssen, denn seine brutalen Methoden waren allgemein bekannt. Er bearbeitete seine Feinde gern mit Zangen und Lötlampen, und die Vorstellung, dass er mir damit zu Leibe rückte, gefiel mir gar nicht.
»Worüber will er mit mir sprechen?«
»Edinburgh.«
Damit hatte ich nicht gerechnet.

Als Amrein und seine Leibwächter weg waren, blieben wir noch, um über den Vorschlag zu sprechen.
»Was hältst du davon?«, fragte Palmer.
»Vom geschäftlichen Standpunkt, nüchtern und emotionslos betrachtet, leuchtet mir das ein. Seit Dougie Reid sitzt, ist Edinburgh ein offener Markt. Da oben herrscht Chaos. Gemeinsam könnten wir wieder Ordnung reinbringen.«
»Aber emotionslos geht in diesem Fall schlecht«, erinnerte mich Danny.
»Meinst du, das weiß ich nicht?« Gegen Ende des Treffens hatte ich Mühe, den Einzelheiten zu folgen, weil mich Alan Gladwells Vorschlag völlig aus der Bahn geworfen hatte. Warum wollte er sich Edinburgh mit einer Crew teilen, die seinen Bruder auf dem Gewissen hatte? Musste man nicht

ein totaler Psycho sein, um so etwas überhaupt in Erwägung zu ziehen?

Egal, wie ich mich entschied, es war riskant. Wenn ich keine Geschäfte mit Alan Gladwell in Edinburgh machen wollte, würde er die Stadt wahrscheinlich allein übernehmen. Dann wäre sein Imperium riesig, und er säße uns noch feister im Nacken als vorher. Die Vorstellung gefiel mir nicht. »Ich muss darüber nachdenken«, erklärte ich den anderen in einem Tonfall, von dem ich hoffte, dass er Entschlossenheit signalisierte.

»So oder so, wir haben im Moment in unserer eigenen Stadt Wichtigeres zu tun«, sagte Kinane.

»Du meinst Doyle?«, fragte ich.

»Nein, nicht Doyle«, erwiderte er ungeduldig, und ich begriff, dass er sich auf seinen Einsatz vorbereitet hatte. »Ich meine Braddock.«

»O nein, nicht schon wieder, Joe, nicht jetzt. Können wir bitte aufhören, über Braddock zu reden?«

»Aber er verarscht uns!«, schrie Kinane, wobei seine Augen hervortraten und er die Zähne bleckte. »Der verarscht mich, dich und jeden von uns, verdammt noch mal!«

»Ich weiß, Joe.«

»Das weißt du?« Er sagte es, als sei es ihm neu.

»Natürlich«, versicherte ich, »aber was soll ich dagegen machen?«

»Was du dagegen machen sollst?« Er sah aus, als würde ihm gleich ein Blutgefäß platzen. »Irgendwas!«

»Zum Beispiel, Joe?« Ich sprach ganz leise, in der vergeblichen Hoffnung, dass er sich ein kleines bisschen beruhigen würde. Es funktionierte nicht. Er schlug mit der Faust auf den Tisch, und ich muss gestehen, dass ich aufschreckte.

»Tu was!«, verlangte er. »Ich will, dass du was tust. Herrgott

noch mal, Mann, ich bitte dich schon seit Monaten, dass du was gegen den Kerl unternimmst oder mir erlaubst, etwas zu unternehmen.«
»Soll ich mich mal mit ihm unterhalten?«, fragte ich.
»Unterhalten?« Er sah mich verächtlich hat. »Nein, das hatten wir doch schon, oder nicht? Ich hab ihm gesagt, wie's läuft, meine Jungs haben's ihm gesagt, ebenso Palmer, und du warst auch schon bei ihm. Also nein, du sollst dich nicht mit ihm unterhalten.«
»Hab ich mir schon gedacht«, sagte ich, »aber was sonst? Sollen wir ihn vermöbeln? Mal eben zusammentreten? Meinst du, damit bringen wir ihn in die richtige Spur?«
»In die richtige Spur?« Jetzt brüllte er mich an. Selbst Palmer schien sich Sorgen zu machen, dass Kinane komplett durchdrehte und mich versehentlich in zwei Hälften zerteilte, noch bevor er überhaupt merkte, was er tat. Alle kannten die Geschichten über den großen Mann und sein Temperament.
»Nein, mit einer Ohrfeige wirst du ihn nicht wieder in die richtige Spur bringen.«
»Hab ich mir auch gedacht«, sagte ich ruhig, »deshalb hab ich's mir auch schon aus dem Kopf geschlagen. Ich dachte, wenn er erst mal wieder auf dem Damm ist, wird er uns noch mehr provozieren. Er wird das ganze Geld behalten und auch die ganze Ware und versuchen, anderswoher Nachschub zu bekommen. Dann zieht er gegen uns in den Krieg. Er und seine ganze Scheißarmee von Drecksäcken. Zum Schluss gewinnen wir natürlich, aber wir müssen uns wochenlang mit dämlichen Hools in Kapuzenjacken herumärgern, bis endlich wieder Ordnung herrscht. Sunnydale wird unser Afghanistan. Und ich muss Männer, Geld und andere Ressourcen weit über ihren eigentlichen Nutzen hinaus investieren.«

Jetzt betrachtete er mich ganz genau, als wollte er eine Lücke in meiner Argumentationskette finden. Als er keine fand, sagte er: »Na ja, eben.«
»Also dann, kein Wort, keine Ohrfeige, sondern was?«
Er schwieg.
»Na mach schon«, drängelte ich, »spuck's aus. Du willst, dass ich ihn umlege.«
Kinane verschränkte die Arme. »Ich sag dazu gar nichts mehr.«
»Super, toll, danke, Joe. Du hast gerade mal wieder allen gezeigt, warum ich die Entscheidungen treffe und nicht du.«
Wenn Kinane zuvor ausgesehen hatte, als hätte er schlechte Laune, dann drohte er jetzt zu explodieren. Ich war der Einzige in der ganzen Stadt, der sich herausnehmen durfte, so mit ihm zu reden, und ich tat es nicht leichtfertig, aber es gab Momente, in denen ich meine Autorität gegenüber Männern wie ihm geltend machen musste – auch wenn sie mich mit bloßen Händen in der Luft hätten zerreißen können, nur weil ihnen danach war. Die einzige Chance, als Chef zu überleben, bestand darin, diese Leute durch Schlauheit zu überlisten, klarer zu denken als sie. Ich musste ihnen begreiflich machen, dass sie keine Zukunft hatten, wenn ich ihnen nicht die Händchen hielt und die Näschen putzte.
»Überlegt euch das mal. Wenn wir Braddock umlegen, wird er sofort eine Art abgefuckter, urbaner Märtyrer, eine Mischung aus Reggie Kray und Robin Hood. Zu Recht oder zu Unrecht, er hat es geschafft, die Herzen des Abschaums in den Ghettos zu erobern. Sie halten ihn für den König an ihrem Hof. Wenn wir ihn umbringen, gibt's einen Aufstand, und die Geschäfte laufen über Wochen nicht mehr rund.«
Daran, dass Kinane ruhiger wurde, konnte ich erkennen, dass er mir zustimmte, aber ich war noch nicht fertig. »Au-

ßerdem: Wer macht dann den Job für uns, wenn er unter der Erde liegt, hm? Wer ist zäh genug, verschlagen und gemein genug, Sunnydale unter Kontrolle zu halten, und, was noch wichtiger ist: Bevor ihr euch jetzt hier im Raum umseht – wer will das überhaupt? Wollt ihr jede Nacht bei Braddock in der Wohnung sitzen und Leute rausschicken, die die Abtrünnigen drangsalieren? Hab ich mir gedacht. Vielleicht hat ja einer deiner Söhne Bock darauf, hm?« Er machte den Mund auf, als wollte er etwas sagen, dann klappte er ihn wieder zu. »Nein? Wusste ich's doch.«

»Braddock ist ein durchtriebenes Superarschloch«, sagte ich, »ich kann ihn nicht ausstehen, ihr könnt ihn nicht ausstehen, und ich möchte bezweifeln, dass ihn überhaupt irgendjemand in unserer Organisation ausstehen kann, aber wir müssen ihn ja nicht mögen. Wer, außer einem Superarschloch, kann schon da unten für Ordnung sorgen? Na gut, er bescheißt und er steckt zu viel in die eigene Tasche, das weiß ich, und ihr wisst das, und er selbst weiß es, verdammt noch mal, auch. Er ist ein Betrüger und ein Dieb, aber wir sind alle Betrüger und Diebe, also was erwartet ihr? Wie's derzeit aussieht, machen wir in Sunnydale ein Menge Geld. Nicht so viel, wie wir gern hätten oder wie uns eigentlich zusteht, aber die Alternativen sind noch viel teurer. Also tun wir Folgendes: Wir lassen ihn weitermachen. Wir lassen ihn wissen, dass uns sein Stil nicht gefällt, bis er's endlich kapiert.«

Kinane hob eine Hand. Urplötzlich war er wieder normal wie das Meer, das sich glättet, wenn der Sturm weiterzieht. »Ich höre, was du sagst, ehrlich, und ich versteh's auch. Vielleicht glaubst du, ich kapier es nicht, aber ich bin nicht blöd. Ich sag dir nur eines: Die Strategie ist riskant.«

»Alles, was wir machen, ist riskant, Joe«, erklärte ich ihm, »und ich muss jeden Tag mit dem Risiko leben.«

Ich stand auf und erklärte Palmer, dass wir gehen wollten. Für mich war die Angelegenheit hier beendet. Im Hotelfoyer blieb ich noch einmal stehen und wandte mich an Kinane: »Joe, ich hab nie behauptet, dass du dumm bist«, versicherte ich ihm. »Ich will nur nicht, dass du die Entscheidungen triffst. Das mit Braddock regele ich.«
Er nickte, schien aber nicht überzeugt zu sein.

Ich brauchte Zeit, um nachzudenken, also stieg ich in einen unserer Dienstwagen und steuerte Richtung Norden. Der Mercedes glitt geschmeidig über die Straße, und schon bald hatte ich die Stadt hinter mir gelassen. Ich fuhr wie per Autopilot und konnte mich hinterher kaum an eine Meile erinnern. Ich war viel zu beschäftigt damit, mir alles noch mal durch den Kopf gehen zu lassen. Die Aussicht, Geschäfte mit einer Familie zu machen, deren ältesten Sohn ich umgebracht hatte, gefiel mir überhaupt nicht. Für das Problem gab es keine einfache Lösung. Die Gladwells würden niemals verschwinden. Sie würden über Jahre einen Schatten auf meine Stadt werfen, egal ob ich mich bereit erklärte, mit ihnen zu kooperieren, oder nicht. Ich war gearscht, wenn ich mich darauf einließ, und gearscht, wenn ich es nicht tat. So oder so musste ich ununterbrochen auf der Hut sein.

11

Niemand hatte auch nur den blassesten Schimmer, warum auf Jaiden Doyle geschossen worden war. Für einen zwielichtigen Dealer hatte er erstaunlich wenig Feinde, und man hörte auch nichts über einen eventuellen Streit mit Braddock, wobei es schwierig war, Insiderinformationen über seine Crew zu bekommen, weil sie so verdammt zusammenhielten.

Es wurde Zeit, sich mal wieder mit Maggot zu unterhalten. Barry Hennessy alias Maggot war ein langjähriger Mitarbeiter unserer Firma, was aber nicht heißt, dass er unersetzbar gewesen wäre. Er hatte die Aufgabe, sich um unsere »Klinik für Sportverletzungen« am Stadtrand zu kümmern, zu gewährleisten, dass sie Geld abwarf, dass aber die Bullen nicht darauf aufmerksam wurden und die Nachbarn schön friedlich blieben. Die Klinik für Sportverletzungen war die Fassade eines Massagesalons, in dem nicht nur verspannte Muskeln gelockert wurden.

Elaine stand wie immer an der Tür. Ich wusste nicht, wie lange sie schon dort arbeitete, aber ich nehme an, sie war seit Anfang der achtziger Jahre dabei. Wahrscheinlich hatte sie damals zu den ersten Mädchen gehört, die hier massierten, als Bobby den Laden eröffnete. Heute war sie Mitte sechzig, und wir beschäftigten sie als »Haushälterin«, was bedeutete, dass sie sich um unsere Mädchen kümmerte.

»Er ist hinten«, sagte sie, noch bevor ich überhaupt erwähnt hatte, dass ich mit Maggot sprechen wollte. Ich folgte ihr vom Empfang durch einen großen, dunklen und fensterlosen Bereich, der den Kunden und Mädchen als Wartezimmer diente. Er war leer, die Behandlungszimmer mussten also belegt sein. Wir gingen die Treppe hinauf, und sie führte mich in Maggots Büro.

»Was gibt's Neues, Maggot?«, fragte ich den schmerbäuchigen, kahlen Mann vor mir. Er guckte ein bisschen schuldbewusst, als er mich sah, anscheinend führte er nichts Gutes im Schilde, andererseits wirkte Maggot aber immer ein bisschen verschlagen.

»Ach, nicht wirklich viel«, versicherte er mir. Dann zeigte er mit seiner nikotinfleckigen Hand auf eine angeschlagene und vergilbte Porzellantasse und fragte: »Willst du eine Tasse Tee?«

»Nein danke«, sagte ich. »Eigentlich will ich nur mal mit dir sprechen.«

»Wenn's um die Einnahmen geht – ich wollte sowieso zu dir kommen«, platzte er plötzlich heraus.

Ich lehnte mich auf meinem Stuhl zurück und verschränkte die Arme.

»Na dann, schieß los«, sagte ich und tat so, als ginge es tatsächlich um die Einnahmen, da er sich ganz offenkundig Sorgen darum machte.

»War nur eine kleine Anleihe, ehrlich«, sagte er. »Nur um über die Runden zu kommen. Ich hatte Ärger und brauchte schnell mal ein paar hundert.«

Keiner von uns hatte gemerkt, dass Maggot mehr als üblich von den Einnahmen abgezwackt hatte, aber ich wollte den diebischen kleinen Wichser nicht vom Haken lassen, indem ich dies zugab.

»Das geht so nicht, Maggot«, erklärte ich, als wäre sein Betrug wirklich der Grund meines unerwarteten Erscheinens. »Das weißt du.«
»Ja, das weiß ich«, gestand er, »aber ich war verzweifelt. Tut mir leid.«
»Wenn du verzweifelt warst, dann waren es bestimmt mehr als nur ein paar hundert. Wie viel hast du unterschlagen, Maggot, in diesem Jahr, meine ich? Sag's mir, sonst bitte ich Kinane, dass er vorbeikommt und dir mit seinem Werkzeugkasten auf den Zahn fühlt.«
»Bitte«, sagte er, »das ist doch nicht nötig.« Er schluckte nervös. »Dreitausend, plus/minus.«
»Also eher vier, hab ich recht? Wenn du drei zugibst, dann waren es mindestens fünf, aber ich bin ja nett, und wir können uns auf die Mitte einigen. Ich werde einen Rückzahlungsplan erstellen, und wenn du auch nur eine einzige Zahlung auslässt, wird dir Kinane ein Loch in den Schädel bohren.«
Er schien zu Tode erschrocken. Maggot waren noch die Folgen einer Begegnung mit Finney anzusehen, der mit einem Elektrobohrer von seiner Stirn abgerutscht war. Zurückgeblieben war eine dunkelrote Vertiefung, die sich mit der Zeit in eine rostrote Narbe verwandelt hatte.
»Ich werde keine auslassen«, sagte er.
»Gut.« Ich stand auf, als wär's das gewesen. »Ach, übrigens, da du einer von denen bist, die immer wissen, was los ist«, sagte ich, »und da ich schon mal hier bin, erzähl mir doch mal von Jaiden Doyle.«
»Hm? Jaiden Doyle?«
»Hast ihn doch gesehen, oder?«
»Ja«, gab er zu, »was willst du wissen?« Er wirkte schon wieder verschlagen.

»Nicht viel«, sagte ich. »Nur, wer den Befehl gegeben hat, ihn zu erschießen.«
Maggot verzog das Gesicht, wirkte jetzt völlig irritiert. Dann beäugte er mich lange und misstrauisch, bis er schließlich sagte: »Soll das heißen, das warst nicht du?«

So viel dazu. Von wegen, Maggot weiß über alles Bescheid, was in dieser Stadt passiert, dachte ich. Nachdem ich meine Zeit mit ihm verschwendet hatte, ging ich zur Tür, blieb dann aber im Wartezimmer abrupt stehen. Auf einem der Sofas, in einem schlichten schwarzen Kleid und mit hochhackigen Riemchenschuhen, saß eines der schönsten Mädchen, das ich je gesehen hatte. Sie war schlank, hatte aber trotzdem Kurven, und ihr langes Haar war pechschwarz. Ich betrachtete sie, nahm ihre Erscheinung im Ganzen wahr, starrte sie an. Sie hatte sich zu mir umgedreht und starrte jetzt trotzig zurück. Mein Erscheinen schien sie nicht im Geringsten einzuschüchtern, aber ich war völlig von den Socken.
Die Mädchen, die bei uns arbeiten, sind keine Schlampen, das geht gar nicht. Würden die Kunden sie unattraktiv finden, würden sie nicht mehr kommen, und niemand würde Geld verdienen. Unsere Mädchen sind sehr gepflegt und schön zurechtgemacht, aber auch keine Playboy-Models. Wenn wir sie auf unserer Website als »Ende zwanzig« beschreiben, sind sie in Wirklichkeit achtunddreißig. Bezeichnen wir sie als reif, dann sind sie mindestens fünfundvierzig. Sie halten sich in Form, achten darauf, was sie essen, und manche gehen auch ins Fitnessstudio. Aber die Auswirkungen der Schwerkraft machten sich durchaus in Form hängender Brüste oder einer etwas breiteren Hüfte bemerkbar, und ohne Make-up konnte die eine oder andere offen gestanden beinahe ein bisschen verstörend wirken, aber dieses

Mädchen hier nicht. Sie war jung, höchstens Anfang zwanzig, und sie hatte Klasse, das sah man allein an ihrer Körperhaltung. Hätte sie nicht ein kurzes schwarzes Kleid getragen, hätte ich sie für eine Anwältin gehalten, die uns per einstweiliger Verfügung den Laden schließt. Sie sah so anders aus, dass ich sie wahrscheinlich mit offenem Mund angaffte.
»Kann ich dir helfen?«, fragte sie, wodurch sie noch weniger hierherzugehören schien. Ihre Stimme war ruhig und verriet ein gewisses Bildungsniveau. Was, zum Teufel, wollte sie bei uns?
»Ich glaube, wir kennen uns noch nicht«, presste ich hervor.
»Hast du einen Termin?«, fragte sie. »Wenn nicht, kann ich mich leider nicht um dich kümmern. Ich bin ausgebucht.«
Sie hatte was von einer Schulsprecherin. Ihre Berufsberaterin hätte einen Herzinfarkt bekommen, hätte sie sie hier gesehen. Aus irgendeinem Grund brachte ich kaum einen Ton heraus. Die meisten Mädchen hier behandelten mich wie den Chef, vermutlich, weil ich der Chef war.
»Wie heißt du?«
»Nenn mich Tanja«, erklärte sie. Das war ein Befehl, keine Bitte.
Eine Seitentür ging auf, und eine mir vertraute Person trat ein.
»Hallo, Mr. Blake«, rief Nadja förmlich, als wäre ich der Abteilungsleiter ihres Mannes und als wären wir uns gerade zufällig auf der Weihnachtsfeier seiner Firma über den Weg gelaufen. Ist noch nicht lange her, dass ich viel Spaß mit Nadja hatte. Und einmal hat sie mich aus gutem Grund zum Teufel gejagt. Bei einer Verfolgungsjagd durchs Bordell war ich aus Versehen in ein Zimmer geplatzt, in dem sie gerade einem Kunden zu einem Happyend verhalf. Ich weiß nicht,

wer geschockter war. Na ja, das ist gelogen. Der Kunde hatte auf jeden Fall den größten Schrecken bekommen. Nadja war bloß genervt, dass ich in einem so heiklen Moment gestört hatte. Er hätte sich vor Angst fast in die Hose gemacht, was kaum verwunderlich war, denn er war Abgeordneter im Stadtrat.
Seither hatte sich Councillor Jennings uns gegenüber immer sehr hilfsbereit gezeigt. So hilfsbereit, dass ich ihm Nadja sogar schon ein paarmal in ein von uns gebuchtes und bezahltes Hotelzimmer geschickt habe; als kleine Aufmerksamkeit zum Dank für seine Bemühungen. Er war enorm erleichtert, weil wir ihn nicht an die Boulevardpresse verpetzten, insbesondere weil ich ihm eingeredet hatte, seine Performance gäbe es auch auf Film. Außerdem spendete ich einen großzügigen Betrag für seine Wahlkampagne. Und Nadja? Der war es egal. Ich zahlte ihr für ihre Besuche beim Stadtrat deutlich mehr als den gängigen Tarif und achtete darauf, dass sie auch noch was für die Heimfahrt im Taxi bekam.
Vielleicht hatte Nadja das Gefühl, wegen der Sonderaufträge in meiner Schuld zu stehen, was erklären würde, warum sie mir so förmlich begegnete: »Willst du einen Tee? Ich koche gern welchen«, sagte sie.
Normalerweise hätte ich mich bedankt und wäre meiner Wege gegangen, aber ich wollte mehr über Nenn-mich-Tanja erfahren, also sagte ich: »Danke, Nadja, gern. Mit Milch, aber ohne Zucker.«
»Jederzeit zu Diensten«, erwiderte sie zuckersüß und klang plötzlich wie eine Figur aus einer alten Ealing-Comedy. Nadja verschwand, um Wasser aufzusetzen. Ich setzte mich auf das Sofa gegenüber Nenn-mich-Tanja.
»Ich heiße David.«
»Ich bin ausgebucht«, erinnerte sie mich, »aber wenn du hier

wartest, wird sich sicher ein anderes Mädchen um dich kümmern, zu gegebener Zeit.«
Ich war noch nie einer Nutte begegnet, die Formulierungen wie »zu gegebener Zeit« benutzte. Wo hatte Elaine die bloß aufgetrieben?
»Jetzt, wo wir uns miteinander bekannt gemacht haben, hatte ich gehofft, wir könnten noch mal von vorn anfangen«, sagte ich.
»Von vorn anfangen? Ich bin ausgebucht.«
»Ich meinte, wir könnten ehrlicher miteinander sein«, sagte ich. »Zuallererst könntest du zugeben, dass du weißt, dass mir der Laden hier gehört«, fuhr ich fort, »und dann würde ich gern deinen richtigen Namen erfahren.«
»Vielleicht weiß ich das«, erwiderte sie, »vielleicht ist es mir aber egal.«
»Oh, das hast du ja schon klargestellt«, sagte ich, »andere Mädchen rennen los und kochen mir Tee, wahrscheinlich durchsucht Nadja gerade die Schränke nach Keksen. Nur dir ist es völlig egal, dass ich der Chef bin, und du willst auch, dass mir das nicht verborgen bleibt.«
»Ich will nicht, dass du glaubst, ich gehöre dir, nur weil ...«
»Nur weil was?«
Sie sah mir direkt in die Augen »... nur weil ich mich in deinem Puff von Fremden ficken lasse.«
Ich hob die Hände: »Mir gehört niemand. Du kannst jederzeit gehen, wenn du willst.«
»Wirklich?« Sie klang skeptisch. »Na schön, sagen wir mal, im Moment kommt es mir gelegen, hier zu arbeiten. Wenn du mich jetzt bitte entschuldigst, ich habe einen Termin.«
Ich sah ihr hinterher. Fast hatte sie etwas von einem edlen Rennpferd, so, wie sie ging; der Rücken gerade, der Kopf hoch erhoben, die langen, anmutigen Beine bewegten sich

gemessenen Schrittes die Treppe hinauf in den Spa-Bereich. Ich sah ihr zu, wie sie die Tür hinter sich schloss.
»Alle Achtung.« Ich merkte, dass ich es zwar nur zu mir selbst gesagt, aber laut ausgesprochen hatte. Ich sah mich um, doch niemand hatte mich gehört. Ich ging den Gang entlang und fand Elaine an ihrem kleinen Empfangstisch.
»Erzähl mir was über Nenn-mich-Tanja.«
»Ach die«, sagte Elaine, »da gibt's nicht viel zu erzählen. Vor ein paar Wochen kam sie hier aus heiterem Himmel reingeschneit, was schon eine kleine Überraschung war.«
»Kann ich mir vorstellen.«
»Sie meinte, sie würde gern hier arbeiten, also gab's ein Gespräch.«
»Ein Gespräch?«
»Das Gespräch, das ich immer mit den Mädchen führe; ich will sicher sein, dass sie wissen, worauf sie sich einlassen, und damit klarkommen.«
»Und du warst zufrieden mit ihr? Natürlich, sonst würde sie ja nicht hier arbeiten.«
»Erst hatte ich so meine Zweifel, aber sie hatte gute Gründe.«
»Und zwar?«
»Das Übliche«, sagte sie. »Geldsorgen und ein Arschloch von einem Freund. Die erzählen dir alle dieselbe Geschichte, jedenfalls die, die Glück hatten.«
»Wieso Glück?«
»Wenn sie Glück haben, schmeißen sie den Freund raus und haben anschließend nur noch seine Schulden an der Backe. Dann sitzen sie da ohne Job, ohne Kohle und ohne Zukunftsaussichten.«
»Und die kein Glück hatten?«
»Dasselbe, nur dass sie sich außerdem noch mit einem völlig unbrauchbaren Typen herumschlagen müssen.«

»Warum machen Frauen so etwas, Elaine?«, fragte ich, als wäre sie der Quell allen weiblichen Wissens. »Ich hab das nie verstanden. Wenn klar ist, dass der Kerl nichts taugt und sich niemals ändern wird, warum bleiben sie trotzdem bei ihm, hm?«

»Man nennt es Liebe, Herzchen«, sagte sie. »Ich bin nicht mehr dumm genug, um selbst noch daran zu glauben, aber mir ist bewusst, dass es sie gibt. Leute verlieben sich in hoffnungslose Fälle, Männer wie Frauen gleichermaßen, also pass schön auf dich auf«, ermahnte sie mich.

»Mach dir um mich keine Sorgen. Dieser Typ«, fragte ich, »ihr Ex, meine ich, war der schon mal hier?«

»Nein«, sagte Elaine, »hab ihn nie gesehen, obwohl ...«

»Obwohl?«

»Sie besteht darauf, mit dem Bus nach Hause zu fahren. Die Haltestelle ist gleich auf der anderen Straßenseite. Ich hab schon ein paarmal gesehen, dass ein großer schicker Wagen angefahren kam und es aussah, als würde der Typ sie einladen, sie mitzunehmen, aber sie ist nie eingestiegen.«

»Hast du ihn gesehen?«

»Nein. Der saß hinter getönten Scheiben.«

»War sonst jemand da, der nach ihr gefragt hat? Hat sich jemand in sie verknallt?«

»Klar, alle möglichen Männer, Kunden, meine ich«, räumte sie ein, »aber das ist doch logisch, oder? Du musst sie nur ansehen, dann weißt du Bescheid. Sie will aber keine Stammkunden haben, will keinen zweimal sehen, es sei denn, ich sage ihr, dass es gefälligst sein muss. Meistens ist sie sowieso so verdammt unverschämt zu denen, dass ich mich wundere, was die sich bieten lassen. Am Anfang hab ich mir Sorgen gemacht, weißt du, dass sie zu schön ist für uns hier. Männer hängen nun mal an solchen Frauen, verlieben sich und so.

Weißt du noch, die junge Russin? Wunderhübsch war die, aber eigentlich zu hübsch. Die ist den Kerlen auf der Nase herumgetanzt, und das ist nicht ideal, jedenfalls nicht für uns. Nein, ich hab's lieber, wenn sie ein bisschen schlichter sind und normal aussehen, so wie Nadja. Die hat ihre Stammkunden und verschreckt die Neuen nicht. Aber ich muss sagen, bis jetzt war Simone eigentlich ganz brav.«
»Simone?«
»So heißt Tanja richtig«, erklärte sie, »Simone Huntington.«
Der Name klang, als gäbe es ein passendes Wappen dazu.
»Kein Ärger mit den Kunden?«
»Wie gesagt, sie riskiert manchmal eine ganz schön dicke Lippe, aber ich glaube, insgeheim stehen die darauf. Ich nenne sie ›Mistress Tanja‹. Die meisten hätten nichts dagegen, wenn sie mit ihren Stilettos auf ihnen spazieren gehen würde, auch die, die normalerweise nicht auf so was stehen.« Sie schmunzelte. »Das ist eine ganz Gefährliche.«

12

Das *Second-Chances*-Center war ein unscheinbares graues Gebäude, das einmal ein Callcenter beherbergt hatte. Seitdem dieses nach Indien verlegt wurde, war die Miete hier wirklich günstig. Die offizielle Eröffnung stand kurz bevor, in Wirklichkeit aber beschäftigten wir schon seit über einem Jahr hier Leute. Wenn man zum Beispiel direkt aus dem Gefängnis kam, konnte man bei uns vorsprechen. Und genau das war der Zweck der Übung. Wir führten Bewerbungsgespräche, um herauszufinden, was die Leute draufhatten, und wenn der Leiter der Einrichtung jemanden für vertrauenswürdig hielt, gaben wir ihm erst mal vorübergehend ein Bett. Ohne wie ein Riesenarschloch klingen zu wollen, mit *Second Chances* versuchte ich, der Gesellschaft etwas zurückzugeben – jedenfalls so ungefähr.

Wir nahmen Männer auf, die clean werden und legal bleiben wollten, besorgten ihnen Aushilfsjobs und zahlten ihnen einen anständigen Lohn. Das bedeutete zum Beispiel auch, dass sie brachliegende Flächen entmüllten, Bäume pflanzten, Blumenbeete anlegten, Rasen mähten, Hecken stutzten oder Graffiti von der Wand schrubbten. Die besonders vielversprechenden Kandidaten besuchten Schulen und sprachen mit Teenagern über die Gefahren des Drogenmissbrauchs und die Vergeblichkeit eines kriminellen Lebens.

Uns war es egal, was jemand getan oder wie lange er gesessen hatte, sofern es nichts mit Kindesmissbrauch zu tun hatte. Da lag für uns die Grenze. Kinderfickern gaben wir keine Jobs – außerdem hätten unsere Jungs sie sowieso plattgemacht –, und wir erwarteten Drogenabstinenz. Das mag von jemandem wie mir heuchlerisch klingen, immerhin hatte es unter Umständen an unseren Drogen gelegen, dass der Betreffende klaute, aber darum ging es nicht. Wir konnten schlecht Junkies anstellen, die alten Damen den Rasen mähten und ihnen hinterher das Dinner-Service aus dem Schrank stibitzten.

Wir führten das *Second-Chances*-Center als gemeinnützige Einrichtung mit ehrenamtlichen Mitarbeitern und waren als wohltätiger Betrieb anerkannt, vermutlich weil mein Name auf den Antragsformularen nicht auftauchte. Das Geld, das wir hineinbutterten, kam aus einer unserer Holdings, und der Dachverband war eine auf den Jungferninseln eingetragene Stiftung.

Außerdem konnten wir auch hier Geld waschen, indem wir unsere Ausgaben für Waren und Dienstleistungen einfach höher ansetzten und die tatsächlichen Materialkosten, für die wir einen fairen Preis ausgehandelt hatten, gar nicht angaben. Außerdem setzten wir Phantommitarbeiter auf unsere Gehaltsliste. Schon bald arbeiteten vierzig ehemalige Häftlinge für uns, von denen die meisten wahrscheinlich für den Rest ihres ereignisarmen Lebens weiterschuften und sich dankbar an den Tag erinnern würden, an dem wir ihnen eine zweite Chance geboten hatten, als niemand sonst etwas mit ihnen zu tun haben wollte.

Wie immer gab es aber auch hier noch einen weiteren Gesichtspunkt, denn *Second Chances* war eine großartige Talentschmiede für unseren Nachwuchs. Unter dem Schutzmantel eines Förderprogramms brachten wir alles Wissenswerte über eine Person in Erfahrung, und wenn wir jemanden für geeignet hielten, verantwortungsvollere Aufgaben in der Firma zu übernehmen, kam jemand von außerhalb des *Second-Chances*-Centers und bot ihm einen vermeintlich legalen Job in einem anderen Zweig unserer Organisation an. So hatte Palmer zum Beispiel auch Robbie rekrutiert, der unsere kleine Gruppe der »Küstenspäher« leitete, so genannt nach einem Roman von Stan Barstow, den außer mir niemand in unserer Firma gelesen hatte. Robbie war ein IT-Crack, ein elektronisches Wunderkind, der Computer dazu brachte, dass sie zu ihm sprachen. Er konnte Firewalls durchbrechen, sich in jedes System hacken und Informationen beschaffen, ohne dass es jemand mitbekam. Wie wertvoll vor allem Letzteres war, hatte er auf die harte Tour gelernt, als er wegen Betrugs und Insiderhandels zu einem Jahr Gefängnis verurteilt wurde.

Früher hielt ich mich wie Robbie für einen Verbrecher im Anzug, der sich die Finger nicht schmutzig macht und keiner Fliege etwas zuleide tut. Er hatte eine Wahnsinnsangst vor dem Gefängnis, weil er dachte, er würde vergewaltigt oder ermordet werden oder gleich beides, aber Palmer hatte alles über seinen Fall gelesen und war tief beeindruckt von seinem Können. Palmer organisierte Leute, die ihn im Knast schützten, und ließ ihn wissen, wer diese waren. Als Robbie rauskam, bekam er eine Stelle bei *Second Chances,* dann ließen wir ihn erst mal in Ruhe, bis er kapiert hatte, dass wir tatsächlich seine einzige echte Chance waren. Mit seinem nicht ganz einwandfreien Führungszeugnis würde er niemals irgendwo anders einen legalen Job bekommen.

Als ich Robbie kennenlernte und ihm mein Angebot machte, stand er längst mit einem Bein auf der dunklen Seite. Er schloss sich uns an. Palmer arbeitete gern mit diesem durchgeknallten kleinen Kerl mit der dicken Sechziger-Jahre-Hornbrille, der leicht stotterte, wenn er nervös war. Nebenbei hatte er sich auf Techniken der elektronischen Überwachung spezialisiert. »Bei der Armee haben wir ein Loch gegraben, sind tagelang darin sitzen geblieben, haben in Tüten geschissen und uns nicht gerührt, sondern gewartet, bis das Ziel in Sicht kam«, erzählte mir Palmer in einem der seltenen Momente, in denen er über seine Vergangenheit bei der SAS sprach. »Heutzutage kann Robbie jemanden meilenweit entfernt ins Fadenkreuz nehmen und braucht dazu nur einen Satelliten und ein Handysignal. Das ist ein modernes verfluchtes Wunder.«

Second Chances war auch der Grund, weshalb ich einer Versammlung gewalttätiger Fußballfans in einem Pub in Bigg Market beiwohnte. Wir standen zusammengepfercht in einem Raum im ersten Stock, hielten uns an unseren Biergläsern fest und lauschten dem endlosen Geschwafel eines Politikers. Auch wenn die Kneipe kaum mit den eichengetäfelten heiligen Hallen von Westminster vergleichbar war, fühlte sich der altgediente Parlamentsabgeordnete für Newcastle und frühere Innenminister, der ehrenwerte Ron Haydon, voll und ganz in seinem Element. Er versicherte uns, wie sehr er unseren Hass auf »die Schweine« verstand, die »unseren einst so stolzen Verein in die Knie gezwungen und uns landesweit zu Witzfiguren gemacht hatten«, und ergänzte, »die Vereinsführung verhält sich wie ein Zuhälter, Schlusspunkt!« An dieser Stelle bekam er zum ersten Mal Applaus. »Die da ...«, sagte er und zeigte in Richtung St James' Park ein paar Straßenecken weiter, »... haben aus einem Heiligtum einen Discounter gemacht ... diese Männer wissen, dass alles seinen Preis hat, nur Werte kennen sie nicht mehr.« Zustimmendes Gemurmel. »Ich spreche von

der Gesellschaft, der Gemeinschaft, unserer gemeinsamen Geschichte, in der Vater und Sohn, Generation für Generation, gemeinsam ins Stadion gingen und ihrer Mannschaft zujubelten.« Ich fragte mich, wann er »seine Mannschaft« das letzte Mal auf dem Platz gesehen hatte. Wahrscheinlich war das Jahre her. »Was sie nicht ... was die nicht begreifen« – er stocherte mit dem Finger in unsere Richtung, um seinen Worten Nachdruck zu verleihen –, »einen Fußballverein kann man nicht besitzen ... aber man bewahrt ihn für künftige Generationen!« Ich war ziemlich sicher, dass er den letzten Satz aus einer Zeitschriftenwerbung geklaut hatte, die ich mal gesehen hatte, aber das spielte keine Rolle.
Ron Haydon schloss seine aufwühlende Rede mit einem Plädoyer für mehr Demokratie und der Forderung, dass Fussballvereine ihren Fans gehören sollten, wobei ich mir nicht vorstellen konnte, wie das aussehen sollte. Warum würde ein Millionär auf die Fans hören, wenn er es gar nicht nötig hatte? Trotzdem bekam Haydon Applaus.
»Darf ich fragen, ob Sie meinen Brief erhalten haben«, erkundigte ich mich bei meinem Parlamentsmitglied zehn Minuten später, nachdem sich die Schulterklopfer und Händeschüttler wieder zerstreut hatten. »Wir hatten angefragt, ob Sie bei der Eröffnung des *Second-Chances*-Centers, unserer Rehabilitationseinrichtung für ehemalige Strafgefangene, auftreten würden.« Er sah mich an, als wäre ich Luft. »Wir wollen Vorbestraften die Möglichkeit geben, etwas in ihrem Leben zu verändern, indem sie einer geregelten Arbeit nachgehen.«
Er bedachte mich mit einem breiten Grinsen. »Sie reden wie ein Politiker«, sagte er. »Sie sollten in die Partei eintreten. Sie sind nicht auf den Mund gefallen.« Nach einem Kompliment klang das nicht, aber ich fuhr trotzdem fort:
»Wir hatten gehofft, Sie würden uns mit Ihrer Anwesenheit

beehren, wenn wir Ende des Monats unsere neue Geschäftsstelle in Dunston eröffnen. Allerdings haben wir noch keine Antwort aus Ihrem Wahlbüro erhalten.«

»Ich habe Ihre Anfrage zur Kenntnis genommen, aber ich werde nicht erscheinen«, erklärte er. Sein Lächeln war jetzt verschwunden. »Mit Verbrechern gebe ich mich nicht ab.«

»Wir bezeichnen unsere Klienten als ehemalige Strafgefangene.«

»Ich spreche nicht von Ihren Klienten«, sagte er leise und bedrohlich, »ich meine Sie.«

»Mich? Ich bin Unternehmensleiter der Gallowgate Leisure Group, ein vollkommen legales ...«

»Sparen Sie sich das«, fiel er mir ins Wort. »Sie vergessen, dass ich Innenminister war. Ich kenne Ihre Akte«, sagte er leise, damit uns die anderen an der Bar nicht hören konnten, dann verzog er seine Visage zu einem bemühten Grinsen, so dass ein beiläufiger Beobachter geglaubt hätte, wir sprächen über den Euro. »Ich mag keine Gangster in meiner Stadt«, sagte er, als würde sie tatsächlich ihm gehören. »Aber ich bin froh, dass wir Gelegenheit hatten, uns kennenzulernen, Mr. Blake, denn ich möchte Ihnen gern persönlich sagen, was ich mit Ihnen und dem Rest von Bobby Mahoneys Bande zu tun gedenke. Ich wurde kürzlich zum Vorsitzenden der Polizeidirektion berufen, und ich werde dafür sorgen, dass Sie der Chief Constable ganz oben auf seine Prioritätenliste setzt. An dem Tag, an dem Sie in den Knast wandern, werde ich breit grinsend oben auf den Stufen des Gerichtsgebäudes stehen.« Und er bedachte mich mit einem Blick, der keinen Zweifel daran ließ, dass er sich ungemein auf diesen Moment freute.

»Ach, wissen Sie, eigentlich hatte ich Sie angesprochen, um Ihnen mein Mitgefühl auszusprechen«, versicherte ich, »man sagt ja, alle politischen Karrieren sind letztlich zum Scheitern verurteilt, und Sie sind das beste Beispiel dafür. Neunundzwanzig Jahre als Abgeordneter, und den Ministerposten konnten Sie erst ergattern, als Ihre Regierung schon aus dem letzten Loch pfiff. Warum nur, Ron? So viele haben sich an verantwortlichen Stellen als absolute Nullnummern entpuppt, und trotzdem bekamen sie alle lange vor Ihnen eine Chance. All die Jahre als Hinterbänkler, und dann lässt man Sie nur deshalb mitspielen, weil Sie bereit waren, für den Krieg im Irak zu stimmen.«

»Verpiss dich und geh scheißen, Mann.« Als ihm nichts mehr einfiel, griff er auf derbe Beleidigungen zurück, wobei sein Geordie-Akzent voll zur Geltung kam.

»Bis Labour wieder auf die Beine kommt, sind Sie Mitte siebzig, und das ist viel zu alt für ein Spitzenamt. Also geht's wieder zurück in den Wahlbezirk. Der ganze nervige Abgeordnetenkram, ein Irrer nach dem anderen bettelt um Hilfe, weil der Müll nicht abgeholt wurde und der Rasen gemäht werden muss. Sie drehen doch durch vor Langeweile.«

»Sie haben keine Ahnung, mein Lieber, wirklich nicht.« Jetzt war sein Gesicht rot angelaufen.

»Dann klären Sie mich auf. Trotz all der Jahre in der Politik haben Sie nicht viel vorzuweisen. Bobby Mahoney hat immer gesagt, hier oben kann man einem Affen eine rote Rosette anheften, und trotzdem wählen alle noch lieber Labour als die Tories. Wenn Sie einen Schuljungen öffentlich vor dem Grey's Monument in den Arsch ficken, wählt man Sie trotzdem, und das wissen Sie. Ihr ganzes Leben ist eine einzige Zeit- und Energieverschwendung. Sie wollen mich zu Fall bringen? Viel Glück!«

»Ist das eine Drohung? An Ihrer Stelle würde ich das bleiben lassen, mein Lieber, weil ich mich nicht so leicht ins Bocks-

horn jagen lasse. Früher wurde ich losgeschickt, um abtrünnige Gewerkschafter auf Kurs zu bringen. Und wie wir alle wissen, gibt es kein größeres Arschloch als einen waschechten Gewerkschaftsfunktionär. Mehr als einer von denen wollte mir eine reinhauen, aber ich habe sie alle ausnahmslos plattgemacht, vor all ihren Kumpels. Ich bin zwar älter als Sie, aber wenn Sie wollen, können wir gern vor die Tür gehen und die Sache klären.«
Ich lachte. »O bitte, Sie sehen ja schon beim bloßen Gedanken daran so aus, als würden Sie gleich einen Herzinfarkt erleiden.«
»Ich warne Sie ...«
»Nein, ich warne *Sie*. Ich kann verstehen, dass Sie sich ein Hobby wünschen, aber ich empfehle Ihnen Fliegenfischen oder Golf. Lassen Sie die Finger von uns.«
Ich wandte mich ab und ging, verließ das Pub ohne ein weiteres Wort. Als ich auf die Straße hinaustrat, sprang ein Mann aus dem Schatten und stellte sich vor mich.
»Herrgott noch mal, Palmer, fast hätte ich einen Herzkasper gekriegt.«
»Was?«
»Mir im Dunkeln aufzulauern und mich anzuspringen ... Ich dachte, mein letztes Stündlein hat geschlagen.«
»Tut mir leid«, sagte er.
»Was willst du?«
»Ich muss dir was sagen«, antwortete er, »und es wird dir nicht gefallen.«
»Was?«
»Die Lieferung ist nicht angekommen.«

13

»Beruhige dich doch.«
»Ich bin ganz ruhig«, log ich, wobei ich zwei Kurze an der Hotelbar gebraucht hatte, um überhaupt diesen Zustand zu erreichen. Und ich war immer noch auf hundertachtzig.
»Ich lass mich nicht gern von einem Türken in den Arsch ficken und um eine Million Euro bescheißen. Da bin ich altmodisch.«
»Kannst du bitte wenigstens versuchen, nicht so zu schreien?«, bat Palmer und sah sich um, rechnete anscheinend damit, dass verdeckte Ermittler hinter den Topfpflanzen hervortraten.
»Ich schreie nicht«, schrie ich und registrierte jedoch aus den Augenwinkeln, dass mich der Barkeeper beobachtete. Ich funkelte ihn wütend an, bis ihm schließlich einfiel, dass er dringend etwas im Hinterzimmer zu erledigen hatte.
»Dann versuch wenigstens, die Stimme zu senken, solange du über Drogen, türkische Dealer und fehlende Millionen sprichst«, fügte Palmer vernünftig hinzu.
»Schön«, sagte ich und merkte, dass wir wie ein altes schwules Paar beim Beziehungskrach ausgesehen haben mussten.
»Ich spreche schön leise, und du setzt dich noch heute Abend mit dem Türken in Verbindung und sagst ihm, entweder beschafft er die Ware, oder ich will mein Geld zurück. Und keine faulen Ausreden.«

»Das ist schwierig«, sagte Palmer. »Es gibt so viele Stationen, die die Ware durchlaufen muss, da kann es bei jeder einzelnen zu einer Verzögerung kommen.«
»Für wen arbeitest du, Palmer?«, fragte ich.
»Was?«
»Für ihn oder für mich?«
»Ich sag's ja bloß.«
»Sag's nicht.«
Palmer zuckte mit den Augen und verstummte, sein Gesicht wurde zur undurchdringlichen Maske.

Als Palmer gegangen war, nahm ich mein drittes Getränk mit ins Restaurant, eine sogenannte Brasserie mit trüber Beleuchtung, in der an jenem Abend zwei weitere Gäste speisten, beides einsame Männer auf Geschäftsreise. Ohne die einfallslose Speisekarte überhaupt aufzuklappen, hätte ich bereits erraten, was darauf zu finden war, und ich entschied mich schließlich für ein medium gebratenes Steak mit Pommes frites und Sauce béarnaise. Ich bin viel unterwegs, einsame Mahlzeiten in Hotels sind mir nicht fremd. Sie bieten mir eine Gelegenheit zum Nachdenken, und aus irgendeinem seltsamen Grund ging mir Simone nicht aus dem Kopf. Ich fragte mich erneut, wieso sie in unserem Massagesalon anschaffte. Nicht, dass ich nicht schon genug um die Ohren gehabt hätte: die Schüsse auf Doyle; Braddocks Extratour; Gladwells Angebot und die Hinhaltetaktik des Türken. Aber trotzdem überlegte ich, ob ihr vielleicht zu helfen war. Wenn ich Danny retten konnte, dachte ich, dann musste ich doch auch etwas tun können, um im Leben dieses Mädchens ein bisschen was zum Besseren zu wenden.
Fand ich sie anziehend? Natürlich, wer nicht? Sie sah umwerfend aus, aber das war es nicht allein. Viele Mädchen ha-

ben schreckliche Freunde, wenn sie jung sind, aber nicht alle gehen deshalb auf den Strich. Simone hatte das ganze Leben noch vor sich. Eine Schande, es auf diese Art einfach wegzuwerfen.
Ich traf eine Entscheidung. Ich wollte mich um Nenn-mich-Tanja kümmern, sie zu meinem persönlichen Projekt machen. Das Mädchen war meine Chance, endlich einmal etwas richtig zu machen, und ich wusste, eines Tages würde sie es mir danken.

Normalerweise hielt ich mich von den Wohnblocks in Sunnydale fern – und das nicht nur, weil die Gegend ein einziges Drecksnest ist. Ich wollte auch nicht, dass jemand eine Verbindung zwischen mir, den Hochhäusern und der Ware herstellte. Um den Vertrieb kümmerten sich hauptsächlich Kinanes Söhne, aber hin und wieder, wenn es ein Problem oder eine Meinungsverschiedenheit gab, musste ich eingreifen. Und das war jetzt der Fall.
Braddock hatte die Aufgabe, in den Sunnydale Estates für Ordnung zu sorgen, was ihm meist auch gelang, vor allem weil er die härtesten Typen aus den Blocks angeheuert hatte und selbst der Härteste von allen war. Eigentlich war er der ideale Typ für Sunnydale, nur die Lücken in seiner Buchführung sprachen gegen ihn.
Das Drogengeschäft verändert sich nicht großartig. Unsere Kunden entscheiden sich nicht plötzlich, ihr Geld für etwas anderes auszugeben. Süchtige brauchen immer genau dieselbe Menge an harten Drogen, jeden Tag. Deshalb spricht man ja auch von Sucht. Die durch den Verkauf von Heroin oder Crack erzielten Einnahmen sollten daher einigermaßen konstant bleiben, möglicherweise sogar wachsen, wenn neue Kunden die Vorzüge eines drogeninduzierten Glückszu-

stands für sich entdeckten. Nicht so unter Braddocks Ägide. Er wollte Kinane und seinen Söhnen weismachen, dass die Zeiten schwierig seien, einige Junkies auf Entzug gegangen waren, andere im Knast saßen und noch ein paar weitere ins Gras gebissen hatten. Nur wenn es konkret um Namen ging, druckste er herum. Er behauptete, die Ware sei zu rein oder nicht rein genug, die falsche Droge zur falschen Zeit, oder seine Kunden wären nicht so scharf darauf wie auf den Scheiß, den irgendeine andere Dealerbande, die ebenfalls für uns arbeitete, in der Nachbarsiedlung vertickte. Braddock wollte uns verklickern, er habe mit den Preisen runtergehen müssen, um den Stoff überhaupt loszuwerden. Seine Belege für den Umsatzrückgang waren nebulös und beruhten einzig auf Anekdoten, und wenn man ihn so reden hörte, hätte man glauben können, seine Kunden nähmen die Ware nicht mal mehr geschenkt.

Wir alle wussten, dass das Blödsinn war. Er beklaute uns, weil er sich für unantastbar hielt. In gewisser Hinsicht war er das auch, aber ich konnte nicht zulassen, dass er den kompletten Profit für sich behielt. Von mir wurde erwartet, dass ich ihn zur Ordnung rief, und zwar gehörig. Das war allerdings leichter gesagt als getan, da er sich auf seinem Territorium mit den miesesten Wichsern der ganzen Stadt umgab und niemals allein anzutreffen war. Tatsächlich verließ er trotz seines verhältnismäßigen Wohlstands die Siedlung immer seltener, und wenn, dann meist nur, um seine alte Mutter zu besuchen. Hin und wieder gabelte er eine Frau in der Stadt auf, lebte aber zusehends wie ein einsamer König auf seinem eigenen Misthaufen. Anstatt sich wie ein normaler Mensch frei zu bewegen, hockte er in seiner Wohnung ganz oben in einem der Hochhäuser, von wo aus er die gesamte Siedlung überblickte. Als wir zu unserem Überraschungsbesuch bei Braddock aufbrachen, wusste ich, dass uns seine Späher schon entdeckt hatten, bevor wir das Viertel auch nur erreichten.

Mir war es an jenem Morgen wichtig, gleich mit der ganzen Horde in vier Wagen vorzufahren; Palmer, Kinane, Hunter und Danny saßen mit mir im Range Rover; Kinanes Söhne und ein paar Jungs aus dem Fitnesscenter in den anderen Autos. Derart vollzählig aufzulaufen war eine provokante Geste, aber ich wollte Braddock daran erinnern, mit wem er es zu tun hatte.

Wir fuhren mit den Fahrstühlen nach oben. Sie funktionierten ausnahmsweise, stanken aber höllisch nach Pisse.

»Man sollte meinen, dass der sich mal darum kümmert«, sagte Kinane und zog die Nase kraus. »Im Prinzip hat er doch das ganze Haus für sich.«

Kinane übertrieb nicht. Braddock hatte die oberen beiden Stockwerke mit Beschlag belegt und zu seiner Kommandozentrale gemacht. Die ursprünglichen Bewohner hatte er abgefunden und verjagt, und bei der Stadtverwaltung hatte sowieso niemand den Mumm, sich hier blicken zu lassen und nach dem Rechten zu sehen.

Braddock begrüßte uns an der Tür. Er war groß, muskulös, noch keine dreißig Jahre alt, und kleidete sich sehr viel eleganter als der Abschaum in seiner Gang. Dank seines narbenlosen Gesichts, seines athletischen Körperbaus und der Designer-Klamotten hätte er auch als Profifußballer durchgehen können. Und angeblich kam er bei den Frauen gut an. Überhaupt hatte er wohl großes Talent, sich einzuschmeicheln. Ich hatte gehört, er würde sich ein Apartment in der Stadt leisten, in das er seine Frauen einlud. Braddock lächelte überschwenglich, aber als er Kinane, Palmer und den Rest der Truppe entdeckte, blickte er unruhig von einem zum

anderen. Ein paar aus Braddocks Gang lungerten in der Wohnung herum, tranken Bier, rauchten Dope, glotzten Sky Sports auf dem Plasmafernseher oder spielten Billard an dem grellblauen Billardtisch. Als wir einmarschierten, hörten alle schlagartig auf, das zu tun, was sie gerade getan hatten. Ich zählte zehn Typen, die alle aussahen, als würden sie sich täglich prügeln. Wahrscheinlich taten sie das auch, wenn sie im Sunnydale Estate aufgewachsen waren. Nur ein Mädchen war da. Sie war dünn und hübsch, trug ein T-Shirt und eine Jeans-Shorts, hatte aber auch was von einem bleichen Junkie, der seit Wochen kein Tageslicht mehr gesehen hatte.
Braddocks Zentrale war ein seltsamer Ort. Teilweise hatte er Mauern einreißen lassen, um das obere Stockwerk in eine Art Loft zu verwandeln, in dem er und seine Gang ausreichend Platz fanden. Dabei hatte er sich keine Gedanken gemacht, ob er tragende Wände entfernte. Um zu verhindern, dass die Decke einstürzte, hatte er diese nun mit Stahlträgern abstützen müssen. Der große offene Raum, der so entstanden war, setzte sich aus mehreren Wohnungen zusammen. Überall lag irgendein Müll herum – leere Flaschen, Dosen, dazu die Styroporbehälter der Takeaways vom Vorabend und überquellende Aschenbecher.
»Mach das aus!«, brüllte Braddock, und der Gangsta Rap, der aus zwei riesigen Lautsprechern dröhnte, verstummte abrupt. »Wollt ihr ein Bier?«, fragte er.
Ich schüttelte den Kopf. »Wir bleiben nicht lange. Ich mach nur mal die Runde.«
Ich fragte ihn, wie die Geschäfte so liefen, und er erzählte mir wieder denselben Mist von wegen schwierige Zeiten, als hätte das Drogengeschäft unter der Rezession zu leiden.
»Du scheinst das Viertel hier aber gut im Griff zu haben«, sagte ich.

»Ist im Sack«, erwiderte er, »ich hab die absolute Kontrolle. Hier kann keine Taube kacken, ohne dass ich das weiß. Ist doch so, Jungs?« Zustimmendes Gemurmel und ein paar unverständliche Kommentare wurden seitens seiner Primitivos laut. Er bezog sie ganz bewusst in die Unterhaltung ein, damit ich sah, was für eine eingeschworene Truppe sie waren und mich hoffentlich davon einschüchtern ließ.
»Schön. Dann weißt du bestimmt auch, wer auf Doyley geschossen hat.«
»Doyley? Na ja, das war ja nicht hier, oder? Auf Doyley wurde doch in Quayside geschossen.«
»Die Polizei fand's gar nicht gut«, sagte ich. »Newcastle ist nicht der wilde Westen.«
Braddock zuckte mit den Schultern: »Jeden Tag kommt so was nicht vor, aber ab und zu muss auch in Newcastle mal jemand dran glauben. Die Zeitungen regen sich ein paar Tage lang auf, dann ist alles wieder vergessen.«
»Es sei denn, es eskaliert, weißt du. Vergeltungsmaßnahmen, Rachemorde, so was. Du hast doch in der Richtung nichts geplant, oder?«
»Nein«, sagte er. »Wie denn auch, wenn wir nicht wissen, wer dahintersteckt.«
»Bist du sicher, dass du's nicht weißt?« Ich sah ihm direkt in die Augen.
»Ich meine, wer will denn schon Doyley erschießen?« Er sagte es, als wäre Jaiden Doyle ein ausgemachter Vollidiot.
»Weiß nicht«, gestand ich, »vielleicht die Konkurrenz, ein Dealer, der auf Doyleys Stelle hier neidisch ist, ein Fremder, der sich am McDonalds Drive-in vordrängeln wollte. Ein paar Theorien hätte ich für dich, dachte, du würdest vielleicht gern mal für uns nachforschen.«

»Ja«, sagte er, »mach ich.« Irrte ich mich, oder benahm sich Braddock so, als wüsste er längst, wer's getan hatte, und als sei's ihm scheißegal?
»Dann gehst du zu Joe, ja? Nennst ihm den Namen, meine ich. Ich will nicht, dass du jemanden auf der Straße mit einer Uzi verfolgst. Wir wollen keine Bullen, klar, schon gar nicht jetzt.«
»Natürlich nicht. Ich komme zu dir. Ich meine, zu Kinane«, korrigierte er sich.
»Ich muss schon sagen, ihr steckt das ziemlich gut weg«, sagte ich. »Einer von euren Leuten wird angeschossen. Man sollte meinen, ihr würdet die Wände hochgehen.«
»Wie schon gesagt, ich weiß ja nicht, wer's war, also kann ich's auch an keinem auslassen, oder?«
»Nein«, sagte ich, »wahrscheinlich nicht.« Einen Augenblick lang schwieg ich, dann fuhr ich fort: »Wie schon gesagt, ich mach nur mal die Runde, schaue überall nach dem Rechten. Da ich schon mal hier bin, da ist noch was ...«
»Was denn?«
»Kannst du dich erinnern, dass ich mal gesagt habe, wenn du den Laden hier in Schwung hältst, für Ordnung sorgst und alles schön unter Kontrolle behältst, dass dann auch ein Bonus für dich drin ist?«
»Äh, ja.« Plötzlich schien sein Interesse geweckt.
»Was hältst du von vierzigtausend?«
»Klingt gut, finde ich«, sagte er grinsend, und ein paar seiner Jungs lachten laut.
»Schön« – ich nickte – »ich denke, du hast sie dir verdient, oder nicht?«
»Na klar.«
»Gut gemacht.« Ich sah mich um, als wären wir hier fertig.
»Und?« Er wusste nicht, was los war. »Wo ist die Kohle?«

Er sah meine Leute an, als erwarte er, gleich einen Aktenkoffer voller Geld zu bekommen.
»Du hast es schon«, erklärte ich, und er guckte verdattert. »Jetzt hab ich's dir geschenkt. Damit meine ich, dass ich das fehlende Geld nicht zurückfordern werde. Kannst es behalten. Das ist dein Bonus dafür, dass du hier alles so wunderbar im Griff hast.«
»Fehlendes Geld? Ich versteh nicht, was du meinst.« Sein Lächeln war verschwunden.
»Ganz einfach«, erklärte ich sehr ruhig, »es geht um mindestens vierzigtausend Pfund. Das ist die Differenz zwischen dem Verkaufswert der letzten Lieferungen und der Summe, die du Kinanes Söhnen übergeben hast.«
»Willst du behaupten, ich bescheiße?«, plusterte er sich auf. Ich spürte, wie unsere Jungs plötzlich aufhorchten, als würde es gleich rundgehen. Auch Braddocks Leute richteten sich auf, machten sich bereit, auf den Affront zu reagieren, und gaben sich so bedrohlich wie möglich. Ich ignorierte sie.
»Nein«, sagte ich, »so blöd bist du nicht. Ich behaupte, jemand bescheißt uns. Du nicht, aber irgendeiner haut dich übers Ohr, sonst wäre mehr Geld in der Kasse.« Ihm fiel nicht ein, was er darauf entgegnen sollte. »Du hast mir gerade gesagt, dass du das Viertel hier im Griff hast. Wenn du das fehlende Geld also wieder aufgetrieben hast, kannst du's behalten. Fairer geht's doch nicht, oder?«
Er sagte kein Wort, guckte nur leicht angeschlagen.
»Achte aber darauf, dass derjenige, der dich bescheißt, auch kapiert, wie falsch das ist. Du musst ein Exempel statuieren. Wir dürfen nicht zulassen, dass uns ein hinterfotziges asoziales Arschloch beklaut und damit durchkommt. Wir lassen uns nicht verarschen, das können wir uns nicht erlauben. Hab ich recht?«

Unsere Blicke trafen sich einen langen Augenblick. »Absolut«, pflichtete er mir schließlich bei.
»Gut. Ich glaube an dich. Ich weiß, dass die Einnahmen das nächste Mal stimmen werden.«
Er nuschelte irgendwas, senkte den Blick und zupfte seine Hemdmanschetten zurecht.
»Wie bitte?«, fragte ich.
Jetzt forderte ich ihn direkt heraus, gab Braddock Gelegenheit, sich mit mir anzulegen. Einen Augenblick lang dachte ich, er würde es darauf ankommen lassen, doch dann blickte er auf und sagte: »Hab's kapiert.«
»Gut«, sagte ich, »dann bis bald.«
Auf dem Weg zur Tür blieb ich noch einmal stehen und drehte mich zu dem Mädchen um, das sich unauffällig im Hintergrund gehalten hatte. »Und wie heißt du, meine Kleine?«, fragte ich.
»Suzy«, sagte sie, die Stimme war kaum mehr als ein Flüstern. Ich hielt ihr die Hand hin, aber sie zuckte nur mit den Augen. Dann streckte sie mir schließlich sehr langsam eine kalte, bleiche Hand entgegen, und ich ergriff sie, als stünde ich in der Schlange der Gratulanten bei einer Hochzeit.
»Schön, dich kennengelernt zu haben, Suzy«, sagte ich.

Als wir wieder im Wagen saßen, sagte Kinane: »Einerseits kann ich's kaum fassen, dass du ihm die vierzigtausend erlässt, aber andererseits war's jeden Penny wert, zu sehen, wie ihm das dämliche Grinsen in seiner dämlichen Fresse gefriert. Das werde ich nie vergessen!« Kinane war bester Laune. Wenigstens hatte ich jetzt seine Zustimmung, was bedeutete, dass er mir vielleicht mal fünf Minuten lang nicht wegen Braddock auf den Geist gehen würde und wir uns um wichtigere Angelegenheiten kümmern konnten.

Danny schaltete sich ein: »Braddock an seine Pflichten zu erinnern und gleichzeitig Frieden zu wahren, das ist definitiv vierzigtausend wert.« Für die Bemerkung war ich ihm beinahe dankbar.
»Ich weiß nicht«, warnte uns Palmer, »ich hab das Gefühl, die Sache ist noch lange nicht ausgestanden.« Was mich mit einem Knall wieder zurück auf den Boden brachte, denn ich wusste, dass er recht hatte.

Von seinem kleinen Balkon aus sah Braddock Blakes Konvoi nach. »Für wen hält der sich?«, fragte er.
»Für den Chef«, antwortete einer aus seiner Gang, ohne darüber nachzudenken, und Braddock fauchte ihn an:
»Ist er aber nicht, oder?« Braddock drehte sich zu Dwayne Fletcher um. »Nein«, pflichtete ihm Dwayne hastig bei, »hier jedenfalls nicht. Hier bist du der Chef. Du bist der einzig wahre General von Sunnydale«, versicherte ihm Dwayne, »der einzige Boss hier, wo's drauf ankommt, auf der Straße.«
Braddock wusste, dass Dwayne ziemlich dick auftrug und ihm nur deshalb in den Arsch kroch, weil er Angst hatte, eins in die Fresse zu bekommen. Aber »der General« gefiel ihm als Spitzname. Und Braddock *war* ein General. Nur er hatte den Verstand, den man brauchte, um hier in den Sunnydale Estates, einer lebendigen, atmenden, in sich abgeschlossenen und vom Rest der Stadt abgeschnittenen Welt voller Dealer, User, Fußsoldaten und Zivilisten für Ordnung zu sorgen. Braddock kannte sich aus, und anders als die Muppets, die für ihn arbeiteten, las er sogar Bücher; die Biographien echter Generäle, die Geschichte des Dritten Reichs und des römischen Imperiums, und er wusste, dass er dazu bestimmt war, mehr zu sein als nur einer von David

Blakes Untergebenen. Braddock wusste, dass Blake ihn vor seinen Leuten abgewatscht hatte, um klarzustellen, wer das Sagen hatte, aber eigentlich brauchte Braddock Blake gar nicht. So, wie Braddock das sah, hatte sich David Blake sowieso nie das Recht verdient, der erste Mann in Newcastle zu sein. Bei einem Treffen in einem Hotelzimmer konnte er vielleicht bestehen, aber was hatte er denn auf offener Straße je gerissen? Braddock wusste, wie's hier draußen lief, und es würde nicht mehr lange dauern, dann würde er David Blake in seine Schranken weisen.

14

Ich saß an einem der Tische draußen im *Chi-Chi*. Ausnahmsweise war das Wetter schön, und außer mir nutzten auch noch ein paar andere Leute die seltene Gelegenheit, im Freien ihren Kaffee zu trinken. Peter Dean war spät dran, aber ich machte mir keine großen Gedanken. Ich dachte, er würde schon auftauchen, und war froh, ein bisschen für mich zu sein. Palmer hatte mich in die Stadt mitgenommen und Zeitung lesend neben mir gesessen, als ihm ein Kellner eine Nachricht überreichte. Anscheinend hatte Kinane im Restaurant angerufen und ihn um Hilfe bei irgendetwas gebeten. Ich fragte mich, wie Kinane Palmer dem Kellner wohl beschrieben hatte. Einmal hatte er unseren ehemaligen Soldaten als kleinen untersetzten, aber muskulösen Typen bezeichnet, der an SpongeBob erinnert.
»Woher kennst du denn SpongeBob?«, fragte ich ihn.
»Ich hab Enkelkinder«, erklärte er mir, »die Kleinen von meiner Tochter. Natürlich kenne ich SpongeBob.«
Ich hatte ganz vergessen, dass Kinane auch eine Tochter hatte. Seine drei Söhne kannte ich gut, Kevin, Chris und Peter, alle drei in den achtziger Jahren geboren und jeweils nach einem Spieler bei Newcastle benannt: Keegan, Waddle und Beardsley. »Fast hätte ich Chris' Namen nachträglich ändern lassen, als Waddle bei Sunderland unterschrieben hat, dieser verfluchte Judas«, hatte Kinane mir mal erzählt.

Als der Kellner wieder weg war, griff Palmer in die Jackentasche nach seinem Handy. »Muss was Ernstes sein, wenn Kinane zugibt, dass er Hilfe braucht«, sagte er.
»Und dann auch noch von dir«, pflichtete ich ihm bei. »Wieso hat er dich nicht direkt angerufen?«
Er warf einen skeptischen Blick auf sein Handy. »Hier unten ist der Empfang immer beschissen.«
»Na, mach schon«, sagte ich, »ich komme allein klar. Für ein Treffen mit Peter Dean brauch ich keinen Leibwächter, oder? Vielleicht eine Tetanusspritze, aber doch keinen Leibwächter.«
Ich sah Palmer nach, und als er weg war, richtete ich meine Aufmerksamkeit auf die Passanten, betrachtete die Leute und fragte mich, wer sie wohl waren und wie sie ihr Geld verdienten. Was dachten sie, wenn sie mich sahen, überlegte ich; hielten sie mich für einen Geschäftsmann, einen Schwarzmarkthändler, einen Unternehmer oder einen Auftragskiller? Überlegt es euch, dachte ich. Ein bisschen was von allem kommt wohl hin. Ich sah einen Mann auf mich zuschlendern. Er trug eine Brille, die an Morrissey erinnerte, und einen abgewetzten braunen Lederranzen über der Schulter, der sehr studentisch wirkte. Zweifellos schleppte er ein Buch von Jean-Paul Sartre oder Proust mit sich herum, um sich das Image eines aufrechten Intellektuellen zu geben. Er war ein lebendiges Klischee. Ich hätte ihm mehr Aufmerksamkeit geschenkt, hätte mich nicht hinter ihm etwas abgelenkt.
Da waren zwei Männer auf einem Motorrad, und irgendwas stimmte nicht mit ihnen. Absolut nicht. Scheißanfänger, dachte ich und stand auf, ohne sie aus den Augen zu lassen. Irgendwie wirkten sie in jeder Hinsicht daneben. Zwei große Kerle auf einem Motorrad, beide in voller Ledermontur

mit schwarzen Helmen und verspiegelten Visieren, und alles war augenscheinlich brandneu, als hätten sie es erst heute Morgen gekauft, dabei war es für Leder viel zu heiß. Das Bike war eine dieser hochgetunten Rennmaschinen, aber sie kamen auf mich zu, als wollten sie unbedingt die Aufmerksamkeit auf mich lenken. Normalerweise weiß jemand, der ein solches Motorrad fährt, wie man damit umgeht. Dieser Kerl hier wirkte unsicher, als hätte er noch nie auf dem Ding gesessen. Warum fuhr er so langsam? Damit der andere die Straße absuchen und nach jemandem Ausschau halten konnte? Anscheinend war ich derjenige.

Ich blieb nicht lange genug sitzen, um herauszufinden, ob ich mit meiner Vermutung recht hatte. Ich ließ mein Getränk stehen und machte mich schleunigst aus dem Staub. Kaum hatte ich das Restaurant verlassen, hörte ich das Bike hinter mir aufheulen und wusste, dass sie mich gesehen hatten und hinter mir her waren. Plötzlich begriff ich, was es mit der Nachricht des Kellners auf sich gehabt hatte. Jemand hatte meinen Leibwächter abgelenkt und mich in die Falle gelockt. Mir blieb keine Zeit mehr, zu überlegen, wer. Ich fackelte nicht lange und egal, wie blöd das aussehen mochte, ich fing an zu rennen. Hinter mir hörte ich einen Schrei und das unverkennbare Dröhnen eines Motorrads, das auf volle Geschwindigkeit hochgejagt wird. Fast hätten die beiden in ihrer Eile einen Fußgänger überfahren, und ich wünschte, es wäre so gewesen, denn dann hätten sie kehrtmachen und abhauen müssen. So aber blieb mir nicht viel anderes übrig, als zu versuchen, einem Killer auf einem Motorrad davonzurennen. Herrgott noch mal, war ich dämlich gewesen. Ich hatte mich dort auf der Terrasse viel zu sehr entspannt. Ein unachtsamer Moment, und schon steckte ich bis zum Hals in der Scheiße. Ich rannte, so schnell ich konnte, ans Ende der Straße, wo ich sie abhängen könnte.

Hier unten in der Nähe der alten Stadtmauern gab es ein paar Abkürzungen und Seitenstraßen, und ich entschied mich für eine Steintreppe, die das Motorrad nicht so leicht hinauffahren konnte. Ich nahm zwei Stufen auf einmal, zum Glück hatte ich mich in Form gehalten. Die Angst trieb mich an, und ich wusste, dass ich Abstand zwischen mich und die Straße bringen musste, sonst würden sie mich ins Visier nehmen und mich auf den Stufen niedermähen. Ich hörte das Motorrad lauter werden und rannte weiter. Einen Augenblick lang war der Lärm ohrenbetäubend, dann brach er abrupt ab.

Vielleicht hatte ich sie kurzfristig abgehängt, aber lange würde es nicht dauern, bis sie mich einholen. Sie wussten, dass ich die Stufen hochgerannt war, und wollten über die Hauptstraße kommen, wo sie sehr viel schneller fahren konnten, und mir dann oben an der Straße den Weg abschneiden. Ich hatte nicht den Nerv, kehrtzumachen und die Stufen wieder hinunterzurennen, aus Angst, dass sie doch unten auf mich warteten. Oben angelangt, rannte ich über das Kopfsteinpflaster eines Innenhofs, der als Hotelparkplatz diente, um scharf rechts abzubiegen und wieder runter zum Kai zu laufen, wo ich von Menschen umgeben sein würde. Das Kopfsteinpflaster war glatt, und fast hätte ich mich auf die Fresse gelegt, schaffte es aber, weiterzurennen.

Ich war reingelegt worden und wusste nicht mal von wem. Erneut sprang ich die alten Steinstufen in Knotengeschwindigkeit herunter und gelangte an einen steilen Abhang, der in eine Seitenstraße mündete.

Ich musste runter von der Straße, irgendwo verschwinden,

und entdeckte die beste Chance direkt vor mir. Auf halber Höhe des Hangs befand sich zwischen zwei alten Gebäuden, einem Restaurant und einem Pub eine Lücke. Ich kannte den schmalen Durchgang und wusste, wohin er führte. Wenn ich da hinein verschwand, konnte ich bis zur anderen Seite laufen, auf ein freies Grundstück voller Bauschutt, Backsteine und Unkraut, das schon seit Jahren nicht mehr genutzt wurde. Es war eines jener brachliegenden Grundstücke, das kein Investor haben wollte, weil es von der Straße nicht einsehbar war und man keinerlei Laufkundschaft bekommen würde. Die Stadt hatte es uns angeboten, als wir über die Eröffnung eines Clubs nachgedacht hatten, und ich hatte gefragt, ob sie uns auf die Schippe nehmen wollten. Jetzt war ich verdammt froh, dass ich es gesehen hatte. Kein Motorrad würde mir über den Bauschutt folgen können.

Ich ließ das Kopfsteinpflaster schnell hinter mir und rannte den Hügel hinunter, hatte fast schon die sichere kleine Gasse erreicht, als ich das Motorrad in die Straße einbiegen und auf mich zurasen sah. Der Fahrer hatte Mühe, die Maschine unter Kontrolle zu halten. Sie hatten mich gesehen, und jetzt blieb mir keine andere Wahl, als meinem Plan zu vertrauen. Das Motorrad heulte auf, der Fahrer gab Gas und schoss den Hügel hinunter auf mich zu. Ich musste die Straße überqueren, in der Gasse verschwinden und auf der anderen Seite wieder rauskommen, bevor sie mich eingeholt hatten.

Als ich über die Straße rannte, hätte ich beinahe meine Lederschuhe verloren. Ich erreichte die Passage und lief so schnell, dass ich fast schon halb durch war, als mir endlich auffiel, dass sich hier etwas verändert hatte. Als uns der Mann von der Stadtverwaltung vor einigen Monaten herum-

geführt hatte, war hier außer einem Fußweg nichts gewesen, von ein paar Mülltonnen und ein bisschen Abfall mal abgesehen. Dahinter hatte sich eine alte Mauer befunden, nur wenige Fuß hoch, die verhinderte, dass der Abrissschutt über den Weg flog. Das Mäuerchen war niedrig, ich hätte einfach darüberspringen können. Jetzt allerdings hatte sich die Lage drastisch verändert. Ich stand vor einem hohen, stabilen Maschendrahtzaun mit einem Metalltor in der Mitte.
Ich lief weiter darauf zu, weil ich keine andere Wahl hatte. Es war zu spät, um kehrtzumachen und zur Hauptstraße zurückzurennen. Ich wäre den Killern direkt in die Arme gelaufen. Der Zaun war zum Darüberklettern zu hoch, und die einzelnen Maschen waren zu klein, als dass ich daran Halt hätte finden können. Selbst wenn ich es geschafft hätte, wäre ich höchstens auf halber Höhe angekommen, bis das Motorrad um die Ecke schoss. Rechts und links von mir befanden sich die hohen Mauern der anderen Häuser. Keine offene Tür, hinter der ich schnell hätte verschwinden können, und die Fenster, die ich sah, waren unerreichbar hoch. Meine einzige Chance war das Tor. War es unverschlossen, konnte ich immer noch auf das Gelände gelangen und über den Bauschutt verschwinden. Es wirkte stabil, aber ich sah aus der Entfernung kein Vorhängeschloss, also rannte ich direkt darauf zu, erwartete, jeden Moment das Motorrad hinter mir zu hören. Als ich das Tor erreichte, rüttelte ich wie wild am Metallknauf, versuchte, den langen flachen Riegel beiseitezuschieben. Der Riegel gab nach, und Erleichterung durchflutete mich, aber nicht lange. Der Riegel bewegte sich nur zirka fünf Zentimeter und stieß dann mit lautem Klirren auf metallenen Widerstand. Die Tür war abgeschlossen. Ich saß in der Falle. Ich war ein toter Mann.

In meiner Panik zerrte ich weiter an dem Riegel, obwohl ich wusste, dass es mir unmöglich etwas nutzen konnte. Ich zerrte und zerrte, betete, dass er sich durch bloße Willenskraft bewegen ließe, aber er gab nicht nach. Im nächsten Moment hörte ich das Motorrad hinter mir.

15

Ich wirbelte herum, um mich ihnen entgegenzustellen, und sah, wie der Fahrer das Motorrad am anderen Ende des Gässchens schlingernd zum Stehen brachte. Von seinem Gesicht konnte ich nicht mehr erkennen als das pechschwarze Plastik seines Visiers, aber ich wusste, dass er mich anstarrte. Dann beugte sich der zweite Mann vor und starrte mich ebenfalls an. Er klopfte dem Fahrer auf die Schulter, woraufhin dieser die Maschine ein wenig kippte, um ihn absteigen zu lassen. Für einen Mann, der darauf aus war, mich zu töten, schien er es nicht besonders eilig zu haben. Andererseits war auch keine Eile nötig. Er wusste, dass ich nirgendwohin konnte. Mir war schlecht. Ich fragte mich, ob es wohl schnell gehen oder sehr weh tun würde. Ich dachte an Sarah und wie sie um mich trauern würde, nur weil ich so dumm gewesen war. Ich hatte es versaut und uns um alles gebracht.

Der Mann, der mich gleich erschießen würde, war jetzt abgestiegen. Er griff in eine Ledertasche, wie sie auch von Motorradkurieren verwendet werden. Ich beobachtete, wie er beinahe bedächtig die Waffe zog, und atmete tief durch. In Ermangelung eines Plans, einer Idee oder sonst einer intelligenten Lösung versuchte ich, wenigstens herausfordernd zu schauen. Etwas anderes blieb mir nicht übrig. Ich wusste, er würde mir nicht erlauben, mit ihm zu verhandeln. Kurz

überlegte ich, ob ich den Mumm hatte, auf ihn zuzurennen, oder doch lieber einfach stehen bleiben und ihm als meine letzten Worte »Fick dich« entgegenbrüllen sollte. Oder verlor ich ganz zum Schluss doch noch meine Würde und heulte wie ein kleines Mädchen?
Der Mann warf einen kurzen Blick auf seine Waffe, dann kam er auf mich zu.

Er musste ungefähr drei Schritte gegangen sein – noch zwei oder drei weitere, und er wäre mir nah genug gewesen –, als ich einen Wagen mit Vollgas heranrasen sah. Der Fahrer des Motorrads drehte sich um und wollte vom Bike steigen, während der Mann mit der Waffe auf dem Absatz kehrtmachte. Ich sah noch, wie beide in dem vergeblichen Versuch, den Aufprall abzuwehren, die Hände hoben.
Palmers Wagen knallte in einem Wahnsinnstempo auf das Motorrad, so dass es mitsamt beiden Männern gegen die Mauer flog. Männer, Motorrad und Wagen prallten mit solcher Wucht aufeinander, dass die beiden eigentlich sofort hätten tot oder zumindest schwer verletzt sein müssen. Wie von einer Riesenhand wurden sie gegen die Wand geschleudert. Blut spritzte, und Körperteile wurden gequetscht, aber Palmer ging kein Risiko ein. Er sprang aus dem Wagen und ging mit gezogener Pistole in Deckung. Zweimal feuerte er auf den Fahrer, um ihm den Rest zu geben, dann zielte er auf den Schützen. Erstaunlicherweise bewegte er sich immer noch, doch ich bezweifelte, dass er uns in seinem Zustand gefährlich werden konnte. Seine Waffe war nirgends zu entdecken, sie war im Moment des Aufpralls weggeflogen. Vage muss er jedoch Palmer näher kommen gespürt haben, denn er versuchte, eine Hand schützend vor sich zu halten, doch sein Arm fiel schlaff zu

Boden. Palmer schoss zweimal; ein Mal in die Brust, ein zweites Mal durch das Visier des Helms, dann endlich blieb der Killer reglos liegen.

Palmer rief mir zu, aber ich konnte ihn nicht hören, also rief er noch einmal, diesmal lauter. In meinen Ohren klingelte es, und ich verstand nicht, was er sagte. Ich wusste, dass wir verschwinden mussten, aber ich blieb wie angewurzelt stehen. Ich konnte kaum fassen, was ich gerade gesehen hatte und wie nah ich dem Tod gewesen war. Zehn Sekunden später, und ich hätte anstelle der beiden dort gelegen.

Palmer machte mir hektisch Zeichen und schrie: »Komm schon! Komm!« Irgendwo, nicht weit entfernt, heulte eine Sirene. Mir wurde bewusst, dass es sich um einen Polizeiwagen handelte und dass er sich näherte. Dadurch kam ich wieder zu mir und setzte mich in Bewegung, überwand die Distanz zwischen Palmer und mir in Sekundenbruchteilen. Als ich ihn erreichte, packte er mich am Arm und zerrte mich zum Wagen. Er riss die hintere Tür auf, stieß mich auf den Rücksitz, knallte die Tür zu, rannte um den Wagen herum und stieg ein. Dann ließ er den Motor an und legte unsanft den Rückwärtsgang ein. Man hörte das scheußliche Geräusch von Metall, das schleifend gegen einen Widerstand stößt, aber der Wagen bewegte sich nicht. Er hing auf dem Motorradwrack fest. Palmer versuchte es noch einmal; ein stechender Geruch verbreitete sich, die Kupplung schmorte, aber der Wagen bewegte sich kein Stück. Dazu hörte ich den ansonsten unerschütterlichen Palmer fluchen, seine Stimme wurde immer lauter und verzweifelter.

Palmer versuchte es ein letztes Mal, ließ den Motor aufheulen und zwang mit Gewalt den Rückwärtsgang hinein. Ein beunruhigendes Kratzen ertönte, und der Wagen schlingerte ein paar Meter rückwärts, zog das Motorrad mit und machte

dann, mit einem Knall, der mich fast vom Sitz geworfen hätte, einen Satz zurück und schoss auf die Straße.
Ich sah nichts, aber ich hörte die Schreie der Menschen, die zur Seite sprangen und auswichen.
In dem Moment wäre es mir recht gewesen, hätte Palmer ein paar Fußgänger umgebügelt, Hauptsache, wir kamen beide da raus. Ich blieb bewegungslos liegen, während der Wagen den Hügel hinaufraste. Als wir über die High Level Bridge fuhren, sah ich die Stahlträger über mir vorbeischießen, dann verhallten die schrillen Polizeisirenen hinter uns in der Ferne.

16

Kaum hatte Sharp Blakes Anruf erhalten, fuhr er direkt zur Wohnung von Peter Dean. In der Stadt brodelten bereits die Gerüchte über das, was am Vormittag in Quayside passiert war; Newcastle hatte seine finsteren Ecken, aber noch nie hatte jemand versucht, einen Verbrecherfürsten am helllichten Tag und nur wenige Meter von den besten Hotels, Bars und Restaurants der Stadt entfernt einfach abzuknallen. So kurze Zeit nach dem Anschlag auf Jaiden Doyle in derselben Gegend bedeutete dies für die Polizei den absoluten Notstand, und auch die Presse stürzte sich darauf wie eine Horde Aasgeier. Jeder Detective in Northumbria wurde darauf abgestellt, Spuren und Hinweise zu suchen. Selbstverständlich war der frisch beförderte Detective Inspector Sharp allen stets einen Schritt voraus – denn er stand auf der Gehaltsliste des vermeintlichen Opfers.
Es würde nicht lange dauern, bis jemand herausbekam, dass David Blake an jenem Vormittag eigentlich auf Peter Dean gewartet hatte, und deshalb war es so wichtig, dass Sharp als Erster mit ihm sprach. Dean hatte einiges zu erklären.
In seine Wohnung gelangte man über eine Stahltreppe hinten in einem Videoladen, die auf eine Art Galerie im ersten Stock führte. Sharp war von Natur aus vorsichtig, aber Dean galt nicht als gefährlicher Zeitgenosse, und so zögerte der Detective nicht lange. Er stieg die Stufen hinauf, erreichte die

leichte Holztür und drehte am Knauf. Die Tür war abgeschlossen. Sharp verzichtete darauf, anzuklopfen, sah stattdessen einmal nach rechts, einmal nach links und verpasste der Tür einen kräftigen Tritt. Sie sprang auf, als wäre sie aus Balsaholz, und Sharp trat ein in der Erwartung, Peter zusammengekauert auf dem Sofa sitzen zu sehen und zu hören, wie er beteuerte, dass alles nur ein unglückliches Missverständnis sei.

Peter Dean befand sich tatsächlich im Zimmer, nur saß er nicht auf dem Sofa.

»Leck mich am Arsch«, sagte DI Sharp laut, als er die Szene betrachtete, die sich ihm bot. Peter Dean schwankte leicht. Seine Augen waren weit aufgerissen und aus ihren Höhlen getreten, seine Arme hingen schlaff herunter. Der Stuhl lag umgekippt auf dem Boden, weil Peter sich daraufgestellt haben musste, um die Vorhangschnur an der alten Lampenfassung an der Zimmerdecke zu befestigen. Das andere Ende hatte er sich um den Hals gebunden, und zwar mit einer Schlinge, die sich fest zusammengezogen hatte, als Peter den Stuhl unter sich wegtrat.

Egal, welche Rolle Peter Dean bei dem Attentat auf David Blake gespielt hatte, er musste in Panik geraten sein, als er von dessen Scheitern erfuhr. Jedenfalls würde er mit niemandem mehr darüber sprechen.

»Du hattest recht wegen der Überwachungskameras.« Sharp erzählte mir, was ich längst wusste. »Sie waren ausgeschaltet. Es gibt keinerlei Bildmaterial aus Quayside an dem Vormittag. Eine Stunde vor deiner Ankunft ist das ganze System ausgefallen.«

Wir standen draußen an der frischen Luft auf dem Dach des *Cauldron*. Sharp hatte dem Geschäftsführer des Chinarestaurants nebenan seine Dienstmarke vor die Nase gehalten und war dann durch dessen Küche und über die Feuerleiter nach oben gekommen, um mich zu treffen, ohne dabei gesehen zu werden. Dass die Kameras ausgefallen waren, wunderte mich nicht. Man würde kaum jemanden am helllichten Tage in Quayside erschießen, wenn man sich nicht sicher war, ob die Kameras filmten. So etwas konnte nur jemand aus unserer Liga durchgezogen haben. Die Frage war nur, wer.

»Und deine Leute haben die Ermittlungen übernommen?«

»Absolut«, sagte Sharp, »ist schließlich in unserem Bezirk passiert. Keiner findet's toll, wenn im Stadtzentrum mit Schusswaffen hantiert wird. Ehrlich gesagt steht auch keiner darauf, wenn mutmaßliche Killer aus fahrenden Autos heraus erschossen werden. Landauf, landab ist die Journaille ganz versessen darauf. Die zeichnen ein Bild von Newcastle, als wär's Dodge City. Unsere allerobersten Chefs haben eine herbe Ansage von der Regierung bekommen. Jetzt geben sie den Anschiss nach unten an uns weiter und verlangen Antworten.«

»Was wissen die?«, fragte ich. »Oder was glauben sie zu wissen?«

»Ohne Kameras nicht viel, aber ...«

»Sag schon.«

»Sie wissen, dass du mit drinsteckst«, gab er zu. »Dass dir der Anschlag galt, meine ich. Eine Menge Leute haben dich über die Straße rennen sehen. Ein paar davon haben dich erkannt und waren bereit, uns das zu erzählen, vorausgesetzt, wir halten ihre Namen geheim.«

»Ich schätze mal, deine Leute sind im Moment nicht besonders gut auf mich zu sprechen, auch wenn ich gar nichts dafürkann.«

»Nein«, sagte er einfach nur.
Ich wusste, dass die Polizei mir die Schuld in die Schuhe schob. Sie dachten, ich hätte etwas verbrochen und den Anschlag verdient. Deshalb war ich jetzt derjenige, der die einheimische Bevölkerung gefährdete und der schuld daran war, dass vorläufig niemand befördert wurde. Sie waren heiß darauf, mir etwas nachzuweisen und mich in den Bau wandern zu sehen.
»Wurde der Schütze identifiziert?«
»Ja. Andy Tate ist ein ehemaliger Royal Marine. Er wurde unehrenhaft entlassen, war dann Fremdenlegionär und Freiberufler in allen möglichen Sparten, hat sein Können europaweit an den jeweils Meistbietenden verkauft. Jedenfalls ist er ein ernster, professioneller Killer, oder vielmehr war er das. Der andere heißt Jimmy Dane; im Prinzip ein Schläger mit einem Hang zu brutalen Raubüberfällen und Körperverletzung, aber bislang war nichts Vergleichbares dabei.«
»Tate? Den Namen kenne ich«, sagte ich. »Ist er von hier?«
Sharp nickte finster: »Ja. Einer der Jungs glaubt, er habe vor ein paar Jahren sogar mal kurz für Bobby gearbeitet.«
Ich versuchte, alles abzuspeichern. Der Killer stammte aus Newcastle. Was, zum Teufel, war hier los? Wer wollte mir ans Leder?
»Was ist mit unserem Wagen?«, fragte ich.
»Einige haben die Marke und das Modell beschrieben, aber niemand hatte das komplette Nummernschild parat, möglicherweise, weil Palmer im Rückwärtsgang auf die Leute zugerast ist.«
»Gut.«
»Wurde Palmer erkannt?«
»Nein«, sagte Sharp, »die beste Personenbeschreibung,

die wir haben, lautet: ›ein unheimlicher Typ mit Sonnenbrille‹.«
»Weiß nicht«, sagte ich. »In meinen Ohren klingt das ziemlich präzise.«
»Die Lage ist ernst, ist dir das klar?«, fragte Sharp.
»Meinst du, das weiß ich nicht, Sharp!«, schrie ich. »Betrachte es mal aus meiner Scheißperspektive. Immerhin war ich derjenige, den sie abknallen wollten, schon vergessen?«
»Hab ich nicht vergessen. Ich sag dir nur, dass meine Leute stinksauer sind. Sie dachten, sie würden dir wenigstens nachweisen können, dass du die Zielperson warst. Die dachten, du müsstest zugeben, in illegale Geschäfte verwickelt zu sein, und sie um Schutz anbetteln.«
»Dann kennen sie mich aber schlecht.«
»Richtig«, erwiderte er.
»Finde heraus, wer die Kameras ausgeschaltet hat.«
»Okay«, sagte er, guckte aber besorgt. Ich dachte, Sharp würde endlich begreifen, wie tief er mit uns in der Scheiße steckte.
»Bist du beim Kellner weitergekommen?«
»Er hat bestätigt, was du schon wusstest. Der Anruf stammte von einem Mann, der sich als Kinane ausgegeben und behauptet hat, eine Nachricht für Palmer zu haben. Natürlich war's nicht Kinane …«
»Natürlich nicht.«
»… ich denke, die haben sich für das Restaurant entschieden, weil der Handyempfang dort so schlecht ist«, erklärte er. Trotzdem hätten wir auf einen so simplen Trick nicht hereinfallen dürfen. Hätte Palmer Kinane unterwegs nicht noch mal aus dem Wagen angerufen und begriffen, dass die Nachricht fingiert war, wäre ich jetzt tot.

»Und Peter Dean?«, fragte ich. »Bist du sicher, dass er sich selbst aufgehängt hat? Oder wurde ihm geholfen?«
Er zuckte mit den Schultern: »Macht keinen großen Unterschied, oder?«
»Nein«, seufzte ich, »wahrscheinlich nicht.«

Die Polizei zeigte sich unter den gegebenen Umständen bewundernswert zurückhaltend. Sie warteten vierundzwanzig Stunden, bis sie mich vorluden, und dank Sharp wusste ich, dass dies vor allem auf einen Mangel an Beweisen zurückzuführen war. Ich wurde von einem neuen DI vernommen, dem ich noch nie zuvor begegnet war. Er stellte sich mir als Carlton vor.
»Normalerweise lässt mich DI Clifford antanzen, wenn einer von euch mit mir sprechen möchte. Was ist aus ihm geworden?«
»Detective Inspector Clifford ist auf eigenen Wunsch aus dem Dienst ausgeschieden«, sagte er steif, »aus gesundheitlichen Gründen.«
Ich nickte, als könnte ich das gut verstehen. »Schade. Ich mochte Clifford. Der hatte das Herz am richtigen Fleck. Stress? Wundert mich nicht. Seine Magengeschwüre haben ihm ja schon lange zu schaffen gemacht. Er war vielleicht ein bisschen zu … fanatisch. Ich hoffe, Sie sind da anders, DI Carlton.«
Der Beamte, der mir gegenübersaß, war gut gebaut, um die vierzig, sprach mit einheimischem Akzent und wirkte humorlos. »Das heißt, ob ich in meiner Freizeit um die Welt reisen und Bobby Mahoney suchen werde? Nein, bestimmt nicht. DI Clifford mag der Ansicht gewesen sein, Mr. Mahoney sei noch am Leben und ließe sich in Marokko oder an der Algarve die Sonne auf den Pelz brennen, aber

ich bin anderer Meinung. Ich glaube, er ist längst unter der Erde. Und ich glaube außerdem, Sie haben ihn getötet.«
»Ich?«, fragte ich ungläubig. Mir war klar, dass DI Carlton im Trüben fischte. Er wusste rein gar nichts über die Umstände von Bobby Mahoneys Tod, aber eine so direkte Anschuldigung brachte mich durchaus ein bisschen aus dem Konzept. Ich war es gewohnt, mit Clifford zu verhandeln, der dafür bekannt war, dass er grundsätzlich im Dunkeln tappte. Wir wussten immer, wohin Clifford in den Urlaub fuhr, weil von uns bezahlte Informanten ihm weisgemacht hatten, Bobby habe sich irgendwo dort draußen zur Ruhe gesetzt. Clifford flog in den Urlaub und kam ein oder zwei Wochen später mit nicht viel mehr als einem Sonnenbrand und einem neuen Magengeschwür nach Hause zurück.
»Warum hätte ich Bobby Mahoney töten sollen?«
»Weil er Ihnen im Weg war und Sie selbst die Nummer eins sein wollten. Hören Sie auf, es abzustreiten, ersparen Sie uns das. Aber wie sieht's aus? Wollen Sie leugnen, dass Sie gestern Vormittag in Quayside waren?«
»Nein«, versicherte ich, »ich war tatsächlich da. Ich habe einen Kaffee im *Chi-Chi* getrunken.«
»Und danach sind Sie eine Runde joggen gegangen?«, half er mir auf die Sprünge.
»Joggen nicht, nein«, erklärte ich. »Falls Sie darauf anspielen, dass ich später im Laufschritt unterwegs war, dann deshalb, weil ich einen Termin bei meinem Buchhalter hatte und spät dran war. Ein bisschen Eile kann ja nicht schaden, und ein kleiner Spurt vertreibt den Jetlag.«
»Den Jetlag?« Er seufzte. »Ja, darauf wollte ich gleich zu sprechen kommen. In den Fernsehkrimis werden Verdächtige ermahnt, um Himmels willen das Land nicht zu verlassen.

Ich rate Ihnen das genaue Gegenteil. Wir wollen Sie nicht in dieser Stadt, Mr. Blake. Ihre Anwesenheit ist uns ein Dorn im Auge. Bitte verziehen Sie sich, verdammt noch mal, dahin, woher Sie gekommen sind, und bleiben Sie dort, damit wir in Ruhe die Hintergründe der jüngsten Anschläge auf Ihr Leben aufklären können.«
»Ist das jetzt die Stelle, an der ich sagen muss: ›Sie haben aber eine lebhafte Phantasie, Detective Inspector?‹«
»Zerbrechen Sie sich darüber nicht den Kopf. Ich wusste, dass es reine Zeitverschwendung sein würde, Sie vorzuladen, aber meine Vorgesetzten haben darauf bestanden. Wenn Sie schon mal hier sind, kann ich die Gelegenheit auch konstruktiv nutzen, um Ihnen mitzuteilen, dass Sie morgen im Flugzeug sitzen werden. Unser Chief Constable hat so richtig schlechte Laune, das müssen Sie verstehen. Er hat ein Auge auf den Hauptgewinn geworfen, und der sind Sie. Er will Sie lebenslang ins Gefängnis wandern sehen.«
»Und warum darf ich dann dem Knast entfliegen?«
»Oh, das dürfen Sie gar nicht. Wir wollen Sie nur aus dem Weg haben, bis wir ausreichend Beweise für eine Festnahme und Anklage gesammelt haben, das ist alles. Wir sind Ihnen und Ihren Machenschaften auf der Spur; wir haben den neuen Club und das neue Hotel sehr genau im Blick. Es ist nur eine Frage der Zeit, also ordnen Sie Ihre Angelegenheiten, schreiben Sie Ihr Testament, legen Sie ein bisschen was für Ihre nächsten und liebsten Angehörigen beiseite, denn Sie werden den Rest Ihres Lebens hinter Gittern verbringen. Das steht fest.«
Allmählich wurde ich wütend, und jetzt war es mir egal, was ich zu ihm sagte. »Machen Sie, was Sie wollen«, sagte ich. »Sie haben einen Scheiß gegen mich in der Hand, sonst würden wir nicht immer wieder diese behaglichen kleinen Un-

terhaltungen führen. Sie sind ein einziger Bluff im Anzug. Das alles habe ich schon tausend Mal gehört. Wenn es Ihnen dann bessergeht, reise ich ab, aber nicht morgen. Noch habe ich hier zu tun, aber machen Sie sich keine Sorgen, in ein paar Tagen bin ich wieder weg. Ich kann ganz gut ein bisschen Abstand zu der Stadt gebrauchen. Nur bilden Sie sich nichts ein: Sie können mir gar nichts. Der Club und das Hotel sind nicht mal auf meinen Namen eingetragen, die Gallowgate Leisure Group ist nicht der Eigentümer. Solche Geschäfte werden von Risikokapitalanlegern finanziert, hinter denen sich Teilhaber mit viel Geld und sehr gemeinen Anwälten verbergen. Wenn Sie versuchen, auch nur eines dieser Projekte zu blockieren, wird ein Feuersturm aus gerichtlichen Verfügungen, Unterlassungsklagen und Schadenersatzforderungen auf Sie niedergehen. Allein der bürokratische Papierkram wird Sie auf ein Jahr an den Schreibtisch ketten« – er guckte, als gefiele ihm die Vorstellung nicht –, »und nur, falls Sie auf die Idee kommen, auf Gene Hunt machen und mir Beweise unterschieben zu wollen: Meine Anwälte werden Sie in der Luft zerreißen. Wenn die erst mal mit Ihnen fertig sind, bekommen Sie keinen Job mehr, es sei denn, Sie wollen sich mit einem Plakat in die Ecke stellen und für irgendeinen Billigscheiß Werbung machen.«
Carlton erhob sich, holte aus, beschrieb mit der Hand einen hohen Bogen und schlug mir mit dem Handrücken seitlich ins Gesicht. Der Schlag hatte gesessen, aber die Erkenntnis, dass ich ihn aus dem Konzept gebracht hatte, war es mir wert. Ich schmeckte Blut im Mund und spuckte es auf den Tisch vor mir. Dann lächelte ich ihn mit meinen blutigen Zähnen an und sagte: »Sehr schön, Carlton! Freut mich, dass Sie Eier in der Hose haben! Normalerweise würde ich mich gleich fotografieren lassen, damit meine Anwältin Schaschlik

aus Ihnen macht, aber den kleinen Ausrutscher schenke ich Ihnen.« Ich freute mich, ihn so wütend zu sehen. Wut trübt die Urteilskraft. Ich stand auf, als sei das Gespräch beendet. »Aber passen Sie auf, DI Carlton«, ermahnte ich ihn, »sonst holen Sie sich noch ein Magengeschwür.«

17

Kinane wartete im Wagen auf mich. Ich sah ihm an, dass etwas nicht stimmte. Kaum war ich eingestiegen, sagte er: »Jack Conroy hat sich gemeldet.«
»Ach du Scheiße. Was will er?«
»Genau« – Kinane schien erleichtert, dass ich die Sache ernst nahm – »er will sich treffen.«
»Mit wem?«
»Na ja, das ist es ja, mit dir« – er räusperte sich – »und zwar nur mit dir.«
Es gibt nicht viele Leute in unserer Branche, die mich verunsichern. In Gegenwart dieser Typen lernt man sehr schnell, Autorität auszustrahlen. Wenn nicht, spüren sie sofort dein Unbehagen, deine Angst; und dann reißen sie dich in Stücke und spucken dich wieder aus. Also benahm ich mich, wie man es von einem Chef erwartete, und nach einer Weile hatte ich mich an die Gesellschaft von Mördern gewöhnt. Aber Jack Conroy hatte definitiv etwas zutiefst Verunsicherndes. Man wäre niemals darauf gekommen, womit er sein Geld verdiente. Er kleidete sich wie ein gewöhnlicher Arbeiter; schlichte schwarze Jacke mit Kragen, Sweatshirt, Jeans, schwarze Schuhe. Man hätte ihn für einen Maurer gehalten, hätte man sich seine Hände nicht genauer angesehen. Sie waren groß und kraftvoll, aber keine rauhen Bauarbeiterpranken. Sie waren der einzige Hinweis auf seinen wahren Beruf,

die Hände und der Blick. Ich glaube nicht an den ganzen Blödsinn, von wegen Augen seien Fenster zur Seele, aber wenn doch etwas dran war, dann hatte Conroy keine Seele, denn hinter seinen Augen lag absolut nichts.

Wir erklärten uns zu einem Gespräch bereit, kamen aber zu mehreren. Palmer tastete ihn gleich an der Tür ab, dahinter kam Kinane, dann Hunter. Kinanes drei Söhne standen zwischen mir und ihm, alle bewaffnet, und Danny stand dicht neben mir.

Jack Conroy spreizte die Arme und lächelte uns schicksalsergeben an: »Ich müsste schon bescheuert sein, wenn ich mit einer Knarre hier reinkäme«, sagte er.

»Und ich wäre bescheuert, wenn ich mich nicht vergewissern würde«, behauptete ich.

»Na schön«, sagte er.

Nachdem Palmer Conroy gefilzt hatte, ließ er ihn seine Jacke ausziehen und über den Stuhl hängen. Wir befanden uns im *Cauldron,* die getönten Scheiben schenkten uns die nötige Abgeschiedenheit.

Wir hatten früher schon mit Jack Conroy gearbeitet, mehr als einmal, und zwar, weil er gut war, sehr gut sogar. Bekam er einen Auftrag, führte er ihn zuverlässig aus, oft so, dass es nach einem tragischen Unfall aussah. Konkurrierte man geschäftlich mit Bobby, half einem Wachsamkeit allein wenig. Conroy sah man nicht kommen. Er war ganz besonders geschickt darin, Autounfälle mit Fahrerflucht und ohne Zeugen zu arrangieren. Oft sah es auch nach einem Sturz vom Dach eines Hauses oder nach Selbstmord aus. Conroy ließ Hinweise auf Spielschulden oder eine Geliebte zurück, und die Polizei stürzte sich dankbar darauf, weil es sonst keine verwertbaren Spuren gab.

Manchmal allerdings wollten wir gar nicht, dass ein Mord

geheim blieb. In diesen Fällen legten wir Wert darauf, dass sich herumsprach, dass man sich lieber nicht mit uns anlegte. Dann erschoss, erstach oder tötete Conroy seine Opfer mit seinen trügerisch weichen, weißen Händen. Mann oder Frau, er ließ uns nie im Stich, und deshalb begegnete ich ihm auch mit dem gebührenden Respekt und plazierte ein halbes Dutzend meiner Leute zwischen ihn und mich.

Palmer zeigte auf einen Stuhl in der Mitte des Raums. Conroy betrachtete ihn skeptisch, ging aber darauf zu und setzte sich. Er legte die Hände flach auf die Knie, so dass ich sie sehen konnte. Anscheinend hatte er mitbekommen, dass wir nervös waren, und wählte diese Haltung wahrscheinlich ebenso im Interesse seiner eigenen Sicherheit wie zu unserer Beruhigung.

»Also, was können wir für dich tun, Jack?«, fragte ich. »Ist eine Weile her, seit wir miteinander ins Geschäft gekommen sind.«

»Ja, ist eine Weile her«, sagte er, als würden wir über Maler- oder Tapezierarbeiten und nicht über den Mord an einem Stadtverordneten sprechen. Letzterer hatte nicht nur Bobbys Geld kassiert und es dann aber unterlassen, die Räder der Baubehörde wie versprochen zu schmieren, sondern auch noch gedroht, der Polizei alles über den Deal zu erzählen. Bobby war so stinkwütend gewesen, dass er Conroy gebeten hatte, den Mord an dem verheirateten Stadtverordneten nach dem Freitod einer gequälten Schwuchtel aussehen zu lassen. Ich denke, auf eine gewisse, schöne Weise war das durchaus fair. Councillor Barry war einer der bigottesten Typen der Labour Party überhaupt. Allerdings glaube ich kaum, dass seine Frau und seine Familie lachten, als ihnen mitgeteilt wurde, er sei mit schwulen Pornos, den Telefonnummern mehrerer männlicher Callboys in seinem Handy und den »Liebesbriefen« eines jungen Mannes von zweifelhaftem Charakter tot aufgefunden worden.

»Das ist aber doch kein Freundschaftsbesuch«, sagte ich zu Conroy. »Deine Nachricht klang nicht danach.«

»Nein«, sagte er, »ein Freundschaftsbesuch ist das nicht.«

Ich legte den Kopf schief und sah ihn fragend an, um ihm auf die Sprünge zu helfen.

»Vor ein paar Tagen hatte ich Besuch«, erklärte er.

»Ach was?«

»Ja. Von einem Vermittler.«

»Verstehe.« Er wollte mir erklären, dass er die Identität seines Kunden nicht kannte.

»Trotzdem weiß ich, wer's ist. Wir kennen ihn alle, aber ich hab mich gewundert, weil er normalerweise nicht auf so was steht. Ich meine, *du* hättest den nicht zu mir geschickt. Er fragt mich direkt, ob ich Interesse an einem Auftrag hätte, ein ›bekanntes Gesicht aus der Stadt‹, wie er sich ausdrückte, und ich sagte: ›Kommt darauf an.‹ Er fragte: ›Worauf?‹ Und ich erwiderte: ›Darauf, wer's ist und von wie viel wir sprechen.‹ Und dann wurde es interessant.«

»Erzähl weiter.«

»Er meinte, für mich seien fünfzig drin, wenn ich den Auftrag annehme.«

»Fünfzigtausend? Das ist eine Menge Geld, Conroy.«

»Hab ich auch gedacht.« Er hielt einen Augenblick inne und biss sich auf die Unterlippe, dann fuhr er fort: »Bis er mir gesagt hat, wer dran glauben soll.«

»Und wer war das?«, fragte ich ihn, obwohl ich die Antwort längst kannte.

»Na ja«, erwiderte er ein bisschen nervös, »du.«

Einer von Kinanes Jungs machte einen Schritt nach vorn, als

wollte er Conroy eine reinhauen, was keineswegs intelligent gewesen wäre.
»Hey«, pfiff ich ihn zurück.
»Zurück in deine Box.« Conroys Stimme wurde zu einem leisen Knurren, während er Kinanes Sohn niederstarrte.
»Also«, fragte ich Conroy, »was hast du ihm geantwortet, deinem Vermittler?«
»Hab gesagt, er soll sich verpissen.«
Ich sah Conroy schweigend an, versuchte, möglichst ausdruckslos zu gucken, und schwieg. Bobby hatte mir schon vor Jahren den Wert des Schweigens erklärt. Menschen fühlen sich unbehaglich damit. Früher oder später haben sie das Bedürfnis, die Stille zu durchbrechen, und manchmal erzählen sie dann etwas.
»Ehrlich, ich schwör's bei Gott«, versicherte Conroy mir. »Warum, glaubst du, bin ich sonst hier?«
»Weiß nicht«, sagte ich. »Warum bist du hier?«
»Um dir davon zu erzählen.«
»Warum kommst du damit zu mir? Warum hast du den Kerl nicht einfach weggeschickt und dich rausgehalten? Muss doch verlockend gewesen sein.«
Conroy dachte einen Augenblick nach, bevor er antwortete: »War's auch. Wenn ich ehrlich bin, ich hab mir's überlegt. Aber dann dachte ich, es würde dir nicht gefallen, wenn du von anderen hörst, dass mir ein Job angeboten wurde und ich damit nicht zu dir gekommen bin. Ich meine, ich agiere auf deinem Gebiet. Ich lebe hier, das ist meine Heimat, und du, na ja, du bist die Nummer eins.« An der Stelle wirkte er ein bisschen unsicher, als hätte er gerade ein Geheimnis ausgeplaudert, das eigentlich niemand wissen durfte, also hängte er noch schnell ein »so irgendwie« an.
Wunderte ich mich darüber, dass Conroy wusste, dass ich

der Chef war? Nicht wirklich. Natürlich wurde spekuliert, immerhin war Bobby seit zwei Jahren nicht mehr gesehen worden.
»Hast du deshalb so lange gebraucht, bis du gekommen bist?«, fragte ich. »Weil du's dir überlegt und Pro und Kontra abgewogen hast? Damit hast du ein riskantes Spiel gespielt, meinst du nicht?«
So nervös hatte ich Conroy noch nie erlebt. Er war allein gegen uns alle, und wir befanden uns auf heimischem Terrain. Ein Wort von mir, und er würde als Bündel in einem Kofferraum verschwinden und den Schweinen zum Fraß vorgeworfen werden, und das wusste er.
Er schluckte und fuhr sich mit der Zunge über die Lippen.
»Du warst im Ausland, jedenfalls wurde mir das versichert. Wie hätte ich dich schneller kontaktieren sollen? Ich wollte direkt mit dir sprechen, nicht mit einem deiner Jungs. Zum Schluss hab ich dann Kinane angesprochen, weil ich gehört hab, dass du wieder da bist.«
»Du meinst, du hast gehört, dass jemand versucht hat, mich umzubringen, und du hattest Schiss, ich kriege mit, dass du für den Job ebenfalls angefragt wurdest.«
»Stimmt schon, aber du musst auch verstehen, in welcher Branche ich arbeite. Wenn sich herumspricht, dass ich nach einer Anfrage zu meinem potenziellen Opfer renne und ihm davon erzähle, bekomme ich keine Aufträge mehr. Aber wie gesagt, du bist ein Sonderfall. Das ist deine Stadt hier.« Er sah sich im Raum um, als hätte er mit »deine Stadt« auch alle anderen Anwesenden gemeint, tatsächlich aber hatte er nur von mir gesprochen. Mich beunruhigte, dass mich der sogenannte Vermittler als »bekannt« bezeichnet hatte. Ich dachte, ich hätte mich weitestgehend aus dem Tagesgeschäft zurückgezogen. Den Großteil des Jahres

verbrachte ich schließlich in Thailand, aber wahrscheinlich hatten die Jungs die Geschäfte in meinem Namen geführt, was ungefähr auf dasselbe hinauslief, als hätte ich neben ihnen gestanden. Ich sah es praktisch vor mir: »Blake will, dass das so und so läuft«, »Blake erwartet dieses oder jenes«. Damit war ich dann derjenige, den es aus dem Weg zu räumen gilt, wenn man sich die Stadt unter den Nagel reißen möchte. »Ich wollte dich nur warnen«, schloss er.
»Das hättest du auch über Kinane tun können.«
Er wählte seine Worte sorgfältig. »Wenn es jemand darauf abgesehen hat, den Chef auszuschalten, wem soll man dann noch vertrauen, außer sich selbst? Nichts für ungut, Joe.«
»Schon klar«, erwiderte Kinane, weil Conroy nicht ganz Unrecht hatte. Damit hätte er den Mann warnen können, der den Mord in Auftrag geben wollte.
Ich wechselte die Taktik: »Wer war der Vermittler?«
»Genau das wollte ich dir ja erzählen« – er sah sich im Raum um – »und genau deshalb wollte ich dich allein treffen.«
Ich lachte und schüttelte den Kopf. »Das wird nicht passieren.«
Er zuckte mit den Schultern, als würde ihm gerade klar, wie absurd sein Ansinnen war. »Na schön«, sagte er.
»Hör auf, mich hinzuhalten, Conroy«, sagte ich, »nenn den Namen des Vermittlers.«
Er atmete tief durch und brauchte eine Ewigkeit, bis er etwas sagte. Jemanden zu verpfeifen war ihm offensichtlich zuwider. Schließlich sagte er: »Billy Warren.« Fast wäre ich vom Stuhl gefallen.

18

Den Befehl, Billy zu suchen, musste ich gar nicht geben. Es lag auf der Hand. Alle waren auf der Straße und hielten nach Billy Ausschau. Er würde noch am selben Tag gefunden werden, ob er wollte oder nicht.
Was war so plötzlich in Billy Warren gefahren, dass er sich als Mittelsmann zwischen einem Killer und dessen Auftraggeber zur Verfügung stellte? Ich konnte nur raten. Anscheinend hatte ich Billy völlig falsch eingeschätzt, und das beunruhigte mich, denn an sich war Billy denkbar einfach gestrickt. Ich glaubte, ich hätte ihm eine Heidenangst eingejagt, als ich ihn dabei erwischte, wie er Bobby hinterging. Er wusste, dass ich ihn deshalb hätte umlegen können, tatsächlich aber ließ ich ihn leben und bezahlte ihn weiterhin. Zugegeben, ich hatte ihm die Flügel gestutzt, aber das war ein kleiner Preis für die Erlaubnis, weiteratmen zu dürfen.
Jetzt schien es, als hätte ich mich in Billy Warren getäuscht. Er war zu ehrgeizig, um sich mit einem rechtschaffenen Lohn für rechtschaffene Arbeit zufriedenzugeben. Er wollte mehr und war bereit, mich dafür zu opfern.

Ich parkte meinen Wagen mit zwei Reifen auf dem Gras, dann stieg ich aus, kletterte über das Tor und trottete über das Feld, verfluchte das lange, nasse Gras und DI Sharp – in genau dieser Reihenfolge. Als ich am anderen

Ende des Ackers angekommen war, kletterte ich erneut über ein Tor, überquerte die Straße und stieg zu Sharp in den Wagen.

»Müssen wir jetzt bei jedem Treffen diesen John-le-Carré-Quatsch nachspielen?«, fragte ich.

»Ja, müssen wir. Hast du eine Ahnung, wie verbissen die dir auf den Fersen sind? Wenn ich auch nur mit dir gesehen werde, bin ich geliefert.«

»Was hast du für mich?«, fragte ich. »Hoffentlich was Gutes, ich hab mir nämlich gerade ein sehr schönes Paar Schuhe ruiniert.«

»Offiziell weiß niemand, wer für den Ausfall des Kamerasystems verantwortlich war. Es gibt keine Verdächtigen, und selbst wenn, würde es niemand zugeben.«

»Erzähl weiter«, drängte ich. »Warum nicht?«

»Weil«, hob er feierlich an, »uns korrupte Polizisten blöd dastehen lassen.« Er sprach ohne erkennbare Ironie.

»Nenne mir einen Namen, Sharp.«

»Ich hab was viel Besseres«, erklärte er, griff in seine Tasche und zog ein Foto heraus. Es war ein zwanzig mal fünfundzwanzig Zentimeter großes Schwarzweißfoto aus einer Überwachungskamera, und es zeigte einen untersetzten Mann Mitte dreißig. Eher ein Gangster als ein Polizist. »Das ist Detective Sergeant Ian Wharton vom Drogendezernat. Anscheinend hat er dem Büro der Sicherheitsfirma, die sich um die Kameras kümmert, ein paar Tage vor dem Systemausfall einen Besuch abgestattet. Angeblich ist er da mit einem Kollegen aufmarschiert, um Filmmaterial zu sichten, was Wharton natürlich abstreitet. Er konnte sich ausweisen, und der zuständige Mitarbeiter hat ihn auf seine Bitte hin allein gelassen.«

»Wodurch der zweite Mann mehr als genug Zeit hatte, sich

in die Software zu hacken und das System zu einem bestimmten Zeitpunkt in der näheren Zukunft abstürzen zu lassen«, riet ich.
»Das vermute ich.«
Ich dachte einen Augenblick darüber nach. »Was passiert jetzt mit DS Wharton?«
»Nichts«, sagte Sharp, »erst mal. Der Mann vom Sicherheitsdienst muss sich geirrt haben.«
»Wie meinst du das?«
»Zuerst hat er dem ermittelnden Beamten erzählt, Wharton sei in Begleitung eines weiteren Mannes erschienen. Als er vorgeladen wurde, gab er aber zu, dass er sich getäuscht hatte und Wharton allein gekommen war. Es gab keinen zweiten Mann.«
»Man kann sich ja mal irren.«
»Die ermittelnden Beamten waren nicht ganz so verständnisvoll wie du. Sie haben ihn in die Mangel genommen, aber er hat nicht nachgegeben, und natürlich verfügt DS Wharton auch nicht über das technische Wissen, um sich allein in das Überwachungssystem der Stadt zu hacken. Das heißt, man kann ihm nichts nachweisen und er ist nicht länger suspendiert.«
»Wo ist Wharton jetzt?«
»Man hat ihm empfohlen, sich erst mal Urlaub zu nehmen. Keine Ahnung, wohin er gefahren ist, aber er ist nicht mehr in der Stadt.«
»Scheiße, er könnte der Einzige gewesen sein, der ohne Mittelsmann engagiert wurde. Gib mir das Bild«, verlangte ich.
»Was hast du vor?«, fragte er, wirkte dabei wie immer ängstlich.
»Nichts«, versicherte ich ihm. »Ich hör mich nur mal um.«

Palmer wollte mich allein sprechen, also fuhren wir zu ihm nach Hause. Ich saß am Küchentisch, während er uns Kaffee kochte. Ich sah mich um.
»Wie lange wohnst du jetzt schon hier?«
Er zuckte mit den Schultern: »Ungefähr drei Jahre.«
»Sieht immer noch aus, als wärst du gestern erst eingezogen.« Erstaunlich, wie wenig Palmer besaß. Ich bezahlte ihn gut, aber es fiel mir schwer, etwas zu finden, das ihm wirklich gehörte. An der Wand im Wohnzimmer hing ein 42-Inch-Plasmabildschirm, darunter eine Playstation mit ein paar Spielen, aber die Sofas waren schon vorher hier gewesen. Das Haus war ein ehemaliges Musterhaus, und ich schwöre, Palmer hatte es nur gekauft, weil er sich keine Extramöbel mehr anschaffen musste. Auf dem Esstisch stand ein Laptop, den er einschaltete.
»Mrs. Evans macht hier für mich sauber«, sagte er. Die Gründlichkeit seiner Putzfrau hatte ich nicht gemeint, und das wusste er, aber das Thema behagte ihm nicht. Der Widerwille gegen jegliche Form des Besitzes war eine Facette an Palmers Persönlichkeit, die mich faszinierte und um die ich ihn in gewisser Weise beneidete. Er schien überhaupt keinen Ballast mit sich herumzuschleppen. Es gab keine Kinder, nur eine Ex, wobei die ehemalige Mrs. Palmer so gut wie nie erwähnt wurde, außer wenn er behauptete, sie habe wahrscheinlich gut daran getan, sich von ihm zu trennen. Hin und wieder sahen wir ihn mit einer Frau, aber er hielt sie immer auf Armeslänge Abstand, und bis wir überhaupt ihren Namen erfuhren, war sie schon wieder Geschichte. Plötzlich kam mir der Gedanke, dass ich eines Tages zu Palmer rausfahren und feststellen würde, dass er ohne jede Erklärung verschwunden war.
»Worum geht's?«, fragte ich ihn.

»Jaiden Doyle«, sagte er.
»Ach«, erwiderte ich trocken, »bei dem ganzen Theater hab ich Doyley fast vergessen.«
»In dem Fall gibt's aber Filmmaterial.«
»Ich denke, da ist nicht viel darauf zu sehen, oder? Hast du doch behauptet.«
»Hab ich«, stimmte er mir zu, »aber dann hab ich's mir noch mal angesehen, und da ist was, das ich dir zeigen möchte.«
Er drehte den Bildschirm so, dass ich das starre Schwarzweißbild von Jaiden Doyle beim Verlassen des Hotels sehen konnte. Palmer klickte auf den Pfeil, und das Bild bewegte sich. Ich sah, wie sich Doyley vom Hotel entfernte. Er machte ein paar Schritte, dann trat eine dunkle, unscharfe Gestalt ins Bild, richtete eine Waffe auf Doyley und schoss ihm zweimal in den Rücken. Doyley ging zu Boden, der Mann verschwand, und das Bild erstarrte wieder.
»Was meinst du?«
»Ich kapier's nicht.«
»Guck's dir noch mal an«, sagte er, und das tat ich.
»Wer ist das?«
»Wie sieht er aus?«
»Der Schütze?«
»Nein, Doyley.«
»Doyley?«, fragte ich. »Wie meinst du das? Er sieht aus wie Doyley.«
»Okay«, sagte er vernünftig, »dann beschreibe ihn. Tu so, als würdest du ihn nicht kennen.«
»Wieso?«
»Mir zuliebe.«
»Na schön. Er ist ungefähr eins achtzig groß, schlank, hat kurze dunkle Haare, trägt eine Sonnenbrille, ein elegantes

Sakko und eine Hose, dazu ausnahmsweise mal schwarze Schuhe. Das war's.«
»Und wen hast du da gerade beschrieben?«, fragte er.
»Doyley«, erwiderte ich ungeduldig.
»Dich selbst«, korrigierte er mich. »Du hast dich haargenau selbst beschrieben. Ich glaube, wir waren auf dem Holzweg, die ganze Zeit. Das war schluderig. Der Mann, der auf Jaiden Doyle geschossen hat, dachte, er hätte dich im Visier.«
Erneut betrachtete ich das starre Schwarzweißbild des elegant gekleideten, großen schlanken Mannes mit der Sonnenbrille und sah es mit neuen Augen. »Ach du Scheiße« war alles, was ich herausbrachte.

Wir saßen bei Palmer im Garten, tranken Bier und gingen alles noch mal durch.
»Und jetzt?«
»Weißt du, was mir am liebsten wäre?«, sagte Palmer.
»Wenn ich Großbritannien verlasse, bis du hier durchblickst.«
»Genau.«
»Du bist diese Woche schon der zweite, der mich auffordert, das Land zu verlassen. Bei der Polizei haben sie's mir auch gesagt, und ich denke, ich werd's machen. In zwei Tagen werde ich sehr öffentlich abreisen. Ich gönne mir ein paar Tage mit Sarah in Hua Hin, dann komme ich zurück. Aber diesmal bleibe ich unter dem Radar. Niemand soll wissen, dass ich da bin. Jedenfalls erst mal nicht. Wenn wir's richtig angehen, klappt das.«
»Ich denke, du solltest länger bleiben.«
Ich schüttelte den Kopf. »Wie willst du rauskriegen, wer mich umbringen will, wenn ich fünftausend Meilen von hier

auf meinem Anwesen hocke und mich nicht mal traue, mich an meinem eigenen Swimmingpool blicken zu lassen?«

»Ich finde schon eine Möglichkeit«, versicherte er mir, aber die Antwort kam ein bisschen schleppender als sonst.

»Ich wüsste nicht, wie. Die Liste der Leute, die von meinem Ableben profitieren würden, ist lang, das ist uns allen klar, aber keiner kann mir was anhaben, wenn ich außer Landes bin.«

»Und genau deshalb ist es ja eine gute Idee, wenn du mit dem nächsten Flug verschwindest«, warf er ein.

»Du kapierst es nicht«, sagte ich. »Ich würde nichts lieber tun, als abzutauchen und mich aus der Schusslinie zu entfernen, aber dann lösen wir das Problem nie. Wir haben nur dann eine Chance, der Sache auf den Grund zu gehen, wenn ich mit dir, Joe und Danny hierbleibe. Irgendjemand in dieser Stadt muss doch was wissen, nur so kriegen wir heraus, wer die Fäden zieht. Und dann bringst du ihn um, bevor er mich umbringt.«

»Dir ist hoffentlich klar, wie riskant das ist.« Er sah mich an wie einen Irren. »Du willst einen Berufskiller aufscheuchen, um rauszufinden, wer ihm den Job verschafft hat. Und wenn der nächste Killer zu schnell ist? Wenn wir ihn nicht zuerst erwischen?«

»Dann bist du arbeitslos«, erklärte ich, »und ich bin unter der Erde. Sonst noch Fragen?«

»Nein«, brummte er.

»Sieh mal, so was kann ich gut. Ich kenne diese Stadt mein Leben lang und hab so was schon mal gemacht.« Dieses Mal war ich allerdings nicht auf der Suche nach einem verlorenen Koffer voller Geld, sondern nach einem Auftragsmörder. Nur weil Palmer zwei Killer in Quayside erledigt hatte, würde es nicht aufhören. Es würde so lange weitergehen, bis

entweder der Mann, der die Killer angeheuert hatte, tot war oder ich. Eine dritte Möglichkeit gab es nicht. Ich musste die Sache durchziehen.
»Für Bobby hab ich so was Ähnliches gemacht, schon vergessen?«, fragte ich.
»Klar«, räumte er ein, »das weiß ich noch.«
Ich war froh, dass er der Versuchung widerstand, mir ins Gedächtnis zu rufen, wie die Geschichte damals ausgegangen war.

19

Ich redete mir ein, ich sei an jenem Nachmittag nur deshalb in die Klinik für Sportverletzungen gefahren, um von Maggot einen Tipp zu bekommen, wo sich Billy Warren aufhielt, aber so ganz stimmte das nicht. Wie ich geahnt hatte, war aus Maggot nichts herauszuholen, aber als ich sein Büro verließ und in die Lounge nach unten ging, saß dort Simone.
»Schön, dich zu sehen«, sagte ich, wobei ich nicht so lässig klang, wie mir lieb gewesen wäre. »Ich wollte mit dir reden.«
Sie warf demonstrativ einen Blick auf ihre Armbanduhr.
»Ich hab nur ganz kurz Zeit.«
»Wird nicht lange dauern«, sagte ich. »Geh mit mir essen. War das kurz genug?«
Sie lachte. »Nein.«
»Warum nicht?«
»Weil dir der Laden hier gehört.«
»Aber du gehörst mir nicht.«
»Genau.«
»Ich rede von einem Essen, vielleicht auch eine kleine Unterhaltung, sonst nichts.«
Sie hob die Augenbrauen, und ich lachte. »Na ja, erst mal. Setz mich bloß nicht unter Druck.« Wenigstens bekam ich dafür ein Lächeln. Irgendwie war das schon ein Fortschritt.
»Komm schon, sag ja. Ich möchte mich mit dir unterhalten, und hier geht das schlecht.« Sie zögerte, weshalb ich noch

ergänzte: »Aber glaub bloß nicht, du darfst mit mir schlafen, hast du gehört?« Sie lachte. »Ich mein's ernst«, sagte ich und setzte eine strenge Miene auf. »Sex kommt nicht in Frage. Kannst du damit leben?«
»Ich versuch's.« Sie beäugte mich immer noch misstrauisch. »Also wann? Diese Woche arbeite ich jeden Abend.«
Darüber wollte ich gar nicht nachdenken, also sagte ich schnell: »Sobald wir beide Zeit haben.«

Billy Warren war wie vom Erdboden verschluckt – jedenfalls wurde mir das versichert, aber ich glaubte keine Minute daran. Er war nur nicht an den üblichen Orten gesehen worden, hatte sich von seinen Lieblingskneipen ferngehalten, den Pubs, die vernünftige Menschen mieden, ebenso wie von den Clubs, in die man reinkam, wenn man sonst überall in der Stadt Hausverbot hatte. Trotzdem bezweifelte ich, dass Billy getürmt war. Mit Sicherheit hatte er Newcastle in seinem ganzen Leben noch nicht verlassen, nicht mal, um in den Urlaub zu fahren. Wahrscheinlich hatte er gar keinen Pass. Ich wusste, dass er auftauchen würde, sobald sich herumgesprochen hatte, dass wir ihn suchten. Meine Leute waren überall, und sie warteten nur darauf, uns anzurufen und Meldung zu machen. Es war lediglich eine Frage der Zeit. Leider hatte ich keine. Ich brauchte schnell Antworten.
»Komm«, sagte ich zu Kinane, »wir unterhalten uns mit unserem Fußballfreund.«

Als wir eintrafen, war die Party gerade auf ihrem Höhepunkt angelangt. Im Haus des Topspielers aus der Premier League wimmelte es von Fußballern und potenziellen Fußballerfrauen, aber man merkte, dass es noch früh war, weil sich noch keine Paare gebildet hatten. Fußballer sind meist träge. Fängt die Musik oder die Atmosphäre an, sie zu langweilen, schnappen sie sich das nächstbeste Mädchen. Und an Mädchen herrschte kein Mangel, weil Mädchen Fußballerpartys vor allem aus zwei Gründen besuchen: um ihren Freundinnen zu erzählen, sie hätten es mit einem Spieler aus der Premier League getrieben, oder aber – und das ist das ultimative Ziel – um mit einem Mann zusammenzukommen, der sechzigtausend Pfund die Woche verdient, indem er Schiedsrichter anpöbelt, Elfmeter verschießt und das Mannschaftslogo abknutscht, nur wenige Minuten bevor er zu einem anderen Verein wechselt. Weshalb diese geistlosen Wichser dermaßen verehrt werden, ist mir schleierhaft. Sie unterschreiben Fünfjahresverträge im Wert von Millionen, und wenn der Club Glück hat, bekommt er zwei gute Saisons, dann verlieren die Spieler jeglichen Biss und versinken in Bedeutungslosigkeit.

Die Partys bei unserem Goldjungen waren sehr beliebt. Er brachte gern Menschen zusammen und betrachtete sich als Mittelsmann zwischen den Spielern, den Frauen und dem Koks, das wir ihm, großzügig mit Backpulver verschnitten, andrehten.

Das Haus hatte ihn zwei Millionen gekostet, aber für unser Riesentalent war das gerade mal Kleingeld. Durch die Glasfassade fiel Licht auf die übliche Garnitur aus schwarzen Ledersofas und Sesseln. In jedem Raum, einschließlich der Küche, hing ein riesiger Plasmafernseher. Anscheinend kam er mit Stille oder dem Alleinsein nicht klar. Ich war davon überzeugt, dass er an ADHS litt.

Unserem begabten Bekannten entglitten die Gesichtszüge, als er uns sah, aber irgendwie rang er sich dann doch das falsche Lächeln eines Mannes ab, der zwei alte Freunde begrüßt.

»David Blake«, sagte er und schüttelte mir viel zu heftig den Arm, »und Joe Kinane ... mein Freund!« Er tat so, als wollte er meinen Vollstrecker boxen. Kinane warf einen Blick auf unseren Goldjungen, als erachte er ihn nicht einmal für würdig, sich von ihm schlagen zu lassen. Natürlich kam das ganze aufgesetzte Freundschaftsgetue nicht von ungefähr. Theoretisch waren wir Geschäftspartner, weil Billy Warren ihm Koks vertickte, das dieser wiederum an seine Freunde aus der Premier League und deren Gefolge weiterdealte, wodurch wir ein Menge Geld verdienten und unserem Topspieler das Gangsta-Image verpassten, das ihm so viel bedeutete. Seine Unterwürfigkeit war allerdings hauptsächlich auf den Tag zurückzuführen, an dem wir ihn bei Billy zu Hause kennenlernten. Ich war mit Finney dort aufgelaufen, und um ein Haar hätte er die Karriere des großmäuligen Wichsers beendet, nur weil sich dieser für besonders hart hielt. Mir hatte es Spaß gemacht, einen der besten Fußballer des Landes zu sehen, wie er sich auf dem Boden wand und Finney anflehte, ihm um Himmels willen nicht beide Beine zu brechen. Anschließend hatte er sich sogar noch bei ihm dafür bedankt, dass er ihm Manieren beigebracht hatte. Seitdem ist einige Zeit vergangen, und Golden Boots tat inzwischen, als sei nie etwas gewesen, aber man merkte ihm an, dass er sich bei unserem Anblick immer noch in die Hosen machte.

»Wollt ihr was trinken, Jungs?«, fragte er. »Mandy!« Seine neueste aufgepumpte Blondine wäre vor Schreck fast aus der Haut gefahren, als er ihren Namen rief. »Hol den beiden was zu trinken, du faule Schlampe!« Er nickte in unsere Richtung, woraufhin sie ihre Freundinnen stehenließ und mit hochrotem Kopf in die Küche rannte. Alle Umstehenden blickten verlegen an die Wand oder auf den Boden. Niemand sagte etwas.

»Das war aber nicht sehr nett«, sagte ich. »Du hast deine Manieren vergessen.«
»Wieso?« Er wusste ehrlich nicht, wovon ich sprach. »Tut mir leid, Jungs, wolltet ihr sonst noch was?«
»Ist das deine Freundin?«, fragte ich ihn.
»Ja« – er grinste –, »mehr oder weniger.«
»Dann solltest du nicht so mit ihr umspringen.«
»Hm?« Er sah aus wie ein kleiner Junge, der vom Schuldirektor verwarnt wird. »Kann sein. Ich bin ein bisschen im Stress, ihr wisst schon, geschäftlich und so.« Jetzt machte er wieder auf Gangster, tat, als seien seine lächerlichen Koksgeschäfte der Grund für sein widerwärtiges Benehmen.
»Das ist keine Entschuldigung«, sagte Kinane, »du solltest um Verzeihung bitten.«
»Natürlich«, erwiderte Golden Boots und sah mich an: »Tut mir wirklich leid, dass du das mit anhören musstest.«
»Nicht bei mir, du Blödmann«, sagte ich und seufzte. »Bei ihr.«
»Ach so, ja« – er nickte – »wollte ich gerade machen.«
In dem Moment kam die Blondine zurück und reichte Kinane und mir jeweils ein Bier. Wir bedankten uns überschwenglich bei ihr, und ich starrte unseren Fußballfreund an, der sich kaum noch an sein Vorhaben zu erinnern schien. Das Mädchen wollte gerade wieder gehen, als er rief: »Babe!« Sie machte zögerlich kehrt und kam noch einmal zurück.
»Tut mir wirklich leid, Babe«, sagte er und zog sie an sich. »Ich weiß nicht, warum, aber ich lass mich immer so stressen. Tut mir wirklich, wirklich leid, Babe, hab dich lieb.«
Sie sah aus, als könnte sie's kaum glauben. Vermutlich hatte er sich seit dem Tag, an dem Finney gedroht hatte, ihm die Beine zu brechen, nicht mehr entschuldigt, bei niemandem und am allerwenigsten bei einer seiner Freundinnen.

Sie strahlte: »Schon okay, Schatz.« Als sie weg war, sagte Kinane: »So ist es gut. Jetzt wollen wir uns mit dir unterhalten.«
Unser Freund wirkte beunruhigt. »Wir suchen Billy«, erklärte ich ihm. »Wenn du feierst, taucht Billy meistens auf deinen Partys auf. Also, wo ist er? Wo ist Billy Warren?«
»Stimmt, sonst kommt er immer, aber heute Abend hab ich ihn noch nicht gesehen.« Er schaute sich ratlos um. »Er sollte ein paar von meinen Freunden aushelfen, wenn ihr wisst, was ich meine.«
Natürlich wusste ich, was er meinte. »Vielleicht hast du ihn ja übersehen«, sagte ich. »In einer so großen Wohnung kann das passieren. Macht dir doch nichts aus, wenn sich Kinane mal umsieht?«
Den meisten Menschen würde es etwas ausmachen, wenn Kinane durch ihre Wohnung trampeln und ihre Partygäste verstören würde, aber unser Topspieler war nicht in der Position, sich uns zu widersetzen. »Natürlich nicht«, sagte er und fügte verdruckst ein »*mi casa es su casa*« hinzu. Wir ließen ihn stehen. Kinane ging nach oben, und ich spazierte ins Freie an den Pool. Jede Menge hübsche junge Fußballer und Glamourgirls saßen da draußen, prahlten und zeigten sich stolz in ihren Designer-Klamotten.
»Du bist aber kein Spieler«, ertönte eine vorwurfsvolle Stimme. Sie gehörte einer dürren Brünetten Mitte zwanzig mit dickem Augen-Make-up. Sie lag in Bikini-Top und Shorts auf einem Liegestuhl. »Aber was bist du?« Sie hielt mir ihr Champagnerglas entgegen und verengte den Blick, als wäre ich ein von einem Boulevardblatt ausgesandter Spion.
»Agent«, behauptete ich.
»Fußballagent?«, fragte sie und richtete sich prompt auf, als würde sie mir jetzt wirklich zuhören. Ich nickte. »Du hast

die Jungs hier unter Vertrag?« Voller Hoffnung riss sie die Augen auf.
Ich musterte den jugendlichen Abschaum vor mir. »Ein paar von denen«, behauptete ich, und teilweise stimmte das sogar. Ich hatte ein kleines Start-up-Guthaben in einen Mann investiert, der sich in der Agentenbranche einen Namen zu machen versuchte. Er war nicht unbedingt cleverer als unser Fußballfreund, aber er konnte ausgezeichnet mit Worten umgehen. Und seine völlig unbegründete Ankündigung, einige seiner Spieler würden von Tottenham, Chelsea oder Manchester United gekauft, hatte den Vorstand veranlasst, deren Gehälter auf ein neues obszönes Niveau anzuheben. Es war das leichteste, fast legal verdiente Geld für uns, obwohl es in mancher Hinsicht natürlich viel schmutziger war als die Drogenprofite.
»Dann musst du steinreich sein.«
Ganz offensichtlich überlegte sie, ob es sich lohnen könnte, die ihr dadurch entstandenen Verluste, dass die Spieler sich mit jüngeren Mädchen am Pool vergnügten, einfach abzuschreiben.
»Ich komme ganz gut über die Runden«, erklärte ich.
Sie stand auf und stellte ihr Glas auf dem Tisch ab. »Wir sollten uns unterhalten«, sagte sie und schob ihren Arm durch meinen, als wären wir zu einem langen gemeinsamen Strandspaziergang verabredet.
»Jetzt?«, fragte ich sie.
»Was spricht dagegen?« Sie lachte das Lachen einer Kifferin, das mich an die Mädchen erinnerte, die wir im *Privado* als Lap Dancer angestellt hatten. Sie wussten ganz genau, wie man Männer ausnimmt und ihnen einen Zwanzigpfundschein nach dem anderen abluchst. Aber sie hier wollte alles auf einmal, und es fehlte ihr an Geduld.

»Wo?«
Sie zuckte mit den Schultern: »Wo du möchtest.«
»Unterhalten?«, fragte ich. Sie nickte.
»Wie wär's mit dem Schlafzimmer?«
Sie kicherte: »Okay.«
Kinane tauchte auf. Er schüttelte den Kopf, was bedeutete, dass von Billy keine Spur zu finden war. Auf das Mädchen, das wie eine Klette an mir hing, reagierte er nicht. »Er kann doch mitkommen, oder?«, fragte ich sie, und sie warf einen Blick auf den größeren, älteren Mann mit dem vernarbten Gesicht.
»Weiß nicht.« Sie klang unentschlossen.
»Er kommt immer mit«, versicherte ich ihr. »Immer wenn ich mich mit einem Mädchen über Geld und solche Sachen unterhalte.«
»Verstehe.« Sie zog die Nase kraus und dachte darüber nach. Offensichtlich wollte sie Kinane auf keinen Fall zu nahe kommen. »Wenn du meinst.«
»Warum nicht?«, fragte ich sie ganz unschuldig. »Wir könnten doch zu dritt rauf in eines der Schlafzimmer gehen und uns unterhalten, dann verdrischt er dich, und anschließend besorgen wir's dir gleichzeitig. An jedem Ende einer. Wie klingt das?«
»Wie bitte?« Sie ließ meinen Arm los. »Was redest du da für einen Scheiß? So was mache ich nicht.«
»Wie wär's dann, wenn wir noch mal von vorn anfangen, wobei ich dich daran erinnern möchte, dass du keinen von uns beiden kennst und auch nicht weißt, wie wir unser Geld verdienen. Du warst kurz davor, mit uns ins Schlafzimmer zu gehen, und dort hätten wir mit dir machen können, was wir wollen, weil dich bei der lauten Musik sowieso niemand schreien hört. Am nächsten Tag wärst du zur Polizei gegan-

gen, um uns wegen Vergewaltigung anzuzeigen, und du hättest nicht mal meinen Namen gewusst. Ich bin kein Fußballagent, Schätzchen, ich bin Briefträger, und der da ist Serienkiller. Hast du's jetzt kapiert?«
»Du bist furchtbar«, sagte sie. »Verpiss dich doch einfach.«
»Weißt du was«, sagte ich, »ich glaub, das mache ich.« Ich sah sie noch ein letztes Mal an. »Du bist mir sowieso zu alt.« Und mit der Bemerkung wandte ich mich ab und ging. Sie verschränkte die Arme vor der Brust und trottete zu den Fußballern am Pool. Wir konnten sehen, dass sie ihnen erzählte, wie grässlich ich zu ihr gewesen sei, und zwei machten den Eindruck, als wollten sie was unternehmen, aber als sie Kinane an meiner Seite entdeckten, verpuffte ihre Wut. Stattdessen schlich sich einer der Fußballer hinter ihr an, zog ihr die Shorts und das Bikinihöschen bis zu den Knien herunter. Sie kreischte und griff danach, und während sie noch hektisch versuchte, beides wieder hochzuziehen, stieß ein anderer sie in den Pool. Alle lachten sich schlapp.
»Das ist Ungeziefer«, sagte Kinane, »die ganze Bande, jeder Einzelne. Die glauben, die können sich alles erlauben.«
»Tun wir doch auch«, erinnerte ich ihn.
»Aber wir sind nicht so«, widersprach er, »du kannst nicht behaupten, dass wir so sind.«
»Nein«, lenkte ich ein, »so sind wir nicht.«
Wir sahen zu, wie die Brünette ans andere Ende des Pools schwamm, herausstieg und sich dabei die Klamotten wieder über den Hintern zog. Ihr Make-up war verschmiert, so dass sie jetzt Panda-Augen hatte, und ihre Haare waren ein einziges triefendes Durcheinander. Keines der Mädchen ging zu ihr, um ihr zu helfen, und die Gruppe lachte inzwischen schon wieder über etwas anderes.

Kinane hatte recht. So waren wir nicht. Das will schon was heißen, wenn sich Fußballer schlechter benehmen als Verbrecher und wenn keiner etwas dagegen unternimmt.
Das Mädchen rannte um den Pool herum und verschwand durch eine Seitentür ins Haus.

20

Billy Warren schmiegte sich in das weiche Kissen seines Hotelbetts und starrte zufrieden an die Decke. Noch nie hatte er Geld gehabt. Kein richtiges Geld. Er war nie reich gewesen. Jedenfalls nicht so wie jetzt.
Klar, er hatte ein paar ganz anständige Deals mit den Jungs aus der Premier League durchgezogen, die Kohle war wirklich leicht verdient. Ein paar von denen kassierten dreißig- oder vierzigtausend die Woche, manche sogar mehr, und trotzdem gab es etwas, das sie in den Läden nicht bekamen. Billy konnte es beschaffen, wobei es aber gar nicht nur um die Drogen ging. Er verlieh ihnen den Gangster-Glamour, auf den sie alle so scharf waren. Deshalb hatte Billy den Nerv, auch einem Topspieler wie dem, der heute eine Party gab, in die Augen zu sehen und ihm, ohne mit der Wimper zu zucken, einen Preis für ein Kilo Koks zu nennen, über den sich normale Konsumenten kaputtgelacht hätten. Der Kerl hatte ihn nur einen Augenblick angestarrt und dann gefragt: »Also, wann kriegen wir den Stoff?«
Diese Leute wollten Billy Warren auf ihren Partys. Sie wollten ihre Freunde anschubsen, fast unmerklich in Billys Richtung nicken und mit abgebrühter Stimme erklären: »Das ist mein Dealer, der besorgt dir was.« Und dann würden sie schauen wie Jungfrauen auf dem Weg zu einer Nutte, wenn ihre Freunde zu ihm schlenderten, so verängstigt und aufge-

regt, wie man nur sein kann, in der Hoffnung, etwas Verbotenes zu bekommen.
Das ist die Art von Thrill, die man braucht, wenn man vor Zehntausenden von ungehobelten Wichsern für einen Wochenlohn Fußball spielt, der für die meisten Menschen ein Lottogewinn wäre. Wenn man mit einem umwerfend schönen Model oder einer Sängerin liiert ist und trotzdem sie diejenige ist, die einen niemals aus den Augen lässt, weil sie weiß, dass Heerscharen von Frauen Schlange stehen, um ihren Platz einzunehmen, kaum dass sie einem den Rücken zukehrt. Was kann es Aufregenderes geben, wenn man nicht gerade versuchen muss, Tore zu schießen? Wenn es ganz normal ist, dass man jedes Mädchen haben kann und die Garage längst voller Ferraris, Porsches und Astons steht? Billy hatte die Autos gesehen. Manche hatten erst ein paar hundert Meilen auf dem Buckel, waren ihren Besitzern aber schon wieder langweilig geworden. Ständig legten die sich das neueste Modell zu, nur um damit zum Training zu fahren. Billy sah Bentleys und Maseratis einstauben, weil ihre Eigentümer zu dämlich waren, wenigstens mal eine Plane daraufzulegen. Also, was macht man, wenn man mehr Geld verdient, als man jemals ausgeben kann, und erst zweiundzwanzig Jahre alt ist? Woher kommt dann der Kick? Von Billy natürlich.
Nur bei Verbotenem kriegen die überhaupt noch einen Ständer. Bei etwas mit einem so hohen Risiko, dass einem die ganze Welt um die Ohren fliegt, wenn man damit erwischt wird. Die Typen sind wie der Bankdirektor, der Geld unterschlägt, Frau und Kinder sitzenlässt und sich mit einer ukrainischen Nutte, die halb so alt ist wie er selbst, aus dem Staub macht. Oder wie der verheiratete Spitzenpolitiker, der nach Clapham Common fährt und sich von einem Fremden einen

blasen lässt, obwohl der ihn mühelos ausrauben oder töten könnte. Billy kannte das Leben gut genug, um zu wissen, dass bei den aufregendsten Sachen immer ein kleines Risiko dabei war, schon weil es sie dadurch noch reizvoller machte. Billy Warren verbrachte seine Freizeit auf den Partys der verwöhnten, jungen Millionäre und ihrer Entourage; als Drogendealer der Stars hätte er eigentlich im Geld schwimmen müssen. Weil Blake ihn aber an der kurzen Leine hielt, konnte er von Glück sagen, wenn ein paar Pfund extra für ihn abfielen.

Je länger das so lief, desto mehr verabscheute er David Blake. Wer war der Kerl überhaupt? Einer von Bobbys Speichelleckern. Keiner von den harten Jungs. Die Drecksarbeit erledigte Kinane.

Als Peter Dean mit einem Plan bei Billy zu Hause auftauchte, bekam dieser gleich große Ohren. Billy sollte nicht mehr machen, als Blake in die Falle zu locken und dafür einen dicken Batzen Kohle kassieren. Die Koksdeals mit den Fußballjungs waren vergleichsweise lächerlich. Und das Schöne war, einen Teil gab es schon im Voraus; die erste Hälfte bei Verpflichtung des Killers, die andere Hälfte, sobald Blake erledigt war. Wahnsinn. Er bekam einen Haufen Geld dafür, dass er den Mann aus dem Weg räumen ließ, der in den vergangenen drei Jahren verhindert hatte, dass er anständiges Geld verdiente. War das geil oder war das geil?

Den Killer aufzutreiben war nicht schwierig. In Billys Kreisen wussten alle, womit Jack Conroy seinen Lebensunterhalt bestritt. Als es allerdings darum ging, mit dem Mann zu verhandeln, fand Billy seinen Job doch nicht mehr überbezahlt. Sich mit einem zusammenzusetzen, der unzählige Menschen auf dem Gewissen hatte, machte ihm eine Heidenangst. Und dann lehnte Conroy den Job auch noch ab.

»Was soll das heißen, Mann?«, fragte Billy. »Die Bezahlung ist der Hammer.«
»Ist sie«, pflichtete ihm Conroy bei, »aber da, wo ich esse, scheiße ich nicht.«
Billy reagierte verdattert und ließ sich von Conroy versichern, dass ihre Unterhaltung niemals stattgefunden hatte. Conroy lachte nur und sagte: »Keine Sorge, Billy. Ich bin verschwiegen wie ein Grab. Da wird nichts durchsickern.«
Eilig verließ Billy Conroys Wohnung, dann zermarterte er sich das Hirn, überlegte, wer in der Lage war, Blake auszuschalten. Ihm fiel Tate ein, ein schizophrener Psychopath, der in Bobbys Auftrag zwei irre Albaner umgebracht hatte, die seinen Laden übernehmen und sich auf keinen Deal einlassen wollten. Tate hatte seine Aufgabe tadellos erfüllt, weshalb er sicher auch für diesen Fall der richtige Mann war. Billy war zu ihm gefahren, und kaum hatte er den Betrag genannt, hatte Tate zugesagt.
Nach erfolgreicher Erledigung des ersten Teils der Vereinbarung war Peter Dean gekommen und hatte bezahlt, was er ihm schuldig war. Dean hatte nervös gewirkt, was auch kein Wunder war, aber tatsächlich gab es nichts, was Billy mit dem Anschlag in Verbindung gebracht hätte, und er beschloss, sich erst mal eine Weile mit dem Geld zurückzuziehen. Als Erstes checkte er in einem der schicksten Hotels der Stadt unter falschem Namen ein und schaltete sein Handy aus. Dann zog er los und kleidete sich in den elegantesten Geschäften mit den teuersten Labels neu ein: neue Schuhe, Anzüge, Hemden, sogar Socken und Unterwäsche. Er hatte es auf dieselben Marken abgesehen, auf die auch seine Kunden aus der Premier League standen – Moschino, Prada, Armani, Boss und Schuhe von Ferragamo. Er bezahlte bar und bat das verwirrte Mädchen, das ihn bediente, die Preisschil-

der abzuschneiden, damit er die Sachen gleich anbehalten konnte. Dann packte er seinen alten Kram auf den Tresen und sagte: »In die Tonne damit, Kleines!«

Als Nächstes fiel er bei einem Juwelier ein und kaufte sich eine Omega. Beim Gehen konnte er deren beruhigendes Gewicht an seinem Handgelenk spüren. Sie verlieh ihm das Gefühl, irgendwie wichtig zu sein. Dann kehrte er in sein Hotel zurück und wartete auf Nachrichten über Blake. Die Sirenen draußen verrieten ihm, dass der Anschlag stattgefunden hatte, woraufhin er BBC Newcastle im Radio einschaltete und weiter wartete. Tatsächlich wurde in den Nachrichten gemeldet, dass es in Quayside zu einer Schießerei gekommen war und mutmaßlich zwei Männer getötet worden waren. Zwei Männer? Das irritierte Billy. Am besten würde er sich wohl noch ein paar Tage länger im Hotel verschanzen, sich vom Zimmerservice bedienen lassen und Pornos im Bezahlfernsehen gucken. Zu diesem Zeitpunkt machte er sich noch keine allzu großen Sorgen. Er hielt es für das Klügste, sich eine Weile bedeckt zu halten, bis sich der Staub wieder gelegt und er herausbekommen hatte, was genau passiert war.

Das Problem mit Pornos ist allerdings, dass sie nie so gut sind wie die Sache an sich, und jetzt, da er flüssig war, rief er unten am Empfang an. Er hatte gehört, dort könne man ihm alles besorgen, und tatsächlich erhielt er auch die Nummer einer gehobenen Escort-Agentur.

»Escort-Agentur?« Billy rümpfte die Nase. Nutten waren das trotzdem. Er rief an.

»Ich brauch eine Frau«, teilte er der Dame mit, die seinen Anruf entgegennahm, »das heißt, nein, sagen wir zwei, aber die Qualität muss stimmen.«

»Unsere Mitarbeiterinnen sind ausnahmslos außergewöhn-

liche Begleiterinnen für Männer mit gehobenen Ansprüchen, Sir«, versicherte sie ihm mit vornehmem Akzent.
»Ja, super, also dann: Ich will zwei«, sagte er. »Was kosten die?«
Die Frau nannte den Preis für jeweils ein Mädchen. Es gab einen Stundentarif und einen für die ganze Nacht. Der Nachttarif war gesalzen, aber er hatte das Geld und wollte sich ein bisschen was Besonderes gönnen; etwas, wie es die Spieler der Premier League jeden Samstag hatten.
»Okay, nehm ich«, sagte er, nannte ihr den Namen des Hotels und fügte hinzu: »Ich will eine Blonde und eine Brünette.« Außerdem, als wäre es ihm erst später eingefallen: »Die Blonde muss dicke Titten haben und die Dunkle lange Beine.«
»Ich will sehen, was ich tun kann, Sir«, sagte die Frau wenig begeistert.
»Und sie müssen echt dreckig sein, ich meine, so richtig versaut«, sagte er und ergänzte schnell, »im Bett, meine ich.«
»Sir, ich glaube, Sie missverstehen unsere Funktion in diesem Punkt. Wir vermitteln Mädchen, damit sie Ihnen Gesellschaft leisten und die Zeit vertreiben.«
»Gesellschaft?«, fragte Billy ungläubig. »Zeit vertreiben? Ich will keine Gesellschaft, Schätzchen, ich will ficken, und bei euren Preisen sollte das, verflucht noch mal, drin sein!«
»Was Sie mit den Mädchen persönlich vereinbaren, liegt ganz und gar in deren eigenem Ermessen«, erklärte sie durch hörbar zusammengebissene Zähne. Das klang schon vielversprechender, aber Billy war noch nicht ganz überzeugt.
»Na gut, schön, ich verstehe, dann achten Sie aber bitte darauf, dass die aufgeschlossen sind. Wenn die beiden keinen Bock haben, es miteinander zu treiben, müssen Sie sie mir gar nicht erst schicken.«

Ein Knacken in der Leitung, dann war sie weg.
»Scheiße«, sagte Billy laut. Anscheinend gab es in dieser Stadt immer noch Sachen, die man sich nicht mal mit Geld kaufen konnte. Warum hatte er es auch bloß mit so einer verkackten Scheißagentur versucht? Viele Alternativen gab es allerdings nicht. Einen von den alten Jungs anzurufen, das war zwar ein bisschen riskant, aber andererseits, was konnte es schon schaden? Vom Hoteltelefon aus meldete er sich bei Tommy Bailey.
»Zwei versaute Bräute, Billy? Kein Problem, wenn du Kohle hast.«
»Oh, ich hab Kohle, Tommy, keine Sorge.«

Jetzt lag Billy immer noch in seinen neuen Klamotten auf dem Bett und sah super aus. Endlich war er jemand. Billy Warren, der mickrige Koksdealer, die Lachnummer in Bobby Mahoneys Firma, die von allen verarscht und scheiße behandelt wurde, war Geschichte.
Es klopfte leise an der Tür. Das mussten Tommy Baileys Nutten sein, pünktlich auf die Minute. Das war der Vorteil, wenn man Frauen bezahlte: Sie ließen einen nicht Ewigkeiten warten. Billy setzte sich auf, dann atmete er tief durch. Gott, wie er das gleich genießen würde. Zum ersten Mal in seinem Leben würden sich zwei gutaussehende Mädels vor ihm ausziehen und alles machen, was er von ihnen verlangte, und das nur, weil er die nötige Kohle dafür hinblätterte. Ihm stand eine Nacht bevor, genau wie die, mit denen seine millionenschweren Fußballfreunde ständig prahlten. Aber diesmal waren nicht sie der Käse im Muschisandwich, nein, das war Billy Warren: der Macher, der Gangster, die Nummer eins.
Billy stand auf und schlenderte zur Tür. Die Mädchen wür-

den schon nicht wieder abhauen. Er betrachtete sich ausgiebig in dem bodentiefen Spiegel an der Kleiderschranktür, zupfte sein Jackett zurecht, strich es glatt und lächelte sich selbst an. Dann machte er, immer noch lächelnd, die Tür auf. Und lächelte plötzlich nicht mehr.
»Hallo, Billy«, sagte Joe Kinane, »wo hast du denn gesteckt?«

21

Für solche Anlässe nutzten wir ein Versteck in einem alten Backsteingebäude mit einer Stahltür und fensterlosen Wänden. Es lag wenige Meter von einem alten Umspannwerk entfernt, das die Landbevölkerung hier in der Gegend früher mit Strom versorgt hatte, aber schon vor Jahren stillgelegt worden war. Wir hatten das Grundstück für einen Spottpreis erstanden und überlegt, Wohnhäuser dort zu bauen, die Arbeiten aber auf unbestimmte Zeit verschoben, als die Immobilienpreise abstürzten. Einstweilen diente uns das Gelände als Verwahranstalt für Männer wie Billy Warren. Hier konnten wir uns in Ruhe unterhalten, wussten, dass niemand zuhörte, weil meilenweit ringsum niemand war.
Kaum hatten wir den Anruf von Tommy Bailey erhalten, fuhr Kinane los, um Billy Warren abzuholen. Jetzt stand er im grellen Licht einer einzigen, nackten Glühbirne in dem ansonsten leeren Raum und blinzelte mich an, schwankte nervös vor und zurück. Dabei warf er einen riesigen Schatten. Billy wusste genau, warum er hier war, markierte aber den Unschuldigen. Er hatte nicht wirklich den Mut, mich herauszufordern.
»Schöner Anzug, Billy«, sagte ich.
»Hm? Oh ja, danke.« Dann nuschelte er: »Hab lange dafür gespart.« Anschließend starrte er auf seine Füße, wich meinem Blick aus.

Nur Billy Warren war dämlich genug, von dem Geld, das er für die Planung eines Mordanschlags erhalten hatte, ungeniert teuer shoppen zu gehen. Hätte es auch den Hauch eines Zweifels an seiner Schuld gegeben, so war dieser in dem Moment verflogen, in dem uns Tommy Bailey erzählte, dass sich Billy gleich zwei Nutten auf einmal in ein Vier-Sterne-Hotel bestellt hatte.
»Halt die Hand auf, Billy«, sagte ich.
»Was?«
»Deine Hand.«
Zögerlich tat Billy Warren, wie ihm geheißen. Ich nahm seine Hand mit meiner Rechten, als wollte ich sie schütteln, dann zog ich Billys Ärmel mit der Linken hoch. Eine funkelnagelneue Omega kam zum Vorschein.
»Für die Uhr hast du bestimmt auch lange gespart.«
»Hab ich.« Billys Stimme war kaum mehr als ein Piepsen.
»Verstehe«, sagte ich, »und ich dachte schon, du hättest sie von dem Geld gekauft, das du dafür bekommen hast, dass du mir Jack Conroy auf den Hals hetzt.«
Billy riss die Augen auf. »Wie bitte, was? Um Gottes willen, wer hat denn das behauptet. Ich würde nie …«
»Jack Conroy hat das behauptet. Er ist zu uns gekommen, Billy, und hat uns alles erzählt. *Der* ist nicht so blöd, gegen uns zu arbeiten. Er weiß, was passiert, wenn er's versucht. Er weiß, wir kriegen es sowieso raus, und wenn's so weit ist, dann töten wir ihn.«
»Ich weiß ja nicht, was er euch erzählt hat, Davey, ehrlich nicht, aber der tickt doch nicht richtig. Der hat sie nicht mehr alle. Niemals würde ich mich auf so was einlassen, ich organisier doch keine Mordanschläge. Ich deale.«
»Wie viel hast du von deiner eigenen Ware konsumiert, Billy? Was hast du dir dabei gedacht? Du hättest brav weiter

dealen sollen, dann hättest du vielleicht ein längeres Leben gehabt.«
»O Gott, Mann, du kannst doch nicht auf Conroy hören. Der konnte uns noch nie leiden, nie ...«
»Wer hat dich dafür bezahlt, dass du mich in die Falle lockst? Das ist das Einzige, was ich von dir hören will. Nenn mir den Namen.«
»Ich weiß nicht, wovon du sprichst, Davey, ehrlich. Ich schwör's beim Leben meiner Mutter!«
»Deine Mutter ist tot, Billy.« Ich wandte mich an Kinane. »Hol den Werkzeugkasten, Joe.«
»Nein, bitte, das ist doch nicht nötig.« Billy war jetzt in Panik.
Kinane ging zur Tür.
»Halt's Maul, Billy.«
»Ich flehe dich an, Mann.«
»Halt die Fresse.«
»Bitte« – jetzt schluchzte er – »wir kennen uns doch seit Jahren, seit einer Ewigkeit ...«
»Hör mir zu, Billy ...« Und als Billy Warren mich erneut unterbrechen wollte, wiederholte ich: »Hör zu ... hör zu ... hör zu!« Endlich hielt er den Mund. »Ich möchte, dass du dich beruhigst, damit du mir zuhören kannst, während ich dir erzähle, was passieren wird.«
»Okay«, sagte er verunsichert.
»Kinane geht raus zum Wagen und holt seinen Werkzeugkasten.« Das war das Stichwort, Kinane trat durch die Tür, und Billy schüttelte schweigend den Kopf, Tränen rollten ihm übers Gesicht. »Du weißt, was das bedeutet, nicht wahr?«
Billy Warren blickte Kinane nach. »O Gott.«
»Du hast noch genau so lange Zeit, uns einen Namen zu

nennen, wie Kinane braucht, um zum Kofferraum zu gehen und mit seinem Werkzeugkasten wieder hier hereinzukommen.«
Billy sah mir ins Gesicht, aber er wurde nicht schlau aus mir.
»Lässt du mich dann gehen?«, fragte er schließlich und riss verzweifelt die Augen auf. »Wenn ich dir den Namen nenne, lässt du mich dann gehen?«
»Nein.«
Billys Gesicht zerfiel, und seine Kinnlade klappte herunter. »Was ...?« Aber sein Mund war zu trocken, als dass er verständlich hätte sprechen können.
»Du hast die Wahl, Billy. Wenn Kinane zurückkommt, hat er seinen Werkzeugkasten und eine Pistole dabei. Wenn du mit dem Namen rausrückst, um der alten Zeiten willen«, erklärte ich ihm, »benutzt er nur die Pistole.«
Bevor Billy Warren eine Entgegnung einfiel, hatte ich schon auf dem Absatz kehrtgemacht und den Raum verlassen. Als ich die Tür hinter mir schloss, hörte ich nur ein einziges geschluchztes Wort: »Bitte.«

Ich lehnte an der Mauer des Gebäudes und kramte nach meinen Zigaretten. Ich zündete eine an, nahm einen tiefen Zug und sah mich um. Es war so still hier draußen und kalt. Außer dem Wind, der in den Bäumen raschelte, und Kinanes langsamen gemessenen Schritten war nichts zu hören. Ich sah, wie er den Kofferraum öffnete, hineingriff und den großen Werkzeugkasten herausholte, der zu seinem Markenzeichen geworden war. In unseren Kreisen kannte jeder Kinane und seinen Werkzeugkasten und fürchtete sich davor. Als Vollstrecker musste man Leute dazu bringen, einem Sachen zu verraten, die sie einem nicht verraten wollten, und manchmal waren dafür brutale Methoden nötig. Mir ist es egal, was die Liberalen sagen – Folter funktioniert. Ich hab's gesehen. Mit eigenen Augen wurde ich wiederholt Zeuge, wie knallharte Typen zusammengebrochen sind. Alles nur eine Frage der Zeit – manchmal dauert es Tage, aber zum Schluss packen alle aus. Sie müssen nur an einen Punkt gelangen, wo sie nur noch wollen, dass der Schmerz aufhört, auch wenn es ihren Tod bedeutet. Ein Mann wie Kinane kann schlecht mit Waffen im Kofferraum durch die Gegend fahren. Wird er mit Messern oder Schlagringen erwischt, blüht ihm eine saftige Haftstrafe, also warum ein Risiko eingehen, wenn man denselben Effekt auch mit Hämmern, Nägeln, Meißeln oder Sägen erzielen kann. Wer schon mal ein Regal aufgebaut und sich dabei verletzt hat, wird verstehen, was ich meine. Kinane hat seinen Werkzeugkasten ständig dabei. Manchmal muss ich ihn nur erwähnen, um das zu bekommen, was wir brauchen. Angst ist eine ebenso wirkungsvolle Waffe wie Schmerz, vielleicht noch wirksamer.

Dieses Mal aber war es anders. Joe hatte eine Pistole dabei. Ich hatte ihn darum gebeten. Ich sah zu, wie er die Glock aus der Reisetasche im Kofferraum nahm, mit ihr in der einen Hand und dem Werkzeugkasten in der anderen wieder zurück zum Gebäude ging. Er trug die Glock offen. Wer hätte sie hier draußen sehen sollen? Sein Gesicht war eine emotionslose Maske. Ich fragte mich, was er dachte und was er zu Billy Warren sagen würde. Wir kannten Billy beide seit Jahren, aber das alles spielte jetzt keine Rolle mehr. Wir wussten, dass er die Grenze überschritten hatte.

Kinane sah mich nicht an, ging wortlos ins Haus. Er schloss die Tür hinter sich. Ich nahm einen weiteren, langen Zug von meiner Zigarette und wartete. Es war kalt, aber daran dachte ich jetzt nicht. Ich wartete, rauchte bis zum Filter und zündete noch eine an. Ich wartete so lange, bis ich mich fragte, ob mich mein Instinkt vielleicht doch getäuscht hatte. Dann hörte ich endlich und urplötzlich einen dumpfen Knall aus dem Inneren des Gebäudes. Es war die Glock, die in dem geschlossenen Raum abgefeuert worden war. Der Schuss war lauter, als ich gedacht hätte, aber trotzdem bestand keinerlei Gefahr, dass ihn jemand auf der Straße hätte hören können. Es war das Geräusch des sterbenden Billy Warren, und sein Abschied aus der Welt war so leise, dass nicht einmal die Vögel sich die Mühe machten, aus den Bäumen aufzufliegen.

22

Wortlos gingen wir zum Wagen. Wir schnallten uns an und warteten beide, dass der andere etwas sagte. Schließlich fragte ich: »Welchen Namen hat er genannt?«
Kinane schüttelte den Kopf: »Peter Dean.«
»Scheiße. Weiter oben kannte er keinen?«
»Nein«, erwiderte Kinane, »sonst hätte er's mir gesagt.«
Daran zweifelte ich nicht. Wir hatten uns im Kreis gedreht. Außer den Namen von zwei Vermittlern hatten wir nichts. Und beide waren tot. Der eine starb, noch bevor wir ihn erwischten, und der andere hatte nichts gewusst.
»Was hast du jetzt vor?«, fragte Kinane.
»Ich?« Ich wusste es nicht. Ich fühlte mich nur ungeheuer erschöpft. »Ich fahre nach Hause«, erwiderte ich.

Die Hitze war drückend. Ich wollte ihr entfliehen und ins Haus, etwas Kaltes trinken und die Klimaanlage aufdrehen. Mich am liebsten eine Weile gar nicht bewegen. Ich hatte mir überlegt, Sarah zu überraschen, also zog ich leise die Tür auf, ging ins Haus und schloss sie sachte hinter mir. Zu hören war nichts, aber ich spürte, dass ich nicht allein war. Außerdem hatten mir meine Leibwächter verraten, dass sie zu Hause war. Ich ging die Treppe hinauf. Sie hörte mich nicht. Hätte sie mich gehört, wäre sie mir entgegengerannt. Ohne zu klopfen, riss ich die Schlafzimmertür auf und sah sie. »Was, zum Teufel, machst du da?«, fragte ich entsetzt.

Sarah war sauer auf mich, kotzte die Worte heraus. »Manchmal kannst du ein richtiges Arschloch sein, weißt du das? So verflucht eiskalt.«
Das verletzte mich ein bisschen, zumal es nicht das erste Mal war, dass mir eine Frau so was sagte. Laura, meine Ex, hatte mir auch ständig vorgeworfen, ich wäre kalt. Andererseits möchte ich wissen, welcher Mann, der gesehen hat, was ich gesehen habe, nicht kalt wäre. Die Probleme anderer erschienen mir vergleichsweise trivial. Als ich Sarah antwortete, blieb ich daher sehr gefasst und bemühte mich, ihr meine Wut rational zu erklären. Ich wollte, dass sie verstand, warum ich so heftig reagiert hatte auf das, was sie dort im Schlafzimmer trieb.
»Vielleicht bin ich kalt«, erklärte ich, »aber das muss ich sein – kalt, ruhig und klug. Nur so können wir überleben. Fehler darf ich mir nicht erlauben. Ausgerechnet du solltest das wissen. Nach allem, was du durchgemacht hast, nach allem, was wir beide durchgemacht haben, hätte ich gedacht, dass du das verstehst.« Sie senkte den Kopf, nicht direkt beschämt, aber immerhin hatte sie mich angehört. »Alles, was ich mache, dient deiner Sicherheit. Damit wir dieses Leben hier gemeinsam genießen können. Keiner von uns beiden darf sich Unachtsamkeiten erlauben, das weißt du«, argumentierte ich. »Jedenfalls dachte ich, dass du das weißt.«
»Ich weiß es ja auch«, protestierte sie, »aber … ich fühle mich manchmal so einsam, wenn ich hier allein herumhocke.«
»Herumhocke?« Ich war wie vor den Kopf gestoßen. Das Haus war ein Palast im Vergleich zu den Drecklöchern, in

denen die meisten Menschen in Sarahs Alter hausten. »Deine Freundin Joanne wohnt in einer Einzimmerwohnung. Du lebst in einer verfluchten Luxusanlage mit Pool und Privatstrand!«

»Ja!«, schrie sie. »Ich weiß! Und ich kann nicht mal raus! Wahrscheinlich ist es das schönste verdammte Gefängnis auf der ganzen beschissenen Welt!«

»Siehst du das so? Du hältst das hier für ein Gefängnis? Sag bitte, dass du Witze machst!«

»Für dich ist das schön und gut«, sagte sie, »du kommst zwischendurch wenigstens mal raus, fliegst nach Hause zu deinen Besprechungen, triffst alte Freunde und verbringst Zeit mit ihnen, gehst aus. Erzähl mir nicht, dass das nicht stimmt. Ich war seit Dads Tod nicht mehr zu Hause. Du lässt mich nicht raus. Nicht mal auf den Markt hier darf ich gehen.«

»Darfst du wohl.«

»Nur wenn Jagrit und seine Freunde mitkommen, und das ist nicht dasselbe«, behauptete sie. »Weißt du, wie ich mir vorkomme, wenn ich mir dort was ansehe und weiß, dass nur wenige Meter vor mir ein Leibwächter aufpasst und zwei weitere direkt hinter mir stehen? Ich fühle mich eingesperrt.«

»Die Alternative ist schlimmer, Liebes, glaub mir.«

»Ich wusste, dass du's nicht verstehst.« Wir stritten nicht oft, aber wenn doch, dann erreichten wir rasch einen Punkt, an dem wir diametral entgegengesetzte Ansichten vertraten.

»Ich versteh's ja.« Und das tat ich. Jedenfalls gab ich mir Mühe. Sarah war eine junge Frau. Sie war es gewohnt, mit ihren Freundinnen auszugehen und zu machen, was sie wollte und wann immer sie wollte. Aber all das hatte sich plötzlich und für immer verändert, und jetzt gab es kein Zurück mehr, für keinen von uns beiden. Sarah hatte keine Ah-

nung, was ihr blühte, wenn meine Feinde herausbekamen, wo sie sich aufhielt. Wenn sie wüsste, was sie ihr antun würden, nur um mir eins auszuwischen, würde sie freiwillig nie wieder das Haus verlassen. »Aber mir fällt keine Alternative ein, Sarah. Du bist Bobby Mahoneys Tochter und meine Freundin, das bedeutet, dass du vorbelastet bist. Du genießt die damit verbundenen Privilegien, aber du kannst dein Leben nicht mehr so leben wie vorher, weil es da draußen Leute gibt, die's auf dich abgesehen haben, nur weil sie mir schaden wollen«, schloss ich. »Wir haben doch schon oft darüber gesprochen.«
Dagegen konnte sie nichts einwenden, weil es stimmte. Stattdessen sagte sie: »Musstest du wirklich meinen Laptop zertrümmern?«
Ich sah hinüber zu dem kaputten Computer, der ziemlich spektakulär explodiert war, als ich ihn ihr aus den Händen gerissen und an die Wand unseres Schlafzimmers geschleudert hatte. Überall auf dem Teppich verteilt lagen spitze, scharfe Plastikscherben, und der Bildschirm hatte sich von der Tastatur gelöst. Ein gewaltiger Riss zog sich quer über die Wand, und der Putz bröckelte, wo der Laptop aufgeschlagen war.
Ich begutachtete den Schaden und begriff, dass ich wohl wütender gewesen sein musste, als ich mir eingestehen wollte. Rückblickend muss mein Zorn ziemlich beängstigend gewirkt haben.
»Tut mir leid«, gestand ich, »aber ... ich meine ... was hast du dir dabei gedacht?«
»War doch bloß Facebook«, erwiderte sie. »Und ich hab auch gar nicht meinen richtigen Namen benutzt. Ich bin als Sarah Phoney angemeldet und hab auch nur ein paar alte Freundinnen von der Uni über den Account kontaktiert. Jo-

anne war praktisch die Einzige, die mir überhaupt je Nachrichten geschickt hat. Ich kapier nicht, wieso du so einen Wirbel machst.«

»Weil es da draußen schlechte Menschen gibt, die sehr schlaue IT-Experten beschäftigen, die unablässig nach Schwachstellen in meiner Organisation fahnden, um mich zu Fall zu bringen. Wenn du dich auf Facebook herumtreibst, dann ist das virtuell so, als würdest du ausgehen und die Hintertür offen lassen. Deshalb mache ich so einen Wirbel.«

Sie blickte zu mir auf. »Tut mir leid. Ehrlich. Ich bin ... ich bin so allein.«

Ich wusste nicht, was ich sagen sollte. Ich dachte, ich hätte ein Paradies für uns geschaffen, und jetzt stellte sich heraus, dass ich mich geirrt hatte. Aber noch schlimmer war, dass ich nicht den blassesten Schimmer hatte, was ich daran ändern konnte.

Ich ging zu ihr, setzte mich neben sie aufs Bett und legte die Arme um sie. Sie drückte ihr Gesicht an meine Brust und umarmte mich ganz fest.

»Wird schon wieder«, tröstete ich sie, »bestimmt. Und es tut mir auch leid. Ich kauf dir einen neuen Laptop, aber dieses Mal lässt du die Finger von Facebook, ja?« Halb lachte sie, halb schluchzte sie.

»Und wenn du mir noch ein bisschen Zeit gibst, lass ich mir was für uns einfallen«, versicherte ich ihr. »Du weißt, dass ich das hinkriege, nicht wahr?«

»Ja«, sagte sie, »ich weiß.« Es war gelogen, aber ich brauchte diese Lüge.

An jenem Abend rief ich Sharp an: »Ich hab einen Job für dich«, sagte ich.

»Herrgott noch mal«, meinte er, »was ist denn jetzt schon wieder?«

Ich verbrachte eine Woche mit Sarah in Hua Hin. Wir gingen viel am Strand spazieren und redeten, hauptsächlich über die Zukunft. Aus naheliegenden Gründen vermieden wir es, über die Vergangenheit zu sprechen, und die Gegenwart war zu komplex, um in wenige Worte gefasst zu werden.
Ich telefonierte mit Sharp, Palmer und Kinane, aber keiner hatte etwas Neues herausbekommen. Billy Warren und Peter Dean waren tot. Es sah so aus, als wären wir gegen eine Wand gerannt. Immer wieder ging ich in Gedanken alles noch einmal durch, bekam die Einzelteile aber einfach nicht zusammengesetzt. Es gab ein paar Möglichkeiten: Vielleicht wollte sich Alan Gladwell zu Friedens- und Kooperationsgesprächen treffen, vielleicht wollte er mich aber auch umbringen; weder ihm noch seiner Familie durften wir vertrauen. Dann war da der Türke, dessen Lieferung sich erneut aus unerklärlichen Gründen verzögert hatte, obwohl er bereits seit einiger Zeit auf einer Million Euro aus meiner Kasse saß. Solange ich weg war, würde er das Geld nicht zurückzahlen, und Morde wurden auch schon für sehr viel weniger Geld begangen. Kinane erzählte mir immer wieder, dass mir Braddock ans Leder wollte und dass man förmlich spürte, wie es ihn an die Spitze drängte. Mich aus dem Weg zu räumen, das war der schnellste Weg nach oben, unabhängig davon, ob er dem Job letztlich gewachsen war oder nicht. Außerdem war da Amrein, unser sauberer Gewährsmann, den ich verängstigt, bedroht und erniedrigt hatte. Ich wusste, dass er mir keine Träne nachweinen würde. Im Gegenteil, ich war sicher, dass er mich gern tot gesehen hätte – kein Wunder nach

allem, was ich ihm angetan hatte. Aber hatte er die Eier, es ein zweites Mal mit mir aufzunehmen? Ganz ehrlich, ich wusste es nicht.

Gladwell, Amrein, Braddock und der Türke. Das waren schon mal vier, und sie waren nur die wahrscheinlichsten Kandidaten. Die Angehörigen meiner eigenen Crew waren da noch nicht mitgezählt, von den Verbrecherfamilien in anderen Städten des Landes mal ganz abgesehen. Wie vielen Leuten war ich mit meinen Geschäften in die Parade gefahren? Wie viele hatte ich beleidigt, vor den Kopf gestoßen oder verärgert? Hätte ich eine Liste mit allen, die mich gern tot gesehen hätten, wäre sie wahrscheinlich länger als eine Seite.

»Ich weiß nicht, was du von mir willst«, erklärte sie mir, »ich weiß nicht, was von mir erwartet wird.«
»Gar nichts wird von dir erwartet.« Ich sah geradeaus, beide Hände am Lenkrad, um sicherzugehen, dass wir dem Touristenbus nicht hintendrauf fuhren, der gemächlich vor uns dahinrumpelte.
»Warum muss ich dann mitkommen?«
»Er erwartet nur, dass du dabei bist. Ich hab dir doch gesagt, er ist wichtig. Deshalb fahre ich ja persönlich zum Flughafen, um ihn abzuholen, und deshalb habe ich dich gebeten, mich zu begleiten.«
»Aber ich spreche kein Japanisch.«
»Ich doch auch nicht«, erinnerte ich sie, als sich endlich eine Lücke auftat, so dass ich ausscheren und den Bus überholen konnte.
»Und ich kenne mich auch bei deren Sitten nicht aus. Die haben doch diese ganzen Rituale, ständig verbeugen sie sich und überreichen sich Visitenkarten, als wären es Familienerbstücke.«

»Damit rechnet er nicht, das verspreche ich dir.«
»Und das mit dem Tee ...« Jetzt fing sie an, sich hineinzusteigern. »Die machen doch so ein unglaublich bescheuertes Theater um jede einzelne Tasse Tee. Da gibt's eine Zeremonie, und man muss sich hinknien und verbeugen. Wir haben bloß die PG Tips, die wir uns von zu Hause schicken lassen. Mit einem Teebeutel wird der nicht zufrieden sein.«
»Mach dir mal keine Sorgen. Ich hab der Haushälterin schon Bescheid gesagt. Entspann dich einfach und lächle, wenn er ankommt. Mehr verlange ich nicht. Ich bitte dich nicht oft um einen Gefallen, aber jetzt möchte ich, dass du mir hilfst.«
»Okay«, sagte sie, »du hast recht, du bittest mich wirklich selten um etwas. Tut mir leid, ich beruhige mich schon wieder.«

Wir erreichten den Flughafen rechtzeitig zur Ankunft des extra für diesen Anlass gecharterten Privatjets. Sarah gelang es einfach nicht, sich locker zu machen. Sie hatte eine Heidenangst, mir das überaus wichtige Treffen mit Mr. Hakaihamo von Dogobari International zu ruinieren. Sie trug ein Kleid und sah darin älter aus, als sie war. Abgesehen von Bikinis, trug sie zu Hause meist nur kurze Hosen und T-Shirts.
Es dauerte ewig, bis das Flugzeug nach der Landung am Ankunftsgate angedockt hatte, aber endlich war es so weit, und das Licht über der Tür leuchtete, was bedeutete, dass alles bereit war. Ich beobachtete Sarah aus den Augenwinkeln. Sie starrte unverwandt auf das Gate, wartete auf Mr. Hakaihamo.
Die Hydraulik an der Tür zischte und knackte, als sich der Mechanismus löste und sie aufging. Von Mr. Hakaihamo

keine Spur. Stattdessen stand da eine junge Frau und grinste breit. Sie strahlte Sarah an. Diese riss die Augen auf, brachte aber nicht mehr als ein »Was ...?« heraus.
»Steh nicht so blöd da, du faules Miststück«, quietschte Joanne. »Komm, umarme mich und hilf mir mit dem Scheißgepäck!«
Sarah drehte sich zu mir um, und ich sagte »Überraschung!« und lächelte angesichts ihres schockierten Gesichtsausdrucks.
Bevor sie noch etwas erwidern konnte, meldete sich Joanne erneut zu Wort. »So Leute, kommt jetzt!«, woraufhin weitere acht Personen durch die Tür spazierten.
»O mein Gott!« Sarah schlug die Hände vors Gesicht.
Ihre Freundinnen ausfindig zu machen war relativ einfach gewesen. Für einen Mann mit Sharps Begabung kein Problem. Keine von ihnen hatte sich zweimal bitten lassen, vierzehn Tage lang kostenlos Urlaub in Thailand zu machen, erst recht nicht, als sie hörten, dass ich sie im Privatjet einfliegen ließ. Es gab jede Menge Umarmungen und Gekreische, Tränen und Aufregung. Kiet, unser Hausdiener, stieß zu uns. Er überreichte mir die Tasche, die ich ihm anvertraut hatte. »Ich flieg mit der Maschine zurück, aber ihr seid in sicheren Händen.« Ich stellte ihnen Kiet vor. »Unsere Fahrer bringen euch zu unserem Anwesen, fühlt euch bitte wie zu Hause.«
»O Gott, ich kann's kaum glauben«, sagte Sarah. »Ich kann nicht fassen, dass ihr alle hier seid.« Dann runzelte sie die Stirn. »Und was ist jetzt mit dem Japaner?«, fragte sie mich. »Den gibt's gar nicht, oder?«
Da küsste ich sie. »Dafür, dass du eine so schöne und intelligente junge Frau bist, bist du manchmal ganz schön schwer von Begriff.«

»Na, danke auch«, sagte sie und tat empört, dabei hatte ich sie seit einer Ewigkeit nicht mehr so glücklich gesehen. »Und danke für das alles hier.« Sie umarmte mich. »Ich liebe dich«, sagte sie.
»Ich liebe dich auch«, erwiderte ich und meinte es genau so.

23

Ich reiste unauffällig ins Land ein, benutzte eine andere Identität und nahm einen Mietwagen. Die Polizei würde früh genug erfahren, dass ich wieder da war, aber ich wollte es nicht an die große Glocke hängen. Nicht, da die Kollegen sowieso schon so sauer auf mich waren.
Als Erstes traf ich Palmer in dem Büro, das wir für Robbie und seine Beobachter gemietet hatten. Wir hatten es so eingerichtet, dass es nach einer IT-Beratungsagentur aussah. Die vier jungen Männer arbeiteten an Computern, Bildschirmen und Fernsehern, auf denen sie die gesamte Stadt überwachten. Palmer wollte es mir unbedingt vorführen.
»Zeig's ihm mal, Robbie.«
»Okay, nenne einen Ort in der Stadt.«
»Bigg Market«, sagte ich, und Robbie tippte etwas ein. Seine Finger bewegten sich so schnell, dass ich sie nur unscharf wahrnahm. Der Bildschirm, auf den wir starrten, veränderte sich, und plötzlich sah man Bigg Market aus der Vogelperspektive, aufgenommen von einer irgendwo auf einem Dach installierten Überwachungskamera.
»Jetzt einen Straßennamen«, drängte Robbie.
»Stowell Street«, sagte ich, und seine Finger sausten erneut über die Tastatur. Rosie's Bar und das Newcastle Arms rückten ins Bild.

»Das ist echt beeindruckend. Ich kann kaum glauben, was ich da sehe«, sagte ich hocherfreut. »Hast du die Überwachungsnetze der gesamten Stadt gehackt?«
»Äh, ja ... äh, h-h-hab ich«, stotterte er.
»Braver Junge«, sagte ich.
Palmer lächelte mit der Zufriedenheit eines Lehrers, dessen ehemaliger Schützling sich als Genie entpuppt. Ich schüttelte einfach nur staunend den Kopf. »Ich bin platt. Jetzt haben wir alles im Blick.«
»Und niemand m-m-merkt was davon, weil wir nichts anderes machen, als uns ein- und wieder rauszuwählen. Lässt sich nicht zurückverfolgen«, versicherte mir Robbie.
»Ich hab noch was, das dich interessieren dürfte«, sagte Palmer und machte mir Zeichen, ihm in ein leeres Büro zu folgen, dabei hielt er etwas Winziges zwischen Daumen und Zeigefinger. Es war nicht größer als die SIM-Karte eines Handys, offensichtlich aus Plastik und Metall, aber so klein, dass ich es kaum erkennen konnte.
»Was ist das?«
»Ein Peilsender«, sagte er. »Den kannst du in einem Auto verstecken oder an der Karosserie befestigen und den Wagen dann von hier aus verfolgen« – er nickte in Richtung der Bildschirme – »du weißt dann rund um die Uhr, wo der Wagen ist.«
»Klingt super.«
»Ist es auch. Wir sollten allen so ein Ding verpassen. Allen in der Firma, meine ich.«
»Allen?«
»Na ja, wir wissen ja zurzeit nicht mal mehr, wem wir vertrauen können. Vielleicht ist das die einzige Möglichkeit, es herauszufinden.«
»Das wird keinem gefallen.«

»Die kriegen es gar nicht mit, und wenn doch, dann scheiß drauf. Hier steht zu viel auf dem Spiel. Jemand will dich umbringen. Mit den Dingern haben wir die beste Chance, herauszufinden, wer.«
Ich zögerte, aber nicht lange. »Okay«, sagte ich, »aber Palmer, an meinen Wagen kommt kein Peilsender.«
Er schenkte mir einen gequälten Blick. »Wäre aber einfacher für uns, wenn du auch einen hättest.«
»Ich will aber nicht, dass du rund um die Uhr weißt, wo ich bin«, erklärte ich ihm. »Ende der Diskussion.«

Wir umrundeten den Platz vor der Kathedrale, schlenderten umher wie zwei Arbeitskollegen, die in der Mittagspause in der Herbstsonne spazieren gingen. Hinter uns gingen Amreins Leibwächter und Palmer diskret auf Abstand, behielten uns, und zweifellos auch einander, im Auge.
Amrein in Durham zu treffen schien vernünftig. Bei der Polizei dort galt ich noch nicht als *persona non grata,* und wir konnten uns unauffällig unter die jugendlichen Studenten und Horden ausländischer Touristen mischen, die sich die Hälse verrenkten und die Kathedrale fotografierten.
»Ich weiß nicht, was Sie mir sagen wollen«, behauptete ich.
Amrein wich zwei Studenten aus, die uns Arm in Arm und breit grinsend entgegenkamen, dann redete er weiter.
»Ich fürchte, da ist nichts.«
»Da muss etwas sein.«
Er wirkte verwundert darüber, dass ich mir so sicher war.
»Darf ich fragen, warum? Wissen Sie etwas, das Sie mir vielleicht sagen wollen? Gewiss würde das unsere Arbeit erleichtern.«
»Es wäre einfach menschlich«, erklärte ich, »weil er Politi-

ker ist, und weil alle Politiker korrupt sind, jeder einzelne. Ron Haydon ist seit fast dreißig Jahren im Geschäft, er muss etwas zu verbergen haben, das wir gegen ihn verwenden können. Ich weiß es.«
»Ich versichere Ihnen, das ist nicht der Fall«, erklärte Amrein ruhig. »Zwei Journalisten prüfen ihn in meinem Auftrag auf Herz und Nieren, beschäftigen sich, seitdem ich Ihren Anruf erhalten habe, acht Stunden täglich mit seinem Fall, und sie haben nichts gefunden.«
»Zwei«, fragte ich, »acht Stunden täglich?«
»Ja«, sagte er.
Ich blieb stehen und er auch. »Amrein, wenn ich Ihnen glauben soll, dass Sie mein Problem ernst nehmen, dann sollten Sie *zweiundzwanzig* Journalisten rund um die Uhr auf ihn ansetzen. Wenn Sie das tun, ziehe ich eventuell die Möglichkeit in Erwägung, dass Sie auf meiner Seite sind – und mich nicht lieber lebenslänglich hinter Gittern sähen, um mich durch einen Hampelmann Ihrer Wahl zu ersetzen.«
»Ich versichere ...«
»Versicherungen sind wie Ausreden: bedeutungslos. Besorgen Sie mir im Fall Haydon das, was ich brauche, sonst muss ich mich fragen, wofür ich Sie eigentlich bezahle.«
Das saß. »Keine Sorge, Amrein, ich bringe Sie nicht um. Ich schicke Ihnen einfach nur kein Geld mehr, aber wahrscheinlich kommt das für Sie auf dasselbe raus.«
»Ich werde meine Bemühungen natürlich noch einmal verdoppeln«, erklärte er rasch und fügte hinzu: »Sind wir fertig?«
»Wir sind fertig«, sagte ich, und er ging, gefolgt von seinem Leibwächter.
»Was war los?«, fragte Palmer, als wir den beiden nachsahen

und sie vor der riesigen alten Kathedrale immer kleiner wurden.
»Rein geschäftlich«, erklärte ich ihm. Ich wollte Palmer nicht erzählen, dass ich gerade einem Mann gedroht hatte, neben dessen Organisation die Mafia wie eine Straßengang wirkte.

24

Kaum hatten wir unser Essen bestellt und der Sommelier den Wein eingeschenkt, fragte sie mich: »Also, worüber willst du mit mir reden?«
»Du kommst gleich zur Sache? Kein Smalltalk?«
»Hab ich mir so angewöhnt«, sagte sie ernst.
»Ich bin noch nicht mal dazu gekommen, dir Komplimente zu machen.«
Sie sah gut aus, trug einen schwarzen Hosenanzug, der sich ganz ausgezeichnet von dem Cocktailkleid-Look abhob, den wir im Massagesalon gern sahen. Unsere Köpfe reflektierten in den riesigen Spiegeln an den Restaurantwänden. Wir passten gut zueinander, wirkten smart und wohlhabend. Niemand hätte erraten, womit wir unseren Lebensunterhalt verdienten.
»Vielleicht ist mir das auch lieber. Komplimente habe ich in meinem Leben genug bekommen.«
»Davon bin ich überzeugt.«
»Und immer, wenn's darauf ankam, haben sie nie viel bedeutet.«
»Okay, du willst die Wahrheit? Du faszinierst mich.«
»So faszinierend bin ich nicht.«
»Doch, das bist du. Niemand versteht, warum du da arbeitest.«
»Im Massagesalon?« Sie wollte, dass ich es laut aussprach,

wollte wissen, ob sie mich öffentlich in Verlegenheit bringen konnte.
»Ja, im Massagesalon.«
»Weil ich dafür zu schade bin?«
»Ja.«
»Was ist mit den anderen Mädchen dort? Sind die nicht zu schade für den Job? Bin ich besser als die?«
»Das weiß ich nicht, aber ich weiß, dass du heute dort aufhören und in null Komma nichts etwas Besseres finden könntest. Das kann ich dir versichern. Das würden alle machen, wenn sie könnten, und sie würden es keinen Augenblick bereuen.«
»Aber sie können nicht.«
»Nein.«
»Warum nicht?«, forderte sie mich heraus. »Weil du sie nicht gehen lässt?«
»Um Gottes willen, nein, wir halten niemanden, der gehen will. Glaubst du das? Dass wir Mädchen gegen ihren Willen zur Arbeit zwingen?«
»Ich weiß es nicht.« Sie runzelte die Stirn. »Bis jetzt hab ich nicht versucht, aufzuhören. Aber eines der Mädchen hat behauptet, dass sie gehen wollte und nicht konnte. Sie hat es immer wieder versucht, aber es war nicht möglich. Inzwischen hat sie sich damit abgefunden, aber sie wirkte sehr traurig.«
»Ich vermute, sie meinte, dass sie das Geld braucht. Die meisten Mädchen haben Schulden oder müssen Kredite abstottern, oder sonst etwas hält sie davon ab, aufzuhören. Es gibt andere Jobs, aber keine so gut bezahlten. Ich will nicht behaupten, dass die Arbeit schön ist, das weißt du sicher besser als ich, aber die Mädchen machen sie freiwillig. Ich meine, vielleicht haben sie das Gefühl, keine andere Wahl zu

haben, aber sie können jederzeit kündigen und etwas anderes machen.«
»Verstehe«, sagte sie.
»Ich kann ihren Standpunkt nachvollziehen. Aber du faszinierst mich.«
»Warum?«
»Wie gesagt, weil du Alternativen hast. Wenn man aussieht wie du und auch noch so spricht wie du, dann liegt das auf der Hand.«
»Was liegt auf der Hand? Und wie spreche ich denn?«
»Gebildet, vornehm, fein.«
»Fein?« Sie setzte einen sehr niedlichen Blick auf, senkte den Kopf und hob gleichzeitig die Augenbrauen, sah mich von unten an. »Den Ausdruck hab ich nicht mehr gehört, seit ich ein kleines Mädchen war. Meine Mutter hat mir immer gesagt, ich soll mich wie eine Lady hinsetzen und mich nicht gehenlassen. Fein ist so ein altmodisches Wort.«
»Aber dass deine Mutter es benutzt hat, beweist doch, dass ich recht habe. Du kommst aus besseren Kreisen.«
»Was bildest du dir noch ein, über mich zu wissen?«
Ich merkte, dass ihr dieses kleine Ratespielchen allmählich Spaß machte, vielleicht, weil es sich um sie drehte. Die meisten Frauen sprechen gern über sich. Männer, die das begriffen haben, können sich darauf einstellen.
»Kein Akzent, du hast also eine ›gute‹ Schule besucht. Ich vermute, du hast gute Zeugnisse, vielleicht sogar einen Uni-Abschluss?« Sie nickte langsam. »Dann vermute ich, ist irgendwas passiert.«
»Zum Beispiel?«
»Ich weiß nicht«, gestand ich, »aber irgendwas Schlimmes. Keine Frau arbeitet da, die nicht …«

»Im Massagesalon«, korrigierte sie mich in einer Lautstärke, die die unseres Gesprächs überstieg.
»Im Massagesalon«, sagte ich ebenso laut und ließ mir nichts anmerken. »Frauen, denen es gut im Leben geht, kommen nicht bei uns hereinspaziert und sagen: ›Ich hab gerade meinen Uni-Abschluss gemacht, bin dem Mann meiner Träume begegnet und habe im Lotto gewonnen. Darf ich hier anfangen?‹«
»Was denn sonst?«
»Ich weiß es nicht«, erwiderte ich. »Elaine kümmert sich darum. Sie unterhält sich erst mal ausführlich mit den Mädchen, findet heraus, ob sie das wollen. Und ob sie wissen, was auf sie zukommt. Du weißt das. Mit dir hat sie sich auch unterhalten.«
»Du hast nachgefragt?«
»Ja.«
Besonders gut schien ihr das nicht zu gefallen. »Und was hat sie über mich gesagt?«
»Nicht viel«, lenkte ich ein, »nur irgendwas von einem Mann.« Sie verschränkte trotzig die Arme. »Hey, geht mich ja gar nichts an.«
»Da hast du recht«, erklärte sie, löste die Arme wieder und nahm einen Schluck Wein.
»Okay, also dann, was ist mit deinem Namen? Verrätst du ihn mir?«
»Wollen wir jetzt so tun, als würdest du ihn nicht kennen? Du hast Elaine doch längst danach gefragt.«
»Ich will ihn von dir hören. Ich hätte gern die Erlaubnis, dich mit deinem richtigen Namen anzusprechen, ›Nenn-mich-Tanja‹.«
»Simone«, sagte sie. Sie guckte ein bisschen verlegen. »Meine Mutter hat mich nach Simone de Beauvoir benannt.«

»Oh, nein.«
»Ich fürchte – doch. Was sagt das über sie aus?«
»Dass sie sehr ernsthaft, liberal und aus unglaublich vornehmem Hause ist.«
»Unglaublich vornehm – das weiß ich nicht«, protestierte sie mit einer Stimme, die mehr denn je nach Gräfin klang. »Aber ernsthaft war sie. Sie hat Philosophie studiert, und ich hatte den Eindruck, dass sie recht liberal war, in jüngeren Jahren, bevor sie *ihn* kennengelernt hat.«
»Das heißt, den lieben Papa?«
»Den lieben Papa«, bestätigte Simone.
»Und was stimmt nicht mit Papa?«
»Ach, gar nichts«, ihr Tonfall triefte nur so vor Sarkasmus. »Er ist perfekt, arbeitet in der City, hat mit Finanzen zu tun. Kommt spät abends nach Hause, wenn alle schon im Bett sind, legt sich schlafen und träumt wahrscheinlich von Geld. Der perfekte Vater, schon deshalb, weil er nie da war, um mich von irgendetwas abzuhalten, und ich machen konnte, was ich wollte.«
Wieder forderte sie mich heraus, wollte wissen, wie ich auf all das reagieren würde. Egal, was ich gesagt hätte, es wäre sowieso falsch gewesen und sie hätte mich zerpflückt. Es ging also nicht nur darum, einen Ex-Freund zu bestrafen, es ging auch darum, Papa den Stinkefinger zu zeigen. Er hatte sie über die Jahre hinweg vernachlässigt, ihre Mutter fertiggemacht, und jetzt ging sie anschaffen, um ihm eins auszuwischen. Eine eigentümliche weibliche Logik, fand ich, als würde man sich die Nase abschneiden, um dem eigenen Gesicht eine Harke zu zeigen.
»Das war also Papa«, sagte ich schlicht, »und was ist mit dem Freund, von dem mir Elaine nichts erzählen durfte?«
»Der war ein Arschloch.«

»Wie alle Männer«, warf ich trocken ein.
»Genau.« Jetzt war ich an der Reihe, die Augenbrauen hochzuziehen. »Oder etwa nicht?« Sie schien es ernst zu meinen, aber wahrscheinlich wollte sie mich nur wieder provozieren.
»Nein, nicht alle.«
»Bist du die Ausnahme?«
»Um Gottes willen, nein, ich bin ein totales Arschloch, ein ausgemachter schlimmer Finger, die Sorte Mann, vor der dich deine Mutter gewarnt hat. Du solltest dich von mir fernhalten!« Jetzt lachte sie wieder, was gar nicht schlecht war. »Hätte ich dich lieber anlügen sollen, was meinst du?«, fragte ich gespielt unschuldig.
»Wäre vielleicht die bessere Taktik gewesen.«
»Ich weiß nicht so genau. Frauen erzählen Männern ständig, dass sie nur jemanden wollen, der sie gut behandelt und zum Lachen bringt, aber das ist totaler Blödsinn. Das wollen sie gar nicht.«
»Was wollen sie denn dann?«
»Einen anstrengenden, gefährlichen und unzuverlässigen Typen. Sie wollen einen Mann, der sie fertigmacht und sitzenlässt. Erst dann sind sie davon überzeugt, dass er der Richtige ist, und wollen einen netten Menschen aus ihm machen. So einen, wie sie ihn sich besser gleich gesucht hätten.«
»Da ist was dran«, gab sie zu. »Wenn ich mir meine Fallakte so ansehe, liegst du nicht ganz daneben, aber vielleicht bin ich auch gar nicht repräsentativ.«
»Was ist mit deinem Arschloch? Ist er noch aktuell?«
»Falls du meinst, ob ich noch mit ihm schlafe: Nein, er ist nicht mehr aktuell. Gibt es ihn noch? Na ja, er wohnt noch in derselben Stadt, aber abgesehen davon ...«

Sie lässt den Satz ausklingen.
»Er hat dich richtig scheiße behandelt, oder?«
Einen Augenblick lang sah sie aus, als wollte sie gleich weinen, aber dann riss sie sich zusammen. »Sehr schlecht.«
»Hart in der Realität aufgeschlagen?«
»Kann man so sagen.«
»Das beantwortet aber nicht die Frage.«
»Welche Frage?«
»Warum du in dem Massagesalon arbeitest?«
»Ich brauche Geld.«
»Wegen ihm?« Sie nickte.
»Was ist passiert?«
»Ich hab's dir doch gesagt, der war scheiße. Wir waren zusammen. Ich dachte, es sei Liebe. Ich habe ihn so sehr geliebt, dass ich ihm Geld geliehen habe. Dann haben wir uns getrennt, und er hat mir nichts davon zurückgegeben.«
»War's viel?«
»Genug.«
»Wie heißt er?«
»Wozu willst du das wissen?«
Ich zuckte mit den Schultern, als wäre es mir eigentlich nicht wichtig. »Weiß nicht«, sagte ich. »Vielleicht kenne ich ihn, mehr nicht. Ich könnte mal ein Wörtchen mit ihm wechseln, über dein Geld, es zurückfordern.«
Sie schnaubte. »Das glaube ich kaum.«
»Warum nicht?«
»Weil er keiner ist, mit dem man einfach mal ein Wörtchen wechselt. Das ist ein großer bedrohlicher Drecksack, der sehr wichtig tut. Vor dem haben nicht nur Frauen Angst, glaub mir.«
»Na ja, ich nicht.«
»Bist du dir da so sicher?« Sie klang skeptisch, dann sah sie

mich an, als würde sie mich zum ersten Mal richtig wahrnehmen.
»Na schön, Mr. Blake, wenn du keine Angst vor meinem Ex hast, obwohl du jetzt weißt, wie er drauf ist, dann frage ich mich, was für ein Mann du bist.«
»Einer, der's nicht gern hört, dass eine Lady von einem blöden Wichser übers Ohr gehauen wird.«
»Dann bin ich also eine Lady?«
»Na klar.«
»Keine Nutte?« Sie forderte mich erneut heraus.
»Ich denke mal, faktisch bist du beides.« Es entstand eine Pause, während sie es sacken ließ, dann lachte sie wieder.
»Charmant«, sagte sie.
»Ich nehme kein Blatt vor den Mund«, erwiderte ich. »Du doch auch nicht.«
»Okay, dann hast du vielleicht keine Angst, aber ich werde dir trotzdem nicht verraten, wer er ist.«
»Warum nicht? Ist er ein Gangster?«
»Er hält sich für einen.«
»Wie so viele in dieser Stadt.« Am liebsten hätte ich ihr erklärt, dass dieser Typ nach fünf Minuten allein mit Kinane darum betteln würde, ihr das Geld mit Zinsen zurückzahlen zu dürfen, aber ich glaubte, möglicherweise würde sie wenig davon halten.
»Ich werde dir seinen Namen nicht verraten, weil ich damit entweder dich oder ihn in Gefahr bringe.« Und sie sah mich durchdringend an. »Allmählich habe ich den Verdacht, eher ihn.«
»Was interessiert es dich? Er hat dich beklaut.«
»Das war meine Schuld. Ich war so blöd, ihm das Geld zu leihen. Außerdem will ich nicht, dass ihm etwas zustößt, nicht so.«

Nein, dachte ich, du willst nur, dass er mitbekommt, dass du im Puff arbeitest, als würde das sein Leben zerstören.

»Du musst ihm eine schöne Stange Geld geliehen haben, dass du jetzt im Salon arbeiten musst, um deine Schulden abzustottern.«

Sie seufzte. »Es war nicht nur das. Ich hab meinen Job verloren, wegen des Lebens, das wir zusammen geführt haben. Wegen der ständigen Partys.« Sie meinte, wegen der Drogen. »Ich musste meine Wohnung aufgeben, aber ich kannte den Salon, also dachte ich, ich versuch es mal. Ich meine, viel mehr hatte ich doch nicht zu verlieren, oder?«

»Und sich vom lieben Papa Geld zu leihen, das kam nicht in Frage, vermute ich?«

»Genau«, sagte sie mit derart eiserner Entschlossenheit, dass ich es aufgab. Trotzdem konnte ich nicht verstehen, wie es zwischen Vater und Tochter zu einem so zerrütteten Verhältnis kommen konnte, dass sie lieber Sex mit Fremden hatte, als ihn um Geld zu bitten.

»Woher kanntest du den Salon?«

»Mein Ex hat mir davon erzählt. Ich hab ja gesagt, er hatte seine Finger in krummen Geschäften. Irgendwann sind wir mal daran vorbeigefahren, da meinte er: »Siehst du den Laden da, das ist ein Puff.« Und ich weiß noch, dass ich über die Frauen gelacht habe, die es nötig haben, in solchen Läden zu arbeiten. Ich hab keinen Augenblick weiter darüber nachgedacht, bis kein Geld mehr da war und meine Wohnung geräumt wurde.« Sie redete, als hätte sie sich total im Griff, aber unbewusst spielte sie dabei mit einer langen Haarsträhne.

»Ich bin hingefahren und hatte erst mal viel zu viel Schiss, um überhaupt reinzugehen, aber irgendwie hab ich dann doch meinen Mut zusammengenommen. Da saß dann

Elaine, und die schien mir okay. Ich meine, sie hat Haare auf den Zähnen, aber wer ein Mädcheninternat besucht hat, ist Schlimmeres gewohnt.«
Sie hörte einen Moment lang auf, an ihren Haaren herumzufummeln, nahm ihr Weinglas am Stil, trank einen langen Schluck und fuhr fort: »Fast hätte ich es am ersten Abend nicht durchgezogen. Ich konnte mich nicht mal entscheiden, was ich anziehen wollte. Ist das nicht verrückt? Stundenlang habe ich den Inhalt meines Kleiderschranks angestarrt und versucht, etwas *Passendes* zu finden.« Und sie lachte ohne jeden Humor. »Die Männer kommen ja nicht wegen der Klamotten, die man trägt. Und es ist ja auch nicht so, dass man sie lange anbehielte. Das wusste ich, aber ...« Sie verstummte und blinzelte angesichts der absurden Vorstellung, dass sich jemand Gedanken darüber macht, was er im Puff anziehen soll.
»Aber ich hab's durchgezogen. Ich hatte einen Punkt in meinem Leben erreicht, an dem ich dachte, ich würde nie wieder einen Mann an mich heranlassen, es sei denn, er war bereit, dafür zu bezahlen. Am ersten Abend habe ich fünf Kunden massiert. Nur einer wollte mehr als ein »Happyend«. Das erste Mal war ...« Sie brauchte einen Moment, bis sie das richtige Wort gefunden hatte. »... schwierig, aber ich habe genug Geld mit nach Hause genommen, so dass ich am nächsten Abend wiederkam. Drei Tage später meinte Elaine, ich könne bleiben.«
»Weil du Kohle gemacht hast.« Ich meinte, für unser Haus, und sie nickte.
»Hast du deine Schulden schon abbezahlt?«
»Noch nicht ganz.«
»Hörst du auf, wenn du's geschafft hast?«
»Warum sollte ich? Irgendwie muss ich ja Geld verdienen.«

»Ja, aber nicht unbedingt auf diese Weise. Ich bin ja kein Moralapostel, aber es muss doch leichtere Jobs geben.«
»Als für dich zu arbeiten, meinst du?« Seltsamerweise hatte ich es so noch nicht betrachtet. Seitdem es Bobby nicht mehr gab, war ich der wichtigste Mann der Firma, aber wir hatten so vieles laufen, dass der Massagesalon nur ein Projekt unter vielen war. Ich hatte sogar schon mit der Idee gespielt, ihn zu schließen, aber er brachte durchaus Geld ein, also ließ ich es bleiben. Abgesehen davon, dass ich die Einnahmen zählte und wusch, hatte ich nicht mehr viel damit zu tun. Wahrscheinlich konnte man behaupten, dass ich von unmoralischen Einkünften lebte, auch wenn das Geld aus dem Massagesalon nur einen winzigen Prozentsatz meines Einkommens ausmachte. In den Augen des Gesetzes war ich ein Zuhälter, aber tatsächlich stellten wir nur eine Dienstleistung zur Verfügung. Den Laden besuchten Männer, die anderswo keinen Sex bekamen, und dort arbeiteten Frauen, die mehr als einen Mini-Job brauchten. Ich stellte nur eine sichere, saubere Umgebung zur Verfügung, so dass sie sich begegnen konnten, ohne ausgeraubt oder verprügelt zu werden. Das war's.
»Manche Männer sind okay«, sagte sie, um sich zu rechtfertigen. »Die meisten sind höflich. Fast alle sind nervös und schon deshalb recht umgänglich. Ich hatte damit gerechnet, dass sie dreist wären und möglichst lange ihren Spaß haben wollten, aber tatsächlich bringen es die meisten schnell hinter sich und verschwinden wieder. Ganz wenige machen Schwierigkeiten, und dafür gibt es ja immer noch Max.«
Max wurde dafür bezahlt, dass er sich um alles kümmerte, was den Mädchen und Elaine zu viel wurde. Er hielt sich im Hintergrund, es sei denn, es gab Ärger, aber wir achteten darauf, dass er nicht übersehen wurde. Normalerweise ge-

nügte sein Anblick, um zu gewährleisten, dass alle ordentlich bezahlten und den Mädchen Respekt entgegenbrachten. Max hatte wahrscheinlich den leichtesten Türsteherjob in ganz Newcastle. Nur gelegentlich benahm sich ein Kunde daneben, aber ohne einen Mann wie ihn hätten wir einen solchen Laden gar nicht führen können, da wir es uns nicht leisten konnten, dass der Salon einen schlechten Ruf bekam und die Behörden darauf aufmerksam wurden. Wenn es Unannehmlichkeiten gab, griff er ein und sorgte für Ruhe und Ordnung.

»Viele von den Männern sind zu Tode erschrocken«, sagte sie plötzlich, als wäre es ihr eben erst klargeworden. »Die wollen gar nicht dorthin. Aber natürlich brauchen sie's, sie können nicht anders. Alle Männer sind so, wie Hunde. Sie wollen Dampf ablassen und sich hinterher aus dem Staub machen.«

»Du hast keine hohe Meinung von uns Männern, oder?«

»Nein.«

»Wie wirst du dann aber damit fertig?«

»Meistens ziehe ich mich einfach aus, massiere sie und hole ihnen einen runter – mehr brauchen die nicht. Die fassen mich nicht mal an, und es dauert auch nicht lange.«

Noch ein Schluck Wein, dann merkte sie, dass ihr Glas fast leer war. Ich schenkte ihr nach, und sie fuhr fort. Schon komisch, erst musste ich ihr die Würmer aus der Nase ziehen, jetzt hörte sie gar nicht mehr auf zu reden.

»Manche wollen das Komplettprogramm mit Sex, und das muss ich ihnen auch erlauben. Schließlich bezahlen sie, aber dann lege ich mich hin und wende den Kopf ab. Natürlich gefällt denen das nicht, aber mehr ist bei mir nicht drin, niemals. Die meisten wollen das Gefühl haben, als würden sie mit ihrer Freundin schlafen.« Bei der Vorstellung schnaubte

sie verächtlich. »Ich soll sie küssen, ihnen die Zunge in den Mund schieben, dafür bieten sie oft auch mehr Geld.«
»Und du lässt dich nicht darauf ein?«
»Niemals«, erklärte sie, »den Service bekommt keiner von mir.«
Sie trank noch mehr Wein, sah mich an, als würde sie auf eine Bemerkung warten. Als ich schwieg, fuhr sie fort: »Einer wollte nicht nachgeben, meinte, eigentlich würde es mir gefallen. ›Du stehst doch drauf‹, hat er gesagt, ›du stehst drauf, Darling.‹« Sie schüttelte den Kopf über so viel Blödheit. »Der hat tatsächlich geglaubt, ich würde auf ihn abfahren, weil ich feucht war. Ich hab ihn ausgelacht und gesagt: ›Träum weiter, das ist Gleitcreme.‹ Das hätte ich nicht sagen sollen, hat ihm gar nicht gefallen, dass ich ihn ausgelacht habe. Männer mögen es nicht, wenn man sie auslacht. Sie nehmen sich viel zu ernst, ganz besonders im Bett. Ich dachte, er würde mich schlagen. Hätte er wahrscheinlich auch gemacht, hätte er keine Angst vor Max gehabt.«
»Wahrscheinlich hast du's mit ein paar echt seltsamen Typen zu tun.«
»Da ist einer, der sich einmal die Woche einen Termin bei mir geben lässt, aber immer nur meine Füße angucken will. Er interessiert sich für keinen anderen Körperteil, will mich nicht nackt sehen, gar nichts. Bloß meine Füße betrachtet er, dann spielt er an sich herum und geht wieder.«
Jetzt kamen die Teller mit der Vorspeise. Falls der Kellner den letzten Satz mitbekommen hatte, so ließ er sich nichts anmerken. Für mich gab es Gänsestopfleber; für Simone irgendwas teures Grünes mit einem hauchdünnen Scheibchen Parmesan obendrauf, das auch aus einer Fertigsalattüte aus dem Supermarkt hätte stammen können.
»Was, wenn ich dir was Besseres beschaffe?«, fragte ich. »Wo du genauso viel verdienst?«

»Zum Beispiel?«
Ich zuckte mit den Schultern. »Weiß noch nicht, aber ich bin sicher, dass ich eine bessere Verwendung für deine Talente finden könnte.« Sie sah mich misstrauisch an, als würde ich ihr vorschlagen, sie an einen arabischen Scheich oder einen russischen Milliardär zu verscherbeln. »Ein Job, bei dem du deine Klamotten anbehalten kannst«, fügte ich hinzu.
»Nein.«
»Warum nicht?«
»Weil ich das nicht will.« Jetzt hatte sie wieder auf trotzig geschaltet.
»Warum lässt du dir nicht helfen?«, fragte ich ruhig.
Sie sah mich mit gerunzelter Stirn an. »Du hältst mich für etwas, das ich nicht bin.«
»Jetzt kannst du also schon Gedanken lesen oder was?«, schoss ich zurück. »Also, wofür halte ich dich?«
»Für etwas Kaputtes, das du wieder heil machen kannst. Du glaubst, in mir ist was zerbrochen und du kannst es mit Geld reparieren.«
»Aber so einfach ist es nicht?« Möglicherweise hatte sie den Nagel auf den Kopf getroffen. Trotzdem war ich fest davon überzeugt, ihr helfen zu können.
»Nein.«
»Warum nicht?«
Sie seufzte und fasste sich an den Kopf. »Weil ich hier oben gearscht bin.«
Es fiel mir schwer, nicht zu lachen. Sie klang wie ein melodramatischer Teenager, aber ich wusste, dass es keinen Sinn hatte, sich mit ihr zu streiten, solange sie in dieser Stimmung war. Stattdessen lächelte ich sie an und sagte: »Iss dein Hasenfutter.«

25

Am folgenden Nachmittag ging ich ins Strawberry Pub, wo Kinane mit Neuigkeiten auf mich wartete. Er saß allein in einer Ecke. Ich setzte mich neben ihn. Er hatte bereits Bier geholt.
»Toddy ist weg vom Fenster«, sagte Kinane traurig.
Mir rutschte das Herz in die Hose: »Wie lange?«
»Einundzwanzig Jahre, vierzehn muss er mindestens schmoren.« Er schüttelte den Kopf. »Wenn er nur die Mindeststrafe absitzt, ist er trotzdem fünfzig, bis er rauskommt.«
»O Gott«, sagte ich. Toddy hatte wirklich unglaubliches Pech gehabt, und jetzt war sein Leben ruiniert. Ich konnte nicht verhindern, dass er seine besten Jahre im Knast verbrachte. Immerhin hatte er dichtgehalten, sonst säße ich jetzt an seiner Stelle. »Pass auf, dass sich jemand um ihn kümmert, so gut es geht.«
»Ein Mädchen hatte er auch noch«, erinnerte mich Kinane, »er hat mit ihr zusammengewohnt.«
Toddy wusste, dass wir für ihren Unterhalt aufkommen würden, aber ich fragte mich, wie lange sie wohl am Ball blieb, wenn sie erst mal begriffen hatte, wie aussichtslos die Lage war. Ich meine, mal realistisch betrachtet, vielleicht wollte sie Kinder haben ...
»Und seine alte Mutter?«
»Die natürlich auch«, stimmte ich zu. So war das, wenn

einer von unseren Männern einfuhr, anders ging's nicht. Der Unterhalt für die Mutter und die Freundin würde uns eine schöne Stange Geld kosten, ohne dass je etwas von ihnen zurückkam. Aber wir hatten keine andere Wahl. Schließlich war es das einzig Richtige und Anständige, aber nicht nur das. Hätten wir es nicht getan, wäre das die falsche Botschaft für unsere verbliebenen Mitarbeiter gewesen. »David Blake interessiert sich einen Scheiß für uns, wenn wir erwischt werden, also warum sollten wir uns einen Scheiß für David Blake interessieren?« Immerhin konnten wir Toddy mitteilen, dass seine Mama ein Dach über dem Kopf hatte, ihre Rechnungen bezahlt wurden und jede Woche eine Tüte mit Lebensmitteln vor ihrer Tür stand.
Ich nickte das dritte Bierglas auf dem Tisch an.
»Wo ist Palmer?«, fragte ich.

Palmer stand draußen und rauchte, lehnte an der Außenwand des Pubs. Er rauchte wieder mehr in letzter Zeit. Ich zündete mir ebenfalls eine an.
»Denkst du an Toddy?«
»Es will mir nicht in den Schädel«, gestand er, »so lange. Ich meine, man hat doch nur ein Leben.« Er schüttelte den Kopf. »Stell dir mal vor, du sitzt an ein und demselben Ort, kein Alkohol, keine Frauen, beschissenes Essen, um dich herum Geisteskranke und Vergewaltiger. Ich würde durchdrehen.«
»Das ist das Risiko, das wir eingehen«, sagte ich, wobei mir sofort leidtat, wie gefühllos es geklungen hatte. »Wir tun, was wir können«, sagte ich, verfluchte mich aber schon wieder, weil ich wie ein Arzt redete, der einem todkranken Patienten versichert, nur das Beste für ihn zu wollen.

Ich will mal klarstellen, welch unglaublich großes Pech Toddy tatsächlich hatte. Im Prinzip kostete ihn ein kaputtes Rücklicht vierzehn Jahre seines Lebens. Er war mit drei Kilo Heroin im Kofferraum zu den Sunnydale Estates gefahren. Es war noch früh am Abend und dämmerte gerade erst, aber er machte trotzdem schon mal das Licht an. Er hatte zwar den Stoff an Bord, aber eigentlich musste er sich keine Sorgen machen, weil in der Siedlung niemals Bullen auftauchen. Das ist eine absolute Tabuzone. Die Polizei kann sich nach Einbruch der Dunkelheit dort nicht blicken lassen, sonst gibt es eins auf die Mütze. Fluggeschosse fliegen von den Balkonen, sobald Uniformierte auch nur aus dem Wagen steigen. Inoffiziell haben sie es längst aufgegeben. Offiziell sorgen sie natürlich dafür, dass in den berüchtigten Sunnydale Estates dieselbe Ruhe und Ordnung herrscht wie in der Northumberland Street, aber vor Marks & Spencer sieht man, anders als im Wohnghetto, nie jemanden Heroin dealen. In der Siedlung aber ist jeder nach irgendetwas süchtig: Alkohol, Pillen, Klebstoff, Koks, Heroin oder Methamphetamin, die ganze Palette. Kaum jemand hat hier einen Job, es sei denn, man zählt Klauen dazu, was ich nicht mache. Ein oder zwei anständige Menschen wohnen hier, aber die große Mehrheit besteht aus minderwertigem Abschaum, der sich immer nur zudröhnen und sein beschissenes Leben vergessen will. Hier komme ich ins Spiel. Wie ich unseren Leuten immer wieder erkläre, handelt es sich um einen ganz schlichten Fall von Angebot und Nachfrage. Würden wir das Zeug nicht anbieten, würde es jemand anders tun. Und bei uns läuft wenigstens alles kontrolliert ab, die bescheuerten Bandenkriege haben wir einigermaßen im Griff.

Toddy war also, ohne sich auch nur im Geringsten was dabei zu denken, mit seinem Auto unterwegs gewesen. Der Strei-

fenwagen, der an einem der Hochhäuser parkte, ist ihm gar nicht aufgefallen. Und aus keinem anderen Grund als wegen eines saublöden Zufalls fuhr er Toddy hinterher. Natürlich hat er gleich gemerkt, dass Bullen hinter ihm waren. Kaum hatte er das Blaulicht gesehen und die Sirene gehört, wurde er auch schon rausgewunken. In dem Moment muss er überlegt haben, abzuhauen, aber wie weit wäre er gekommen, da sie ihm doch direkt im Nacken saßen und jederzeit über Funk Verstärkung anfordern konnten? Nicht weit. Also denkt er, die werden schon nichts finden, und wenn doch, dann bügeln wir das irgendwie aus, also lässt er's darauf ankommen. Toddy fährt rechts ran. Ich frage mich, ob das der Moment ist, den er jetzt am meisten bereut. Oder dass er überhaupt für mich gearbeitet hat.
Es waren zwei Polizisten, beide noch sehr jung und erst mal auch sehr höflich. »Schönen guten Abend, Sir, ist Ihnen aufgefallen, dass eines Ihrer Rücklichter ausgefallen ist, Sir?« Also antwortet er: »Verzeihung, Officer, aber das wusste ich nicht. Ich kümmere mich gleich bei der nächsten Gelegenheit darum.« Vielleicht waren es seine guten Manieren, die die Beamten misstrauisch machten. Polizisten sind es nicht gewohnt, dass sich in Sunnydale jemand entschuldigt. Egal warum, jedenfalls baten sie ihn, auszusteigen. Zu dem Zeitpunkt hielt sich Toddy immer noch für unantastbar, weil er nicht wie ein Verbrecher aussah. Also stieg er aus und stand da, legte die Hände aufs Autodach, während einer von beiden den Wagen durchsuchte und der andere seinen Ausweis verlangte. Es wurden ihm ein paar Fragen gestellt, woher er kam und wohin er wollte, aber nichts, womit ein Profi wie Toddy nicht klargekommen wäre. Natürlich wurde er nervös, als der eine, der den Wagen durchsuchte, plötzlich im Kofferraum kramte, andererseits befand sich der Stoff in ei-

nem extra dafür gebauten Fach an der Seite, das sich nicht öffnen ließ, wenn man nicht wusste, wonach man suchte. Aber irgendwie kriegt es der Bulle trotzdem hin – und was findet er? Drei Kilo verkaufsfertiges Heroin.

Bevor Toddy reagieren kann, schleudern sie ihn gegen den Wagen und legen ihm Handschellen an, dann schieben sie ihn auf den Rücksitz des Streifenwagens und melden sich über Funk bei der Wache. Die waren so aufgeregt, gingen ab, als hätten sie gerade im Lotto gewonnen, und Toddy war geliefert. Ihm stand eine saftige Freiheitsstrafe bevor.

Kaum hatte sich die Neuigkeit von seiner Festnahme herumgesprochen, war die Kacke am dampfen. Die Vorgesetzten der diensteifrigen Beamten wussten nicht, ob sie die beiden befördern, ihnen einen Orden verleihen oder sie wegen eines nicht klar definierten Verstoßes gegen die Polizeiordnung feuern sollten. Und wir, na ja, wir haben alle Hebel in Bewegung gesetzt, mit Anwälten telefoniert, mit Amreins Leuten und unsere Leute bei der Polizei zur Rede gestellt, wollten eine Erklärung. Immerhin bezahlen wir eine Menge Geld dafür, dass so was auf keinen Fall passiert. Wir fragten uns, ob es einen Verräter gab, der den beiden jungen Beamten einen Tipp gegeben hatte.

Wie sich herausstellte, war es einfach nur Scheißpech gewesen. Die beiden Polizisten, die Toddy einkassiert hatten, waren Hohlköpfe, noch grün hinter den Ohren, direkt von der Polizeischule und nur deshalb gemeinsam im Einsatz, weil sie ihrem Sergeant auf den Geist gingen. Normalerweise hätten sie sich ohne einen älteren, erfahreneren Kollegen keinem Einsatzwagen nähern dürfen, aber weil ihr Chef seine Ruhe wollte, hatte er sie auf Streife geschickt. Da Spieltag war, hatten sie aufpassen sollen, dass auswärtige Fans keine Schlägerei auf dem Brachland beim Fluss organisierten. Sie waren auf den Blödsinn hereingefallen und losgezogen, um nach Hooligans Ausschau zu halten.

Nachdem sie ungefähr eine Stunde lang Beton angestarrt und Unkraut hatten wachsen sehen, beschlossen sie, »die Initiative zu ergreifen«, wie einer der beiden später in seinem Bericht schrieb. Sie suchten sich einen der heruntergekommenen Wohnblocks aus, parkten, wurden auf wundersame Weise vom einheimischen Pöbel verschont und warteten, bis ein Wagen mit kaputtem Rücklicht vorbeigefahren kam. Der arme Toddy wurde von keinen Spezialisten der SOCA oder des Drogendezernats geschnappt, sondern von zwei jungfräulichen Streifenbullen.

Ich wusste, dass Palmer an Toddy dachte. Wir dachten alle an ihn. Er war ein guter Junge und hatte das Richtige getan: die Klappe gehalten. Aber was bedeutete das für ihn? Es bedeutete, dass er den Zorn des Richters in vollem Maß zu spüren und ein Urteil aufgebrummt bekam, das ihn wie den Drogenbaron von Sunnydale dastehen ließ. Der Chief Constable stellte sich hinterher draußen vors Gerichtsgebäude und lobte seine furchtlosen jungen Kollegen in den Himmel, dieser verfluchte Heuchler.

Wenn der ganze Wirbel in der Presse erst mal vorbei war, würde Toddy immer noch im Knast sitzen und jede Menge Zeit haben, sich zu fragen, was er an jenem Tag anders hätte machen sollen. Er wird sein Schicksal verfluchen, an seine Freundin denken und wissen, dass kein Mädchen auf der Welt vierzehn Jahre lang einem verurteilten Drogendealer treu bleibt. Nicht mehr lange, und sie springt zu einem anderen in die Kiste. Ich meine, wenn sie gut ist, wartet sie vielleicht eine Weile; sechs Monate, vielleicht sogar ein Jahr, aber irgendwann ist es vorbei, und das weiß er. Solange er im Knast sitzt, kann Toddy absolut nichts dagegen tun.

Drei Tage nach Arthur Gladwells Beerdigung setzten wir uns zusammen. Die Atmosphäre war keinesfalls respektvoller als sonst.
»Bist du immer noch dabei?«, rief Ray Fallon Kinane über den Konferenztisch des Copthorne Hotel zu. »Ich dachte, du wärst schon seit Jahren im Ruhestand.« Fallon war Kinanes Widerpart und in Glasgow ebenso legendär wie Joe in Newcastle. Die Gladwells erledigten ihre Drecksarbeit nicht selbst. Einen Teil überließen sie dem ein Meter neunzig großen und mit Steroiden vollgepumpten Schläger, der jetzt gegen Kinane hetzte. Fallons blaustichige Tattoos auf den kräftigen Unterarmen und dem Bizeps verzogen sich, als er vorwurfsvoll mit dem Finger auf meinen Vollstrecker zeigte. Fallons Nase war so oft gebrochen gewesen, dass sie fast platt an seinem Gesicht klebte, und seine Augen waren voller Hass. Er bleckte die Zähne wie der Kampfhund, der er im Prinzip ja auch war.
»Wenn du näher kommst, versetze ich dich in den Ruhestand. Ich reiß dir die verfluchten Arme raus und prügel dich damit tot, du blödes Arschloch«, knurrte Kinane.
»Das hättest du vor zwanzig Jahren vielleicht noch gekonnt«, räumte Fallon ein. »Damals war ich nämlich erst zehn. Und du? Vierzig?«
»Vor zwanzig Jahren?« Kinane tat, als würde er darüber nachdenken. »Da hab ich großmäulige Schwuchteln aus Glasgow verdroschen. Ist so ein Hobby von mir.«
»Na schön, ihr beiden«, unterbrach ich das Geplänkel, »nachher holen wir ein Lineal und messen aus, wer den Längeren hat, aber einstweilen stellt ihr eure Handtäschchen ab und benehmt euch.«
Ich sah zu Alan Gladwell rüber, der in sich hineingrinste, dann aber Fallon zunickte. Letzterer war einigermaßen

angefressen, weil er von mir den Mund verboten bekam, aber wir waren hier, um übers Geschäft zu reden, und nicht, um uns in einem der besseren Hotels von Newcastle zu prügeln. Die Hauptakteure setzten sich, dazu gehörten Alan Gladwell, Fallon sowie die beiden anderen Gladwell-Brüder, Malcolm und Andrew. Amrein saß zwischen uns, fungierte als Moderator. Seine Leibwächter standen an der Wand Spalier und verhinderten, dass sich die beiden Parteien aufeinander stürzten. »Wollen wir anfangen?«, fragte er.
Ich sah Alan Gladwell an. Er musterte mich eindringlich, und mir fiel auf, wie unglaublich er seinem alten Herrn ähnelte, ganz anders als sein älterer Bruder Tommy. Alan hatte dieselbe lange Nase wie Arthur, Augen wie eine Ratte und Fünf-Uhr-nachmittags-Stoppeln im Gesicht.
»Amrein hat mir dieses Treffen vorgeschlagen. Er meinte, du wolltest Geschäftliches besprechen, deshalb habe ich mich bereit erklärt, dich anzuhören. Wir müssen aber vorher noch was klären.«
»Was soll das sein?«, fragte er.
»Dein Bruder Tommy kam auch nach Newcastle, aber nicht, um zu reden, und er ist nicht wieder nach Hause gefahren. Du und ich, wir beide wissen das. Wir können so tun, als wär's nicht so, aber dann würden wir uns was vormachen. Du weißt, dass er sich Bobby Mahoneys Imperium unter den Nagel reißen wollte, und auch, dass das nicht geklappt hat. Ich wundere mich, dass du unter den gegebenen Umständen mit uns Geschäfte machen willst. Es gibt einige, die das mit Misstrauen betrachten.«
Alan Gladwell ließ auf seine Antwort warten. Er schindete Zeit, indem er nach einer schweren Glasflasche mit kohlesäurehaltigem Wasser griff und sich ein Glas voll einschenk-

te, dann ließ er sich wieder auf seinem Stuhl nieder und sah mich an. Offensichtlich fiel es ihm schwer, seine Emotionen unter Kontrolle zu halten.
»Tommy war mein großer Bruder, und ich habe ihn geliebt ...« Er hustete, als wollte er verhindern, dass seine Stimme seine Gefühle verriet. »Als er nicht wiederkam, haben wir alle um ihn getrauert, ich auch.«
»Sein« – er suchte nach dem richtigen Wort – »Verschwinden ... hat meiner Familie großen Kummer bereitet. Wir mussten uns um seine Kinder kümmern, ihnen Dinge erklären, die nicht für Kinderohren bestimmt sind. Tommys Verlust hat meinen Vater um Jahre altern lassen.« Er sah mich jetzt direkt an, als wäre außer uns beiden niemand im Raum. »Aber eines habe ich nie aus den Augen verloren« – er hustete erneut, räusperte sich – »Tommy hat über die Stränge geschlagen. Was er plante, war falsch. Er hat euch verarscht und dafür einen hohen Preis bezahlt.«
»Na gut«, sagte ich.
»Wenn ich euch den Krieg erklären wollte, dann nicht deshalb. Tommy hat getan, was er getan hat, und Bobby hat getan, was er für richtig hielt. Das muss mir nicht gefallen, und es gefällt mir auch nicht, aber ich kann nachvollziehen, wie es dazu kam. Wenn wir uns an euch rächen wollten, hätten wir das längst getan, aber mein Dad hat keinen Sinn darin gesehen. Fehden kosten Geld, und auf beiden Seiten sterben gute Leute. Es kommt vielmehr darauf an, dass wir der Polizei und allen Wichsern da draußen, die ein Stück von unserem Kuchen wollen, immer einen Schritt voraus sind. Hab ich recht?«
»Ich hätte es selbst nicht besser formulieren können.«
»Und da ist noch was«, sagte er und sah Amrein unsicher an. Dieser nickte aufmunternd.

»Der Raum ist sauber«, versicherte er. »Sie können ganz ungezwungen sprechen.«

»Das Töten«, sagte Gladwell, »ich will, dass es aufhört.« Ich muss ungläubig geguckt haben, denn er fuhr fort: »Das war der Stil meines Vaters. Er hielt es für die einzige Möglichkeit, sich in einer Stadt wie der unseren an der Spitze zu behaupten. Vielleicht war das auch so, aber die Zeiten haben sich geändert. Man kann heute nicht mehr Leute ermorden und erwarten, dass die Polizei beide Augen zudrückt. Nicht alle sind korrupt, nicht mehr. Und was haben wir überhaupt davon? Mein Vater stand zweimal wegen Mordes vor Gericht und hätte um ein Haar lebenslänglich bekommen. Den Stress will ich mir nicht antun. Er hat getötet und ich auch, aber ich behaupte, es geht auch anders. Wir sollten das Morden nicht auf die leichte Schulter nehmen. Wenn überhaupt, dann sollte es wirklich nur der allerletzte Ausweg sein. Verstehst du, was ich meine?«

Das tat ich, aber ich war hin- und hergerissen, weil er punktgenau meine eigenen Ansichten wiedergab. Erzählte er mir, was ich hören wollte?

»Ich wäre froh, wenn ich's nie wieder tun müsste. Klar, wenn jemand aus der Reihe tanzt, gibt's was auf die Löffel, aber das sollte genügen. Ich denke, du, ich und Amrein können uns darauf einigen, und fürs Geschäft wäre es auch gut, weil uns die Kollegen in Uniform und die Politiker in Ruhe lassen, wenn wir selbst dafür sorgen, dass Ordnung bei uns herrscht.«

»Leuchtet mir ein«, gab ich zu.

»Dann schlage ich vor, dass wir uns darüber unterhalten, wie wir mit dieser Sache in Edinburgh umgehen, sonst wird sich ganz bestimmt jemand anders einschalten und dort weitermachen wollen, wo Dougie Reid aufgehört hat. Ich weiß

nicht, wie du das siehst, aber ich will nicht mit ansehen müssen, wie einer in Edinburgh mit Heroin reich wird und sich anschließend Glasgow unter den Nagel reißt. Ich weiß, dass du etwas Ähnliches auch schon gedacht hast.«
»Hab ich.«
»Mein Vater ist tot, aber ich möchte nicht, dass irgendwelche Unklarheiten darüber entstehen, wer bei uns das Sagen hat. Ich bin der Einzige, der die Männer, die Durchsetzungsfähigkeit und das Geld hat, ein Unternehmen unserer Größe zu führen.«
Er nahm einen weiteren Schluck Wasser, und ich fragte mich, ob er nervös oder einfach nur durstig war. »In Edinburgh ist das anders. Die Polizei da oben hat ein paar Glückstreffer gelandet, und einige hochkarätige Akteure sind von der Bildfläche verschwunden, so dass jetzt beinahe so was wie Anarchie dort herrscht. Jeder Kleinganove dealt inzwischen ein bisschen Koks hier und Heroin da, Leute werden an Garagentore genagelt und von Brücken geworfen. Der Polizei gefällt das gar nicht.«
»Hast du mit denen geredet?«
»Es gab ein paar informelle Gespräche mit ausgewählten Vorgesetzten, die wir schon länger kennen.«
Amrein schaltete sich ein: »Gespräche, die wir vermittelt haben.« Als hätte ich je daran gezweifelt. Er wollte mir nur in Erinnerung rufen, dass er seine regelmäßigen Bezüge wert war.
»Die sind nicht dumm«, fuhr Gladwell fort. »Die wissen, dass es eine Marktlücke gibt, und wenn sie nicht von jemandem geschlossen wird, geht es in Edinburgh bald zu wie in der Innenstadt von Kabul. Vergangene Woche schoss eine Kugel durch das Verdeck eines Buggys, nur Zentimeter an dem darin sitzenden Kind vorbei. Die Geschichte landete

auf den Titelseiten der Boulevardblätter. Die Presse behauptet, die Polizei habe die Situation nicht mehr im Griff, in Edinburgh gebe es schon jetzt kein Recht und keine Ordnung mehr.«
Nach den Angriffen auf mich und meine Männer sah es in Newcastle nicht viel anders aus, dachte ich, aber ich ließ ihn weiterreden. »Der Polizei gefällt so was gar nicht. Ich habe meinen Kontaktpersonen versichert, dass ich mein Möglichstes tun werde, um das Chaos zu schlichten, aber eigentlich haben wir mit unserer eigenen Stadt schon genug zu tun.«
»Geht uns genauso«, erklärte ich.
»Ja, aber ... zusammen ...« Er musste den Satz nicht weiter ausführen. »Ich schlage vor, du lässt es dir durch den Kopf gehen. Ich stelle ein paar Leute ab, du auch, dann machen wir halbe-halbe. Du weißt, dass das sinnvoll ist. Im Prinzip haben wir grünes Licht von oberster Stelle.«
Ich nickte. »Ich überleg's mir«, versicherte ich ihm.
»Mach das«, erwiderte er. »Ich kann dir noch ein bisschen Zeit geben, aber nicht zu viel. Amrein vereinbart einen weiteren Termin, und wenn ich wiederkomme, will ich deine Antwort hören.«
»Gut.«
Der Deal leuchtete mir ein, ich hatte nur einen einzigen nagenden Zweifel. Konnte ich wirklich einem Mann vertrauen, dessen Bruder ich mit einer Machete in Scheiben geschnitten hatte? Sollte ich glauben, dass Alan Gladwell geläutert war, oder wollte ich das nur?

Ich hatte Hotels und Hotelessen satt. Keine Lust mehr, in dunkle Gänge zu schauen und zu fürchten, dass sich jemand auf mich stürzt, noch bevor ich dazu komme, den Schlüssel

im Schloss zu drehen. Andererseits wollte ich mich aber auch nicht bei Palmer einquartieren oder bei meinem Bruder übernachten. Ich brauchte ein bisschen Zeit für mich allein, wollte einkaufen und für mich selbst kochen, mein Essen mit einem Glas Wein runterspülen und vielleicht einen alten Film gucken. Für alles andere war ich zu müde.
Nach dem Treffen mit den Gladwells ging ich mit Palmer zum Wagen. »Ich fahre heute in unser Townhouse«, sagte ich, »wenn du mich brauchst, findest du mich dort.«
»Okay«, sagte er, mehr aber auch nicht. Irgendwas an der darauffolgenden Stille beunruhigte mich.
»Noch nicht angekommen?«
Er schüttelte langsam den Kopf.
Ich holte tief Luft. »Ich fasse nicht, was sich dieser Wichser herausnimmt. Wofür, zum Teufel, hält der uns? Für einen Haufen Amateure, die ein bisschen Pot an Sechstklässler verticken?«
»Kann ich mir nicht vorstellen.«
»Warum verkauft er mich dann für blöd? Er ist seit Jahren im Geschäft und steht in dem Ruf, zu liefern, aber kaum hat er unser Geld, kriegt er es nicht hin, die Ware in Amsterdam abzusetzen. Komm schon, Palmer, das gehört für den doch zum Alltagsgeschäft.«
Palmer zuckte mit den Schultern. »Es ist ein Problem aufgetaucht, und jetzt kriegen sie das Zeug nicht außer Landes. Einer der Beamten, mit denen er lange gearbeitet hat, ist aufgeflogen. Nichts, das er nicht wieder hinkriegt, meint er.«
»Und du glaubst es ihm?«
»Warum sollte er lügen?«
»Dann sag ihm, dass er sich beeilen soll. Die Sache ist ganz einfach: Entweder schickt er uns die Ware, oder er gibt uns die Million zurück. Eine dritte Möglichkeit, das Geschäft

abzuschließen, gibt's auch noch, aber ich glaube kaum, dass ihm die gefallen würde.«
»Vorsicht«, mahnte Palmer, »ich sag dir doch, seine Organisation ist groß. Wir wollen keinen Krieg mit denen.«
»Was schlägst du vor?«
»Ich weiß, dass du unzufrieden bist, aber ich denke, wir sollten ihm noch Zeit geben.«
»Haben wir eine andere Wahl?«, fragte ich. Die Frage war rhetorisch.

Ich traf DI Sharp in einer unserer Wohnungen in der Innenstadt.
»Ich soll was?«, fragte er, als hätte ich ihm vorgeschlagen, sich von einem Hochhaus zu stürzen. »Ist das dein Ernst?«
»Was glaubst du wohl?«
»Ich soll Alan Gladwell ausspionieren? Hast du eine Ahnung, wie gefährlich das ist? Du kennst doch die Geschichten. Alan Gladwell war seit Tommys Tod die treibende Kraft im Unternehmen seines Vaters. *Der* überlässt die Drecksarbeit nicht seinen Männern.« Das war eine Spitze gegen mich, aber ich reagierte nicht darauf. »Gladwell macht alles selbst. Der hat Spaß daran, anderen weh zu tun. Der zerschreddert Menschen und zündet sie an. Einmal hat er jemanden kastriert!«
»Die Geschichte hab ich auch gehört.«
»Das ist keine Geschichte, das ist die Wahrheit. Dem Letzten, der versucht hat, Arthur Gladwell Glasgow abzunehmen, hat Arthur Gladwell persönlich den Schwanz und die Eier abgeschnitten!« Ich wartete, bis er sich beruhigt hatte und weitersprechen konnte. »Das ist ein verfluchter Psychopath. Dem ist es scheißegal, ob du Zivilist, Verbrecher oder Bulle bist.«
»Dann ist er ein Idiot.«

»Das glaube ich kaum«, erklärte Sharp. »Ich werde Alan Gladwell nicht in Glasgow beschatten, wo er zu Hause ist und sich auskennt. Nur eine Frage der Zeit, bis er es merkt. Ich habe Bilder gesehen von Leuten, an denen er sich gerächt hat, und das war kein schöner Anblick, glaub mir. Nein danke, diesmal nicht.«
Daran, dass Sharp anscheinend völlig vergessen hatte, in welcher Position er sich befand, merkte ich, dass er sich wegen Alan Gladwell wirklich in die Hose machte. »Erstens, Sharp, das ist keine Bitte, sondern ein Befehl«, sagte ich durch zusammengebissene Zähne.
»Moment, warte mal ...«
»Halt die Klappe«, fuhr ich ruhig fort, und wenigstens reichte sein Verstand, um zu verstummen. »Du sollst nicht durch Glasgow fahren und dich an Alan Gladwells Wagen hängen. Ich will nur, dass du so viel wie möglich über ihn herausfindest und mir berichtest.«
»Gut«, sagte er, »tut mir leid, ich bin nur ...«
»Aber glaub bloß nicht, es reicht, wenn du ein paar Polizeiakten durchblätterst und mit einigen korrupten Kollegen sprichst. Ich will, dass du ihm auf die Pelle rückst, du musst was finden.«
»Und was genau soll ich finden?«
»Etwas, das ich verwenden kann!«, blaffte ich ihn an. »Im Moment hat Alan Gladwell nördlich der Grenze sämtliche Trümpfe in der Hand. Ihm gehört Glasgow, und mit oder ohne uns wird er schon bald Edinburgh regieren. Wenn er eine Schwachstelle hätte, würde das meine Verhandlungsposition durchaus stärken, aber ich weiß erst, wo sie liegt, wenn du sie gefunden hast. Komm schon, du weißt genau, wovon ich rede. Heb ein paar Steine auf und erzähl mir, was darunter hervorkriecht.«

»Okay, ich werde mein Bestes tun.«
Ich hatte echt genug davon, ständig allein mit dem ganzen Druck klarkommen zu müssen. Ich ging zu dem Stuhl, auf dem Sharp saß, legte ihm meine Hände auf die Schultern und beugte mich zu ihm herunter. Ich musste meine Wut zügeln, weil ich das Gefühl hatte, gleich zu explodieren. Was auch immer er in meinem Gesicht sah, es schien ihn zu beunruhigen. »Dein Bestes ist nicht gut genug, Sharp. Besorge mir etwas, das ich verwenden kann, sonst hat's keinen Sinn, dich weiter zu beschäftigen. Dann bist du nur noch ein teures Luxusgut, das ich mir nicht leisten kann – und dann muss ich dich abstoßen. Hast du das kapiert?«
Er nickte hastig: »Hab ich kapiert.«
»Ist auch besser so«, ermahnte ich ihn.

26

Hunter drehte den Schlüssel im Schloss, aber bevor er die Haustür öffnete und eintrat, sah er sich noch einmal um und spähte in die dunkle Auffahrt, weil er sich sicher war, dass er etwas gesehen hatte.
Nichts – und selbst wenn da etwas gewesen wäre, was, zum Teufel, hätte er tun sollen? Er hielt einen Augenblick inne, dann kam er sich blöd vor. Das war lächerlich. Hunter war ein Veteran der Firma, und jetzt stand er wie ein verängstigter Schuljunge auf seiner eigenen Türschwelle, als wartete er nur darauf, dass der schwarze Mann kam und ihn holte.
»Ach, scheiß drauf«, sagte er zu sich selbst, als er die Tür seines Hauses öffnete, das er seit dem Auszug der Kinder vor einiger Zeit allein mit seiner Frau bewohnte. Mary war bei ihrer alten Mutter, kochte ihr was zu essen und vergewisserte sich, dass sie gut ins Bett kam. Jeden Abend dasselbe Ritual. Er schaltete das Licht im Flur an, dann im Wohnzimmer und in der Küche.
Mary hatte ihm bestimmt was zum Aufwärmen in den Kühlschrank gestellt, aber er hatte keinen Hunger. Vielleicht lag es an dem Stress, der dadurch entstand, dass zurzeit alle in der Firma ständig in Alarmbereitschaft waren. Vielleicht hatte ihn aber auch das Treffen mit den Gladwells aus der Bahn geworfen. Erst mal einen Drink einschenken, ein paar Minuten mit der Zeitung entspannen und dann früh ins Bett.

Der Griff zur Whiskyflasche und das Einschenken eines anständigen Malt waren für ihn Routine, die Bewegungen erfolgten beinahe automatisch.

Hunter hatte sich ein großzügiges Glas genehmigt, dann schaltete er das Licht ein, es wurde hell im Zimmer, und er schob die Tür auf. Sie glitt geschmeidig zur Seite, und Hunter trat in den großen Wintergarten, der hinten am Haus angebaut war. Er stellte seinen Whisky auf den Tisch vor sich, nahm ein Kissen vom Sofa und ließ es in den Sessel vor dem Fernseher fallen. Seit Jahren hatte er nun schon Sky; die Kinder hatten darauf bestanden, als sie noch jünger waren, wegen der Musiksender und der amerikanischen Serien, aber er selbst guckte eigentlich immer nur Fußball. Als Hunter ein Junge war, hatte es nur drei Fernsehprogramme gegeben; BBC, BBC2 und ITV. Jugendlichen heute kann man das gar nicht mehr erklären, die würden es nicht glauben. Seine eigenen Kinder hielten ihn für einen Neandertaler, wenn er davon anfing. Hunter war sich vage bewusst, dass er sich aus hundert verschiedenen Sendern bedienen konnte, aber überall lief derselbe Mist. Also ließ er den Fernseher ausgeschaltet, lehnte sich zurück, nahm die Zeitung vom Tisch und trank seinen Whisky. Der Alkohol brannte angenehm in seiner Kehle, aber die Zeitung lenkte ihn nicht ab. Stattdessen saß er da und dachte über die Situation nach, in der er sich befand. Vor allem fragte er sich, ob die Wagenburgmentalität, die Blake zurzeit an den Tag legte, etwas mit dem unter mysteriösen Umständen zu Tode gekommenen Tommy Gladwell zu tun hatte.

Blake hatte sich an Hunter gewandt, um sich der Leichen von Tommy, seiner Frau und deren Leibwächter zu entledigen. Was er auf die bewährte Weise getan hatte, indem er zur Farm rausgefahren war und sie bei den Schweinen verklappt

hatte. Das war das Tolle an diesen Tieren. Sie konnten alles verschwinden lassen. Fleisch, Knochen, Knorpel, Sehnen, alles. Sollte sich jemand vollständig und für immer in Luft auflösen, dann waren sie ideal. Aber die Erfahrung hatte Hunter zugesetzt, denn er war sich sehr wohl bewusst, in welchem Ruf die Gladwells standen. Und schon damals hatte er sich gefragt, ob es vielleicht weniger ein Ende als der Anfang von etwas anderem war. Jetzt trafen sich Vertreter seiner Firma mit den Gladwells zu Kooperationsgesprächen. Hunter glaubte nicht, dass man Feinden vertrauen durfte.
Hunter hatte mittlerweile fast seit dreißig Jahren für Bobby Mahoney gearbeitet, hatte schon als Teenager mit Autodiebstählen begonnen und sich ganz allmählich hochgearbeitet, bis er schließlich Quartiermeister wurde. Gern sah er sich wie Morgan Freeman in dem Film *Die Verurteilten;* er konnte alles besorgen. Wobei der Fairness halber erwähnt werden sollte, dass die Leute in seiner Firma nicht einfach irgendwas wollten. Sie wollten fast immer Schusswaffen, und welche genau, das hing von dem Auftrag ab, den es auszuführen galt. Hier kamen Hunters ausgezeichnete Fachkenntnisse ins Spiel. Gewehre waren gut für Raubüberfälle und Morde an abgelegenen Orten oder in geschlossenen Räumen, wie zum Beispiel auf Autorücksitzen oder in Fahrstühlen. Hunter war skeptisch, was Automatikwaffen betraf; Maschinenpistolen waren eigentlich nur im Film gut. Wenn man ohne spezielles Training eine Uzi abfeuern wollte, war die Wahrscheinlichkeit hoch, dass nicht nur die Zielperson, sondern auch der eigene Partner dran glauben musste. Meist besorgte er halbautomatische Pistolen, wie die Glock oder die Sig Sauer, aber auch traditionellere Modelle wie einen Smith & Wesson, einen Colt oder eine Browning. Er riet stets von einem 38er Kaliber ab, vor allem wegen der geringen Mann-

stoppwirkung, was ebenso für alle Schusswaffen galt, die man üblicherweise bei James Bond sieht: die Walther oder die Beretta – für Hunters Geschmack viel zu fummelig. Ein Magnum-Revolver war meist übertrieben laut und derb, und auch den neuen osteuropäischen Importen wie der Makarow misstraute er, weil er Zweifel an der Verarbeitungsqualität hatte. Wenn man schon eine Waffe auf jemanden richtete, dann konnte man es überhaupt nicht gebrauchen, dass das Ding im entscheidenden Moment blockierte. Hunter setzte all dies feierlich jedem auseinander, der wegen einer Waffe zu ihm kam, und alle hörten genau zu, weil sie wussten, dass sich Hunter ausgezeichnet auskannte, egal, ob es um Waffen oder die Entsorgung von Leichen ging.
Hunter konnte einfach nicht zur Ruhe kommen, also stand er wieder auf und nahm nachdenklich einen weiteren Schluck Whisky, dann ließ er die Hand, in der er das Glas hielt, sinken. Er hielt es vor der Brust und blickte in den Garten hinaus. Es war dunkel, aber er konnte die überwucherte Hecke hinten erkennen, die vom Wind hin- und hergerissen wurde. Mary hatte ihm in den Ohren gelegen, damit er sie endlich wieder stutzte.
Als die Kugel traf, zerbarst Glas. Zuerst das Panoramafenster des Wintergartens, Tausende winzige Fragmente spritzten über den gefliesten Boden. Dann explodierte das Whiskyglas in Hunters Hand, zwei seiner Finger wurden abgerissen. Hunter spürte den Schmerz nicht, denn die Kugel durchstieß das Glas und drang direkt durch die Brust in sein Herz. Die Todesursache wurde später als schwere traumatische Verletzung der Aorta diagnostiziert, aber egal, wie die fachlich korrekte Bezeichnung auch lauten mochte, Hunter war bereits tot, als sein Körper auf dem Boden aufschlug.

27

Ich hatte mir in der Küche gerade alles zurechtgelegt, so, wie ich es auch mache, wenn ich für Sarah etwas Schönes koche. Da waren drei Schneidbretter auf den Arbeitsflächen; eins für Fleisch, eins für Gemüse und eins für alle Fälle. Der Messerblock stand in Reichweite. Ich hatte ein kleines Vermögen für meine Sabatier-Messer ausgegeben, aber sie waren es wert – widerstandsfähig, langlebig und rasiermesserscharf. Wenn ich in Hua Hin mit diesen Babys spielte, kam ich mir vor wie Michel Roux. Deshalb hatte ich auch noch ein zweites Set für unser Townhouse in Gosforth angeschafft, wo ich gern übernachtete, wenn ich länger als zwei Nächte in Newcastle blieb.

Die kleine gusseiserne Pfanne stand auf dem Herd, und das Öl war bereits heiß. Normalerweise trinke ich, während ich koche, aber weil ich allein war, dachte ich, es wäre vielleicht besser, zu warten, bis das Essen fertig war, und mir erst dann ein Bier oder einen Wein einzuschenken. Wenn man allein trinkt, trinkt man immer mehr, als man eigentlich wollte. Stattdessen kochte ich mir einen Kaffee und stellte den Becher auf die Arbeitsfläche neben dem Herd.

Das dritte Schneidbrett legte ich neben den Ofen und hackte Koriander. Wer hat behauptet, Männer seien nicht multitaskingfähig, überlegte ich gerade, als ich das Parkett hinter mir im Wohnzimmer knacken hörte. Ich drehte die Hitze der

Platte unter der Pfanne höher und sah, wie sich kleine Bläschen im Öl bildeten, woran ich erkannte, dass es siedend heiß war. Das große Sabatier hatte ich noch in der Hand, legte es jetzt aber weg, um einen Schluck Kaffee zu trinken. Bevor ich den Becher abstellte, wirbelte ich abrupt auf dem Absatz herum und kippte dem Kerl hinter mir den Rest heißen Kaffee ins Gesicht. Er schnappte nach Luft und schrie auf vor Schmerz.

Ein winziger Riss in den Bodendielen hatte ihn verraten. Hätte ich das Radio eingeschaltet, wäre er hinter mir gewesen, bevor ich hätte reagieren können, und er hätte genug Zeit gehabt, die Waffe in seiner Hand zu benutzen. Er war groß und stämmig, sein Gesicht hatte ich nicht sehen können. Ich wusste nur, dass er da war, und das genügte mir. Keiner aus meiner Crew wäre so dumm, sich unangekündigt von hinten anzuschleichen. Das Risiko, dass ich den falschen Mann verletzt hatte, war also relativ gering. Mit der freien Hand wischte er sich die kochend heiße Flüssigkeit aus den Augen. Sein Gesicht war voller roter Brandflecken. Während er versuchte, Schrecken und Schmerzen in den Griff zu bekommen, fuchtelte er mit der Waffe herum.

Ich packte die kleine gusseiserne Bratpfanne und kippte ihm auch noch das siedende Öl entgegen, ließ unmittelbar darauf einen Schlag folgen, der ihm die Pistole aus der Hand katapultierte. Sie knallte an die hintere Küchenwand, wobei sich aber kein Schuss löste. Die Augen hatte er jetzt weit aufgerissen. Er sah mich und stürzte sich auf mich, aber im Gegensatz zu mir hatte er keine Waffe mehr. Ich verpasste ihm einen heftigen Schlag ins Gesicht, und er taumelte nach hinten, schaffte es aber, sich auf den Füßen zu halten. Ich wusste nicht, wie sehr ich ihn verletzt hatte, doch seinem Keuchen nach hätte ich gewettet, dass ein paar Knochen gebro-

chen waren. Ich ging ein hohes Risiko ein, indem ich einen Schritt auf ihn zu machte, dann holte ich mit der Pfanne aus und ließ sie auf ihn niedersausen. Dies sollte der Killerschlag sein. Ich wollte ihn erledigen. Aber ich bewegte mich nicht schnell genug, und er griff nach der Pfanne, versuchte, sie mir zu entreißen. Halb war es ihm schon gelungen, als er vor Schmerz aufschrie – anscheinend hatte er vergessen, dass sie heiß war. Die Pfanne glitt mir aus der Hand und fiel zu Boden. Er bückte sich nach dem Griff, um sie nun mir überzuziehen, aber als er den Kopf senkte, sah ich meine Chance gekommen. Ich packte ihn mit beiden Händen an den Haaren und zerrte mit aller Kraft daran. Er torkelte, verlor das Gleichgewicht und fiel, knallte mit der Stirn auf die scharfe Kante der Arbeitsfläche aus Granit. Man hörte einen dumpfen Schlag, dann sackte er zusammen. Seine Stirn war blutig, und er nickte benommen. Dabei lallte er Unzusammenhängendes wie ein Betrunkener.
Ich griff hinter mich und nahm das Messer aus dem Block. Eine Sekunde später war ich neben ihm und presste ihm die Spitze an den Hals. Ich drückte ein Knie auf seinen rechten Arm und setzte mich auf seinen Brustkorb, anschließend fixierte ich seinen linken Arm mit dem anderen Knie. Dann presste ich ihm die Messerspitze noch tiefer in den Hals, bis sie die Haut verletzte. Er wusste, wenn ich noch mehr Druck ausübte, war er tot.
»Nicht bewegen«, zischte ich, wobei meine Stimme nicht mehr wie meine klang, »sonst mach ich dich fertig.«
Jetzt hatte ich seine volle Aufmerksamkeit. Er erstarrte, sah zu mir auf und schaute mich mit dem linken Auge an. Ganz offensichtlich hatte er große Angst, wirkte hilflos.
»Wer hat dich geschickt?«, fragte ich. Er machte den Mund auf, wollte antworten, überlegte es sich dann aber anders

und sagte nichts. Er atmete schnell und flach. »Raus damit«, forderte ich, »du sagst mir jetzt sofort, wer dich geschickt hat, oder ich mach dich fertig.«
Sein noch gesundes Auge fixierte mich, und fast konnte ich seine Gedanken rasen sehen. Er überlegte, was er sagen konnte, um sein Leben zu retten. Aber ich hatte keine Zeit zu verschenken.
»Fünf Sekunden«, sagte ich, »dann ramm ich dir das Messer in den Hals.«
»Warte«, sagte er, und ich spürte, wie sich das Sabatier ein kleines bisschen hob, als sich beim Sprechen sein Adamsapfel bewegte.
»Vier Sekunden«, sagte ich und presste das Messer tiefer in sein Fleisch. »Wer hat das angeordnet?«
»Niemand«, sagte er, nahm aber meinen Gesichtsausdruck wahr und wusste, dass mir die Antwort nicht genügte. »Ich meine, ich weiß es nicht.« Er wandte sein gesundes Auge nicht von mir ab. Ich sah ihm an, dass er Todesangst hatte. »Ich weiß nicht, wer mich beauftragt hat. Ich weiß nicht, von wem das Geld kommt. Das musst du mir glauben«, flehte er.
Er starrte mich an, als würde er nicht mehr wagen, noch etwas zu hoffen.
»Ich glaube dir«, sagte ich und stach ihm das Messer in den Hals.

28

Ich stieg über den Toten in meiner Küche, ignorierte das Blut, das aus der Wunde in seinem Hals spritzte und sich über den gesamten Küchenfußboden verteilte.
Dann nahm ich mein Handy und wählte Palmers Nummer.
»Ich brauche jemanden vom Reinigungsdienst«, sagte ich.
Bedeutungsschwangeres Schweigen.
»Kommt sofort, Sir«, sagte Palmer schließlich, als sei dies die selbstverständlichste Bitte der Welt.
Ich legte auf und setzte mich aufs Sofa, schreckte aber sofort wieder hoch. Ich wusste nichts mit mir anzufangen. Nachdem ich einen Augenblick lang nachgedacht hatte, rief ich instinktiv Kinane an. Ich wollte, dass er hier war, wenn Palmer kam.

Zwanzig Minuten später betrachtete Palmer die Leiche. Sie lag in einer dunklen Lache aus geronnenem Blut, das Gesicht war gerötet und voller Brandblasen. Ich hatte die Pistole auf die Anrichte gelegt, und auch diese nahm er zur Kenntnis. »Was ist passiert?«, fragte er.
Ich zuckte mit der Schulter. »Ich hab was gehört, mich umgedreht, und da stand er vor mir. Dann hab ich ihm heißen Kaffee ins Gesicht gekippt.« Meine Stimme flatterte, was ich dem verzögerten Schock zuschrieb. »Nach dem Messer musste ich erst greifen«, sagte ich und hielt inne. Eigentlich

hatte ich mehr ins Detail gehen wollen, aber jetzt, wo er da war und alles mit eigenen Augen sah, schien es mir nicht mehr nötig. Ich war heilfroh, noch am Leben zu sein, und hätte auf keinen Fall mit dem Kerl auf dem Boden tauschen wollen. Aber mir war kotzübel. Immer wieder dachte ich daran, wie sich die Messerspitze in seinen Hals bohrte, an seinen verzweifelten Blick. Ich wusste, dieser Moment würde eines der Bilder werden, die mich immer begleiten und mir zusammen mit den anderen den Schlaf rauben.
Palmer zog seine schwarzen Lederhandschuhe an und durchsuchte die Taschen des Toten. Er fand nichts.
»Was hältst du von ihm?«
»Könnte jemand aus der Stadt sein, den wir nicht auf dem Schirm haben, vielleicht ist er erst vor kurzem aus der Armee ausgeschieden oder auf Arbeitssuche? Wäre vorstellbar, weil die Aktion überstürzt wirkt, wie ein Auftrag auf den letzten Drücker.«
»Wieso?«
»Weil du ihn gehört hast«, sagte er schlicht.
Palmer meinte, wäre der Killer gut gewesen, hätte ich ihn nicht gehört, und ich musste zugeben, dass er recht hatte. Vielleicht würde ich mir eines Tages selbst auf die Schulter klopfen und mich freuen, dass der Mann, der David Blake hatte töten wollen, tot war. Die Geschichte war eine, von der wir uns wünschten, dass sie sich herumsprach, aber ich machte mir nichts vor. Ich hatte das Gehirn für diesen Job, nicht die Muskeln. Wäre er mit der Pistole auch nur besser als mittelmäßig gewesen, würden Palmer und Kinane jetzt meine Leiche wegschaffen.
»Gut«, sagte ich.
»Wahrscheinlich haben sie ihn losgeschickt, als sie gemerkt haben, dass du hier bist.«

»Hab ich auch schon gedacht«, erwiderte ich ausdruckslos.
»Alles okay?«, fragte mich Kinane, und mir wurde klar, wie schlecht ich ausgesehen haben musste, denn es war das erste Mal, dass er sich nach meinem Wohlbefinden erkundigte.
»Ich komm drüber weg.«

Als wir draußen standen, fragte Palmer: »Kann ich mit dir sprechen?« Ich nickte Kinane zu, der daraufhin schon mal zum Wagen ging.
»Ich weiß, was du denkst«, sagte Palmer.
»Tatsächlich?«
»Ja«, sagte er, »du fragst dich, wie's kommt, dass ein Killer bei dir auftaucht, obwohl du erst seit zwei Stunden im Haus warst. Du denkst, ich war der Einzige, der davon wusste.«
»Vielleicht«, sagte ich, aber es hatte keinen Sinn, unehrlich zu ihm zu sein, denn genau das dachte ich natürlich.
»Wahrscheinlich haben die das Haus beobachtet. Ich glaube, irgendwoher haben die eine Liste sämtlicher Häuser und Wohnungen, in denen du übernachtest. Und wenn du hier bist, gibt jemand Bescheid, sobald er deinen Wagen vorfahren sieht.«
»Und woher haben sie die Liste sämtlicher Wohnungen, wenn nicht ...«
»... von einem unserer Leute?« Er beendete den Satz für mich.
»So viele kommen nicht in Frage, oder?«
»Die wissen, wo du übernachtest, wenn du hier bist?« Er stieß einen Seufzer aus. »Da wären schon ein paar. Ein Staatsgeheimnis ist das nicht unbedingt.«
»Nein«, räumte ich ein, »vielleicht hätte es das sein sollen.«
Rückblickend betrachtet war es Schlamperei. Ein neben-

sächliches Detail, das mich aber beinahe das Leben gekostet hätte.

»Außerhalb der Firma kann das niemand wissen. Ich glaube, wir haben eine undichte Stelle.«

»Dann kommen uns die Peilsender ja gelegen.«

»Falls einer von unseren Leuten irgendwo war, wo er nicht hätte sein sollen, krieg ich das raus. Jemand hintergeht uns.«

»Vielleicht hast du recht«, gab ich zu.

»Aber überzeugt bist du nicht.« Er meinte, ich hatte ihn immer noch im Verdacht.

Ich zuckte mit den Schultern. Was mich betraf, so waren grundsätzlich alle in meiner Crew schuldig, bis ihre Unschuld bewiesen war, nicht andersherum.

»Da ist noch was, das ich dir zeigen muss.« Er nickte Richtung Wagen, der ein paar Meter weiter parkte. Ich folgte ihm, obwohl ich inzwischen wirklich keine Ahnung mehr hatte, wem ich vertrauen konnte. Palmer blickte sich um, ließ den Kofferraum aufschnappen und hob den Deckel halb an, gerade genug, damit ich hineinsehen konnte. Darin lag ein Mann. Er bewegte sich nicht. Ich war kein Experte, aber wenn ich eine Diagnose hätte stellen müssen, hätte ich gesagt, er hatte sich das Genick gebrochen.

»Bei mir war auch einer«, erklärte Palmer.

»Was ist passiert?«

»Ich bin nach Hause gekommen«, erklärte er, »und der Kerl hier hat schon im Haus auf mich gewartet.«

»Wie hast du ihn entdeckt?«

»Ich markiere meine Tür.« Er wich mir aus. »Wenn jemand drin ist, merke ich das.« Anscheinend war das die einzige Erklärung, die ich von ihm bekommen würde. Ich hatte schon öfter mal gehört, dass Leute unauffällige Zeichen an ihrer Haustür anbringen und jeden Abend prüfen, ob sie

noch da sind, aber das war mir ein bisschen zu sehr John le Carré.
»Ich dachte, ich verklapp sie beide zusammen.« Anscheinend gab es noch eine ganze Menge, das ich nicht über Palmer wusste. Wo auch immer er sein Können erworben hatte, der Mann im Kofferraum war ihm eindeutig unterlegen.
Ich hörte nicht richtig zu, weil mir ein Gedanke kam. Jemand hatte einen Killer auf mich angesetzt und gleichzeitig auch einen auf Palmer, am selben Abend. Kinane war nicht zu Hause gewesen, ihn hätten sie nicht erwischen können. Aber was war mit den anderen aus meiner Crew?
»Ruf alle an«, sagte ich, »vergewissere dich, dass sonst niemand Besuch bekommen hat.« Ich nahm mein Handy und rief Danny an. Keine Antwort. Wo, zum Teufel, steckte er?

Es dauerte nicht lange, dann bekam ich die Nachricht. Ich saß bei Kinane im Wagen, als mein Handy klingelte. Es war Sharp, er klang panisch: »Alles in Ordnung? Ist was passiert?«
»Kann man wohl sagen«, erwiderte ich. »Ist aber noch mal gutgegangen. Warum? Was hast du gehört?« Ich fragte mich, woher Sharp so schnell vom jüngsten Angriff auf mein Leben erfahren hatte.
»Hier ist die Hölle los, das ist wie in der Nacht der verfluchten langen Messer. Hunter hat's erwischt. Er ist tot.«
»Hunter? O Gott, nein.« Ich konnte kaum glauben, was ich da hörte. Hunter war seit Menschengedenken einer von Bobbys Leuten gewesen, und jetzt lebte er nicht mehr. Ich hatte das Gefühl, als würde die Welt einstürzen.
»Und noch was«, sagte er, als sei Hunters Tod unsere geringste Sorge, »auf deinen Bruder wurde geschossen.«

29

Ich hätte wissen müssen, dass sie mich nicht zu ihm lassen würden. Die Polizei war schon im Krankenhaus, ein paar Uniformierte machten sich breit, standen gut sichtbar herum, falls jemand versuchen sollte, meinem Bruder den Rest zu geben. Aber wenigstens ließen sie mich mit dem Mann an der Notaufnahme über Danny sprechen. Er erklärte mir, mein Bruder werde gerade operiert, und erst mal sei nicht mit Neuigkeiten zu rechnen. Ich sollte mich auf eine lange Wartezeit einrichten. Ich sagte, das mache mir nichts aus. Er sagte mir auch, mein Bruder sei sehr schwer verletzt. Er fügte nicht hinzu, dass ich mich auf das Schlimmste gefasst machen sollte, denn das verstand sich von selbst.
Ich wandte mich von der Anmeldung ab und sah mich DI Carlton gegenüber. »Tut mir leid, das mit Ihrem Bruder«, sagte er.
»Ein Scheiß tut Ihnen leid.«
»Doch wirklich«, erwiderte er ruhig, »ganz im Ernst. Ich habe mit den Ärzten gesprochen, weil ich dachte, Sie würden es wissen wollen. Er wurde dreimal getroffen, im Rücken und am Arm, es sieht nicht gut aus, selbst wenn er's überlebt.« Das verstand ich so, dass Danny dauerhaft in irgendeiner Form im Arsch sein würde. Plötzlich überkam mich das Bedürfnis, mich zu übergeben.
Ich schaffte es zu einer Reihe knallroter Plastikstühle auf der

anderen Seite des Raums. Mein Gehirn registrierte kleine unbedeutende Einzelheiten, weil vermutlich irgendein Schutzmechanismus einsetzte, der mich ablenkte. Zum Beispiel fiel mir auf, dass alle roten Stühle an einem stabilen Gestell festgeschraubt waren, das wiederum in den Boden zementiert war. Anscheinend war das sicherer, als einzelne Stühle bereitzustellen, die samstagnachts von besoffenen Verunglückten herumgeschleudert werden konnten. Am Wochenende war hier sicher der Teufel los, zig Angestochene, Verletzte oder mit Glasscherben Attackierte, aber heute war es ruhig. Ich ließ mich schwer auf einen Stuhl sacken, stützte die Ellbogen auf die Knie und hob die Hände vors Gesicht, dann rieb ich mir die Augen. Wahrscheinlich würde ich die Nacht hier verbringen.

Es war noch keine Stunde her, dass ich einen Mann getötet hatte. Und jetzt wartete ich auf die Nachricht, dass mein Bruder im OP gestorben war, oder, falls ich außergewöhnliches Glück hatte, dass er nur gelähmt oder hirntot war.

Mir wurde bewusst, dass sich DI Carlton neben mir niederließ. »Wer auch immer Danny das angetan hat, wird nicht aufhören, das wissen Sie, oder?«, sagte er in einem Tonfall, den er wahrscheinlich für vernünftig hielt. »Die werden es immer wieder versuchen. Als Nächstes sind Sie dran«, behauptete er.

Ich nahm meine Hände von den Augen und richtete mich auf, sagte aber nichts.

»Verraten Sie uns, wer dahintersteckt, und wir werden es beenden«, versicherte er mir, was totaler Blödsinn war. Selbst wenn ich eine Theorie gehabt hätte, hätte ich es noch lange nicht beweisen können. »Erlauben Sie uns, dass wir Sie beschützen«, drängte Carlton weiter. »Mit diesem Schweigegelübde tun Sie sich keinen Gefallen, in Geordieland gibt es

keine *omertà*. Sagen Sie mir, was Sie wissen, dann kann ich Ihnen helfen. Das ist das beste Angebot, das Sie in diesem Jahrhundert bekommen werden. Das wissen Sie.«
»Sind Sie fertig?«, fragte ich ihn.
»Ja.«
»Darf ich Sie dann mit allem gebührenden Respekt bitten, sich zu verpissen und mich in Ruhe zu lassen?«
Er sah mich an, als wäre ich es nicht wert, dass er seine nette Fassade aufrechterhielt, dann stand er auf und ging.

Ich wartete die ganze Nacht, und als ich ging, wurde Danny immer noch operiert. Ich brachte die Schwestern dazu, mir zu versprechen, dass sie mich anrufen würden, sobald der Chirurg den OP verließ. Erst dann war ich bereit, das Wartezimmer zu verlassen.
Ich stieg in meinen Wagen und traf Sharp am *Angel of the North*. Ich hatte ihm eine kryptische SMS von meinem Prepaidhandy aus geschickt, und der Treffpunkt war so gut wie jeder andere. Der Wind war schneidend kalt an jenem Morgen, weshalb niemand sonst unter den verrosteten Flügeln wartete.
»Was weißt du?«, fragte ich, sobald Sharp mich erreicht hatte.
»Es gibt eine Zeugin«, sagte Sharp, »ein junges Mädchen, eine Studentin an der Uni. Sie kam aus einer Bar und hat den Mann gesehen, der auf deinen Bruder geschossen hat. Gerade wird ein Phantombild angefertigt, aber das ist schwierig. Er trug eine Sonnenbrille und eine Mütze, deshalb weiß ich nicht, ob's überhaupt was bringt.«
»Kommen wir an sie ran?«
»Natürlich nicht, sie wird rund um die Uhr bewacht. Sie ist Zeugin einer Schießerei und hat den Killer gesehen. Die lassen sie nicht aus den Augen.«

»Dann musst du mir die Aufzeichnungen der Überwachungskameras besorgen. Ich gehe davon aus, dass es welche gibt.«

Sharp schnaubte. »Ja natürlich, aber ich kann sie dir nicht besorgen.«

»Musst du aber.«

»Wie soll ich das machen? Die Detectives sitzen jetzt dran. Ich kann da nicht einfach reinspazieren und sie mir ausleihen.«

»Das ist keine Bitte, Sharp«, sagte ich, »das ist ein Befehl. Ab und zu gebe ich welche, also denk daran, auf wessen Gehaltsliste du stehst.«

»Natürlich denke ich daran – aber irgendwo muss ich eine Grenze ziehen, sonst verdonnern die mich zu zehn Jahren. Die stecken mich zu Toddy ins Loch.«

Ich beugte mich vor, packte Sharp am Jackenaufschlag und zog ihn zu mir. Ich schlug ihn nicht, weil ich mich nicht darauf verlassen konnte, dass ich wieder aufhören würde: »Besorge mir die Aufzeichnungen!« Ich schrie ihm die Worte entgegen, dann stieß ich ihn unsanft zurück, und er fiel entsetzt auf den Boden.

Ich blieb nicht lange genug, um zu sehen, wie er sich wieder aufrappelte. Ich ging zurück zum Wagen, stieg ein und fuhr davon. Ich wusste nicht, was ich mit mir anfangen sollte. Ich hatte die ganze Nacht darauf gewartet, dass Danny die Augen aufschlug, und war völlig außer mir vor Sorge um meinen großen Bruder. Hunter, ein Mann, den ich seit meiner Kindheit gekannt hatte, lag im Leichenschauhaus, und ich war sicher, dass uns irgendeiner aus unserer Crew verraten hatte. Wer sonst hätte von unserem Townhouse, von Hunters Privatadresse oder Dannys Kassenrundgang wissen können. Ich war so verdammt müde, dass ich mich einfach

nur zusammenkauern und die Welt vergessen wollte. Aber irgendwie musste ich einen kühlen Kopf bewahren und den Dingen auf den Grund gehen, denn jetzt im Moment konnte ich mich nicht darauf verlassen, dass dies sonst jemand für mich übernehmen würde.
Plötzlich wurde mir bewusst, dass ich über hundertsechzig fuhr, an den anderen Autos vorbeirauschte, als stünden sie still, und ich hatte es gar nicht gemerkt. Ich zwang mich dazu, zu bremsen. Mir wurde klar, dass ich in Panik war, weil ich keine Ahnung hatte, wie ich das alles wieder in Ordnung bringen sollte, aber ich wusste, dass ich am Leben bleiben musste. Eine Sache gab es, an die ich mich klammern und an der ich mich aufrichten würde. Ich wollte Rache. Ich wollte den Mann finden, der meinen Bruder zum Krüppel gemacht hatte, und ich wollte ihn dafür büßen lassen.

30

Das Wartezimmer vor einer Intensivstation gehört zu den trostlosesten Orten überhaupt. Die Patienten auf der anderen Seite der großen doppelten Tür mit den Bullaugen befanden sich fast allesamt in medikamentös bedingtem Dauerschlaf, weshalb sie ihren Angehörigen nicht viel zurückgeben konnten. Ich sah Besucher aus der Station herausschleichen, verloren, erledigt und schuldbewusst. Jedes Mal, wenn die Tür aufging, spähte ich hinein, hoffte, einen Blick auf Danny zu erhaschen. Viel war aber nicht zu sehen. Am liebsten wäre ich einfach hineinmarschiert, aber ich wusste, dass mich der Detective vor der Tür aufgehalten hätte.
Es dauerte eine Ewigkeit, bis endlich der Oberarzt erschien. Er war groß und gebieterisch und schien seinen eigenen Fähigkeiten uneingeschränkt zu vertrauen. Anscheinend wollte er unbedingt den Eindruck bei mir hinterlassen, dass es einzig und allein auf das Schicksal meines Bruders Danny und keinesfalls auf das Können des Chirurgen zurückzuführen sei, wenn mein Bruder die Nacht nicht überlebte.
»Die Operation war sehr schwierig. Daniel hat Glück, dass er noch lebt.« Von Glück konnte meiner Ansicht nach keine Rede sein. »Die Lage der Projektile hat die Prozedur ganz besonders heikel gemacht.« Er fuhr fort und beschrieb einige der Komplikationen im Detail, aber ich hörte gar nicht

richtig hin, bis er schließlich einen Satz mit den Worten beendete: »... und die Wirbelsäule wurde ebenfalls verletzt.«
»Wir sind alles andere als sicher, dass Ihr Bruder überlebt«, erklärte er mir mit einer Ehrlichkeit, die ich mir wünschte und für die ich ihn hasste. »Aber Daniel ist ein starker, an sich gesunder Mann, und dadurch hat er eine realistische Chance.« Wie groß diese Chance war, wollte er mir jedoch nicht verraten. »Sie müssen sich darüber im Klaren sein: Selbst wenn er es schafft, wird er aufgrund der Verletzungen seiner Wirbelsäule nie mehr laufen können.«
Schon seltsam, welche Streiche einem das eigene Gehirn spielt, nur damit man nicht zusammenbricht. Ich hörte die Worte und begriff sofort deren Bedeutung, aber irgendwie gelang es mir, weiter mit dem Arzt zu palavern, als würde schon alles wieder gut werden. Ich wolle mich bei ihm und seinem Team für seine Bemühungen bedanken, meinem Bruder das Leben zu retten, erklärte ich, und er erinnerte mich erneut daran, dass noch nicht feststand, ob ihnen dies überhaupt gelungen sei. Nichtsdestotrotz, versicherte ich ihm, sei ich ihnen allen bis in alle Ewigkeit dankbar und würde es ihnen nie vergessen. Ich nahm seine Hand und schüttelte sie, während ich mit ihm sprach, und vergaß, sie wieder loszulassen. Ich pumpte und pumpte wie ein Bekloppter, bis er schließlich irritiert auf unsere Hände blickte. »Jetzt würde ich meinen Bruder gern sehen«, sagte ich.
Er erwiderte, ich dürfe reingehen, aber er müsse dem Mann an der Tür Bescheid geben. Der Mann an der Tür war ein Detective in Zivil, der dort Stellung bezogen hatte, falls der Mörder meinen Bruder besuchen und in seinem Bett ermorden wollte. Und bevor er mich endlich eintreten ließ, musste ich beweisen, dass ich derjenige war, der ich behauptete zu sein.

Mein großer Bruder wirkte hilflos. Er hing an einer Maschine, die seine Herzschlagfrequenz überwachte, und an einer zweiten, die seine Lungen unterstützte. Sein Gesicht wurde teilweise durch den Schlauch des Beatmungsgeräts verdeckt, und in einem Arm verschwand außerdem noch die Kanüle eines Tropfs. Er trug einen weiten, dunkelgrünen Krankenhauskittel, der die Schnitte der elfstündigen Operation verdeckte, bei der ihm drei Kugeln aus dem Körper entfernt worden waren. Das einzige Geräusch war das leise Piepen des Monitors und das tiefe monotone Zischen des Beatmungsgeräts, das für ihn arbeitete, meinen Bruder am Leben erhielt, Atemzug für Atemzug.

Und als ich Danny ansah, der mit den ganzen Drähten und Schläuchen vor mir lag, und mir immer wieder sagte, dass alles meine Schuld war, brach es über mich herein: Die Mischung aus drückend heißer Luft, der süßliche Gestank der Desinfektionsmittel und der Anblick des geschundenen Körpers meines Bruders waren zu viel für mich. Ich spürte, wie der Raum schwankte, und musste mich an dem Metallgestell des Betts festhalten, sonst wäre ich gefallen. Rasch setzte ich mich auf den harten Plastikstuhl neben seinem Bett und legte mir eine Hand auf die verschwitzte Stirn. Ich musste mich anstrengen, um wieder aufstehen und den Raum verlassen zu können, spürte im Gang Übelkeit in mir aufsteigen. Endlich stieß ich die letzte Schwingtür auf und legte die wenigen verbliebenen Meter durch das Wartezimmer fast rennend zurück, dann trat ich durch die schwere Glastür am Haupteingang. Die kühle Luft schlug mir ins Gesicht, und ich sog sie tief in meine Lungen ein. Ich schaffte es noch ein paar Meter weiter zu einer Bank, setzte mich und schlug die Hände vors Gesicht, damit mich niemand erkannte.

Ich ging in ein Pub, in dem ich nie zuvor gewesen war. Es war fast leer, und ich bestellte ein Bier und einen Whisky. Außer der vagen Vorstellung, dass ich dort sitzen und trinken wollte, bis ich vom Barhocker fiel und man mir ein Taxi – oder die Polizei – rief, hatte ich keinen besonderen Plan. Dann blickte ich auf und sah mein aschfahles Gesicht im Spiegel hinter den Flaschen an der Bar. Mir wurde bewusst, dass es mir nur noch schlechtergehen würde, wenn ich hier allein sitzen blieb, mich betrank und schuldig daran fühlte, dass mein Bruder nie wieder würde laufen können. Ich brauchte Gesellschaft, aber niemanden aus der Firma.

Es regnete heftig, als ich draußen vor dem Wohnblock vorfuhr. Bis ich die Tür erreicht hatte, war ich völlig durchnässt. Eine Frau um die dreißig ging gerade hinein, drehte sich um und hielt mir die Tür auf, dann bedachte sie mich mit einem fragenden Blick, weil sie mich offensichtlich nicht kannte. Ich nuschelte nur »danke« und folgte ihr, ohne ihr Gelegenheit zu geben, sich zu erkundigen, wer ich war.
Ich wartete nicht auf den Fahrstuhl. Ich nahm die Treppe, zwei Stufen auf einmal, bis in den dritten Stock, dann suchte ich Wohnung zweiunddreißig. Ich war nur leicht außer Atem, aber mein Herz raste, als wäre ich einen Marathon gelaufen. Vor mir sah ich immer nur den künstlich beatmeten Danny mit all den Kabeln und Schläuchen. Ich gab mir große Mühe, den Anblick aus meinen Gedanken zu verdrängen, denn wenn es mir nicht gelang, würde ich erneut darüber nachgrübeln, dass es meine Schuld war, dass er dort lag. Jetzt im Moment kam ich damit überhaupt nicht klar, und genau deshalb stand ich im dritten Stock eines mir fremden

Wohnblocks und drückte nun schon zum zweiten Mal auf die Klingel.
»Augenblick«, ertönte eine ungeduldige Stimme von drinnen, dann hörte man Füße über den Fußboden tapsen, und die Tür ging auf.
Sie stand in einem locker gebundenen, weißen Bademantel vor mir, presste sich ein Handtuch an den Kopf und trocknete sich die tropfnassen Haare. Sie musste gerade aus der Dusche gekommen sein. Irgendwie sah sie sehr sauber aus. Zunächst schien sie mich kaum zu erkennen, aber dann seufzte Simone und sagte: »Wenigstens muss ich dich nicht fragen, woher du meine Adresse hast.« Und einen Augenblick lang dachte ich, mir würde eine Abfuhr blühen. Dann sah sie mich durchdringend an, runzelte die Stirn und fragte: »Was ist? Was ist passiert?«
Was auch immer sie in meinem Gesicht gesehen haben mochte, es genügte ihr, um mich reinzulassen. Sie wich einen Schritt zurück, hielt mir die Tür auf, und ich trat ein.
Ich ging voran in das Wohnzimmer der hübschen kleinen Wohnung, sie folgte mir durch den winzigen Flur. Als ich mich zu ihr umdrehte, sah ich die Besorgnis in ihren Augen.
»Setz dich«, sagte sie, und ich entschied mich für den einzigen Sessel. Sie setzte sich auf die Sofalehne, und als sie dies tat, verrutschte der Bademantel ein bisschen, so dass ich ein Stück von ihrem nackten Oberschenkel zu sehen bekam. Schnell zog sie den Bademantel fester zusammen, wodurch sie nur umso deutlicher darauf hinwies, dass sie darunter nackt war.
»Willst du mir erzählen, was passiert ist?«, fragte sie.
Irgendwo tief in meinem Inneren fand ich die Worte, um zu erklären, dass mein einziger Bruder angeschossen worden war, dreimal, und dass es nicht gut um ihn stand. Es war

nicht davon auszugehen, dass er die Nacht überlebte, und selbst wenn ... aber den Satz konnte ich nicht zu Ende bringen. Einerseits weil ich nicht wusste, was für ein Leben Danny dann führen würde, aber vor allem, weil ich gar nicht darüber nachdenken wollte.
Simone lauschte geduldig, hörte mich bis zum Schluss an, und sofern sie nicht die größte Schauspielerin auf dem Planeten war, erschrak sie aufrichtig und machte sich große Sorgen. Als ich fertig war, sagte sie: »O Gott, das ist schrecklich!« Und weil ihr wahrscheinlich sonst nichts einfiel, fügte sie hinzu: »Ich hol dir was zu trinken.«
Sie ging aus dem Wohnzimmer, und ich folgte ihr in den Flur und in die Küche. Auch die Küche war klein, ganz hinten stand ein Kühlschrank. Sie machte ihn auf und nahm eine Flasche Absolut heraus, dann drehte sie sich zu mir um. Sie hatte nicht gehört, dass ich ihr gefolgt war, und als sie es merkte, zuckte sie vor Schreck zusammen. Vielleicht hatte sie Angst, in der Falle zu sitzen, oder sie fühlte sich verletzlich, weil sie außer ihrem Bademantel nichts anhatte. Sie wandte sich wieder ab, machte den Schrank auf und nahm zwei Gläser für den Wodka heraus.
Die winzige Küche wirkte auch auf mich ein kleines bisschen klaustrophobisch. Irgendwo gab es noch ein oder vielleicht sogar zwei Zimmer und ein Bad, vermutlich von der Größe unserer Dusche in Hua Hin. Mir waren ein paar Drucke an den Wänden aufgefallen, moderne Kunst, nichts Denkwürdiges, aber keine gerahmten Familienfotos oder Urlaubsschnappschüsse. Sie griff nach dem Wodka, und ich hörte das metallische Klicken, als sie die brandneue Schnapsflasche öffnete, gefolgt von einem satten, öligen Gluckern beim Einschenken. Irgendwie wirkte alles verstärkt: die Ge-

räusche in der Küche, meine Sinne. Ich war aufs äußerste angespannt.

Ich sah zu, wie sie auch in das zweite Glas Absolut schenkte. Am liebsten hätte ich sie hochgehoben, auf den Boden geworfen und gleich dort an Ort und Stelle genommen, bis wir beide genug voneinander gehabt hätten. Stattdessen ging ich langsam auf sie zu, achtete darauf, dass sie meine Schritte hörte, um sie nicht noch einmal zu erschrecken. Als ich näher kam, drehte sie sich zu mir um, und ich sah die Unsicherheit in ihrem Blick. Sie wich mir aus, indem sie sich wieder den Getränken widmete. Dann schraubte sie den Deckel auf die Wodkaflasche und sagte: »Ich weiß nicht, was ich zum Mixen habe.« Ihre Stimme schien vor Nervosität zu beben.

Als sie sich erneut zu mir umdrehte, stellte ich mich direkt vor sie. Ich streckte meine Hand zu ihr aus, und sie stöhnte leise, aber ich griff nur nach einem der Gläser auf der Anrichte. Sie sah mich trinken, dann kehrte sie mir den Rücken zu und nahm ihr eigenes Glas.

Erneut streckte ich die Hand aus, berührte dieses Mal ihr nasses Haar, hielt es behutsam in der Hand. Ihr Körper erstarrte, aber sie sagte nichts, und ich griff höher, legte meine freie Hand unter ihre Haare, in ihren Nacken, spürte die kühle, feuchte Haut und fing sanft an zu kneten. Bei meiner Berührung neigte sie den Kopf, und ich massierte weiter. Bei jeder Bewegung hörte ich sie tiefer atmen, sie ließ den Kopf zur Seite sinken und im Einklang mit meinen Handbewegungen hin und her rollen.

Ich ließ ihr Haar los und griff um sie herum; ich nahm die Aufschläge ihres Bademantels in jeweils eine Hand und öffnete den Mantel, bis ihr der weiche Stoff von den Schultern glitt. Sie presste ihren Körper an die Anrichte, um zu verhin-

dern, dass ihr der Mantel vollständig vom Körper rutschte, und ich massierte ihre nackten Schultern mit beiden Händen. Jetzt atmete sie tief, und ich wanderte mit den Händen zwischen ihren Schultern und ihrem Nacken hin und her, dann beugte ich mich vor und küsste sie auf den Hals.
Sie verschränkte die Arme, damit der Bademantel nicht tiefer rutschte, und sagte: »Tu das nicht.« Aber ihre Stimme war sehr leise, und sie bewegte sich nicht von mir weg. Ich rieb ihr weiter den Rücken, dann beugte ich mich erneut vor, um sie zu küssen. Dann packte ich den Kragen ihres Bademantels mit beiden Händen und öffnete ihn ganz, entblößte ihre Brüste. Ich legte ihr einen Arm um die Schulter und griff nach ihr, rieb ihr mit einer Hand über den Rücken und berührte mit der anderen sachte ihre Brust. Als ich dies tat, presste sie sich an mich, und so blieben wir eine Weile stehen. Sollte sie immer noch denken, dass ich das eigentlich nicht tun sollte, so hatte sie es aufgegeben, mir dies zu sagen. Ich legte meinen Arm um sie, nahm den Gürtel und zog langsam daran, bis er sich löste und sich der Bademantel öffnete. Sie legte den Kopf in den Nacken. Ich küsste sie auf den Mund, und sie erwiderte den Kuss, innig und begierig.
Dann löste sie sich und drehte sich zu mir um, ließ den Bademantel auf den Boden gleiten, legte mir beide Arme um den Hals, und wir küssten uns erneut. Ich presste eine Hand in ihr Kreuz und bewegte die andere langsam ihren Körper hinab, bis sie am weichen Fleisch ihres Oberschenkels angekommen war. Anschließend ließ ich sie sanft den Schenkel hinauf- und hinunterwandern, streichelte ihn zärtlich. Während wir uns küssten, wanderte meine Hand immer höher. Ich berührte sanft ihren Bauch, strich mit den Fingern darüber und glitt immer tiefer, bis ich sicher war, dass sie mich auch wollte. Dann schob ich ihr meine Finger zwischen die

Beine. Sie stöhnte leise und löste sich aus dem Kuss, schloss die Augen und legte den Kopf in den Nacken. Ich blieb so, stützte sie mit meiner anderen Hand. Sie legte erneut die Arme um mich, klammerte sich fest an mich, während ich sie zärtlich berührte. Als sie fertig war, nahm sie meine Hand und führte mich ins Schlafzimmer.

31

»Ich hab ganz vergessen, dass das auch so sein kann«, sagte sie zu mir.
»Ich auch«, erwiderte ich, ohne zu lügen. Wir lagen auf dem Bett; ihr Bademantel und meine Klamotten befanden sich irgendwo auf dem Boden. Wir hielten einander in den Armen, unbeweglich für den Augenblick. Ich küsste sie, und sie küsste mich, dann biss sie mir in die Oberlippe und lachte über meinen verdutzten Gesichtsausdruck. In diesem Moment sah sie sehr jung aus, keine Spur mehr von dem Zynismus, den sie sonst in der Öffentlichkeit an den Tag legte.
»Willst du noch was trinken?«, fragte Simone, und ich schüttelte den Kopf. Sie küsste mich erneut und sagte: »Bin gleich wieder da«, als wollte sie hinzufügen: »Laufe bloß nicht weg.« Dann stieg sie aus dem Bett und ging ins Bad. Als sie weg war, wurde mir bewusst, dass ich überhaupt nicht darüber nachgedacht hatte, was ich da tat, ob es gut, richtig oder falsch war. Mit Simone ins Bett zu steigen, das würde mein Leben zwangsläufig noch komplizierter machen, aber im Vergleich zu allem anderen, womit ich mich herumzuschlagen hatte, schien es eher nebensächlich.
Simone kam wieder herein und legte sich neben mich. Sie war immer noch nackt, und ich war froh, dass sie sich nichts übergezogen hatte. Es gab nur einen Haken. Jetzt, da ich sie endlich gehabt hatte, wollte ich gehen. Das lag nicht an ihr.

Eigentlich ging es mir mit allen Frauen so, abgesehen vielleicht von Laura ganz am Anfang und auch von Sarah, sofern wir überhaupt noch Sex hatten. Schon als junger Mann war ich so gewesen, damals, als ich noch Single war und in jedem Mädchen eine Möglichkeit sah. Wenn ich jemanden kennenlernte, wenn mich eine Frau in ihren Bann zog, fragte ich mich sofort, wie sie nackt aussah. Ich dachte darüber nach, wie sie wohl im Bett wäre, versuchte zu erraten, was sie für ein Gesicht machte, wenn sie kam, oder welche Geräusche sie von sich gab. Und wenn wir endlich zusammen in der Kiste gelandet waren, war das Geheimnis futsch, und aus einer Wiederholung machte ich mir nicht viel.
Simone drehte sich um und stützte sich auf ihren Ellbogen. Sie lächelte mich an, dann fragte sie: »Woran denkst du?«
»Daran, wie unglaublich das gerade war«, sagte ich, und ihr Grinsen wurde breiter. Ich hatte den Eindruck, Simone hatte Sex, Anerkennung durch Männer und ihr Selbstwertgefühl schon vor langer Zeit in dieselbe Schublade gepackt, und nun war all das unentwirrbar miteinander verbunden. »Und wie schade es ist, dass ich bald losmuss.« Ihr Grinsen verschwand. »Mein Bruder«, erklärte ich, und sie schaute wieder entspannter. Dann nickte sie, als könne sie nachvollziehen, was bei mir derzeit oberste Priorität hatte, und mir wurde bewusst, dass ich gerade noch ein Stück tiefer gesunken war, weil ich das verpfuschte Leben meines Bruders als Vorwand benutzte, nur um nicht die Nacht im Bett eines Mädchens verbringen zu müssen.

Ich wollte nicht wieder ins Townhouse, also verzog ich mich in unseren kleinen Wohnblock an der Westgate Road. Das waren acht Wohnungen über einer Tiefgarage, in denen aber niemand wohnte. Wir benutzten sie für geheime Treffen

oder auswärtige Besucher. Gelegentlich übernachtete ich dort, wenn ich die Hotels satthatte. Was vor allem dafür sprach, war die Sicherheit. Die Glastüren waren extra verstärkt, und vor der Tiefgarage befand sich ein Tor mit Zahlencode, der verhinderte, dass Unbefugte eindrangen. Ich fühlte mich dort sicherer als sonst irgendwo.
Ich bat Palmer, sich möglichst früh dort blicken zu lassen, und bestellte Kinane zur selben Zeit. Mit keinem von beiden wollte ich allein sein. Nicht, solange die undichte Stelle nicht gefunden war. Als Kinane die Tür öffnete, um Sharp reinzulassen, wandte ich mich an Palmer: »Was kam bei den Peilsendern heraus?«
Er erwiderte kleinlaut. »Nichts, Robbie hat ganz genau verfolgt, wer sich wo herumgetrieben hat, aber da war nichts Ungewöhnliches.«
»Dann hat's das mit den Dingern ja voll gebracht.«
»Lass ihm Zeit«, sagte er.
»Zeit ist das Einzige, das wir nicht haben.«
Sharp kam mit einem Koffer herein, und wir sahen schweigend zu, wie er einen Laptop aufbaute und einen USB-Stick aus der Tasche zog. Es dauerte ewig, bis er hochgefahren war, und wir warteten ungeduldig. Endlich tippte er auf eine Taste, und ein Bild erschien.
»Frag bloß nicht, woher ich das habe«, sagte Sharp, aber das interessierte mich sowieso nicht. Ich wollte nur die Aufzeichnungen sehen. »In einer Stunde muss ich es zurückbringen. Ich hatte nicht mal Zeit, eine Kopie zu ziehen.« Er wirkte gestresst. »Maximal eine Stunde.«
»Dann mach lieber schnell«, sagte ich, und er klickte auf *play*.
»Was man sieht, stammt von der Kamera in der Bar«, erklärte er, als der gesamte Innenraum des Pubs körnig und

schwarzweiß auf dem Bildschirm erschien. Am linken Bildschirmrand war die Bar zu sehen, ein Mädchen und ein Mann Mitte zwanzig bedienten dort. Die Tische davor waren größtenteils unbesetzt. Es sah aus, als wären überhaupt nur vier weitere Personen in der Kneipe; ein Pärchen Anfang zwanzig, das über den Tisch hinweg Händchen hielt, und das Mädchen, das als einzige Zeugin das Gesicht des Killers gesehen hatte, obwohl er eine dunkle Sonnenbrille und ein Basecap trug. Sie hatte einen alten grünen Parka an und las, hielt sich möglichst lange an ihrem Kaffee fest, weil sie sich vermutlich keinen zweiten leisten konnte.
Versteckt in einer Ecke am Fenster saß Danny und sah sehr viel gesünder aus als bei meinem Besuch im Krankenhaus. Selbst aus der Ferne wirkte er ziemlich entspannt – und warum auch nicht? Er wartete auf den Betreiber des Pubs, von dem er eine kleine Schutzgeldsumme kassieren wollte, so wie jeden Monat. Ein Routinejob. Ich hielt den Atem an, denn anders als Danny zum Zeitpunkt der Aufzeichnung wusste ich, was gleich kommen würde.
Es ging schnell. Im einen Moment war der Killer noch gar nicht im Raum, im nächsten spazierte er schon schnellen Schrittes durch die Tür, war aber dank Basecap, Sonnenbrille und langem Mantel unmöglich zu erkennen. Er bewegte sich zielstrebig auf Danny zu. Unser Kleiner hatte anscheinend instinktiv gespürt, dass mit dem Kerl was nicht stimmte, denn er war sofort aufgestanden und auf die Glastüren hinten zugegangen. Anders als ich hatte er aber nicht mehr genug Zeit, den Killer zu überlisten, denn der Mann, der gekommen war, um ihn zu töten, zog jetzt seine Waffe und feuerte. Der erste Schuss verfehlte Danny, der inzwischen rannte. Er traf eine der Glasscheiben weiter hinten. Ein Spinnennetz aus feinen Rissen überzog die gesamte Scheibe.

Danny versuchte verzweifelt, zur Tür zu gelangen, aber er schaffte es nicht. Die zweite Kugel traf ihn am Arm, die Wucht schleuderte ihn vorwärts; die nächsten beiden Schüsse trafen den Rücken. Er stieß an einen Tisch und fiel darüber, dann krachte er mit dem Kopf zuerst in die Tür, woraufhin die Scheibe zerbarst. Scherben spritzten durch den Raum, und Danny knallte auf den Boden. Der Tisch kippte um und riss im Fallen einen zweiten Tisch und zwei Stühle mit. Möglicherweise war es diesem Umstand zu verdanken, dass Danny nur schwer verletzt, aber nicht getötet wurde. Der Killer schien einen Augenblick zu zögern und die Situation einzuschätzen. Man sah ihm an, dass er überlegte, ob er den Verlust wertvoller Sekunden riskieren und über die umgestoßenen Tische und Stühle steigen sollte, um weitere Schüsse auf Dannys reglosen Körper abzufeuern, oder ob er lieber seinem Instinkt vertrauen sollte, der ihm sagte, dass keiner überleben würde, der von drei seiner Kugeln getroffen worden war.

Zu den Aufnahmen gab es keinen Ton, aber ich brauchte auch keinen. Die beiden jungen Liebenden waren zu Beginn der Schießerei aufgesprungen, das Mädchen schrie, ihr Freund hopste herum, als wüsste er nicht, wohin sie sich flüchten sollten. Die Studentin war wie erstarrt, klammerte sich an ihr Buch.

Der Killer hatte sich entschieden. Er machte kehrt und ließ die Waffe sinken. Er hielt sie in der rechten Hand, weiterhin schussbereit, falls jemand versuchen wollte, ihn aufzuhalten. Er ging zügig zur Tür. Die Studentin konnte nirgendwohin, und er steuerte auf sie zu. Beide wussten, dass sie eine Zeugin war, die Einzige, die ihn richtig gesehen hatte. Vielleicht begriffen beide in diesem Moment, dass es für ihn am vernünftigsten war, wenn er sie erschoss. Anscheinend hatte er

genau das gedacht, denn er hob die Waffe, zielte auf ihr Gesicht und hielt sie so einen Moment lang, der für die Studentin die reine Folter gewesen sein musste. Dann ließ er die Waffe sinken und ging. Verschwand aus dem Bild.
»Scheiße! Ist das alles, was wir haben? Der Kerl ist nicht zu erkennen. Selbst wenn's einer von unseren Leuten gewesen wäre, hätte man ihn nicht erkennen können.«
Ich wollte nicht glauben, dass wir zwar Aufzeichnungen hatten, aber nichts damit anfangen konnten.
»Es gibt noch eine zweite Kamera«, erklärte Sharp und zog einen weiteren USB-Stick aus der Tasche. »Die hier hängt an der Tür. Wegen des Kamerawinkels ist die Schießerei nicht so gut zu sehen, dafür aber der Killer, wenn er geht.«
»Zeig her«, befahl ich.
Sharp schaltete zu den Bildern der zweiten Kamera um, die ziemlich hoch an der Wand gehangen haben musste, direkt hinter dem Mädchen im Parka.
Sharp hatte recht, durch die Kameraperspektive war der Anschlag selbst weniger gut zu sehen. Einiges wurde von dem Schützen verdeckt, seine große Gestalt behinderte die Sicht auf die Waffe, und mein Bruder war gar nicht mehr zu sehen, kaum dass er seinen Platz verlassen hatte und zur Terrassentür gerannt war. Die Aufnahme wurde erst interessant, als die Schießerei vorbei war und der Killer von Danny abließ. Als er sich umdrehte, kam er besser ins Bild. Unter dem schwarzen Regenmantel trug er einen dunklen Anzug und ein weißes Hemd ohne Krawatte, dazu schwarze Schuhe und einen schwarzen Ledergürtel. Die Klamotten mussten ihn einiges gekostet haben. Das sah man, selbst auf die Entfernung.
Ich beobachtete, wie der Schütze auf das junge Mädchen zuging, die Waffe hob und auf sie richtete, ihr ins Gesicht ziel-

te. Dann fiel uns etwas auf, das wir auf den Bildern der anderen Kamera nicht hatten sehen können. Der Schütze machte den Mund auf, er sagte etwas und machte den Mund wieder zu. Wir alle sahen es und brauchten keinen Ton, um genau zu wissen, was er gesagt hatte.
Palmer sprach es als Erster aus und klang dabei, als könnte er es kaum glauben. »Hat der gerade ›peng‹ gesagt?«
Niemand antwortete. Wir hatten es eindeutig gesehen, genauso glasklar, wie wir jetzt beobachteten, dass er den Mund schloss und breit und dreckig grinste. Er lächelte das Mädchen an, das Todesangst hatte, und er genoss den Augenblick. Dann lachte er. Er lachte.
»Halt mal an«, sagte ich rasch. Ich war kaum in der Lage zu sprechen. Sharp drückte auf die Pausetaste, und das Bild erstarrte. Der Killer lachte immer noch. Das Standbild zeigte ihn mit offenem Mund und gebleckten Zähnen. Er hatte eindeutig Spaß an seinem Job. Am liebsten hätte ich meinen Stuhl genommen und den Bildschirm zertrümmert.
»Sharp, ich will, dass du das beste Bild von dem Mann rausfilterst und in Umlauf bringst.« Ich sah Sharp nicht an. Ich hatte zu viel damit zu tun, den Mann anzustarren, der auf meinen Bruder geschossen hatte. Abgesehen von seinem Grinsen und der Sonnenbrille, erlaubten höchstens seine bereits angegrauten Schläfen Rückschlüsse auf seine Identität. Der Rest wurde von der Basecap und der Brille verdeckt.
»Ich will, dass jeder Polizist, korrupt oder nicht, und jeder Spitzel im gesamten Land die Visage von dem Kerl zu sehen bekommt. Ich will, dass ihr damit durch die Bars und Nachtclubs zieht, durch die Bordelle und Crackhöhlen, bis ihr einen Namen habt. Und bis dahin macht ihr nichts anderes, kapiert?«
Sharp sah mich an, als hätte ich sie nicht mehr alle. Vielleicht

war das auch so, aber ich wollte den Mann finden, der meinen Bruder hinterrücks angegriffen hatte und dann lachend davonspaziert war. Selbst Tommy Gladwells qualvolles Ende würde im Vergleich zu dem, was ich mit dem Mann machen würde, wenn ich ihn in die Finger bekam, wie ein Spaziergang aussehen. Ich musste ihn nur finden. Irgendwo da draußen war er, versteckte sich in einem Land mit dreiundsechzig Millionen Einwohnern, aber das war nicht mein Problem, sondern das von Sharp.
»Finde ihn, Sharp, und zwar schnell.«
Palmer starrte das körnige Bild an und sagte kein Wort.
»Was?«, fragte ich ihn.
»Den kenne ich«, sagte Palmer und sah zu mir auf. »Ich weiß, wer das ist.«

32

»Wer ist das?«, fragte ich Palmer. »Und woher kennst du ihn? Halte mich nicht hin.«
»Er heißt Thomas Mason«, sagte Palmer. »Bei der Armee haben wir alle möglichen Aufträge bekommen. Im In- und Ausland. Aufträge, über die wir nicht sprechen durften«, erklärte er mir, »auch jetzt nicht. Wenn man in feindlichen Ländern arbeitet, ist man ganz auf sich gestellt, und nichts von dem, was wir getan haben, taucht in den offiziellen Akten auf.«
»Und bei einem dieser inoffiziellen Aufträge hast du ihn kennengelernt?«
»Nicht direkt kennengelernt, aber ich wusste, wer er war«, räumte er ein. »Und ich hab gehört, was er gemacht hat.«
»Erzähl weiter«, drängte ich ihn.
»Das war in den Neunzigern in Bosnien. Er sollte einen skrupellosen serbischen Oberst ausschalten, der ein weiteres Srebrenica geplant hatte. Die NATO wollte sich kein Massaker mehr leisten, und so gaben uns die Amerikaner grünes Licht, ihn aus dem Weg zu räumen. Thomas Mason bekam den entsprechenden Auftrag. Der Mord sollte den Tod Unschuldiger verhindern, aber dann kam es ganz anders.«
»Warum?«
»Mason ist ausgeflippt.«

»Was hat er gemacht?«
»Er hat alle umgebracht. Ich weiß nicht, was genau passiert ist – vielleicht ist er aufgeflogen –, aber Mason hat alle umgebracht. Im Haus des Obersts lagen elf Leichen, darunter auch der Koch, der Chauffeur, die Haushälterin, sogar die Frau vom Oberst.«
»Warum?«
»Man hat's nie herausgefunden. Glaub mir, so genau wollte es auch niemand wissen. Die ganze Sache wurde unter den Teppich gekehrt und den Kroaten in die Schuhe geschoben.«
»Und Mason?«
Palmer zuckte mit den Schultern. »In so einem Fall gibt's nur drei Möglichkeiten: Der Mann wird durch eine Beförderung unschädlich gemacht, stillschweigend um die Ecke gebracht oder aus dem Dienst entlassen.«
»Und er wurde entlassen?«
Palmer nickte. »Ich hab gehört, dass er sich selbständig gemacht hat.«
»Dann ist er also ein verfluchter, frei herumlaufender Irrer. Willst du mir das sagen?«
»Ich weiß es nicht. In der Branche stehen einige ganz schön unter Druck, und manche drehen durch. So was kommt vor, mehr will ich nicht sagen.«
Ich wandte mich an Sharp. »Finde den Mann«, sagte ich und sah, wie meinem korrupten Detective die Gesichtszüge entgleisten.

Trotz allem war die Cluberöffnung ein Riesenerfolg. Wir sorgten dafür, dass unser Spielerfreund seine Teamkollegen im *Cachet* antanzen ließ, und bekamen so ganz automatisch genau den Wirbel, den wir uns gewünscht hatten, weil die übliche Entourage aus Möchtegernfußballfrauen und Speichelleckern ebenfalls auflief. Ich schloss einen Deal mit der größten Modelagentur des Nordens und heuerte zwei Dutzend umwerfend schöne Mädchen an, die so taten, als seien sie ganz normale Gäste, wodurch unser Laden zur vermeintlich ersten Wahl der Schönen und Reichen wurde. Der Hälfte der Models zahlten wir ein bisschen was extra, damit sie sich eine Stunde vor der Eröffnung draußen in die Schlange stellten und jeder, der vorbeiging, dachte, die schönsten Frauen des gesamten Nordostens würden sich allein aufgrund von Mundpropaganda darum reißen, bei uns zu feiern.

Drinnen ließ unser DJ die Tanzfläche kochen. Sie war berstend voll, an der Bar herrschte reger Betrieb, und die Pyrotechnik erledigte den Rest. Die Atmosphäre vibrierte, unter anderem auch dank der vier Gogo-Tänzerinnen, die auf Podesten hoch über der Menge Stimmung machten. Als die Party auf dem Höhepunkt war, fuhr der gläserne Lift, begleitet von langsamer atmosphärischer Musik und dem überdrehten Gequatsche des DJs, nach oben. Dort angekommen, fiel Scheinwerferlicht auf die sich öffnende Tür. Ein allen bekannter R&B-Star stieg ein, zusammen mit unserer besten Tänzerin, die mit einem roten Cape und einem winzigen, goldfarbenen Bikini über einem durchsichtigen, enganliegenden und mit Strass-Steinen besetzten Ganzkörperanzug bekleidet war. Sie glitzerte bei jeder Bewegung. Der R&B-Star bot ihr seinen Arm an, und der Fahrstuhl fuhr langsam nach unten. Das Gejohle der Menge hob weiter an, als der Lift den Boden berührte, die Türen erneut aufgingen und die beiden gemeinsam über eine Rampe die Bühne betraten. Sie küsste ihn keusch, und er nahm sich als der R&B-Star, der er nun einmal war, die

Freiheit, ihr die Zunge in den Mund zu schieben. Die Menge drehte durch, und unser Mädchen widerstand der Versuchung, ihm ihr Knie in die Eier zu rammen. Ich nahm mir vor, ihr noch was extra dafür zu geben. Schlabbermaul packte das Mikro und schrie ein paar Bemerkungen der Art, dass er gleich die Tanzfläche aufmischen würde. Kaum war er fertig, winkte er in die Menge und schlenderte davon. Die wenigen Minuten auf der Bühne hatten uns schlappe zwanzigtausend Pfund gekostet.

Der DJ legte die ersten Takte von Snoop Doggs *Sweat* auf, und die Tänzer legten los, perfekt getaktet, Arme und Beine pumpten, sie übertrugen ihre Energie auf die Tanzfläche unten, und die Leute stiegen darauf ein. Sie schrien, kreischten und grölten, und ich wusste, wir hatten es geschafft. Der Club würde auf Jahre als der beste in Newcastle gelten. Die Leute würden meilenweit fahren, um herzukommen, und wir würden hier so viel Geld waschen, wie wir wollten. Aber im Moment konnte ich kaum an etwas anderes als an unseren Kleinen denken und wie viel Spaß ihm das alles hier gemacht hätte.

Ich wandte mich ab und ließ mir von einem der Kellner etwas zu trinken bringen. Mit dem Drink ging ich in mein neues Büro und schloss die Tür hinter mir, ließ den Lärm draußen.

Am nächsten Morgen besuchte ich Danny im Krankenhaus, aber er machte die Augen nicht auf. Zwischendurch war er wohl immer mal wieder zu Bewusstsein gekommen, hatte aber noch nichts gesagt. Ich war einfach nur froh, dass er noch lebte.

Ich fuhr gerade durch die Stadt zurück, als mein Handy vibrierte. »Ja?«

»Ich bin's«, sagte Sharp.
»Was gibt's?«
»Ich hab ihn.«
Ich spürte, wie mir das Adrenalin durch die Adern schoss, die erste positive Gefühlsregung seit Tagen. »Bist du sicher? Das ging aber schnell.«
»Ist mein Job«, erinnerte er mich. »Palmer wusste ja, wie er heißt, meine Kontakte haben den Rest erledigt. Er lebt ganz offen unter seinem richtigen Namen, kaum hundert Meilen von hier, was ich erstaunlich finde, aber bitte.«
Ich fragte ihn nach der Adresse, und er gab sie mir. Dann rief ich Palmer an und erteilte Anweisungen. Dieser wiederum verständigte Kinane, der seine Jungs zusammentrommelte. Ich wollte keine Verzögerung; ich durfte nicht riskieren, dass sich unser Mann ins Ausland absetzte. Das war nicht wahrscheinlich, aber ich wusste, ich würde keine Ruhe haben, solange ich nicht mit ihm und seinen Auftraggebern abgerechnet hatte. Wir verließen die Stadt, um den Mann zu suchen, der auf meinen Bruder geschossen hatte.

Das Restaurant, in das Palmer ihm von seinem Apartment aus gefolgt war, gehörte eher zur gehobenen Sorte, ebenso wie Thomas Masons Begleiterin, eine anspruchsvolle Blondine Ende zwanzig mit Sonnenbrille im Haar. Sie trug einen grellbunten, gelb-blau gemusterten Schal von Hermès, dazu einen dunkelblauen Blazer mit goldenen Knöpfen und eine cremefarbene Hose. Ein Chaneltäschchen ruhte zu ihren Füßen. Ich konnte ihre manikürten Fingernägel von hier aus nicht sehen, aber ich hätte wetten mögen, dass sie ebenfalls makellos waren. Auf jeden Fall war die Dame nicht billig, was aber keine Rolle spielte, da der Mann an ihrer Seite genug Geld besaß. Das wusste ich, denn der Auftrag, meinen Bruder auszuschalten, musste ihm einiges eingebracht haben.

Danny lebte allerdings noch, und das bedeutete, dass der Killer – zumindest rein theoretisch – versagt hatte. Wenn ich richtiglag, dann war das dem Mann, der die Fäden zog, egal. Danny hatte immer gesagt, Verwundete machen mehr Ärger als Tote. Verwundete müssen während eines Gefechts gerettet, zusammengeflickt und mit dem Hubschrauber ausgeflogen werden. Ihre bloße Existenz, ihre unübersehbaren Verletzungen und ihre unüberhörbaren Schreie verstörten und beunruhigten die Männer, und meist dauerte es Monate, wenn nicht gar Jahre, bis sie dank der Fürsorge und Pflege durch teure Spezialkräfte einigermaßen wiederhergestellt waren. Ärzte, Chirurgen und Krankenschwestern mussten bezahlt werden, ja sogar Beamte, die ihnen so lange eine Invaliditätsrente bewilligen mussten, bis sie endlich aus der Armee entlassen werden konnten. »Eigentlich will der Feind Verwundete«, erklärte er mir einmal. »Die sorgen für Chaos, bringen dich mental aus dem Tritt. Das geht nicht spurlos an dir vorbei, wenn du siehst, wie deine Kameraden auf Tragen weggeschleppt werden, angeschossen und mit fehlenden Körperteilen. Warum glaubst du wohl, werden Landminen so gebaut, dass sie Beine abreißen, aber nicht töten? Verwundete sind eine Last. Für Tote musst du bloß eine Grube schaufeln und sie reinwerfen.«

Jetzt war Danny der verwundete Soldat, und ich stellte mir vor, dass sich der Mann im Hintergrund tierisch darüber freute, wie seine Tat auf mich wirkte. Ich schlief nicht, konnte nichts essen und war mit den Gedanken nicht bei der Sache. Mich interessierten nur noch zwei Dinge: dass Danny die bestmögliche medizinische Versorgung bekam, die man für Geld kaufen konnte, und dass der Mann, der ihm das angetan hatte, auf die denkbar schlimmste Weise dafür bezahlte.

Und jetzt betrachtete ich diesen Mann durch die dunkel getönte Scheibe meines Wagens, der vor dem mit Michelinsternen ausgezeichneten Restaurant parkte, in das er seine weibliche Begleitung ausgeführt hatte. Ich beobachtete, wie er sich vom Tisch erhob und breit lächelte, als sie sich zu ihm setzte. Gute Manieren. Man merkt ihm den ehemaligen britischen Soldaten an, den Offizier, noch bevor Palmer seinen Rang bestätigte. Er wirkte wie ein Mann, dem es nicht im Traum einfallen würde, sitzen zu bleiben, wenn eine Dame den Raum betritt, der andererseits aber auch keine Bedenken hatte, hinterrücks auf meinen unbewaffneten Bruder zu schießen.
Sie lachten über etwas, und seltsamerweise machte mir das Spaß. Ich genoss es, zu wissen, was er nicht wusste, dass er schon bald nicht mehr lachen würde und dass dieses Essen sein letztes in weiblicher Begleitung war.
Ich drehte mich zu Palmer um und sagte: »Los!«

Als er das Restaurant verließ, küsste unsere Zielperson seine Begleiterin zum Abschied auf den Mund, ging zurück zur High Street, kaufte noch schnell eine Zeitung und hob Geld am Automaten ab, das er nicht mehr ausgeben würde. Er wirkte einigermaßen entspannt, nichts schien ihn zu plagen, seine Taten ließen ihn nicht nervös um sich blicken, ihm war keinerlei Angst anzumerken, dass er vielleicht selbst zum Gejagten werden könnte.
Palmer und ich sahen Mason zu seiner Wohnung am Stadtrand zurückschlendern. Eine hübsche Gegend, nur einige wenige exklusive Eigentumswohnungen befanden sich in

dem kleinen Gebäudekomplex, der auf dem ehemaligen Grundstück eines alten Hotels entstanden war. Hier lebten hauptsächlich Pendler, junge Berufstätige, die tagsüber nie zu Hause waren. Es gab keinen Pförtner, aber eine Tiefgarage, was für unsere Bedürfnisse perfekt war. Ich schickte eine SMS.
Ich saß am Steuer des Wagens, damit ich Palmer rauslassen konnte. Er wartete, bis unser Mann durch die Haustür verschwunden war, dann folgte er ihm.

Palmer stieg langsam und leise die Treppe hinauf, achtete darauf, nicht gehört zu werden. Er hatte es nicht eilig. Er bildete lediglich die Nachhut für den Fall, dass sich Probleme ergaben, mit denen Kinane und seine Söhne nicht fertig wurden. Er war bewaffnet, hielt die Waffe unter einem kurzen Regenmantel versteckt, den er sich über den Arm gelegt hatte.
Gerade wollte er um die Ecke in den Gang einbiegen, der zur Wohnung der Zielperson führte, als er das Geräusch hörte. Es hallte ihm durch den Gang entgegen, unerträglich laut in einem geschlossenen Raum wie dem Hausflur eines fast leeren Gebäudes. Unverkennbar handelte es sich um das Geräusch eines Repetiergewehrs, das zum Feuern bereitgemacht wurde. Als Palmer um die Ecke bog, sah er Mason vor der Tür seines Apartments mit nichts Tödlicherem in Händen als seinem Haustürschlüssel. Kinanes Söhne richteten jeweils eine Beretta auf ihn, und Joe trat mit einer Pistole in der Hand auf ihn zu. Auf dem Boden standen zwei große Taschen, in denen sie die Waffen transportiert hatten. Blakes SMS war das Signal zum Auspacken gewesen. Mason hielt die Hände zum Zeichen seiner Kapitulation hoch erhoben. Palmer versuchte, aus ihm schlau zu werden. Hatte er Angst,

war er verunsichert? Nein, seine Miene verriet nichts anderes als vollkommene Resignation.
Irgendwie war alles genau nach Plan verlaufen, und sie hatten den Killer gefasst, ohne einen einzigen Schuss abgeben zu müssen. Er war unbewaffnet und allein, und so, wie David Blake drauf war, sah seine Zukunft alles andere als rosig aus. Nur eines bereitete Palmer Kopfzerbrechen: der Gesichtsausdruck von Mason – er sah ihn ruhig und unversöhnlich an, als wollte er sagen: »Ich wusste, dass dieser Moment eines Tages kommen würde.«
Kinane ging direkt auf Mason zu und schlug ihm fest mit der Pistole ins Gesicht. Sie traf ihn mit einem ekelhaften Knall seitlich am Kopf, Mason ging in die Knie und hob die Hand an die tiefe Platzwunde. Kinane zog den Mann am Aufschlag seines schicken Anzugjacketts hoch. Blut strömte ihm übers Gesicht. Kinane stieß ihn Richtung Tiefgarage.
Das war riskant. Es bestand immer die Möglichkeit, dass sie von jemandem überrascht wurden, einem Studenten, der Flugblätter verteilte, oder einem Hausbewohner, aber sie hatten überlegt, dass dies wohl die beste Möglichkeit sei. Manchmal musste man einfach etwas wagen, besonders, wenn man einen wie diesen Killer ausschalten wollte. Er hatte offensichtlich nicht damit gerechnet, vor der eigenen Haustür erwischt zu werden. Sie polterten die Stahltreppe hinunter und durch die Tür, die zur Tiefgarage führte. Abgesehen von einem silberfarbenen Mercedes, war sie leer. Palmer vermutete, er gehörte dem Mann, den sie gerade geschlagen hatten. Das einzige andere Fahrzeug in der Tiefgarage war ein Transit mit geschwärzter Heckscheibe. Die Seitentür stand offen, und der Mann wurde hineingezerrt. Beide Hände wurden mit Handschellen an einem Metallgestell hinten im Transporter festgemacht und seine Füße mit

Plastikfesseln, wie die Polizei sie verwendet, fixiert. Anschließend wurden ihm die Augen verbunden, und er wurde geknebelt. Trotzdem setzten sich Kinanes Söhne mit schussbereiten Gewehren auf die Sitzbank ihm gegenüber. Niemand wollte es darauf ankommen lassen.

33

Ich folgte dem Transporter bis zu dem alten Umspannwerk und parkte einige Meter von dem Häuschen entfernt, blieb noch einen Moment im Wagen sitzen und sah zu, wie die Seitentür aufging. Kinane und seine Söhne stiegen aus dem Transporter und zerrten Mason mit hinaus. Sie nahmen ihm die Augenbinde ab, und er blinzelte ins Licht. Er wirkte nicht verängstigt. Seine Hände waren noch gefesselt, und in seinem Gesicht klebte getrocknetes Blut, aber er konnte ohne Hilfe zur Garage gehen, vorbei an den gerade gelieferten Betonsteinen und dem Zementmixer. Kinane schaltete diesen ein, und als er sich zu drehen anfing, machte er einen erfreulichen Lärm, der alle anderen Geräusche, die aus der Garage dringen mochten, übertönte. Ich stieg aus dem Wagen und folgte ihnen.
Ich wartete, bis Kinane ihm die Handschellen abgenommen und durch eine Stahlmanschette am linken Handgelenk ersetzt hatte. Diese war mit einer schweren, drei Meter langen Kette verbunden, die wiederum an einem in den Boden zementierten Pfeiler befestigt war. Mason wurde angekettet wie ein Hund. Kinane und Palmer gingen raus, während Kinanes Söhne blieben und weiterhin ihre Waffen auf ihn richteten.
»Wer hat dich für den Mord an meinem Bruder bezahlt?«, fragte ich. »Oder willst du mir erzählen, dass du's nicht weißt.«

Er schnaubte. »Ich weiß es nicht.« Wenigstens stritt er die Tat nicht ab. »Das wissen wir nie. So funktioniert das nicht. Der Auftrag wird erteilt, das Geld wird überwiesen. Alles digital.«
Möglich, dass er log, aber ich wollte es bezweifeln und hatte keine Lust, meine Zeit zu verschwenden, indem ich darauf bestand, dass er es zugab.
»Du hast gelacht«, sagte ich, und er sah mich verständnislos an. »Als du die Bar verlassen hast, nach den Schüssen auf meinen Bruder. Du hast die Waffe auf das junge Mädchen gerichtet, hast ›peng‹ gesagt und gelacht.«
»Na und?«
»Du schießt auf meinen Bruder und gehst lachend weg. Was glaubst du wohl, wie ich mich dabei fühle?«
Er betrachtete seine Füße, als würde er mir keine Beachtung schenken.
»Warum lässt du das Gequatsche nicht einfach und tust, was du tun musst?«
»Dich töten, meinst du?«
»Wenn du die Eier dafür hast.«
Unglaublich, wie der Kerl drauf war. Ich wusste ja bereits von Palmer, dass er sie nicht alle hatte, aber jetzt schien es doch eindeutig zu sein, dass er zu allem Überfluss auch noch einen starken Todeswunsch hegte.
»Und wenn ich mir lieber Zeit damit lasse? Wenn ich erst mal meine Jungs zusammentrommele, damit sie dir ein paar Tage lang abwechselnd die Scheiße zu den Ohren herausprügeln, dann komme ich wieder und trample auf den Knochen herum, die sie dir gebrochen haben. Wie klingt das? Ich schätze mal, eine Woche lang können wir dich am Leben halten, vielleicht sogar zwei, dann erst hört dein Herz auf zu schlagen.«

»Wie gesagt«, nuschelte er, »tu, was du tun musst.«
»Du hälst dich für knallhart, oder? Du glaubst, du steckst alles weg, was wir mit dir machen, als wär's eine einzige heroische Abschlussprüfung.«
»Denk, was du denken willst.«
»Und wenn wir dich mit Benzin übergießen und bei lebendigem Leib abfackeln? Wir hören uns deine Schreie durchs offene Fenster an. Was sagst du dazu? Wäre das ein gelungener Abgang nach deinem Geschmack?«
»Ihr werdet mich nicht schreien hören.«
»Ach was? Da scheinst du dir ja sehr sicher zu sein. Du *musst* wirklich hart drauf sein. Bei lebendigem Leibe verbrennen, ohne einen einzigen Mucks. Aber keine Sorge, ist schon in Ordnung. Ich werde dich nicht töten«, sagte ich.
»Na klar«, erwiderte er, »natürlich nicht.« Und er fügte hinzu: »Ist mir auch scheißegal.«
»Das hast du ja bereits klargestellt. Du hast deinen ›Ist mir sowieso alles scheißegal‹-Vortrag längst einstudiert, oder? Und das blöde Geglotze in die Ferne verrät dich. Das wusste ich gleich, als ich dich gesehen habe. Du kannst es kaum abwarten, dass endlich alles vorbei ist, du hast bloß nicht den Mumm, es selbst zu tun. Du musstest warten, bis wir kamen, damit wir's für dich erledigen. Mission Selbstmord. Aber wie schon gesagt, ich werde dich nicht töten.«
Kinane kam mit zwei Dutzend in Plastik eingeschweißten Wasserflaschen herein. Er stellte sie in Reichweite des Mannes auf den Boden. Mason warf einen Blick darauf, als würde er sich fragen, wozu das gut sein sollte, ließ sich aber nichts anmerken.
»Ich lass dich hier allein, damit du über deine Taten nachdenken kannst.« Er sah mich mit gerunzelter Stirn an, aber ich glaube, er hatte es immer noch nicht kapiert. Palmer kam

rein und warf eine Großpackung Schokoriegel neben das Wasser.
»Okay«, sagte er. Bildete ich mir das nur ein, oder klang seine Stimme leicht brüchig? »Wenn ihr wiederkommt, unterhalten wir uns. Wir machen einen Deal ...«
»Keine Unterhaltung, keine Deals. Ich komme nicht wieder.«
»Ich versteh nicht«, sagte er und betrachtete das Wasser und die Schokoriegel und versuchte, schlau daraus zu werden.
»Ich lasse dich hier«, teilte ich ihm mit, »angekettet. Das Wasser und die Riegel bleiben auch da, aber nicht, weil ich so nett bin. Ich will, dass du dir mit dem Sterben schön lange Zeit lässt. Wenn du erst mal eine Weile hier herumgesessen hast, wirst du sterben wollen, aber du wirst trotzdem das Wasser trinken und die Schokolade essen – und das möchte ich. Damit du lange durchhältst. Ich will, dass du darüber nachdenkst, wie es dazu kommen konnte, dass du hier so völlig ohne Hoffnung herumsitzt. Genau das hast du nämlich meinem Bruder angetan. Der liegt jetzt im Krankenhaus, kann sich nicht bewegen und hat keine Zukunft mehr. Ich werde dir zeigen, wie sich das anfühlt.«
»Die Kette wirst du nicht kleinkriegen. Wahrscheinlich denkst du jetzt, irgendwie doch, und ich bin sicher, du wirst es versuchen, aber ich sage dir, du hast keine Chance. Du wirst diesen Raum hier nie wieder verlassen, und du wirst nie wieder Tageslicht sehen. Wenn wir gehen, schließen wir von außen ab, die Tür ist mit einem Vorhängeschloss doppelt gesichert. Dann mauern wir sie mit den Betonsteinen und dem Zement zu. Niemand wird kommen, weil niemand weiß, dass du hier bist. Das ist ein privates Grundstück. Du

kannst schreien, so viel du willst. Ich will, dass du schreist, aber es wird dich niemand hören. Du wirst hier sterben, aber zuerst wirst du sehr viel Zeit haben, um darüber nachzudenken, was du meinem Bruder angetan hast. Ich bin sicher, dass du dabei durchdrehen wirst. Das bringt meinem Bruder sein altes Leben zwar nicht zurück, aber mir wird es ein kleiner Trost sein.«
Während ich redete, beobachtete ich, wie er allmählich begriff. Jetzt wirkte er nicht mehr so gelassen.
»Ich hab zweihunderttausend Pfund auf dem Konto. Lasst mich gehen, dann gehört es euch.« In seiner Stimme lag Verzweiflung, weil er wusste, dass es ein sinnloses Angebot war.
»Behalt's«, sagte ich, »du wirst sehen, was du hier drin davon hast.«
Er fing an, an der Kette zu zerren, sehr fest. Aber sie gab nicht nach. Palmer und Kinane gingen raus, gefolgt von Kinanes Söhnen. Ich warf noch einen letzten Blick auf den Mann, der das Leben meines Bruders zerstört hatte. Ich wollte mich an seine Angst und Verzweiflung erinnern können, wollte sie ihm ins Gesicht geschrieben sehen. Er riss immer noch an der Kette.
»Bitte lasst mich hier nicht allein ... bitte.« Seine Stimme wurde zu einem schwachen Krächzen, und Tränen traten ihm in die Augen.
»Bitte nicht.«
Ich ging zur Tür.
»Töte mich«, flehte er mich an, »töte mich jetzt ...«
»Bin schon dabei«, sagte ich und warf noch einen allerletzten Blick auf ihn. Er wusste, dass das Reden jetzt ein Ende hatte. Ich trat aus dem Raum, und als ich die Tür schloss, hörte ich ihn heulen. Dann zog ich sie fest zu und ließ das

schwere Vorhängeschloss zuschnappen. Den Schlüssel warf ich ins Gebüsch. Ich nickte den Jungs zu, die daraufhin die schweren Betonbausteine anschleppten.
Kinane und Palmer setzten sich zu mir in den Wagen, und wir fuhren wortlos davon.

34

Es war der Morgen unseres großen Treffens mit Alan Gladwell. Heute musste ich mich entscheiden, ob ich die Einkünfte aus dem Drogenhandel in Edinburgh mit ihm teilen oder sein Angebot ablehnen und einen Krieg mit den Gladwells riskieren wollte. Während ich duschte und mich anzog, lief im Hintergrund der Fernseher, aber ich sah kaum hin.
In den Nachrichten ging es vor allem um Leon Cassidy. Das war die einzige Geschichte, über die wirklich ausführlich berichtet wurde. Am Tag zuvor war er wegen fünffachen Mordes verurteilt worden, und jetzt konnte die Presse endlich hemmungslos über den Sandyhills Sniper herfallen, ohne eine Klage wegen Beeinflussung eines laufenden Verfahrens oder Verleumdung fürchten zu müssen. Cassidy sei ein Sonderling, ein Außenseiter und ein Verlierer, das wurde behauptet. Er sei unzulänglich und lebte in seiner eigenen Welt. Ehemalige Schulfreunde und Arbeitskollegen rissen sich darum, ihn mit unbedeutenden Geschichten anzuschwärzen. Rückblickend betrachtet hätte man schon damals merken müssen, dass man es mit einem Killer zu tun hatte, meinten sie. Er habe sie nicht beachtet, wie Luft behandelt, sei wegen blöder Kleinigkeiten sofort aus der Haut gefahren, was ganz eindeutig bewies, dass er irre war. Cassidy war beim Militär rausgeflogen, dann bei

seiner Frau. Er konnte einfach keinen normalen Job machen, und so ging es immer weiter.

Ich putzte mir an der offenen Badezimmertür die Zähne, damit ich die Pressekonferenz der Strathclyde Police mitbekam. Die obersten Chefs konnten kaum ihre Genugtuung darüber verbergen, dass Cassidy lebenslänglich bekommen hatte.

Eigentlich hörte ich dem Chief Constable gar nicht zu. Er laberte den üblichen Mist von wegen »für die Angehörigen der Opfer dürfte heute aber am wichtigsten sein, dass der Fall endlich einen Abschluss gefunden hat. Unser Mitgefühl ist mit all jenen, deren Leben sich durch die niederträchtigen und sinnlosen Taten des Leon Cassidy für immer geändert hat.« Ich ging zurück in den Raum, während er seine Ansprache beendete. »Ich weiß, dass es seiner liebenden Frau Judy und ihren beiden wunderbaren Kindern ein Trost sein wird, dass Detective Chief Inspector Robert McGregor in Ausübung seiner Pflicht einen tapferen Tod starb. Sein Anliegen war es, die Bürger seiner Heimatstadt vor jeglicher Art von Kriminalität zu schützen.« Sein Pressesprecher hatte ihm offensichtlich vorher jedes einzelne Wort aufgeschrieben, denn es waren sämtliche selbstgefällige Phrasen enthalten, die wir schon eine Million Mal gehört hatten.

Ich knöpfte mir gerade mein Hemd zu, als schließlich auch der Beamte, der Cassidy festgenommen hatte, ein Wort an die Presse richten durfte. Als ich seine Stimme hörte, hielt ich abrupt inne und wandte mich zum Bildschirm um. Ich sah ihn genau an. Detective Inspector Stephen Connor war ein drahtiger Mann Ende vierzig, mit weißem Haar und breitem Glasgower Akzent. Mit anderen Worten, ein Junge aus der Arbeiterklasse, der es zu etwas gebracht hatte. Er erklärte den versammelten Journalisten: »Die Straßen unserer Stadt sind jetzt wieder sicher, seit es uns gelungen ist, den Sandyhills Sniper dingfest zu machen. Ich würde sogar so weit gehen und sagen, dass jedermann in Glasgow nun wieder ruhig schlafen kann.« Connor beantwortete im Anschluss noch ein paar Fragen von Pressevertretern, aber ich konnte mich nicht mehr konzentrieren. Ich ließ mich aufs Sofa sacken und versuchte nachzudenken, mein Gehirn ratterte. Entfernt hörte ich irgendwo ein Geräusch, das nicht aus dem Fernseher kam, und schließlich wurde mir bewusst, dass mein Handy klingelte.

Das Treffen mit Alan Gladwell fand wieder am selben Ort statt. Praktisch seine gesamte Crew war anwesend und ebenso auch unsere, natürlich mit Ausnahme von Hunter und Danny. In der Nacht zuvor hatte ich nur ungefähr eine Stunde geschlafen, meine Toleranzgrenze gegenüber Blödsinn jeglicher Art ging daher gegen null. Als Amrein anfing, die Eckdaten des vorangegangenen Treffens zu referieren, fiel ich ihm ins Wort.
»Darf ich kurz was einwerfen, Amrein, bevor Sie alles noch einmal durchkauen?«, fragte ich.
»Aber sicher.«
»Ich würde dir gern eine kleine Geschichte erzählen, die mir zu Ohren gekommen ist, Alan.« Ich sah ihm in die Augen. »Du hast doch nichts dagegen?« Ich ließ ihm keine Zeit, zu antworten. »Sie handelt von einem Mann, der im letzten Jahr ein bisschen über die Stränge geschlagen und willkürlich Leute abgeknallt hat. Du erinnerst dich. Immerhin hat er ja bei euch im Hinterhof herumgeballert.«
»Natürlich erinnere ich mich. Das hat Riesenschlagzeilen gegeben. Du hast recht, er war irre, krank im Kopf, wenn du

mich fragst. Zwei Menschen sind dabei draufgegangen, die's wirklich nicht verdient hatten.«

»Mehr als zwei. Vier Zivilisten wurden getötet, aber damit hat er nicht die meiste Presse bekommen, oder?«

»Wie meinst du das?«

»Erst als er eine große Nummer bei der Polizei getötet hat, sind die Boulevardblätter so richtig heißgelaufen. Wie haben sie ihn noch gleich genannt? DCI Gangbuster?«

»Ich lese keine Zeitung«, sagte Alan cool.

»Na, dann wirst du's mir glauben müssen. Sein richtiger Name war Detective Chief Inspector Robert McGregor. Er hatte sich auf Bandenkriminalität und organisiertes Verbrechen spezialisiert, ließ alteingesessene Verbrecherclans hochgehen. Seine Methoden waren vielleicht ein bisschen rabiat, Erpressung hier, Einschüchterung da, außerdem hat er eine Menge Steuergelder rausgehauen, erst für die Bezahlung von Spitzeln, dann für deren Unterbringung im Zeugenschutzprogramm. Aber die Sache war die: Er hatte Erfolg, hat viele Fälle gelöst. Jedes Mal, wenn eine Firma aufflog, kam er damit in die Zehn-Uhr-Nachrichten. Manche hielten ihn möglicherweise sogar für den künftigen Polizeichef.«

»Ich hab von ihm gehört.«

»Natürlich hast du das. Aber für Leute wie dich und mich war DCI McGregor natürlich ein Problem, weil er uns um unsere Geschäfte gebracht hat. Sein letzter Einsatzort war Glasgow, wo er jedem, der's hören wollte, erzählt hat, er würde die Verbrecherfürsten zu Fall bringen. Blöderweise war er wahnsinnig bekannt, also war er praktisch unantastbar. Man kam nicht an ihn ran, und hätte man es versucht, hätte das ein Riesentheater gegeben. Eine Firma wie deine wäre in fünf Minuten Geschichte gewesen, hättest du dich an ihm vergriffen und ihn getötet. Ihr wärt allesamt lebenslänglich in den Bau gewandert, noch bevor ihr gewusst hättet, wie euch geschieht.«

»Das ist richtig«, sagte er ruhig, »also, worauf willst du hinaus? Der Mann, der ihn umgelegt hat, war heute Morgen im Frühstücksfernsehen.«

»Nur wissen wir, dass es Leon Cassidy gar nicht war.«

»Wie bitte?«

»Leon Cassidy. Der Mann, der von der Polizei festgenommen und von den Geschworenen schuldig gesprochen wurde. Der Mann, der vom Richter lebenslänglich bekommen hat. Er hat nicht geschossen.«

Alan Gladwell lächelte, als wäre ich ein Verschwörungstheoretiker. »Natürlich war er's. Die haben das verfluchte Gewehr in seiner Wohnung gefunden. Wie schon gesagt, ein kranker Wichser ist das. Ich meine, hätte er nur den einen Polizisten erschossen, hätte ich ihm einen Orden verliehen, aber er hat ja auch noch unschuldige Zivilisten einfach so abgeknallt.«

»Kollateralschäden«, erwiderte ich. »Im Großen und Ganzen kam es auf die Zivilisten nicht an.«

»Was soll das heißen?« Er runzelte die Stirn. »Hör mal, mein Lieber, das ist wirklich spannend, aber wir haben nicht den ganzen Tag Zeit. Hier wartet eine ganze beschissene Stadt auf deine Entscheidung …«

Es gelang mir, ihn gleichzeitig zu ignorieren und zu unterbrechen: »Sie waren Abfallprodukte, Kanonenfutter.« Und als er mich ausdruckslos ansah, erklärte ich: »Die armen Schweine von der Infanterie, weißt du, die von den Generälen in die Schlacht geschickt und für das Gesamtwohl geopfert werden.«

Er blickte verwirrt, also fuhr ich fort: »Hast du's nicht so betrachtet, Alan? Leon Cassidy war der perfekte Sündenbock, dein ganz persönlicher Lee Harvey Oswald. Er hielt es bei keinem Job lange aus, litt lange schon unter psychischen Problemen, flog als junger Mann aus der Armee, wo er an der Waffe ausgebildet worden war. Er war bereits wegen Körperverletzung vorbestraft, hatte eine gescheiterte Ehe hinter sich und einen Sorgerechtsstreit verloren, seine Frau hatte sogar ein Kontaktverbot erwirkt. Einen besseren Verdächtigen hätte man nicht erfinden können; eine tickende Zeitbombe, die früher oder später hochgehen musste. Und als es dann so weit war – wurde er zum »Sandyhills Sniper«, der einen Mann einfach so an einer Tankstelle abknallt. Niemand sieht ihn, man hört nur den Schuss. Und schon am nächsten Tag schlägt er wieder zu. Unser Leon ist ein ungeduldiger kleiner Psychopath. Erst wartet er sein ganzes Leben, bis er seinen ersten Mord begeht, dann tötet er innerhalb von vierundzwanzig Stunden gleich zweimal.«

»Was willst du mir eigentlich sagen?«

»Ich will sagen, dass du's versaut hast.«

»Ach ja?« Und er schüttelte den Kopf. »Wovon, zum Teufel, redest du?«

»Ich wusste, dass du dahintersteckst, als ich heute Morgen den zuständigen Polizisten in den Nachrichten gesehen habe, DI Stephen Connor.«

»Was ist mit dem?«

»Connor stand seit Jahren auf der Gehaltsliste deines Vaters. Versuch gar nicht erst, das abzustreiten. Jedermann in unserer Branche weiß, dass ihr ihn gekauft habt. Ohne deinen Dad hat er in Glasgow gar nichts gemacht, und wenn, dann hat er nur Typen hinter Gitter gebracht, die dein Vater sowieso dort sehen wollte.«

»Ja, und?«
»McGregor loszuwerden hat dir aber nicht genügt. Und deshalb musste Stephen Connor derjenige sein, der den meistgesuchten Mann in ganz Schottland festnimmt, obwohl alle wissen, dass er eine Niete ist. Aber du konntest nicht widerstehen. Du musstest deinem Hund einen Knochen zuwerfen.«
Gladwell sah aus, als wäre es ihm zu blöd, mir zu widersprechen. »Also, worauf willst du hinaus?«
»Ich will sagen, dass du Scheiße erzählt hast, von wegen du hättest keine Lust mehr auf Blutvergießen. Du lässt Leon Cassidy wegen fünffachen Mordes in den Bau wandern, dabei hast du die Morde angeordnet, vier davon gegen zufällig ausgewählte Zivilpersonen, und das nur, um von dem eigentlichen Mord abzulenken. Du hast McGregor abknallen lassen, und niemand hat auch nur mit der Wimper gezuckt, weil keiner gemerkt hat, dass du das warst. Keiner außer mir. Ich hab's kapiert, und zwar sofort in dem Moment, in dem Connor ans Mikro trat. Und mir ist noch was eingefallen: Ich hab mich an einen Fall von vor ungefähr zwei Jahren in Glasgow erinnert. Ich bin sicher, du erinnerst dich auch. Zwei Typen kamen aus London hoch und wollten sich einen Club unter den Nagel reißen und auch ein bisschen in euren Gefilden mit Drogen dealen. Wie nicht anders zu erwarten, waren sie wenig später tot, in ihrem eigenen Wagen erschossen, den sie irgendwo auf einem Brachgelände geparkt hatten, weil sie sich dort mit einem einheimischen Verbrecherfürsten treffen wollten. Jedenfalls wird das so kolportiert. Aber nicht aus nächster Nähe, oder? Nicht mit einer Pistole oder Halbautomatik, wie man vermuten würde. Nein, die beiden wurden mit einem Gewehr aus großer Entfernung ausgeschaltet, von einem Profi, der wusste, was er tat,

und der sich bezahlen ließ. Du hast so was schon mal gemacht, Alan. Ich hätte darauf kommen müssen, aber ich hab's nicht kapiert. Erst heute Morgen. Also, wie lange wird es dauern, bis die SOCA dahinterkommt und dir auf den Zahn fühlt?«
»Ist das jetzt deine Ausrede, warum du in Edinburgh nicht mitziehen willst? Weil du nicht die Eier hast, es mit der SOCA aufzunehmen?«
»Nein«, sagte ich, »deshalb halte ich mich nicht raus.«
»Warum dann?«
»Weil ich meine Männer nicht in den Norden schicke, damit du sie fertigmachst.«
»Wovon, zum Teufel, redest du?« Ich wusste, dass ich mich weit aus dem Fenster lehnte.
»Einer, der vier unschuldige Zivilisten opfert, nur um an einen Polizisten ranzukommen, wird mit dem Mann, der seinen Bruder auf dem Gewissen hat, keinen Frieden schließen. Weißt du, ist schon komisch«, sagte ich, »ich hab im Lauf der Jahre viel über dich gehört. Du giltst als harter und skrupelloser Mann, vor dem man sich in Acht nehmen muss, aber wenn's darauf ankommt, kannst du mir nicht mal in die Augen schauen und es zugeben.«
»Was soll ich zugeben?«
»Dass du's auf mich abgesehen hast. Du steckst hinter alldem, du ziehst die Fäden und gibst die Mordanschläge in Auftrag. Dein Dad hätte Bobby in die Augen gesehen und ihm den Krieg erklärt, aber du versteckst dich hinter Kooperationsgesprächen wie ein Hosenscheißer hinter Mamas Schürze.« Alan Gladwell sah mich an, als könne er nicht glauben, was er hörte. Aber ich war noch nicht fertig. »Ich habe deinen Bruder getötet, hab ihn mit einer Machete zerstückelt, wenn du's wissen willst. Er hat um sein Leben ge-

schrien, und du willst mit mir Geschäfte machen, nur um anschließend meine Männer hinterrücks zu erschießen. Was für ein rückgratloses Arschloch bist du eigentlich? Dein Vater wäre entsetzt. Zivilisten auf offener Straße und Männer in Kneipen erschießen und anschließend so tun, als wüsstest du von nichts? Übernimm die Verantwortung für deine Taten, Mann, gib es zu und stell dich mir offen entgegen, wenn du die Eier dazu hast.« Ich hielt einen Moment inne und sah, wie er meine Worte aufnahm. Ich hatte ihm Stoff zum Nachdenken gegeben, und manches davon musste ihm zusetzen, nicht zuletzt das über seinen Bruder und seinen Vater. Hätte er mich nicht sowieso schon umbringen wollen, dann wäre es jetzt so weit gewesen, so viel stand fest. Wenn ich die Situation falsch eingeschätzt hatte, hatte ich mir allerdings einen weiteren mächtigen Feind geschaffen.
»Komm schon«, drängte ich ihn, »warum sagst du nicht einfach, wie's ist?« Kaum hatte ich den Satz beendet, holte er mit einem lauten Brüllen nach mir aus und stürzte sich über den Tisch auf mich.
»Komm her!«, schrie er. »Komm her, du Arschloch!« Amreins Leibwächter waren schon zwischen uns getreten, und Gladwells Männer versuchten, ihn zurückzuziehen. Meine Leute warfen sich ebenfalls dazwischen, und jetzt flogen die Fäuste. »Ich bring dich, verdammt noch mal, um! Ich prügel dich in den Rollstuhl, so wie deinen Scheißbruder!« Fallon und seine Männer zogen ihn weg, aber er brüllte immer noch. Amrein versuchte, etwas einzuwerfen, aber Gladwell wollte nichts hören. »Scheiß auf dich, Amrein, du beschissenes Arschloch!« Dann fuchtelte er mit dem Finger in meine Richtung, während er von Fallon und zwei seiner Jungs zur Tür gezerrt wurde. »Ich hab Killer auf euch angesetzt« – seine Augen traten hervor, und er vergaß sich vollständig –,

»auf euch alle! Ihr seid tot! Jeder Killer im Land kennt eure Namen, und mir ist es scheißegal, was mich das kostet! Ihr seid alle, verdammt noch mal, tot!«

Mit einem letzten mächtigen Kraftaufwand gelang es Fallon und Gladwells Leuten, Alan Gladwell durch die Brandschutztür nach draußen in den Hof hinter dem Hotel zu befördern.

Amrein wirkte erschüttert.

»Danke für die gelungene Vermittlung, Amrein«, sagte ich sarkastisch. »Hat richtig viel gebracht.«

Kinane kam auf mich zu. Er wirkte erhitzt, und mir war aufgefallen, dass er ein paar gelungene Schläge bei Gladwells Jungs hatte anbringen können, es ihm aber nicht gelungen war, Fallon eins überzubraten, da dieser einen kühleren Kopf bewiesen hatte, als ich ihm zugetraut hätte, indem er seinen Chef wegschaffte, bevor dieser etwas tat, wofür er hätte verhaftet werden können.

»Woher wusstest du, dass er dahintersteckt?«, fragte Kinane.
»Ich wusste es nicht«, gestand ich. »Aber jetzt weiß ich's.«

35

Die Tage, die auf das Treffen mit Alan Gladwell folgten, waren extrem chaotisch. Alles ging schief. Die Polizei reagierte plötzlich auf Hinweise, die sie normalerweise ignoriert hätte. Ein paar unserer Dealer in den Randbezirken der Stadt wurden verhaftet, und eines unserer Pubs wurde wegen illegalen Glücksspiels geschlossen, nur weil ein paar Jungs dort um Geld gepokert hatten. In der Zwischenzeit versuchte jemand, einen unserer Clubs anzuzünden, und in dem Hotel, das wir eröffnen wollten, ging eine Bombendrohung ein. Während des Probelaufs für den Eröffnungsabend musste die gesamte Belegschaft evakuiert werden. Es gab kaum einen Zweig unseres Unternehmens, der nicht auf die eine oder andere Art beeinträchtigt, angegriffen oder juristisch belangt wurde. Und hätte ich mir die Mühe gemacht, hätte ich sämtliche Vorkommnisse bis zu Alan Gladwell oder dem Parlamentsabgeordneten Ron Haydon und seinem Chief Constable zurückverfolgen können. Selbst Maggot wurde festgenommen und bekam eine Anklage wegen unmoralischer Einkünfte in Aussicht gestellt. Er nahm sich den Vorfall sehr zu Herzen und drohte idiotischerweise damit, die Namen von Polizisten zu verraten, die in der Vergangenheit unser Etablissement besucht hatten, bis ihm einer der Detectives eine reinschlug. Als Kinane mitbekam, wie dämlich sich Maggot verhalten hatte, fing dieser sich noch eine ein und lief anschließend tagelang mit zwei identischen blauen Augen herum. Er sah aus wie ein Pandabär.

Ich trug alles mit Fassung, weil mittendrin unser Kleiner endlich die Augen aufschlug. Laufen würde er nie wieder können, aber zumindest lebte er, und im Gehirn blieben keine Schäden zurück. Ich kann gar nicht sagen, wie erleichtert ich war. Während meines Besuchs kam Danny zu Bewusstsein, schlief dann aber immer wieder ein und brachte auch kaum etwas Zusammenhängendes heraus. Ich versicherte ihm einfach, dass alles wieder gut werden würde, und sah ihm beim Wegdämmern zu. Ich hatte keine Ahnung, wie ich ihm beibringen sollte, dass er gelähmt bleiben würde.

An jenem Nachmittag saß ich mit Palmer in meinem Büro im *Cauldron,* ließ mich auf den aktuellen Stand der gegen uns aufgefahrenen Ärgernisse bringen, als Kinane hereinplatzte.

»Kevin wurde überfallen«, sagte er und wirkte so wütend, wie ich ihn nie erlebt hatte. Ich sagte nichts. Ich ließ ihn reden: »Er hat den Stoff nach Sunnydale gebracht. Kaum war er da, haben sie sich auf ihn gestürzt; Transporter und Pkws haben ihm den Fluchtweg versperrt, dann haben ihn die Kerle mit Gewehren und Uzis bedroht, anschließend aus dem Wagen gezerrt und verprügelt. Dann sind sie mit der Ware und dem Auto abgerauscht. Später haben wir's gefunden, ausgebrannt, aber der Stoff war natürlich weg.«

Kinane war kein Freund überflüssiger Worte.

»Braddock«, sagte ich.

»Er muss es gewesen sein! Wer hat denn sonst noch gewusst, dass Kevin mit dem Stoff unterwegs war? Wir verändern die Zeiten und die Fahrzeuge, aber wir müssen ihm sagen, dass wir kommen, damit er vorbereitet ist. Er kennt die Fahrzeugmarke und den Typ, damit seine Spähtrupps danach Ausschau halten können. Die Konkurrenz hätte gar nicht die nötigen Informationen gehabt, und wie hätten die einfach so in ihren Autos bis an die Zähne bewaffnet herumsitzen und warten können, ohne dass Braddocks Leute das mitbekommen und sie verscheuchen? Die wissen alles, was auf dem Estate vor sich geht. Braddock muss es gewesen sein.«

»Ist Kevin okay?« Ich wollte mit meiner Frage Zeit schinden, um zu überlegen, was zu tun war.

»Seine Schneidezähne ist er los«, sagte Kinane müde, »hat eine Uzi in die Fresse bekommen.« In Kinanes Welt war das so was wie ein aufgeschürftes Knie. »Er wird's überleben, aber er will's ihnen heimzahlen.«

»Kann ich mir vorstellen«, versicherte ich ihm, »und ich weiß, dass es dir ähnlich geht.«

»Also dann«, drängte er, »gib mir grünes Licht. Ich mach den Wichser fertig.«

»Nein«, sagte ich.

»Was? Ist das dein Ernst? Der Kerl hat gerade unsere komplette Lieferung geklaut! Du weißt, wie viel die wert ist. Das ist eine Kriegserklärung gegen dich. Gegen uns alle. Erst warnst du ihn, dann zieht der so eine Nummer durch. Der scheißt auf uns. Wenn wir das nicht klären, stehen wir wie Blödmänner da. Wenn wir dem das durchgehen lassen, wer beklaut uns dann als Nächstes? Die werden Schlange stehen, um uns auszunehmen.«

Kinane hatte mit jedem seiner Worte recht, aber ich konnte im Moment nicht an zwei Fronten Krieg führen, schon gar nicht, da Danny im Krankenhaus lag und Gladwells Killer hinter uns her waren.

»Ich sag dir, was ich will«, erklärte ich ihm. »Palmer wird sich mit Braddock unterhalten. Er wird ihm sagen, dass ich stinksauer bin, weil vor seiner Nase Drogen geklaut werden. Er soll sie wiederbeschaffen und die Schweine kaltmachen.«
»Aber er war's doch selbst!« Jetzt schrie mich Kinane an.
»Das weiß ich, Joe. Aber meinst du nicht, dass Braddock seine Leute jetzt in höchster Alarmbereitschaft hält? Die sind hellwach und liegen auf der Lauer, warten nur darauf, dass wir angeritten kommen wie General Custer und die siebte Kavallerie. Wenn wir darauf reinfallen, gibt's auf beiden Seiten ein Blutbad. Das ist es nicht wert.«
»Also, was machen wir?«
»Wir werfen ihm den Ball zurück, warten ab, was er vorhat. Wir befinden uns schon im Krieg mit den Gladwells, ich will nicht gleichzeitig noch einen Krieg gegen Braddock und seine Gang. Palmer wird Braddock verklickern, dass es keine Drogen mehr gibt, bis er die letzte Lieferung wieder rangeschafft hat.«
»Was die haben, reicht, um einen ganzen Monat über die Runden zu kommen«, gab Kinane zu bedenken.
»Im Moment leben sie auf großem Fuß und geben Geld aus, das sie noch gar nicht eingenommen haben. Wenn ihnen die Drogen ausgehen, werden sie das merken.«
Kinane schüttelte den Kopf. »Ich glaub's nicht. Ich glaub nicht, was ich höre. Ich hab noch nie eine Entscheidung von dir in Frage gestellt ...« Er redete mit mir, aber plötzlich wandte er sich an Palmer: »Erzähl mir nicht, dass du damit einverstanden bist?«
Das war ein heikler Moment. Hätte Palmer Kinanes Ansicht geteilt, wäre ich erledigt gewesen. Die Meuterei wäre nur mit Glück unblutig verlaufen.

Mein Sicherheitschef schwieg lange. »Sag schon«, drängte ihn Kinane.
»Ich denke, er hat recht«, sagte Palmer, und einen Moment lang wusste ich nicht, welchen von uns beiden er meinte. »Wir können nicht reinplatzen, wenn sie damit rechnen. Lass uns abwarten, bis sie wieder unvorsichtig werden, dann schlagen wir zu.«
»Himmelherrgott!«, schrie Kinane. »Ich hätte was Besseres von dir erwartet!«, sagte er zu Palmer, dann stürmte er aus dem Raum.
»Danke«, sagte ich.
»Ich hab zwar Joe gegenüber behauptet, dass du recht hast«, sagte Palmer, »aber ich bin nicht sicher, ob das wirklich so ist. Zu warten, bis denen die Drogen ausgehen, ist eine gefährliche Taktik.«
Ich wusste, was er meinte. Braddock hatte wahrscheinlich mitbekommen, dass wir Krieg gegen die Gladwells führten, und war nur deshalb ausgerechnet jetzt aktiv geworden, weil er dachte, wir wären abgelenkt. Wenn ich ihm den Drogenhahn abdrehte, würde er sich an Gladwell wenden und unserem Feind damit helfen, bei uns in der Stadt Fuß zu fassen. Für uns alle war das ein Horrorszenario. Ich hoffte nur, dass er nicht intelligent genug war, es zu merken.
Sharp und ich trafen uns in der Wohnung, weil wir uns nicht zusammen in der Öffentlichkeit blicken lassen konnten.
»Was hast du für mich?«, fragte ich ihn.
Er schüttelte den Kopf. »Nichts.«
»Das reicht nicht, Sharp. Ich hab dir gesagt ...«
»Glaub mir, ich hab alles versucht«, unterbrach er mich. »Ich rede mit viel zu vielen Leuten, und früher oder später wird Alan spitzkriegen, dass da ein Bulle aus deinen Gefilden Fra-

gen stellt, und dann bin ich, verdammt noch mal, ein toter Mann.«

»Du hast mit sämtlichen Kriminellen, korrupten und ehrlichen Polizisten gesprochen und nichts gefunden, womit ich ihm ans Leder kann? Das glaube ich nicht. Für einen dreckigen Gangster ist der viel zu sauber.«

»Ich sag dir, wie's ist. Der Mann führt seine Crew, sonst nichts. Er verkauft Drogen, aber er nimmt keine, seine Leute respektieren ihn, selbst die Härtesten wie Fallon machen, was er sagt. Er führt den Laden straff, die Kohle fließt, und alle werden pünktlich bezahlt. Der geht nirgendwohin ohne ein paar seiner Männer, ein simpler Mordanschlag kommt also nicht in Frage. Wenn er in der Stadt ist, bleibt er zu Hause bei seiner Frau und den Kindern. Die Alte kennt er schon seit der Schulzeit.«

»Was ist mit einer Geliebten, einer Freundin oder einem Freund?«

»Daran hab ich auch gedacht. Ich hatte gehofft, er hätte irgendwo ein Mädchen, oder wenigstens eine Nutte, mit der er's treibt, wenn ihm langweilig wird, aber Fehlanzeige. Er ist den ganzen Tag mit seinen Leuten zusammen, und abends fährt er in sein großes Haus, abseits der Straße. Das gesamte Gelände ist voller Überwachungskameras und Wachpersonal. Ich schätze, er hat aus den Fehlern seines Bruders gelernt.«

Einen Augenblick lang sagte ich nichts.

»Was soll ich machen?«, fragte er.

»Fahr noch mal hin, halte weiter Ausschau, es muss etwas geben.«

Er sah aus, als wollte er losheulen. »Bitte, du weißt gar nicht, was du da von mir verlangst.«

»Doch, das weiß ich«, versicherte ich ihm. »Du musst das für mich machen. Es ist wichtig.«

Er schlug die Hände über den Kopf und presste sie sich fest an den Schädel, als wollte er verhindern, dass er explodierte, dann sagte er: »Du kapierst es nicht, oder? Die werden mich umbringen.«
»Berufsrisiko, Sharp. Jetzt mach, dass du wieder hinfährst.«
»Herrgott, Mann ...«
»Gladwell weiß alles über uns. Er weiß, wohin ich gehe, mit wem ich mich treffe und wo ich übernachte, wenn ich hier bin. Wir wissen nichts über ihn und seine Leute, das ich gegen ihn verwenden könnte. Ich will was gegen Gladwell in der Hand haben, und zwar schleunigst. Finde eine Schwachstelle. Wenn nicht, schalten die einen nach dem anderen von uns aus, bis keiner mehr übrig ist, und bilde dir nicht ein, dass du immun bist. Wenn du nicht lieferst, sorge ich dafür, dass er mitbekommt, dass du zu meinen Leuten gehörst. Hast du das kapiert?«
»Ja, natürlich.« Er neigte den Kopf und wirkte zu Tode erschrocken, aber ich konnte nicht sagen, vor wem er mehr Angst hatte, vor mir oder vor Alan Gladwell.
»Gut so. Weißt du was?«
»Was?« Jetzt sah er wieder zu mir auf.
»Du bist auf der richtigen Seite, glaub mir. Gladwell hat vielleicht dreimal so viele Männer, aber er ist dumm. Wir werden gewinnen, und wenn es so weit ist, dann werde ich nicht vergessen, welche Rolle du dabei gespielt hast. Dir wird es an nichts fehlen.«
Sharp nickte. »Danke«, nuschelte er, aber ganz offensichtlich glaubte er mir kein Wort. Ich war nicht sicher, ob ich mir selbst glaubte.

36

Es wurde bereits dunkel, als ich auf das Dach des *Cauldron* hinaustrat, der inzwischen so was wie ein zweites Büro für mich geworden war. Hier konnte ich reden, ohne fürchten zu müssen, dass jemand mithörte. Ich rauchte und bekam wieder einen klaren Kopf. Palmer war bereits draußen, blickte auf die Stadt. »Was ist los, Palmer?«, fragte ich, obwohl ich schon eine ungefähre Vorstellung hatte.
Er wandte sich zu mir um. »Was meinst du?«
»Du ziehst schon seit Tagen eine Fresse wie ein wunder Affenarsch«, sagte ich, »also raus damit. Was geht dir durch den Kopf?«
»Willst du's wirklich wissen?«, fragte er.
»Sonst würde ich nicht fragen.«
Er zog an seiner Zigarette, um sich zu wappnen, dann sagte er: »Ich denke daran, was wir dem Mann angetan haben.« Er sah mir nicht in die Augen. »Dass er auf Danny geschossen hat, gibt dir jedes Recht, es ihm heimzuzahlen, aber was wir da gemacht haben … ich weiß nicht.« Er nahm noch einen Zug, suchte nach Worten und sagte: »Es war nicht richtig, ihn so zurückzulassen. Wir hätten ihn töten sollen. Was wir gemacht haben, war nicht richtig«, wiederholte er noch einmal, dann wandte er sich von mir ab. Er beugte sich vor, hielt den Kopf gesenkt, die Ellbogen ruhten auf der Brüstung.

»Das war keine reine Boshaftigkeit«, erklärte ich Palmers Hinterkopf. »Was wir mit dem Mann gemacht haben, war nicht nur Rache für meinen Bruder. Größtenteils schon, das gebe ich zu.« Ich stellte mich neben ihn, und wir blickten gemeinsam über die Dächer.
»Ich wollte, dass er leidet, richtig leidet, aber das war nicht der einzige Grund.« Er sah mich skeptisch an. »Kinane wird ein bisschen was durchsickern lassen. Keine Angst, er wird nicht erzählen, wer daran beteiligt war, aber er wird verbreiten, dass der Mann, der auf meinen Bruder geschossen hat, auf die denkbar schlimmste Art gestorben ist: dass wir ihn angekettet und eingemauert haben, als er noch geatmet hat. Dann wird sich jeder zweimal überlegen, ob er sich mit uns anlegt.«
»Du meinst, das funktioniert?«
»Wie oft hast du die Geschichte gehört, dass Joe mit einem Fischerboot zehn Meilen raus vor die Küste gefahren ist und einen Kerl über Bord geworfen hat?«, fragte ich.
»Oft«, räumte er ein.
»Was hast du gedacht, als du sie gehört hast?«
»Ich war froh, dass er nicht mit mir rausgefahren ist«, gab er zu.
»Genau. Und dasselbe gilt auch für die Geschichte, dass Alan Gladwell einem den Schwanz abgeschnitten hat. Jetzt macht eine neue Geschichte die Runde, die den Leuten verdeutlicht, dass wir hier unten keinen Spaß verstehen. Würdest du uns angreifen, wenn du wüsstest, dass der Tod noch das Geringste ist, was dir blüht?«
»Ich weiß nicht«, sagte er, »ganz ehrlich, ich weiß es nicht.« Ich hatte Palmer bis zu diesem Moment noch nie auch nur müde erlebt, aber heute Abend wirkte er völlig erschöpft.

»Okay«, sagte ich, »morgen fährst du mit einem Bulldozer oder einer Planierraupe hin, egal, was du eben kurzfristig organisieren kannst. Nimm zwei von Kinanes Söhnen mit, um auf Nummer sicher zu gehen. Sie sollen bewaffnet kommen. Ich will nicht, dass was schiefgeht.«
»Hab's verstanden.«
»Mach das Ding dem Erdboden gleich. Bei Anbruch der Dunkelheit will ich keine Spur mehr von dem Häuschen sehen, kapiert?«
»Ja.« Ich konnte die Erleichterung in seiner Stimme hören. Mir persönlich war das grinsende Arschloch Mason scheißegal. Ich vermutete, dass er inzwischen sowieso schon halb wahnsinnig war, so lange, wie er bereits in dem dunklen Loch hockte, aber ich brauchte meinen alten Palmer wieder. Mein wichtigster Mann musste jetzt hellwach und auf meiner Seite sein. Wenn ich ihm diesen kleinen Sieg ließ, würde sich alles wieder zum Besseren wenden, das wusste ich. Vielleicht würde er heute Nacht sogar schlafen können.
»Palmer, aber pass auf, dass da nichts unter den Trümmern hervorkriecht, hast du gehört?«
Er nickte langsam. »Ich pass auf«, versicherte er mir, »mach dir keine Sorgen.«
Ich und keine Sorgen? Das war fast schon lustig.

Den Abend verbrachte ich bei Simone, genauer gesagt, in ihrem Bett. Seit jenem ersten gemeinsamen Abend hatte ich kaum Gelegenheit gehabt, auch nur mit ihr zu telefonieren. Sie schien zu verstehen, dass mir Dannys Wohlbefinden im Moment am allerwichtigsten war, deshalb hielt sie Abstand. Aber ich bekam hin und wieder eine SMS, und manchmal sprach sie mir auf die Mailbox; kurze Botschaften, die durch-

aus unschuldig wirkten. Sie spielte auch nie darauf an, dass wir miteinander geschlafen hatten. Ein paar Tage später war ich wieder zu ihr gegangen und seitdem noch zweimal. Ich konnte nichts Unrechtes daran erkennen. Schließlich führte ich kein normales Leben, und mein Stressniveau lag vermutlich hundertmal höher als bei jedem anderen Mann. Warum sollte ich mir also nicht ein bisschen Abwechslung gönnen? Andererseits sah ich aber auch nicht, dass auf Dauer etwas aus uns werden könnte. Sie war so was wie beschädigte Ware, und das nicht nur wegen ihres Jobs im Massagesalon. In ihrem Kopf ging so einiges vor sich, von dem ich nicht glaubte, es je in Ordnung bringen zu können.
Sie döste neben mir, und ich wollte gerade gehen, als mich Sharp anrief. »Ich hab was, vielleicht nicht viel, aber wer weiß.«
»Lass hören.« Zuerst sprach ich leise, verließ Simones Schlafzimmer, um sie nicht zu wecken.
»Kommt von einem Spitzel, ein kleiner Fisch, ein Straßendealer, der über fünf Ecken Kohle an Gladwell abdrückt.«
»Weiter, erzähl.«
»Alan Gladwell fährt ein paar Tage weg. Ins Ausland. Anscheinend geschäftlich, aber er nimmt niemanden mit.« Das kam mir mehr als merkwürdig vor, dass ein Mann mit Alan Gladwells Profil ohne Schutz verreisen wollte. »Ich weiß das, weil er seinem Bruder Malcolm für die Zeit seiner Abwesenheit die Verantwortung übertragen hat.«
»Und woher weißt du, dass keiner mitkommt?«
»Sicher weiß ich's nicht, aber ich hab ein bisschen nachgeforscht, und wie sich herausstellte, hat er das in letzter Zeit regelmäßig gemacht. Er fährt ein paar Tage weg, lässt seine Leute zu Hause und erzählt keinem, was er treibt. Angeb-

lich fährt er nach Nahost und verhandelt mit einem Lieferanten über eine Warensendung. Auf der Straße wird behauptet, dass es eine große Lieferung sein soll, eine sehr große.«
Anscheinend waren wir nicht das einzige Unternehmen, das sich nach der Festnahme der Haan-Brüder nach alternativen Bezugsquellen umsehen musste.
»Und er fährt ganz allein, ohne seine Leute?«
Meiner Meinung nach war da etwas faul.
»Angeblich, ja, aber ich wollte es ihm auch nicht abkaufen, also bin ich ihm gefolgt.«
»Du bist Alan Gladwell gefolgt?« Die Überraschung war noch größer.
»Ich weiß. Ich hab mir, verflucht noch mal, ins Hemd gemacht. Scharf war ich nicht darauf, aber du hast gesagt, wenn ich nichts gegen ihn herausfinde, bin ich sowieso tot. Also hab ich mich schön im Hintergrund gehalten und bin immer nur lange genug an ihm drangeblieben, um zu sehen, wohin er fährt.«
»Und wohin ist er gefahren?«
»Das ist ja das Seltsame. Er hat seinen Fahrer parken lassen und ist dann mit viel Tamtam gegenüber in einem Wettbüro verschwunden. Da ist er aber bloß eine Minute lang dringeblieben, dann kam er wieder heraus und hat heimlich seinen eigenen Wagen beobachtet. Als er der Meinung war, dass gerade keiner guckt, ist er rüber ins Nachbarhaus.«
Sharp machte eine Pause.
»Ein Puff?«
»Nein.«
»Sharp, ich weiß, du bist stolz auf dich, aber ich hab nicht den ganzen Tag Zeit. Wo ist er hin?«
»In ein Reisebüro.«

»Ein was? Wozu denn das?« Wenn Alan Gladwell einen Flug buchen wollte, dann standen unzählige Leute Schlange, die sich liebend gern für ihn darum gekümmert hätten.

»Ich dachte, wahrscheinlich will er nicht, dass jemand weiß, wohin er fliegt, nicht mal seine direkten Assistenten und seine Brüder, weil sie dann vielleicht darauf kommen würden, mit wem er die Gespräche führt. Du hast auch Probleme mit undichten Stellen, vielleicht geht's ihm genauso. Vielleicht traut er keinem, wenn's wirklich so ein großer Deal ist.«

»Das ist ein hohes Risiko«, sagte ich. »Erzähl weiter.«

»Ich hab gewartet, bis Gladwell wieder herausgekommen, ins Auto gestiegen und weggefahren ist, dann hab ich alles auf eine Karte gesetzt und bin rein. Hab der jungen Frau erzählt, ich würde gegen einen Kreditkartenbetrüger ermitteln, und ob ich mir die Buchungen aus der vergangenen Stunde ansehen dürfte. Es gab nur zwei, und ich versicherte ihr, beide seien ordnungsgemäß. Ich wollte nicht, dass sein Flug storniert wird.«

»Und wo fliegt er hin?«

»Das ist der Teil, der dich am meisten interessieren dürfte«, erklärte er mir. »Er fliegt nach Thailand.«

Ich ließ mir von Sharp Gladwells Flugdaten durchgeben, dann legte ich auf und verließ Simones Wohnung. Ich rief Sarah an und sagte ihr, sie solle unter gar keinen Umständen das Haus verlassen, und ausnahmsweise widersprach sie mir nicht. Dann ließ ich mir Jagrit geben, um ihm zu sagen, dass erhöhte Alarmbereitschaft nötig wäre. Jagrit versicherte mir, er würde die zeitlichen Abläufe variieren und die Wachen auf dem Gelände verstärken. Dann buchte ich mir ein Ticket für den nächsten verfügbaren Flug nach Bangkok. Anschließend rief ich Pratin an und arrangierte eine dringende Notfallbesprechung mit meinem korrupten Thai-Detective. Die Vorstellung, Danny allein zu lassen, gefiel mir überhaupt nicht, aber ich hatte keine andere Wahl. Palmer und Kinane meinten, sie würden ihn besuchen, und ich hoffte, ich würde nicht lange weg sein. Ich packte eine Tasche, dann ging ich. Ich wusste, wenn ich jetzt schnell handelte, hatte ich zwei Tage Vorsprung vor Alan Gladwell – und die würde ich brauchen.

37

Auf dem gesamten Flug von Heathrow nach Bangkok dachte ich über Alan Gladwell nach und darüber, warum er dorthin flog. Entweder stimmte die Geschichte über die riesige Warensendung von seinem neuen Lieferanten aus Nahost, oder er hatte herausbekommen, dass ich in Hua Hin lebte. Ich konnte mich nicht darauf verlassen, dass Gladwells Thailandreise nichts mit mir zu tun hatte. Wenn es um Sarah ging, wollte ich es nicht darauf ankommen lassen und plante strategisch präzise wie im Krieg.

Ich konnte mir nicht vorstellen, dass Gladwell allein zu uns fahren wollte, aber wer würde es mit meinen Gurkhas aufnehmen können? Vielleicht wusste er nichts von ihnen, aber wenn er herausgefunden hatte, wo wir lebten, dann hatte er gewiss auch das Gelände ausspioniert – aber hatten meine Gurkhas seine Späher nicht entdeckt? Immer wieder kreisten dieselben Gedanken in meinem Kopf, und nicht einer ergab Sinn. Als mich Pratin am Flughafen abholte, war ich erleichtert.

Wahrscheinlich hätte ich Alan Gladwell schon in dem Moment, in dem seine Füße thailändischen Boden berührten, umbringen lassen können, aber aus verschiedenen Gründen war das keine gute Idee. Wenn britische Touristen im Ausland ermordet werden, führt das immer zu sehr unschönen Schlagzeilen, und die Behörden in Thailand geraten unter

Ermittlungsdruck. Wenn ich einen weiteren Gladwell umbrachte, blieben außerdem immer noch zwei Brüder übrig, die sich an die Spitze setzen und den Krieg gegen mich in Alans Märtyrernamen fortsetzen würden. Das alles erklärte ich Pratin, aber ich war nicht so sicher, dass er es verstand. Ich gab ihm sehr klare Anweisungen, er versprach, sich sofort ans Telefon zu hängen. Herrgott noch mal, dachte ich, hoffentlich macht er das jetzt richtig. Wenn er's versaut, sitzen wir allesamt in der Scheiße.

Ich konnte Gladwell schlecht selbst durch Bangkok verfolgen, also überließ ich Pratin diese Aufgabe und hoffte inständig, dass er so gut war, wie er behauptet hatte. Ich bat ihn, mich anzurufen, falls er etwas Verwertbares herausfinden sollte. Vielleicht konnten wir ein Foto von Gladwell mit einem der berüchtigsten Lieferanten des »Goldenen Dreiecks« bekommen. Allein das würde die Behörden ganz gehörig anpissen. Ich bezweifelte allerdings, dass Gladwell blöd genug war, sich hier auf dem Markt mit einem der Hauptakteure blicken zu lassen. Die thailändische Justiz geht bekanntermaßen hart gegen Dealer vor, und die Zustände in den Gefängnissen sind entsetzlich. Niemand möchte gern lebenslänglich in einem thailändischen Knast sitzen, und wenn die hier lebenslänglich sagen, meinen sie's auch so.
Nachdem ich Pratin auf den aktuellen Stand gebracht und auf den Fall angesetzt hatte, fuhr ich zu Sarah nach Hua Hin. Jagrit kam mir am Tor entgegen und beruhigte mich. Niemand hatte das Gelände beobachtet, das sei unmöglich, erklärte er mir, und ich glaubte ihm. Sarah wusste nichts von der Gefahr. Ich spazierte ins Haus, und sie begrüßte mich in ziemlich zerzaustem Zustand.

»Alles klar bei dir?«, fragte ich und bemühte mich, nicht zu lachen.
»Nein.« Sie spuckte das Wort aus, als bereitete es ihr große Mühe, überhaupt zu sprechen.
»Hab den ganzen Tag gekotzt.«
»Schön.«
»Joanne ist schuld.«
»Hab ich mir schon gedacht.« Joanne war noch geblieben, als Sarahs Freunde schon wieder abgereist waren.
»Gestern war unser letzter gemeinsamer Abend, also haben wir flambierte Sambucas getrunken. Viele.« Bei der Erinnerung daran zuckte sie zusammen.
»Kein Wunder.«
»Tut mir leid.« Sie war käsig im Gesicht, und ihr Haar hing ihr strähnig in die Augen. »Kein toller Anblick, wenn man nach Hause kommt, was?«
»Du siehst phantastisch aus, Schatz.« Und ich schlang die Arme um sie.
»Danke, dass du mich anlügst.«
Ich lachte. »Hast du die ganze Zeit gesoffen, als ich weg war?«
»Mehr oder weniger.«
»Super«, sagte ich, »so hab ich mir das vorgestellt.« Ich zog sie näher an mich heran und küsste sie auf die Stirn. »Dann hast du also Spaß gehabt?«
»Das war genial!« Sie sah zu mir auf. »Danke, dass du das organisiert hast.«
Sofort verdrängte ich jeden Gedanken daran, Sarah zu erzählen, dass jemand auf Danny geschossen hatte. Warum sollte ich sie jetzt damit belasten, da sie zum ersten Mal seit Monaten wieder glücklich war? Natürlich würde ich es ihr irgendwann erzählen müssen, aber jetzt noch nicht.

»War natürlich reiner Egoismus meinerseits«, behauptete ich. »Ich dachte, ich brauchte mal ein paar Fleißsternchen.«
»Oh ja, allerdings«, versicherte sie mir, »und du hast dir auch einige verdient, nur ...«
»Nur was?«
»Auf deine Belohnung wirst du noch ein bisschen warten müssen.« Sie sah mich entschuldigend an. »Ich glaub nämlich, ich muss schon wieder kotzen.«
»Na wunderbar.«
Sie riss sich ohne ein weiteres Wort los und lief eilig davon. Einen Augenblick später hörte ich ein unverkennbares Würgen aus dem Badezimmer unten.
Ich schaltete den Fernseher ein, um Fußball zu gucken. Bis Pratin von sich hören ließ, konnte ich nichts tun.

Pratin verfolgte Gladwell den ganzen Tag, hielt Abstand und war sicher, dass er nicht gesehen wurde. Er blieb an ihm dran, als er in einem Vier-Sterne-Hotel eincheckte, und wartete, bis er, geduscht und umgezogen, zu Fuß loszog. Er folgte ihm, während Alan an Geschäften vorbei und über Märkte schlenderte, beobachtete ihn von der gegenüberliegenden Straßenseite aus, als er allein in einem Restaurant aß und möglicherweise auf eine Kontaktperson wartete. Blake hatte Pratin eingebleut, er solle darauf achten, ob sich Gladwell mit jemandem traf, möglicherweise jemandem aus dem Drogengeschäft. Pratin versicherte Blake, dass er jeden einzelnen Drogenbaron der Hauptstadt kannte und auch sämtliche ihrer Lieutenants. Hätte einer von ihnen Gladwell beim Essen Gesellschaft geleistet, hätte Pratin ihn problemlos identifiziert.
Aber es ließ sich niemand blicken. Gladwell aß und bezahlte

die Rechnung. Danach spazierte er in die anrüchigeren Viertel der Stadt, überging aber die Angebote der Prostituierten, sowohl der männlichen wie auch der weiblichen. Pratin folgte ihm eine Stunde lang, wartete darauf, dass Gladwell tat, was alle westlichen Männer taten, wenn sie vor einer geschäftlichen Besprechung noch Zeit in Bangkok totzuschlagen hatten: sich jemanden kaufen. Aber Gladwell ignorierte die Table-Dance-Bars und Nachtclubs. Er ging einfach herum. Als er sich schließlich weit von seinem Hotel entfernt hatte, setzte er sich an einen Tisch draußen vor einer ruhigen Bar am Ende einer Sackgasse. Die Kneipe war klein und schmutzig – nicht unbedingt die erste Wahl eines wohlhabenden Mannes aus dem Westen. Das musste der Treffpunkt sein. Pratin wählte seinen Standort sehr sorgfältig, beobachtete Gladwell aus diskretem Abstand vom Fenster eines schlecht besuchten Restaurants aus. Er bestellte eine Schale *Tom-Yam-Gung*-Suppe und wartete, dass Gladwells Kontakt auftauchte.

Gladwell trank sein Bier und bestellte eine zweite Flasche, sah aus, als würde er warten. Pratin ging in Gedanken die Namen aller einheimischen Drogenfunktionäre durch, fragte sich, welcher den Mut hatte, eine große Lieferung Heroin in den Westen zu schicken. Er musste zugeben, dass einige in Frage kamen. Dann näherte sich ein Straßenjunge und fing an, mit Gladwell zu plaudern, anscheinend bettelte er ihn um ein paar Dollar an. Pratin war genervt, wünschte, das Kind würde wieder verschwinden, damit er klare Sicht auf Gladwell und dessen Kontaktperson hatte, sobald diese endlich eintraf.

Dann passierte etwas Eigentümliches. Gladwell richtete sich in seinem Stuhl auf, beugte sich zu dem Jungen vor, als wollte er mit ihm sprechen, und lächelte auffallend freundlich.

Mit einem solchen Lächeln bedachte man keinen Bettler. Es war das Lächeln, das ein Mann einer Frau schenkte. Pratin begriff sofort, was es zu bedeuten hatte.

Plötzlich schlug ich die Augen auf und merkte, dass ich schon vor einer ganzen Weile vor dem Fernseher eingeschlafen war. Abrupt setzte ich mich auf und sah Sarah im Türrahmen stehen. Ihr Haar war noch feucht von der Dusche, und außer ihrer schwarzen Unterwäsche trug sie nichts.
»Hallo.«
Ich war noch ein bisschen benommen. »Ist das die Wäsche, die ich dir geschenkt habe?«
»Ja.« Sie kam zu mir herüber und nahm meine Hand. »Ich weiß, dass ich dich vernachlässigt habe, und es tut mir leid. Komm mit nach oben«, sagte sie und ging voran.

Später machte ich uns Fisch, und wir aßen draußen auf der Terrasse, genossen den Blick aufs Meer. Es fühlte sich an, als wären wir wieder ein richtiges Paar. An Simone hatte ich seit meiner Abreise aus Großbritannien kaum gedacht. Sie gehörte zu einem anderen Leben, das mit uns hier draußen nichts zu tun hatte.
»Warst du als Kind mal in Whitby?«, fragte sie mich. »Du hast Fisch gemacht. Da musste ich an Whitby denken. Seid ihr mal hingefahren?«
»Nein«, sagte ich. »Eigentlich bin ich als Kind nie irgendwohin gefahren.«
»Dad hat mich mitgenommen, zum Fish-and-Chips-Essen. Ich meine, es war nicht gerade um die Ecke, aber er sagte immer: ›Wer will Fish and Chips?‹ Und wenn ich ›ich‹ gerufen habe, hat er den Jaguar aus der Garage geholt und wir

sind nach Whitby gefahren. Ich hab zu ihm gesagt: ›Dad, das ist aber ganz schön weit, gibt's denn hier nirgends Fish and Chips?‹ Und er meinte: ›Keine so guten wie in Whitby, Schatz, das sind die besten auf der ganzen Welt, und weißt du, wann sie am besten schmecken? Wenn man sie jemandem vom Teller klaut.‹ Gib her!« Jetzt lächelte sie. Das hatte sie in letzter Zeit nicht häufig getan, aber wenn ich ehrlich bin, hatte ich gemischte Gefühle dabei.
Unterhaltungen mit Sarah glichen sich immer irgendwie, und meist fingen sie an mit: »Dad hat früher immer ...« Es gab mir jedes Mal einen Stich ins Herz, weil ich derjenige war, der ihren Dad getötet hatte, und es machte mich fertig, dass sie ihn so sehr vermisste. Das einzig Gute an dieser beschissenen Situation war, dass sie nicht wusste, dass ich ihn auf dem Gewissen hatte.
»Du erzählst nicht viel«, sagte sie. »Über früher, meine ich, als du klein warst.«
»Da gibt's nicht viel zu erzählen«, erwiderte ich und verschwieg, dass ich lieber gar nicht erst über meine Kindheit nachdachte, weil sie nicht sehr schön gewesen war. »Wir sind so einigermaßen über die Runden gekommen. Meine Mum hat ihr Bestes gegeben, weißt du.«
»Wie war dein Dad?«, fragte sie.
»Hab ihn nie kennengelernt, anscheinend ist er abgehauen, bevor ich auf die Welt kam. Wenn ich raten müsste, würde ich sagen, dass er kein besonders guter Mensch war. Aber das war kein großes Ding für mich«, erklärte ich. »Was man nie hatte, vermisst man auch nicht.« Es gab mal eine Zeit, in der ich tatsächlich oft an meinen Dad gedacht hatte, aber damals war ich noch sehr klein gewesen und hatte es nicht besser gewusst. Ich hoffte, er wäre abgehauen und zur Armee gegangen oder Spion geworden. Die Filmaufnahmen

aus der besetzten iranischen Botschaft, die Bilder von der SAS, die im Fernsehen gezeigt wurden, als sie sich an Seilen in das Gebäude herunterließen und die Terroristen fertigmachten, gehören zu meinen frühesten Erinnerungen. Ich träumte, dass einer von ihnen mein Dad war und dass er jetzt, da er die Geiseln gerettet hatte, nach Hause kommen durfte. Er würde in seiner glänzenden Uniform mit den vielen Orden die Straße entlang auf mich zukommen und hätte einen neuen Fußball für mich dabei. Wenn ich jetzt daran denke, ist mir das peinlich. Was für ein Weichei ich damals war.
»Muss hart gewesen sein für deine Mum.«
»Ja, war's auch, aber sie kam klar. Mütter kriegen so was hin. Die machen einfach weiter.«
Sie sah weg, und ich fragte mich, ob die Bemerkung irgendwie unsensibel war. Hatte ich sie an ihre Mutter erinnert, die bereits vor vielen Jahren gestorben war, weshalb sie allein bei ihrem Vater aufwuchs und ein entsprechend enges Verhältnis zu ihm hatte, bis ich kam und alles zerstörte?
Sie rang sich ein Lächeln ab. »Ich hab nur gerade gedacht, dass wir uns so ähnlich sind, du und ich, wir sind beide Waisen.«
Wahrscheinlich hatte sie sogar recht, aber wer wusste das schon? Mein Dad hatte mich vor über dreißig Jahren im Stich gelassen – möglicherweise lebte er noch irgendwo, aber wahrscheinlich war er tot. So oder so, mir war's egal.
»Nein«, sagte ich, »Kinder sind Waisen, aber wir sind Erwachsene. Wir können uns gegenseitig umeinander kümmern.« Ich setzte mich neben sie und umarmte sie. Sie schmiegte sich ganz fest an mich und drückte ihren Kopf an meine Brust. Sarah war nicht immer ganz einfach, brauchte sehr viel Fürsorge und Aufmerksamkeit, aber das war nicht

ihre Schuld. Das wusste ich. Ich bin nicht unsensibel, und ich schwor mir selbst, alles in meiner Macht Stehende zu tun, um Sarah vor Alan Gladwell oder sonst wem, der ihr Schaden zufügen wollte, zu beschützen. Tatsächlich gab es nichts, das ich nicht bereit gewesen wäre, für sie zu tun. Egal was.
Zehn Minuten später rief Pratin an.

38

Pratin beobachtete von seinem Wagen aus, wie der Junge Gladwell in ein kleines schäbiges Hotel führte. Gladwell versuchte, unauffällig zu wirken, hatte die Hände in den Hosentaschen vergraben und schlenderte wie jeder andere x-beliebige Tourist, der sich in der Stadt umsah, hinter dem Jungen her.
Kaum hatte Pratin Gladwells Lächeln entschlüsselt, änderte er seinen Plan. Der Ausländer war nicht dumm, er würde nicht vor aller Augen aufstehen und dem Jungen folgen. Er unterhielt sich mit ihm und steckte ihm vorsichtig eine geringe Summe als Anzahlung zu, allerdings nicht so diskret, dass Pratin es nicht mitbekommen hätte. Dann ging er in Richtung des Hotels davon. Anstatt Gladwell auf den Fersen zu bleiben, folgte Pratin jetzt dem Jungen, holte ihn ein und kaufte sich die Informationen, die er brauchte. So erfuhr er den Namen des Hotels, die Uhrzeit, zu der sie verabredet waren, und sogar die Zimmernummer. Vorsichtig sah er zu, wie der Junge das Hotel betrat, und gab den beiden noch ein paar weitere Minuten. Er überlegte, wie lange es wohl dauern würde, bis der Junge den Schlüssel beschafft hatte. Nicht lange, denn er hatte es schon sehr oft getan und der Mann am Empfang kannte ihn gut. Bezahlen würde natürlich Gladwell. Er würde gleich dreimal bezahlen: für das Zimmer, für die Verschwiegenheit des Mannes am Empfang und für den Jungen.

Pratin wartete noch ein bisschen länger, dann sah er auf die Uhr. Eigentlich wollte er gar nicht so genau darüber nachdenken, was Gladwell mit dem Kind anstellte, aber er musste die Zeit genau abpassen, weil er sicher sein wollte, dass seine Zielperson ganz und gar abgelenkt war.

Als er das Gefühl hatte, dass genug Zeit verstrichen war, stieg er aus dem Wagen, knöpfte seine Jacke zu, achtete darauf, dass nirgendwo etwas verräterisch aufklaffte und seine Waffe zum Vorschein kam. Nicht dass irgendjemand draußen gewesen wäre. Die Straße war wie leergefegt. Seit er vor über einer Stunde vor dem Hotel vorgefahren war, hatte er nur eine einzige andere westliche Person in das Gebäude gehen sehen. Pratin hätte jedenfalls jederzeit gewettet, dass derjenige, wer auch immer sonst noch in diesem Hotel abstieg, ungern als Zeuge auftreten würde.

Er ging um das Gebäude herum nach hinten. Dort versteckte er sich hinter einem hochgewachsenen Busch mit langen goldenen Blütenblättern. Glücklicherweise war es bereits dunkel, der Mond schien nicht, und die Straßenlaternen verbreiteten nur trübes Licht. Er ging auf das markierte Fenster zu und zog seine Waffe, die Lamellen der Jalousie standen schräg nach oben. Das hatte er mit dem Jungen so vereinbart und ihm zusätzlich etwas dafür gegeben. Dadurch konnte Pratin von drinnen nicht gesehen werden, aber ungestört in den Raum blicken. Angesichts dessen, was sich dort auf dem Bett abspielte, zuckte er angewidert zusammen und richtete instinktiv die Pistole auf Alan Gladwell. Es war so verlockend, einfach abzudrücken und die Sache hier zu beenden, aber Pratin zwang sich, es nicht zu tun. Er hatte eine Aufgabe, für die er bezahlt wurde, und er musste sie ordentlich erledigen, sonst würde er einen Haufen Ärger bekommen.

Langsam und vorsichtig steckte Pratin seinen Polizeirevolver wieder in sein Schulterholster, dann griff er in eine kleine schwarze Tasche, die er bei sich trug, und zog eine winzige Digitalkamera heraus.

Alan Gladwell lenkte den Wagen hinter einen steinalten Bus, dann überholte er einen VW-Käfer, der auch schon bessere Tage gesehen haben musste. So, wie er fuhr, würde er viel zu früh am Flughafen sein, aber das konnte ja nicht schaden. Er würde nach Hause zurückkehren, ohne dass jemand etwas mitbekommen hatte. Hierherzufliegen war immer riskant, aber keiner seiner Leute und auch niemand aus seiner Familie hegte einen Verdacht. Er brauchte das einfach – aber damit mussten sich die anderen ja nicht belasten. In Großbritannien würde ihn sowieso niemand verstehen, deshalb musste er ja auch so weit reisen. Gott sei Dank aber gab es Bangkok, dachte Gladwell. Gäbe es die Stadt nicht, müsste man sie erfinden. Er fragte sich bereits, wann er wohl wiederkommen konnte, als er merkte, dass sich ein Wagen vor ihn schob. Der Honda trug die deutlich erkennbare Aufschrift »Highway Police«, blaue Buchstaben auf gelbem Grund. Gladwell fuhr instinktiv langsamer, obwohl er sich durchaus an das Tempolimit gehalten hatte. Auch der Honda bremste ab, dann fuhr er auf den Seitenstreifen, ließ Gladwell vorbeifahren, was dieser auch vorsichtig tat in der Hoffnung, keinen Anlass für ein Eingreifen zu liefern. Im Vorbeifahren sah Alan Gladwell zur Seite und merkte, dass ihn der uniformierte Beamte auf dem Beifahrersitz eindringlich musterte.

Kein Grund, gleich paranoid zu werden, dachte Gladwell, ich habe nichts zu verbergen. Er schob sich sachte vorbei und beschleunigte gerade wieder, als der Polizeiwagen erneut ausscherte und ihm folgte. Sekunden später war er wieder direkt hinter Gladwell, und dieser schaute besorgt in den Rückspiegel, fragte sich, woher das plötzliche Interesse an ihm rührte. Allerdings hatte er kaum Zeit, noch länger darüber nachzudenken, denn jetzt sprang schon das Rotlicht auf dem Wagendach an und rotierte wild, während der Polizist auf dem Beifahrersitz ihm Zeichen machte, auf dem Seitenstreifen zu halten. Gladwell fluchte und tat, was von ihm verlangt wurde.

Kaum stand Gladwells Wagen, überholen ihn die Polizisten und stellten sich direkt vor ihn. Die beiden Beamten stiegen aus und kamen zu Gladwell. Er kurbelte die Scheibe herunter und fragte: »Stimmt was nicht?«

Sie sahen ihn ausdruckslos an, ihre Augen hinter dunklen Ray-Bans verborgen. Der jüngere Mann trug eine lange braune Lederjacke, vermutlich gehörte sie zur Polizeikluft hier, obwohl Gladwell, nur mit einem T-Shirt bekleidet, vor Hitze schon fast zerfloss.

»Steigen Sie bitte aus dem Wagen, Sir«, bat ihn der Fahrer in tadellosem Englisch. Er gehorchte.

»Bitte hierher«, bedeutete ihm der Beifahrer, mitzukommen. Gladwell folgte beklommen. Er glaubte, Opfer einer Erpressung zu werden, ein Verdacht, der sich bestätigte, als der Beifahrer behauptete: »Sie sind zu schnell gefahren.«

»Nein«, widersprach Gladwell bestimmt.

»Doch«, beharrte der Fahrer mit größerem Nachdruck, und beide Polizisten nahmen ihre Ray-Bans ab.

»Sehen Sie, ich muss zum Flieger und …«

»Sie fliegen nirgendwohin«, sagte jetzt der Beifahrer.

»Wie gesagt, ich muss zum Flieger.« Gladwell seufzte. »Können wir die Sache nicht mit einem Bußgeld aus der Welt schaffen? Ich habe gehört, im Fall von Missverständ-

nissen sei so was möglich, dass man ein Bußgeld bezahlt, meine ich.«
Die Augen der Beamten bekamen etwas Verschlagenes, und der Ältere der beiden, der Fahrer, wandte sich an seinen Partner und schüttelte den Kopf. Der jüngere Mann ging weg. Gladwell folgte dem Fahrer zum Streifenwagen. Die hintere Tür ging auf, und der Polizist bedeutete Gladwell, er möge einsteigen. Gladwell nahm auf dem Rücksitz Platz, und der Polizist ging um das Auto herum auf die andere Seite, machte die Tür auf und setzte sich neben ihn.
Einen Augenblick sagte niemand etwas. Schließlich hatte Gladwell das Gefühl, das Schweigen brechen zu müssen. »Wie viel«, fragte er, »damit das Problem aus der Welt ist?«
Der Polizist sah ihn streng an.
»Ich meine das Bußgeld«, versicherte Gladwell ihm, »wie hoch wird das staatliche Bußgeld sein, das ich wegen der Geschwindigkeitsüberschreitung zu zahlen habe?«
»Dreißigtausend Baht.«
»Leck mich am Arsch«, entfuhr es Gladwell. »Das sind ...« Er überlegte einen Augenblick, rechnete die ausländische Währung im Kopf um. »... über sechshundert Pfund. Das ist Diebstahl.«
»Fünfundzwanzigtausend Baht«, korrigierte der Polizist, der neben ihm saß, seine Forderung; jeglicher Anschein, es könne sich tatsächlich um ein Bußgeld handeln, war jetzt verflogen.
»Fünfzehn«, lenkte Gladwell ein. »Ich gebe euch fünfzehntausend Baht, mehr nicht.«
Erneutes Schweigen. Herrgott, dachte Gladwell, so einen Ärger kann ich nicht gebrauchen. Ich will einfach nur los und nach Hause fliegen. »Du lieber Himmel«, zischte er ihm zu, »das ist hier ein verfluchtes Verbrecherland. Na gut,

zwanzigtausend, verdammt, das ist es dann aber auch gewesen.« Er griff nach seinem Geldgürtel, zog ein Bündel Scheine heraus und zählte sie dem Beamten auf die Hand. »Ich möchte aber eine Polizeieskorte bis zum Flughafen.«
Der thailändische Polizist runzelte zunächst die Stirn, und Gladwell fragte sich, ob er jetzt doch zu weit gegangen war. Keine Ahnung, was er machen würde, wenn der Deal nicht zustande kam. Dann plötzlich lachte der Polizist laut los. »Klar fahren wir Sie für zwanzigtausend Baht zum Flughafen!« Dann lachte er noch lauter: »Für zwanzigtausend Baht fahren wir Sie, wohin Sie wollen!« Und er hörte gar nicht mehr auf zu lachen.

Trotz der Verzögerung auf der Autobahn gab es keine Warteschlange am Check-in. Gladwell zog seinen Rollkoffer hinter sich her, bis er vor einer jungen Thailänderin haltmachte, die sein Ticket und seinen Pass prüfte und ihm anschließend die üblichen Routinefragen stellte: ob dies seine Tasche sei und ob er sie selbst gepackt habe.
Sie nickte ihm bei seinen Antworten bestätigend zu, und er wollte gerade seinen Koffer auf das Band hieven, als ihm bewusst wurde, dass jemand hinter ihm stand. Gladwell drehte sich um und sah sich vier uniformierten Männern gegenüber, die ihm den Weg versperrten.
»Was?«, fragte er.
»Kommen Sie bitte mit, Sir.«
»Hä? Wieso? Ich hab nichts gemacht.« Gladwell spürte sofort Panik aufsteigen, denn er wusste, dass das, was er getan hatte, ihm eine sehr lange Haftstrafe einbringen würde – aber davon konnten sie doch unmöglich etwas wissen. Er fasste sich zumindest lange genug, um zu fragen: »Worum geht's?«

Einer der Zollbeamten lächelte höflich und zeigte ihm, in welche Richtung er Gladwell zu geleiten wünschte. Gladwell sah auf die Abflugzeit, anschließend auf seine Armbanduhr. Noch kein Grund zur Eile. Sicher würde die Zeit reichen, um aufzuklären, was auch immer sich diese Herren für ein »Missverständnis« für ihn ausgedacht hatten. Er blickte in die vier erwartungsfrohen Gesichter um sich herum. Himmel noch mal, dachte er, alle halten sie hier die Hand auf. Und mit einem tiefen Stoßseufzer folgte er den Beamten in ein abgelegenes Büro.

Dort angekommen, wurde Gladwell gebeten, seinen Koffer auf den Tisch zu stellen. Eigentlich hatte er keine Bedenken, dies zu tun. Er war nicht so blöd, aus einem so krassen Land wie Thailand etwas hinauszuschmuggeln. Hier wanderte man schon in den Knast, wenn man sich ein bisschen respektlos über die königliche Familie äußerte. Gladwell war schlau genug, keinen Mist zu bauen.
Er sah zu, wie einer der Männer den Reißverschluss seines Koffers aufzog, wobei er vage mitbekam, dass sich der Raum allmählich mit immer mehr Menschen füllte. Außer den vier Männern, die ihn am Check-in-Schalter angesprochen hatten, waren nun noch weitere Zollbeamte und Polizisten anwesend. Allmählich fühlte sich Gladwell unwohl in seiner Haut. Nicht zuletzt, weil er jetzt kein Bargeld mehr hatte, um die Leute mit harter Währung abzufinden.
Der Mann hinter dem Tisch hatte den Koffer geöffnet, und nun kippte er ihn aus. Unter den aufmerksamen Blicken von inzwischen über einem Dutzend Anwesender purzelte der Inhalt heraus. Gladwell war beunruhigt, als er zwischen seinen Hemden und seiner Unterwäsche einen großen, dicken, braunen Umschlag entdeckte, den er nie zuvor gesehen hat-

te. Plötzlich fiel ihm der Polizist in der langen braunen Lederjacke mit den tiefen Taschen wieder ein, der an seinem unbewachten Wagen gestanden hatte, während Gladwell seinen Kollegen schmierte. Jetzt begriff er, dass man ihn reingelegt hatte. Er machte den Mund auf, um zu protestieren, doch im selben Moment hatte der Zollbeamte den Umschlag auch schon aufgerissen und seinen Inhalt auf dem Tisch ausgebreitet. Dort lagen nun ein Dutzend Farbfotos. Sehr zu Gladwells Entsetzen, aber gut sichtbar für alle Umstehenden, handelte es sich um drastisches und unzensiertes fotografisches Beweismaterial seiner Zusammenkunft mit dem Jungen. Er spürte, wie ihm die Schamesröte brennend ins Gesicht stieg, und hatte Mühe, einen Anflug von Übelkeit niederzukämpfen, denn plötzlich wurde ihm klar, wie tief er in Schwierigkeiten steckte.

»Das bin ich nicht«, protestierte er und wurde sich gleichzeitig der angewiderten Blicke der ihn umringenden Beamten bewusst. Er war es eindeutig, und alle Anwesenden wussten es dank der erstklassigen Qualität der Fotos, die besser waren als jeder Augenzeuge. Plötzlich spürte er zahllose Hände an sich, und ihm wurden die Arme auf den Rücken gedreht. Er wehrte sich nicht einmal, denn natürlich hätte es keinen Sinn gehabt. Wie war das nur möglich? Und gerade als Alan Gladwell begriff, dass David Blake irgendwie seine Finger im Spiel gehabt haben musste, fiel ein zweites Päckchen aus dem Koffer auf den Tisch. Es hatte an der Innenseite des Koffers geklebt, ein schwarzes Plastikpäckchen, das aussah wie eine zusammengefaltete Mülltüte. Als die Zollbeamten die äußere Hülle aufrissen, kam eine zweite aus braunem Wachspapier darunter zum Vorschein. Der Beamte zog sein Taschenmesser aus der Tasche, klappte eine Klinge aus und zerschnitt das Wachspapier. Das Päckchen platzte auf, und körniges weißes Pulver ergoss sich über den Tisch. Es musste mindestens ein Kilo sein, und Gladwell hätte den Rest seines nun wertlosen Lebens darauf verwettet, dass es sich um reinstes Heroin handelte.

Er war sicher, dass man ihn reingelegt hatte. Nur David Blake konnte so etwas einfädeln. Wer sonst sollte dahinterstecken, wenn nicht er? Die Hände, die Gladwell nun noch fester packten, drückten ihn mit dem Gesicht auf die Tischplatte nieder, rissen seine Arme noch weiter nach hinten, und dann hörte er auch schon das Klicken der Handschellen. Jetzt gab es kein Entkommen mehr, und das alles nur wegen Blake. Gladwell war sich so sicher gewesen, dass er dank der Kette von Ereignissen, die er angekurbelt hatte, Blake überleben würde; ein solches Ende hatte er nicht vorhergesehen. Er versuchte, sich zu wehren, aber die Zollbeamten zerrten ihn zur Tür. Es waren zu viele, und wegen der Handschellen kam er nicht gegen sie an. Gladwells Beine mussten nachgegeben haben, denn starke Hände packten ihn und hielten ihn aufrecht. Er schrie, alles sei nur fingiert, er habe mit den Drogen nichts zu tun und wolle sofort auf freien Fuß gesetzt werden. Aber er wurde abgeführt. Alan Gladwell wusste, dass seine Situation aussichtslos war.

39

Als Alan Gladwell in Bangkok hinter Schloss und Riegel saß, konnte ich gelassen nach Newcastle zurückkehren und meine Geschäfte zu Ende führen. Der Golfclub war der beste im ganzen Nordosten, was sich auch an den Mitgliedsbeiträgen ablesen ließ. Ich brauchte nur zwei Minuten die Straße runter zum Clubhaus, auf allen Greens wurde gespielt. Ich parkte in der Nähe des Haupteingangs, in einem Bereich, der eigentlich nicht als Parkplatz vorgesehen war, aber ich hatte ohnehin nicht vor, lange zu bleiben.
Die Wände der Bar waren mit Eichenholz getäfelt, und gerahmte Jagdszenen schmückten die Wände. Da hing außerdem eine große Tafel mit den Namen aller ehemaligen Club-Captains, dazu das Jahr, in dem sie den Vorsitz geführt hatten, und eine Vitrine mit alten Silberpokalen. Männer in Blazern standen in kleinen Gruppen zusammen, tranken vor dem Mittagessen Scotch oder Gin Tonic, und der Barmann, der sie bediente, trug eine Fliege. Dies war der Ort, an dem man die besten Chancen hatte, den bekanntesten Sozialisten des Nordostens anzutreffen, wie mir die liebe alte Sekretärin aus seinem Wahlbüro versichert hatte, nachdem ich sie davon überzeugen konnte, dass ich eine dringende Nachricht für Ron Haydon hatte. Und prompt war er da.
Mein Abgeordneter bestellte Getränke für seine Golfkum-

pels, die ein Stückchen weiter weg auf ihn warteten und über dreckige Witze lachten.
Ich ging direkt auf Haydon zu und zeigte ihm die Mappe.
»Was ist das?«, fragte er barsch.
»Unterlagen.«
»Dann habt ihr also eine Akte über mich, oder wie?«, fragte er und baute sich vor mir auf, streckte die Brust raus und zog die Fäuste an, als wollte er mir eine reinhauen.
»Ich bin nur hier, um Ihnen einen Vorgeschmack auf die Geschichte zu geben, die Ende der Woche öffentlich wird. Sämtliche Boulevardblätter werden damit aufmachen. Das wollt ihr doch, ihr Politiker, um jeden Preis auf der Titelseite erscheinen, oder? Nur diesmal wahrscheinlich lieber nicht.«
»Wovon schwafeln Sie?«
Ich reichte ihm die Mappe, und er schnaubte, tat so, als sei ihm der Inhalt völlig gleichgültig, was ihn aber nicht davon abhielt, sie aufzuschlagen und darin zu lesen. Nach der ersten Seite wich die Farbe aus seinem Gesicht, und er blätterte wild in den Dokumenten, die ich sorgfältig zusammengestellt hatte. Er prüfte eines nach dem anderen. Als er schließlich wieder zu mir aufblickte, war er bereits ein geschlagener Mann.
»Wo haben Sie ...«, dann verstummte er. Ich wusste, er würde sich fragen, woher ich diese belastenden Unterlagen hatte. Ich, ein kleiner Gangster aus Newcastle, hatte offensichtlich Zugang zu vertraulichen Papieren eines riesigen US-amerikanischen Konzerns; selbstverständlich hatte ich all das Amrein und seinen folgsamen Journalisten zu verdanken. Sie standen zwar auf Amreins Gehaltsliste, waren aber trotzdem verdammt gut in ihren Jobs. Was sie ausgegraben hatten, war Gold wert. Und man muss schon sagen, Amrein hatte sich nicht lumpen lassen ...

Ich hatte Ron Haydon gerade die Kopie eines Artikels in die Hand gedrückt, den keine Zeitung ablehnen würde. Es ging um Korruption, die Überschrift lautete: »Minister lässt sich kaufen – ehemaliger Staatsminister kassiert Bestechungsgeld vor Abstimmung zum Irakkrieg«.

Ich nickte. »Natürlich lassen sich die Zeitungen eine noch knalligere Schlagzeile einfallen. Mal sehen, was zum Schluss daraus wird. Ehrlich gesagt, ich bin enttäuscht. Angeblich sind Sie doch einer von den Guten, ein Mann des Volkes, einer mit Prinzipien, der sich für die Arbeiterklasse einsetzt. Wer hätte gedacht, dass der rote Ronnie so hohe Summen von einer amerikanischen Firma kassiert, die so rechtslastig ist, dass selbst den Yanks ganz schummrig wird? Sie wissen, dass die CIA, das FBI und die NSA allesamt gegen das Unternehmen ermitteln? Seit Jahren sind die da unten im Irak mit einer eigenen Privatarmee aktiv, erschießen jede arme Sau, die sich ihren Konvois auch nur auf hundert Meter nähert. Die haben mehr Zivilisten auf dem Gewissen als die US Air Force, und von diesen Leuten haben Sie Geld genommen.«

»Das ist gelogen.« Aber seine Stimme brach, und ich wusste, dass er der Einzige war, der log.

»Wissen Sie, ist schon komisch. Als Sie während der Abstimmung umgefallen sind, obwohl Sie monatelang jedem, der's hören wollte, erzählt haben, wie illegal der ganze Krieg sei, fanden wir das alle schrecklich. Ich meine, alle hier oben haben sich für Sie geschämt, aber in der Politik ist so was ja ein alter Hut; ein Politiker opfert seine Prinzipien für das allgemeine Wohl und aus Eigeninteresse. Wir dachten, der Premierminister habe Sie bearbeitet. Und jetzt stellt sich heraus, Sie wurden von einem amerikanischen Bauunternehmen gekauft.«

»Da liegt ein Fehler vor«, erklärte er, »sollte irgendjemand auch nur ein Wort davon drucken, ziehe ich vor Gericht.«
»Finanziell wäre das Ihr Ruin, denn alle werden darüber berichten, und Sie werden verlieren«, versicherte ich ihm. »Das Problem mit den Bestechungsgeldern von amerikanischen Unternehmen ist, dass diese Firmen viel zu bürokratisch sind. Sogar über geheime Transaktionen bewahren die Aufzeichnungen auf. Die an Sie überwiesenen Summen sind irgendwo in den Firmenunterlagen verzeichnet, tief vergraben, aber sie sind da. Natürlich ausgewiesen als Beratungsgebühr oder sonstige Dienstleistungsvergütung, ›Bestechungsgeld‹ steht da ja nicht, aber niemand wird darauf reinfallen. Sie wollen doch nicht erklären müssen, welche Dienstleistung Sie angeblich erbracht, dem Finanzamt dann aber lieber doch nicht gemeldet haben. Ist ja nicht so, dass man derart große Summen einfach übersehen würde. Und wahrscheinlich wird man auch wissen wollen, warum das ganze Geld auf Schwarzgeldkonten geflossen ist.«
»Na schön« – er hob eine Hand, um mich zu unterbrechen – »sagen wir's mal so ...« Er leckte sich nervös über die Lippen. »Sagen wir mal, ich kann meine Unschuld nicht beweisen, ohne dass mein Ruf Schaden nimmt. Schließlich glauben die Leute, was in der Zeitung steht, egal, ob's stimmt, sogar heute noch. Menschenskinder ...« Er verdrehte die Augen angesichts solcher Ungeheuerlichkeit. »So gesehen liegt es im Interesse aller, dass die Geschichte nicht öffentlich wird.«
»Sie meinen, es liegt in Ihrem Interesse.«
»Im Interesse der Allgemeinheit, mein Lieber.« Er rang sich ein Lachen ab, obwohl ihm der Schreck in allen Gliedern saß. Durch und durch Politiker, klopfte er mir freundlich auf die Schulter. »Auch in Ihrem«, behauptete er.

»Na schön«, sagte ich, »was schwebt Ihnen vor?«
Er schenkte mir sein Hundert-Watt-Lächeln. »Na ja, erst mal suche ich mir ein neues Hobby« – er lachte wieder – »Sie wissen schon, Fliegenfischen ...« Ich sagte nichts, ließ ihn weitere Angebote machen. »Ich trete von meinem Amt bei der Polizeibehörde zurück; aus gesundheitlichen Gründen oder weil ich mehr Zeit mit der Familie verbringen möchte, der übliche Blödsinn.«
Ich runzelte die Stirn. »Ist das alles?«
»Ich könnte Ihnen ein guter Freund sein. Ich weiß viel und kenne Leute, wichtige Leute. Ich habe Kontakte.«
»Wichtige Freunde?«
»Wichtige Freunde«, pflichtete er mir bei, und Hoffnung blitzte in seinen Augen auf, er hätte endlich einen Draht zu mir gefunden.
»Aber die wollen Sie mir nicht vorstellen, ich bin doch ein Gangster, schon vergessen? Ein Gangster in Ihrer Stadt.«
»Hey, hören Sie, an dem Abend hab ich mich ein bisschen in Rage geredet. Ich hatte was getrunken und wollte mich volksnah geben, da dachte ich, ich halte mal einen Vortrag und jage Ihnen ein bisschen Angst ein, aber ich hab nicht ernst gemacht, nicht so richtig. Sehen Sie, ich bin Realist. In dieser Stadt gibt es keinen größeren Realisten als mich, mein Sohn. Ich weiß, das war immer so und wird immer so bleiben, auch wenn wir beide längst unter der Erde sind.«
»Dann können wir also Freunde werden?«
»Genau das meine ich, Mann«, sagte er, breitete die Arme aus und strahlte mich an, als wäre ich der künftige Schwiegersohn, den er sich insgeheim immer gewünscht hatte.
Ich schwieg lange. Er sah mich erwartungsvoll an, wahrscheinlich klopfte sein Herz irgendwo in seiner Kehle.
»Nein«, sagte ich entschieden.

»Hören Sie mal« – jetzt bettelte er –, »hören Sie mir zu. Ich habe eine Frau und Kinder, du liebe Güte, ich habe sogar Enkelkinder, tun Sie mir das nicht an, tun Sie denen das nicht an. Bitte, ich flehe Sie an.«

Jetzt war es an mir, ihm eine Hand auf die Schulter zu legen. »Du kannst mich mal, Ron«, sagte ich, »du wanderst in den Knast.« Ich ließ ihn an der Bar stehen. Als ich ging, brachen seine Golfclubfreunde wieder in lautes Gelächter aus. Jemand musste noch einen dreckigen Witz erzählt haben, nur Ron lachte nicht.

40

Hätte Ray Fallon einen Hut getragen, würde er ihn jetzt in Händen halten. Für einen Vollstrecker wirkte er recht kleinlaut.
»Was, zum Teufel, willst du?«, fragte Kinane. Er stand auf und machte einen Schritt auf den Mann zu, der ohne Vorwarnung bei uns im Hotel aufgetaucht war. Ich stand neben Kinane und hob die Hand, um zu verhindern, dass er sich gleich hier in der Cocktailbar auf ihn stürzte. Kinane blieb stehen und bedachte mich mit einem stinksauren Blick, aber ich würde nicht zusehen, wie er vor meinen Augen den ganzen Laden zerlegte. Außerdem besänftigte mich das Gebaren des Mannes. Er wirkte sehr ruhig, beinahe unterwürfig. Definitiv sah er nicht aus wie einer, der den weiten Weg gekommen war, um Streit anzuzetteln.
»Ich möchte mit euch reden«, erklärte Fallon leise. »Wenn das geht?« Er richtete die Frage an mich, und ich nickte. Fallon war allein, was gefährlich für ihn war, aber nicht so gefährlich, wie mich überhaupt im Beisein von Zeugen zu besuchen, die Malcolm und Andrew Gladwell von unserer Unterredung berichten konnten. Wenn sie wüssten, dass er mit mir sprach, hätten sie ihn in Stücke geschnitten.
»Lass ihn, Joe«, befahl ich, »wir unterhalten uns gleich hier.« Ich machte Fallon ein Zeichen, mir in eine ruhigere Ecke der

Bar, in der es keine Fenster gab, zu folgen. Hier war es für ihn und uns sicherer. Wir setzten uns, und ich bot ihm einen Drink an.

»Du hast vielleicht Nerven, dich hier blicken zu lassen«, sagte Kinane, »nach allem, was du gesagt hast.«

»Mag sein«, räumte Fallon ein, »aber das war nur geblufft. Das weiß er« – er nickte in meine Richtung – »und du müsstest es auch wissen. Gehört schließlich zum Geschäft.«

Kinane brummte, als ließe sich dagegen eigentlich nichts einwenden. Fallon hatte recht. Er und Kinane waren wie Boxer beim Wiegen vor dem Kampf: Sie warfen einander prüfende Blicke und Unverschämtheiten zu, suchten ihren Vorteil.

»Also, Fallon, warum bist du hier?«, fragte ich.

Er wirkte ein bisschen betreten, als wüsste er nicht recht, wie er es erklären sollte. »Anscheinend hab ich aufs falsche Pferd gesetzt.«

»Kann man wohl sagen«, sagte Kinane, aber ich wusste, dass sie über verschiedene Dinge sprachen. Kinane meinte, wir hätten sowieso gewonnen, und ich bewunderte sein Selbstvertrauen. Fallon bezog sich auf den Charakter des Mannes, in dessen Dienst er bis vor kurzem noch stand.

»Ich denke, man kann dir zugutehalten, dass du keine Ahnung davon hattest«, fühlte ich behutsam vor, und er brauste auf.

»Um Gottes willen, nein«, beteuerte er zornig. Dann verflüchtigte sich seine Wut, wurde von Fassungslosigkeit ersetzt. »Glaubt ihr vielleicht, wir haben gewusst, dass wir für einen Kinderficker arbeiten. Ich meine, der Mann war verheiratet, hat selbst drei Kinder, verdammt noch mal.« Er schüttelte den Kopf. »Da sieht man mal wieder, dass man in niemanden hineinsehen kann. Plötzlich stellt sich heraus, dass er seit Jahren nach Thailand fliegt, kleine Jungs vergewaltigt und dann wieder zu seiner Frau und den Töchtern nach Hause kommt. Die hatten nicht den leisesten Verdacht. Arthur muss sich im Grab umdrehen. Ich meine« – er schüttelte erneut den Kopf – »der alte Arthur hätte niemals einen Schwulen geduldet, von einem Kinderficker ganz zu schweigen.«

»Ich kann verstehen, dass dich das anwidert«, erklärte ich, »aber ich weiß nicht so ganz, was ich damit zu tun habe.«

Fallons Augen verengten sich, und er sah mich an. Das war sein großer Moment. Er hätte es nicht so ausgedrückt, aber Ray Fallon war dabei, den Rubikon zu überschreiten. Ich hatte es gewusst, schon als ich ihn durch das Foyer kommen sah.

Ich fand, ich sollte ihn ermutigen: »Was stellst du dir vor?«

»Loyalität ist mir sehr wichtig«, fing er an, und ich wusste, wir mussten uns auf einen Vortrag gefasst machen. Er wollte sich erst mal ein kleines bisschen rechtfertigen, bevor er Gladwell das Messer in den Rücken rammte. »Jahrelang habe ich für Arthur Gladwell gearbeitet und immer gewusst, woran ich bei ihm bin. Wenn er mich gebeten hat, jemanden in die Spur zu setzen, hab ich das getan. Wer bei Arthur aus der Reihe tanzte, wurde kurz und klein gemacht, völlig verdient.« Ich nickte, als wäre ich ganz und gar seiner Meinung, und wahrscheinlich war ich das auch. »Es hieß, er sei ein Spitzel« – er runzelte die Stirn, als sei schon die pure Vorstellung ein Affront –, »aber mir ist diesbezüglich nie etwas zu Ohren gekommen.« Wieder nickte ich. Arthur Gladwell hatte dreißig Jahre lang als Spitzel fungiert. Auf die Art konnte er sich in der Nahrungskette nach oben arbeiten. Er verriet seine Konkurrenten an korrupte Polizisten, diese drückten im Gegenzug bei ihm ein Auge zu und machten keinen Finger krumm, während er Glasgow in Angst und Schrecken versetzte. Fallon hatte sich über all die Jahre was vorgemacht.

»Nach Arthurs Tod sollte Tommy den Laden übernehmen, aber wir wissen ja, wie's gelaufen ist«, sagte er und schwieg. Ich nickte erneut und ließ ihn fortfahren. »Alan schien es anders anzugehen. Er war einer vom alten Schlag, jedenfalls dachten wir das.« Seine Augen verrieten mir, wie sehr er in Bezug auf Alan mit sich selbst im Widerstreit lag. »Was du über den Sandyhills Sniper gesagt hast, hat mich nachdenklich gemacht. Erst wollte ich's nicht glauben. Wenn man für jemanden arbeitet, will man das Schlechte nicht wahrhaben, aber jetzt glaube ich, dass du den Nagel auf den Kopf getroffen hast. Ich glaube, er hat tatsächlich jemanden bezahlt, damit er alle die Leute umbringt, nur um an den einen Polizisten ranzukommen.«

»Ich weiß ganz sicher, dass es so war«, versicherte ich ihm. Fallon erinnerte an einen Mann, der eines Morgens aufwacht und begreift, dass seine Frau mit allen seinen Freunden geschlafen hat. Früher hatte er sich geweigert, etwas anderes als nur das Allerbeste in Alan Gladwell zu sehen, und jetzt im Rückblick fiel ihm ausschließlich Schlechtes auf.

»Ja«, sagte er, »und jetzt kommt er nicht mehr zurück. Ich und meine Jungs, na ja, wir stehen ganz schön bescheuert da.«

»Kann ich mir vorstellen.«

»Ich meine, nur weil Arthur die Geschäfte regeln konnte, heißt das noch lange nicht, dass seine Söhne es genauso gut hinkriegen. Tommy nicht, Alan nicht und die anderen beiden ...« Er verschränkte die Arme: »Ich kann's mir jedenfalls nicht vorstellen.« Dann sah er mich bedeutungsvoll an. Interessant fand ich die Formulierung »ich und meine Jungs«. Er

sprach also auch für die anderen, anscheinend hatten sie ihn beauftragt und vorgeschickt.
»Vielleicht jemand mit mehr Erfahrung?«, fragte ich. »Jemand, der über fünfzehn Jahre lang Arthur Gladwells rechte Hand war und die Stadt in- und auswendig kennt?«
Er schnaubte: »Du verarschst mich nicht, oder? Das Problem ist, für eine Übernahme braucht man Geld«, fuhr er fort, »und Arthur war ein alter Geizhals, Gott hab ihn selig. Das Geld liegt fest, und nur seine Söhne kommen da dran. Ich meine, zum Schluss kriegen wir's sowieso … irgendwann …« Ich war froh, dass ich nicht in den Schuhen der Gladwells steckte. Er würde sie vor die Wahl stellen, entweder zu verraten, wie man an das Geld kam, und zu verrecken – oder sehr langsam zu verrecken und trotzdem alles zu verraten, weil sie schnell an den Punkt kommen würden, an dem sie die Schmerzen nicht mehr ertrugen.
»Ich bin sicher, du wirst ein bisschen was für den Übergang brauchen«, sagte ich und nahm seine Frage vorweg. »Ihr habt eine Menge Leute auf euren Gehaltslisten stehen, die Lieferanten wollen bezahlt werden …«
»Ja«, sagte er, »und die warten ungern auf ihr Geld.«
»Nennen wir's einen Überbrückungskredit«, sagte ich, »oder sprechen wir erst gar nicht von einem Kredit.«
Er lächelte vorsichtig. Wir wussten beide, dass er deshalb gekommen war. »Vielleicht eher von einer Teilhaberschaft?«
»Einer stillen Teilhaberschaft«, versicherte ich ihm. »Ich hab hier unten schon genug zu tun.«
»Es geht nicht nur ums Geld«, erklärte er. »Mit den Jungs komme ich klar, die kümmern sich um die Straße, aber wir brauchen Amrein.« Wieder runzelte er die Stirn, als wäre ihm unser gemeinsamer Gewährsmann ein Rätsel.

»Jemand muss ihm das alles erklären. Ich möchte nicht, dass die Euro-Mafia sich meine Stadt unter den Nagel reißt.«
»Überlass das mir«, erklärte ich ihm, »mit Amrein wirst du keine Probleme haben.«
Palmer und Kinane schwiegen, während wir über die Bedingungen im Einzelnen verhandelten. Wir sprachen über den Umfang der Zuwendungen, die ich bereitstellen wollte, und über die Rendite, die ich als Gegenleistung für meine Investitionen erwartete. Fallon wusste, dass er sich in einer prekären Lage befand, weshalb ich gute Konditionen aushandelte, aber keine brutalen, so dass ihm durchaus noch Gewinn bleiben würde. Ein Deal ist nur dann etwas wert, wenn beide Seiten zufrieden sind. Ich wollte nicht, dass mich Fallon allmählich verabscheute und mir schließlich doch ans Leder wollte, nur weil er kapierte, dass ich ihn über den Tisch gezogen hatte.
Zum Schluss sagte er: »Gut«, nickte und stand auf. Dann schüttelte er mir die Hand.
»Ich muss zurück. Hab einiges zu tun.«
»Mit den Gladwells reden.«
»Mal ein Wörtchen wechseln.« Er nickte.
Da wusste ich, dass sie Geschichte waren.

»Super Deal, den du da klargemacht hast«, sagte Kinane, als Fallon gegangen war. »Wenn das glattläuft, sind wir unangreifbar.« Ich sah ihm an, dass er kaum fassen konnte, dass unsere Probleme sich urplötzlich in Luft aufgelöst hatten, und all das nur wegen einer kurzen Unterhaltung in einer Hotelbar in Quayside. Ich war froh. Ich wusste, dass es in letzter Zeit Momente gegeben hatte, in denen Kinane privat und öffentlich an meiner Urteilskraft gezweifelt hatte. Ich brauchte einen Coup wie diesen, damit

Palmer, Kinane und die anderen nicht vergaßen, dass nur ich solche Deals zustande brachte. Meine Leute waren allesamt knallhart, aber keiner von ihnen kam mit Amrein klar oder hätte eine Einigung wie diese mit einer Glasgower Firma erzielt.

Palmer fuhr mich zurück in meine Wohnung. »Mal ein Wörtchen wechseln«, sagte er, als wir im Wagen saßen.
»Was?«
»Das hat Fallon gesagt, als du meintest, er müsse mit den Gladwells reden.«
»Und?«
»Das sagst du sonst auch immer«, erinnerte er mich, »immer dann, bevor jemandem was richtig Schlimmes passiert. Mal ein Wörtchen wechseln«, wiederholte er.
»Zufall«, sagte ich.
»Und überhaupt habt ihr das flott unter Dach und Fach gebracht, den ganzen Deal. Ganz schön glatt lief das.«
»Was willst du damit sagen?«
»Du hast gewusst, dass er heute Abend herkommt, oder?«
»Kann sein.«
»Deshalb haben wir einen so guten Deal bekommen. Du hast dir das alles vorher schon ausgedacht.«
»Größtenteils«, gestand ich, »aber es war nötig, dass er zu uns kommt, damit wir sicher sein können, dass er's ernst meint. Was soll ein Mann wie Ray Fallon denn sonst mit sich anstellen? Glasgow ist voller Feinde, die auf Vergeltung aus sind, und wenn er nicht im Schutz einer großen Firma arbeitet, steht er das nicht lange durch.«
»Hast du ihn deshalb hierher eingeladen?«
»Wie kommst du darauf, dass ich ihn eingeladen habe?«
»Von allein hätte der niemals den Nerv gehabt, alles auf eine

Karte zu setzen, nicht nach dem, was er gesagt hat«, erklärte Palmer, »nicht ohne alles vorher mit dir zu klären.«
»Sagen wir mal, er hat Rauchzeichen gegeben. Ich hab mich in ihn hineinversetzt und überlegt, was ich an seiner Stelle tun würde. Ich glaube nicht, dass er viele Möglichkeiten hatte.«
Die Gladwells waren Geschichte, mit oder ohne Intervention, trotzdem standen wir wieder vor demselben alten Problem. »Jemand muss sich um Glasgow und Edinburgh kümmern, die sind direkt vor unserer Nase.«
»Und es soll jemand sein, den du kennst«, sagte er. »Aber kannst du Fallon vertrauen?«
»Nein«, gab ich zu, »wir können niemandem vertrauen, niemals, deshalb bezahle ich ja dich.«
»Also, wozu dann das ganze heimliche Getue?«, fragte er. »Wieso hast du uns nicht einfach gesagt, dass er kommt?«
»Wegen Kinane.«
»Meinst du, er hätte geblockt?«
»Geblockt?«, fragte ich. »Seit wann erlauben wir Kinane, meine Entscheidungen zu blocken? Nein, ich hatte nur keine Lust, mir ein Jahr lang sein Gemotze anzuhören.«

Drei Tage später fuhr Ray Fallon mit seinem Wagen in die Tiefgarage des Hotels, in dem wir uns getroffen hatten, und ließ ihn dort stehen. Der Kofferraum war unverschlossen. Er wusste, wenn er später dorthin zurückkehren würde, wären zwei große Taschen mit Startkapital darin. Er musste nicht mehr dafür tun, als mir zu garantieren, dass er Glasgow unter seine Kontrolle brachte. Es dauerte nicht lange.
»Die Brüder gibt's nicht mehr«, erklärte er schlicht. Er musste es nicht weiter ausführen. Ich fragte mich, ob die

Gladwells schlau genug gewesen waren, ihm zu erzählen, was er über das von ihnen beiseitegeschaffte Geld wissen wollte. Aber ich hatte meine Zweifel. Wahrscheinlich trauten sie ihren Augen nicht, als sich die alte Crew ihres Vaters gegen sie auflehnte. Egal, wie ihre Antwort ausgefallen war, es würde Monate dauern, bis er das ganze Geld flüssig gemacht hatte. Einiges davon war ohne das entsprechende Passwort, die richtigen Dokumente, Unterschriften und Ausweispapiere ohnehin verloren. Mir konnte das nur recht sein. Es bedeutete, dass Fallon mich brauchte.

»Gut«, sagte ich, »dann machen wir einen Neuanfang. Glasgow ist die Gladwells los. Auf eine neue Ära.« Wir stießen mit unseren Gläsern an und tranken Whisky. Wieder saßen wir in der Cocktailbar, diesmal aber war sie nur halb voll. Wir mussten diskret sein und sprachen daher leise. Ich hatte Kinane nicht mitgenommen, aber Palmer war bei mir. Mit einem Mann wie Ray Fallon wollte ich nicht allein an einem Tisch sitzen.

»Cheers«, sagte er und wirkte entspannt.

»Wenn du ausgetrunken hast, befindet sich das Geld in deinem Wagen. Wenn du mehr brauchst, sag Bescheid. Ich kümmere mich um deine ersten drei Zahlungen an Amrein und sehe zu, dass du genug Arbeitskapital hast, um über die Runden zu kommen.« Ich meinte, damit er seine Lieferanten, Dealer und Vollstrecker bezahlen konnte, ohne dass diese Ärger machten.

»Danke«, sagte er schlicht.

»Noch ein Letztes, bevor du gehst.«

»Hab ich mir gedacht.«

»Ich will seinen Namen«, sagte ich zu Fallon.

Fallon hatte offensichtlich damit gerechnet und lieferte auf der Stelle. Palmer und ich erfuhren endlich, wer uns an Alan Gladwell verraten hatte.

Fallon kippte seinen Drink hinunter und sagte: »Ich geh dann mal.« Er überließ es uns, die Information zu verdauen. Wir sahen einander an, sagten aber nichts. Ich wusste, dass es Palmer genauso dreckig ging wie mir. Nach allem, was wir durchgemacht hatten, war ich starr vor Entsetzen; ausgerechnet er.

Schließlich kam ein Kellner vorbei, Palmer nickte ihm zu, damit er auf uns aufmerksam wurde, und bat ihn um die Rechnung. »Was kostet der Spaß?«, fragte er.

Im Laufe der Jahre habe ich einiges über den Kalten Krieg gelesen. Spione und Verräter haben mich immer fasziniert. Als ich klein war, dachte ich, Agenten wären so was wie James Bond, knallharte Typen, die es den Bösen heimzahlen. Als ich älter wurde, begriff ich, dass es meist die unwichtigen, kleinen Männer waren, die ein so hohes Risiko auf sich nahmen und Geheimnisse an die Gegenseite übermittelten, manchmal für Geld, manchmal wegen einer Frau und manchmal auch wegen der sogenannten gerechten Sache.

Oftmals bezahlten diese Männer mit dem Leben dafür, oder sie bekamen lebenslängliche Haftstrafen aufgebrummt. Manchmal aber kamen sie auch davon und wurden alt. Oft schien das nur eine Frage von Glück zu sein. Und oft wurden sie nur erwischt, weil ein Überläufer die Seite wechselte und ihre Namen mitnahm. Egal, wie schlau oder einfallsreich sie vorgegangen waren, wenn der Mann, für den man arbeitete, selbst überlief, war man erledigt.

Ray Fallon hatte genau das getan. Er gehörte jetzt zu uns, und der Preis für unsere Freundschaft war der Name des Mannes, der den Gladwells Informationen über uns vermittelt hatte: Hunters Adresse, das Townhouse, in dem ich übernachten wollte, und den Namen der Bar, in der Danny abkassieren ging. Das durfte ich nicht ungestraft lassen. Man würde sich um ihn kümmern, und es sollte sich herumsprechen, warum. So etwas durfte nicht noch einmal passieren. Ich gab den Befehl noch in derselben Nacht.

41

Wenigstens in einer Hinsicht konnte Toddy gelassen bleiben. Es hatte einige Vorteile, zu Bobby Mahoneys Firma zu gehören. Zunächst mal legte sich niemand so schnell mit einem an. Die Freaks, die Schwulen und die Irren ließen einen in Ruhe. Männer, die einen normalerweise schikaniert oder gepiesackt hätten, machten einen weiten Bogen um einen und drangsalierten Schwächere.
Außerdem kam Toddy in den Genuss kleiner Vergünstigungen. Im Moment mochten sie noch ein schwacher Trost sein, doch wenn die Erinnerung an die Freiheit allmählich verblasste, würden sie zwangsläufig an Bedeutung gewinnen. Der größte Vorzug war vielleicht, dass man allein duschen durfte. Alle anderen mussten sich anstellen und duschten in Gruppen. Man hatte nur wenige Minuten Zeit, sich zu waschen, und war zu allem Überfluss auch noch sehr nervös, denn in einem Gefängnis wollte man alles Mögliche sein, nur nicht nackt. Dann schlurfte man wieder mit allen anderen hinaus und musste tagelang warten, bis man die Räumlichkeiten erneut nutzen durfte. Toddy wurde dagegen vor allen anderen reingelassen. Der Schließer Hinds wurde dafür bezahlt, dass er ihn ein bisschen früher aus dem Freizeitbereich abholte und zur Dusche führte, wo Toddy sich dann Zeit lassen konnte. Oft blieb Toddy zwanzig Minuten oder länger unter der Brause, bis Hinds

nervös wurde und meinte, er solle rauskommen, weil die anderen schon unterwegs seien.

Toddy genoss seine kleinen Vergünstigungen in vollen Zügen. Er hatte eine lange Strafe abzusitzen, unter anderem auch, weil er den Mund gehalten hatte. Eine gewisse Grundversorgung zu sichern war das mindeste, was David Blake tun konnte; Unterhalt für Toddys Freundin, Einkäufe für seine Mum, ihre Rechnungen bezahlen, ein bisschen Geld für Toddy selbst, damit er sich besorgen konnte, was man im Knast so brauchte: Bücher, Zigaretten und natürlich Drogen, um die Langeweile abzutöten. Aber viel war das nicht im Vergleich zu dem, was Toddy verloren hatte, und der Verbitterung, die in ihm brannte. Er versuchte, nicht an das Leben zu denken, das er eigentlich draußen führen könnte. Vor allem wollte er sich keine Sorgen wegen Kathy machen, darüber nachdenken, mit wem sie sich gerade traf. Wie lange würde es dauern, bis sie sich von ihm trennte?

Und an allem war David Blake schuld. Toddy machte ihn verantwortlich für die gesamte Zeit, die er in Untersuchungshaft gesessen hatte, und für jeden Tag, den er von jetzt an bis zum Ende seiner Haftstrafe noch würde absitzen müssen. Dabei war Toddy nur ein kleiner Soldat, eigentlich hätte Blake die Strafe aufgebrummt bekommen müssen. Deshalb hatte Toddy auch kein schlechtes Gewissen wegen dem, was er getan hatte. Eines Tages würde er entlassen werden, und sollte er jemals wieder in sein altes Leben zurückkehren – und das hieß auch, Kathy zu überreden, es noch mal mit ihm zu versuchen –, würde er Geld brauchen; sehr viel Geld. Natürlich war der Deal, den er mit Alan Gladwell geschlossen hatte, nicht ganz ohne Risiko gewesen, aber er glaubte nicht, dass Blake jemals dahinterkommen würde. Er war die gesamte Gerichtsverhandlung über fair geblieben,

nicht dass er wirklich eine andere Wahl gehabt hätte, aber er hatte geschwiegen und den Kopf hingehalten. Blake hatte das sehr zu schätzen gewusst, aber jetzt saß Toddy in Durham im Knast, war aus den Augen und aus dem Sinn.
Einer von Gladwells Männern hatte ihn noch in Untersuchungshaft angesprochen, und sie hatten den Deal gleich an Ort und Stelle festgemacht. Toddy war kein Idiot. Er war mit mehreren Kilo Heroin erwischt worden und wusste, dass man an ihm ein Exempel statuieren würde. Das Geld, das ihm die Gladwells boten, sollte eine kleine Kompensation dafür sein, dass er so viele Jahre seines Lebens verlor. Sie versprachen ihm außerdem Schutz und einen Bonus, sobald sie Newcastle im Griff hatten. Er musste nichts tun, als ihnen von Blakes Geschäften zu erzählen; von seinen Häusern, Treffpunkten, Rundgängen und den wichtigsten Männern in seiner Organisation: Palmer, Kinane, Hunter und Danny. Sollte David Blake daran glauben müssen, dann war das nun mal der Preis, der gezahlt werden musste, wollte Toddy sein Leben wieder zurückhaben. Was aus seinen früheren Verbündeten oder der Stadt, in der er gelebt hatte, werden sollte, war ihm jetzt egal. Er war sich sicher, dass ihn inzwischen sowieso alle vergessen hatten, und wahrscheinlich lag Blake längst mit Kathy im Bett.
Also packte Toddy aus. Er erzählte den Gladwells alles über Blakes Organisation, über sämtliche Leute bis hin zu den kleineren Nummern, die nicht gut auf ihre Chefs zu sprechen waren, wie zum Beispiel Billy Warren und Peter Dean – er erzählte, was sie hören wollten: nämlich alles.
Toddy hörte ein Geräusch hinter sich, aber das war nicht weiter beunruhigend. Nur das Gitter am Ende des Gangs. Die anderen waren wohl schon unterwegs zur Dusche. Toddy wollte sich beeilen und sich abtrocknen. Alle wuss-

ten, dass er besondere Privilegien genoss, weil er zu Blakes Crew gehörte, aber allzu deutlich wollte er es ihnen nicht unter die Nase reiben. Besser, er war draußen, wenn sie sich aufstellten.
Toddy schnappte sich das rauhe Handtuch, trocknete sich kurz ab, wickelte es sich eilig um die Hüfte und stieg aus der Dusche. Er hatte recht, die anderen warteten bereits. Da waren vertraute Gesichter: Don Watts, der lebenslänglich einsaß, weil er bei einem bewaffneten Raubüberfall aus Versehen jemanden zu Tode geprügelt hatte; Harry Harris hatte für eine Londoner Firma als Schläger gearbeitet und sich auf Folterungen spezialisiert; schließlich Henderson, der komplett gestört war und wegen einiger Bandenmorde ebenfalls lebenslänglich einsaß, wobei seine Chancen auf vorzeitige Entlassung äußerst schlecht standen. Die meisten Knastinsassen hätten sich vor diesen dreien gefürchtet, aber Toddy spazierte stets hoch erhobenen Hauptes an ihnen vorbei, schließlich stand er ja unter besonderem Schutz.
Seltsam, dass sie nur zu dritt waren. Und wo war eigentlich Hinds? Normalerweise stand er hinten in der Schlange, achtete darauf, dass sich die Männer weiterbewegten, aber heute ließ er sich nicht blicken. Kaum hatte er Watts entdeckt, machte er auch schon wieder kehrt, ging zurück, woher er gekommen war. In dem Moment, als Toddy merkte, dass etwas nicht stimmte, trat Harris auch schon vor und versperrte ihm den Weg. Als Toddy den Mund aufmachen und etwas sagen wollte, trat Henderson einen Schritt auf ihn zu, packte ihn von hinten, presste Toddys Arme hinter seinem Rücken zusammen. Toddy versuchte, sich loszumachen, aber Henderson gab nicht nach. Zu Tode erschrocken, war sein erster Gedanke, dass sie ihn vergewaltigen wollten. Hatten sie vergessen, dass er unter besonderem Schutz stand? Die Gewiss-

heit, dass ihnen eine brutale Vergeltung blühte, wenn sie sich zu dritt an ihm vergriffen, war für Toddy ein geringer Trost. Er machte erneut Anstalten, seine Hände zu befreien, aber Henderson packte ihn nur noch fester.

»Was, zum Teufel, wollt ihr?«, fragte er.

Harris sah ihm ruhig in die Augen und sagte: »Er weiß, dass du der Verräter bist.« Blakes Namen musste er nicht erwähnen, Toddy verstand ihn auch so. Bevor er auch nur ein einziges Wort zu seiner Verteidigung vorbringen konnte, zog Harris die Hand hinter dem Rücken hervor. Darin hielt er eine selbstgebastelte Waffe, eine spitz gefeilte Zahnbürste, die mühelos ins Fleisch schnitt. Toddy drängte mit aller Kraft zurück, wehrte sich gegen Hendersons Griff. Henderson wankte ein wenig, brummte aber nur und erhöhte den Druck auf Toddy, den er jetzt so fest gepackt hatte, dass er sich unmöglich befreien konnte, egal, wie sehr er sich bemühte. Harris ging auf ihn zu, die Zahnbürste in der Hand. Toddy wehrte sich verzweifelt, aber je mehr er sich anstrengte, desto fester packte Henderson ihn.

»Nein«, stieß er hervor, aber Harris stand jetzt direkt vor ihm, und seine Hand schoss ihm entgegen. Toddy spürte eine Männerfaust in der Magengrube, dann den stechenden Schmerz, als sich das Zahnbürstenmesser tief in seine Eingeweide grub. Er schrie vor Todesangst, doch der zweite Stich traf seine Niere und ließ ihn verstummen. Henderson hielt ihn fest, während ihm vier weitere Stiche zugefügt wurden. Die rasiermesserscharfe Spitze des harten Plastiks bohrte sich immer wieder in Toddy, in seinen Magen, seine Brust und schließlich auch in sein Herz. Sein Kopf kippte nach hinten, dann erschlaffte sein Körper. Henderson ließ ihn los, und er fiel auf den Boden.

Als es zu Ende war, kam Watts von seiner Späherposition

zurück. Die drei begutachteten Toddys Leiche, dann stellten sie sich ruhig unter die Dusche und wuschen das Blut ab. Nicht nötig, mit der Tat anzugeben. Warum sollten sie der Gefängnisbehörde die Ermittlungen erleichtern? Außerdem wirkte keiner von ihnen übermäßig beunruhigt. Man kann nur ein Mal lebenslänglich sitzen.
Die drei wurden fürstlich belohnt, ihren Angehörigen wurde Geld geschickt, und sie selbst bekamen großzügige Hafterleichterungen. Nach dem Duschen stiegen sie über den toten Toddy hinweg, achteten darauf, nicht in die Rinnsale aus frischem Blut zu treten.

42

»Was hast du mit Toddys besserer Hälfte vor?«, fragte Kinane. Er saß mir an meinem Schreibtisch im *Cauldron* gegenüber.
»Nichts«, sagte ich, »die von der Gefängnisbehörde sollen ihr erklären, dass er im Streit mit einem anderen Insassen getötet wurde.«
Am Anfang würde Toddys Freundin bestimmt am Boden zerstört sein. Kathy würde eine Untersuchung zu den näheren Todesumständen fordern, sie würde Antworten verlangen, aber keine bekommen. Niemand würde je etwas beweisen können, denn wir hatten die Männer unter anderem auch wegen ihrer Verschwiegenheit ausgewählt. Mit der Zeit würde sie über Toddy hinwegkommen, einen anderen Mann kennenlernen und ein neues Leben beginnen. »Zahl ihr eine Abfindung«, wies ich Kinane an, »irgendeine Pauschale, sprich mit dem Buchhalter. Ich will sie nicht mehr auf der Gehaltsliste haben.« Er nickte, dass er verstanden hatte. Wir wollten nicht, dass sie sich wie Marleys Geist weiter in unserem Umfeld aufhielt, uns ständig an Toddy erinnerte.
»Und seine Mutter?«, fragte er. »Soll ich sie auch von der Liste streichen?« Kinane rechnete damit, dass ich auch Toddys Mutter den Hahn abdrehen wollte, als Strafe für den Verrat ihres Sohns. Wäre es nach Toddy gegangen, wäre ich jetzt immerhin tot. »Sag allen, dass wir das waren«, befahl

ich, »ich will nicht, dass jemand glaubt, wir wären weich geworden. Die sollen wissen, was ihnen blüht.«
»Gut.« Er wirkte ein bisschen betreten.
»Die Frau hat gerade ihren einzigen Sohn verloren«, erklärte ich, »sie ist nicht mehr die Jüngste, und sie wird vor Trauer völlig verzweifelt sein. Wollen wir wirklich, dass sie aus ihrer Wohnung rausmuss? Ewig lebt sie sowieso nicht mehr, oder?«
»Du hast ein großes Herz«, erwiderte er trocken, was seine Art war, mir mitzuteilen, dass er mich für völlig plemplem hielt.

Es war fast vorbei. Ich hatte mich zwar immer noch mit Braddock herumzuschlagen, und auch der Türke hatte immer noch nicht geliefert, aber wenigstens hatte keiner von ihnen hinter den Anschlägen auf mich und meine Leute gesteckt. Das waren die Gladwells gewesen, und die waren jetzt erledigt. Der Rest war Kleinkram, und damit kam ich klar.
Aber ich war müde. Müde auf eine Art, wie man es wird, wenn man ständig am Limit lebt. Ich wollte einfach nur noch etwas essen und schlafen. Ich parkte in der Tiefgarage und stieg aus. Das elektronisch gesteuerte Tor fuhr langsam herum, dann schlug es mit einem lauten metallischen Knall zu. Hier fühlte ich mich sicher.
Ich ging auf die Tür am anderen Ende der Garage zu. Es war still. Der Einfachheit halber parkten wir hier ein paar Wagen, aber ich war der Einzige, der im Moment tatsächlich im Haus wohnte.
Als ich ihn hörte, war er bereits direkt hinter mir, so leise bewegte er sich. Dann hörte ich auch schon das Klicken des Abzughahns. Unglaublich, wie schnell das Gehirn arbeitet,

wenn man in Gefahr ist. Ich wusste sofort, dass ich ein toter Mann war. Ich wunderte mich nicht mal, als ich seine Stimme hörte, ich hatte nur wahnsinnig große Angst.
»Keine Bewegung«, befahl er, »erst wenn ich's sage.« Die Stimme war mir so vertraut. Im Lauf der Jahre hatte ich sie häufig gehört – nur dieses Mal war er es, der die Befehle gab.
»Arme langsam hochnehmen und die Hände auf den Kopf. Keine hastigen Bewegungen, sonst bring ich dich um. Verstanden?«
»Ja.«
»Dann los.«
Ich tat, wie mir geheißen, legte die Hände quälend langsam auf den Kopf, während meine Gedanken rasten. Ich suchte nach Möglichkeiten, aber im Moment schien es keine zu geben. Einen anderen Ausgang, als dass ich eine Kugel in den Kopf bekam, sah ich nicht.
»Wir müssen das nicht machen«, sagte ich, »das weißt du.« Keine Antwort. »Du weißt, dass ich dich bezahlen kann.« Er sagte kein Wort, stattdessen klopfte er mich mit seiner freien Hand ab, erst eine Seite, dann die andere. »Ich bin nicht bewaffnet«, sagte ich, wurde aber ignoriert. Er fand keine Waffe, nur mein Handy. Er nahm es aus der Innentasche meines Jacketts, ließ es auf den Boden fallen und kickte es unter mein Auto.
»Wir nehmen meines«, sagte er.
»Hörst du mir zu?«, fragte ich, aber meine Stimme klang nicht mehr so, als würde sie noch mir gehören. Ich gab mir die allergrößte Mühe, mir meine Gefühle nicht anmerken zu lassen, aber ich hatte Todesangst, und das wussten wir beide. Ich redete weiter vernünftig auf ihn ein, wobei mir aber klar war, dass es nichts nutzte. »Hast du gehört, was ich gesagt habe?«, fragte ich. »Ich kann dich bezahlen.«

Jack Conroy wirbelte mich herum und drückte mir die Waffe direkt ins Gesicht. Er fixierte mich mit durchdringendem Blick, aber seine Augen wirkten wie tot, und ich begriff, warum er mir schon immer unheimlich gewesen war. Aus der Nähe konnte ich direkt in ihn hineinsehen und erkannte, dass er ein Psychopath war. Ich war ihm völlig egal, ich war nur ein Job.
»Das geht nicht. Ist eine Frage der Glaubwürdigkeit. Wenn sich herumspricht, dass man mich kaufen kann, bekomme ich nie wieder einen Auftrag.«
»Aber du bist doch zu mir gekommen«, sagte ich, »hast mir gesagt, dass jemand mich töten will und dass du's nicht machen wirst.«
»Würdest du jemanden im Auftrag von Billy Warren umlegen? So blöd ist niemand. Ich wurde allerdings erneut kontaktiert, und dieses Mal haben sie keinen Hornochsen wie Billy als Vermittler geschickt. Jetzt war's jemand, der wusste, was er tat, und ich kassiere hunderttausend für den Job.«
»Vielleicht weißt du nicht, wer dir die hunderttausend geboten hat, Conroy, aber ich weiß es, und ich weiß auch, dass er dich nicht mehr bezahlen wird.«
»O bitte.« Nicht genug, dass er mir nicht glaubte, er hielt die Behauptung auch noch für eine schlechte Lüge.
»Deine Auftraggeber sind die Gladwells, und die sind erledigt. Deine hunderttausend gibt's nicht mehr, Conroy.«
»Ich werde von einem Vermittler bezahlt, mit dem ich schon seit über zehn Jahren Geschäfte mache.«
»Aber im Gegensatz zu mir kennst du deinen Auftraggeber nicht.«
»Genau«, entgegnete er, »ich weiß nicht, wer mein Auftraggeber ist, aber du glaubst auch nur, dass du's weißt. Dich wollen viele tot sehen, Blake.«

Dann nickte er in Richtung des Wagens, mit dem er gekommen war: »Da rüber!« Er hatte ganz hinten in der Ecke geparkt. Ich erkannte das Auto nicht und kombinierte, dass er es gemietet haben musste.
»Mach den Kofferraum auf und steig ein.« Ich rührte mich nicht. Er drückte mir die Pistole aufs Auge.
»Warum sollte ich?«
»Wenn du's nicht tust, bring ich dich gleich hier um, was es komplizierter für mich macht, und deshalb werde ich dir die erste Kugel in die Eier schießen und die zweite in den Magen, dann rauche ich eine Zigarette, während du dir überlegst, dass es ein Fehler war, nicht auf mich gehört zu haben. Wenn du in den Kofferraum steigst, hab ich's leichter, also mach ich's dir auch leichter.« Ich sah ihn fragend an. »Ein Kopfschuss, sauber und schnell. Keine Schmerzen.« Er machte es mir schmackhaft. »Das ist der beste Deal, den du rausschlagen kannst. Abgesehen davon kenne ich dich. Du denkst, je länger du's hinauszögerst, desto größer ist deine Chance, noch irgendwie aus der Nummer herauszukommen. Also, warum steigst du dann nicht ein, hm?«
Ich ließ langsam und zögerlich die Hände sinken und ging auf den Wagen zu. Dort angekommen, löste ich die Verriegelung des Kofferraums und drehte mich noch einmal zu ihm um. Mit einer Kopfbewegung bedeutete er mir erneut, dass ich einsteigen sollte, und obwohl ich wahnsinnig Schiss hatte, tat ich, wie mir geheißen. Als ich mich hinlegte, sah er noch mal zu mir rein, und einen Augenblick lang dachte ich, er würde mich gleich dort erschießen, doch er schaute mich nur an und knallte den Deckel zu.
Einen Augenblick später hörte ich, wie er die Tür öffnete und wieder schloss, dann fuhr der Wagen an, und ich rollte zur Seite. Ich spürte jede Biegung, als er durch die Seiten-

straßen kurvte. Ich versuchte, möglichst flach liegen zu bleiben, damit ich nicht zu sehr herumgeworfen wurde, vor allem wollte ich nachdenken. Mit den Händen suchte ich den Kofferraum nach etwas ab, das ich als Waffe benutzen konnte, aber ich wusste ganz genau, dass Conroy nicht bescheuert war. Der Kofferraum war leer.

Dann gab es keine Kurven mehr, der Wagen fuhr geradeaus, wir mussten auf einer Landstraße sein. Zwanzig Minuten blieb ich starr und in Todesangst liegen, dachte darüber nach, wie ich Conroy von seinem Vorhaben abbringen oder ihn überwältigen konnte, aber mir fiel nichts ein. Die Angst nahm mir die Luft zum Atmen.

Plötzlich schwankte der Wagen, und ich rutschte herum, er bog abrupt rechts ab, und ich knallte mit dem Kopf an die Seitenwand. Jetzt holperte es wie auf einer Schotterstraße. Ich wurde ordentlich durchgeschüttelt, als Conroy über tiefe Schlaglöcher fuhr. Wohin, zum Teufel, brachte er mich? Es musste eine Farm oder ein Waldstück sein, ein abgeschiedener Ort, den er vorher präpariert hatte und wo mich niemals jemand finden würde. Ich versuchte, die in mir aufsteigende Panik niederzuringen. Ich musste ruhig bleiben, kontrolliert, mir überlegen, wie ich aus der Sache herauskam; aber ich wusste nicht, wie. Conroy war kein normaler Mensch. Mit ihm konnte man nicht verhandeln. Er wollte nur seinen Auftrag erledigen und nach Hause fahren. Herrgott, wie war ich nur in diese Scheiße geraten? Ich wollte nicht glauben, dass es so enden würde, nach allem, was ich durchgemacht hatte. Ich hatte bereits versucht, mich herauszuquatschen, und es hatte nicht funktioniert. Niemand wusste, dass ich hier draußen war. Niemand. O Gott.

Plötzlich hielt der Wagen, und ich hörte ein Knirschen, die Handbremse wurde gezogen. Dann das Knacken des Tür-

griffs. Ich erstarrte und spürte, wie sich der Wagen leicht bewegte. Conroy öffnete die Tür und stieg aus. Wenig später klappte der Kofferraumdeckel auf. Er sah mich ungerührt an.
»Steig aus.«
Ich rührte mich nicht. Ich konnte nicht.
»Los«, sagte er, diesmal bestimmter.
Ich brachte kein Wort heraus. Stattdessen schüttelte ich den Kopf wie ein Kind, das nicht gehorchen will. Ich kam mir so klein vor, war so voller Angst.
Er richtete die Waffe auf mich und redete auf mich ein, ruhig und geduldig. Seine Argumente waren vernünftig: »Steig aus, oder ich schieß dir in den Bauch.«
Ich zwang mich, herauszuklettern, aber bei dem Versuch gaben meine Knie nach, und fast wäre ich hingefallen. Meine Beine gehorchten mir nicht mehr, und ich merkte, dass ich nach Luft rang, als könnte jeder Atemzug mein letzter sein.
»Los.« Er zerrte mich auf die Füße, dann bedeutete er mir mit der Pistole, dass ich über einen schmalen Pfad zu einer Baumgruppe vorangehen sollte. Der Halbmond beschien den Weg, der von dem langen Gras auf beiden Seiten fast vollständig verdeckt wurde, und ich begriff, dass hier sehr lange niemand mehr gegangen war. Gott weiß, wie er dieses Fleckchen gefunden hatte, aber es eignete sich ausgezeichnet. Wenn man hier jemanden um die Ecke brachte, würde er nie gefunden werden. Ich wollte weinen. Gott, Sarah würde ich nie wiedersehen. Ich wollte mit Conroy sprechen, ihm begreiflich machen, dass er mich um ihretwillen gehen lassen musste, aber ich wusste, dass ihm auch das scheißegal sein würde. Er war mit mir mitten ins Nirgendwo gefahren und ließ mich jetzt auf einem Weg vorangehen, der nur an ein einziges Ziel führen konnte. Dort angekommen, würde er

mich erschießen und verscharren. Ich fiel auf die Knie und würgte.
»Steh auf, du Arschloch«, befahl er. Er trat zu und traf mich hinten am Bein. Es tat entsetzlich weh, aber nicht genug, damit ich aufstand. »Los, auf die Füße in zwei Sekunden, sonst mach ich dich hier an Ort und Stelle fertig.«
Irgendwie gelang es mir, mich aufzurappeln. Ich versuchte verzweifelt, Zeit zu schinden. Ich betete um ein Wunder, von dem ich wusste, dass es nicht eintreten würde. Der Wind wehte um uns herum, rüttelte an den Ästen der Bäume. Sie hoben sich wie Wellen, und der Lärm war so laut, dass ich kaum hörte, als er sagte: »Weiter!«
Ich ging so langsam über den unebenen kleinen Pfad, wie ich glaubte, dass er es mir gestatten würde. Ohne den Kopf zu bewegen, ließ ich meinen Blick wandern, suchte verzweifelt nach einer potenziellen Waffe, einem Stein oder einem heruntergefallenen Ast, nur für den Fall, dass er mich eine Sekunde aus den Augen lassen würde. Aber ich ahnte bereits, dass da nichts war. Dafür hatte er schon gesorgt – und Jack Conroy würde ohnehin seine Zielperson keine Sekunde lang aus den Augen lassen, schon gar nicht mich.
Abgesehen davon, würde ich hier nirgendwohin rennen können. Er war direkt hinter mir, und ich würde keine zwei Meter weit kommen, bevor mich die Kugel in den Rücken traf. Jeder Versuch war sinnlos. Immer wieder dachte ich an Sarah. Kein Grabstein würde die Stelle markieren, an der ich lag.
»Noch ein bisschen weiter«, sagte er, »bald ist es vorbei, und du wirst nichts spüren, vorausgesetzt, du machst alles so, wie ich es dir sage.« Womit er meinte, ich würde einen qualvollen Tod sterben, wenn ich es nicht täte.
Ich erwiderte nichts, trottete einfach weiter. Dann entdeckte

ich es. Zuerst sah es aus wie ein dunkles Etwas am Wegesrand, aber als ich näher kam, erkannte ich, was es war: eine tiefe Grube, ein paar Meter abseits des Wegs auf einer kleinen Lichtung, ein Haufen dunkelbrauner Erde direkt daneben. Ich blieb stehen. Und blickte auf mein Grab.
»Nicht stehen bleiben«, sagte er, »weitergehen. Bis an den Rand, dann kniest du dich hin. Mach, was ich dir sage, dann geht's schnell.«
»Fick dich«, erwiderte ich und merkte, dass ich schluchzte. Die Beschimpfung hatte nicht so tapfer geklungen, wie ich es mir gewünscht hätte.
Ich hörte nicht, dass er sich hinter mir bewegte, aber ich spürte die Waffe, die er mir seitlich an den Schädel schlug, so dass ich hinfiel. Ich kippte nach vorn und auf die Seite, ein stechender Schmerz durchzuckte mich.
»Ich sag's nicht noch mal«, kündigte er an und richtete die Waffe auf mich. Ich fragte mich, wie viele schluchzende Männer Jack Conroy an ihre frisch ausgehobenen, anonymen Gräber geführt hatte. »Steh auf, geh da rüber und dann runter auf die Knie.« Allmählich glaubte ich, es sei das Beste, einfach das zu tun, was er mir befahl. Das Endergebnis würde dasselbe sein, und immerhin blieben mir Schmerzen erspart. Ich rappelte mich so langsam wieder auf, wie ich es wagte, wandte mich zur Grube um und ging darauf zu. Mir blieben nur zwei Möglichkeiten: hinknien und mir eine Kugel verpassen lassen oder mich auf ihn stürzen, wobei ich wusste, dass er auf Letzteres vorbereitet sein würde. Ein Mann wie Conroy würde mich mit Leichtigkeit abwehren. Wenn nicht, hätte er sich in seinem Beruf nicht lange halten können. Und hatte er mich erst einmal abgewehrt, würde er mich dafür büßen lassen, würde mir Kugeln in Körperteile jagen, in denen sie möglichst große Schmerzen verursachten.

Viel zu schnell kam ich am Grab an und entschied mich. Ich sank auf die Knie.

»So ist es gut«, sagte er und klang erleichtert, als hätte ich ihm eine beschwerliche Arbeit abgenommen, wobei ich ihn wegen des heulenden Windes kaum hören konnte. Ich blickte zu den Ästen des Baumes vor mir auf und versuchte, an nichts anderes zu denken. Ich sah, wie sie hilflos herumwirbelten und durchgepeitscht wurden. Dann spürte ich den ersten Regentropfen auf dem Gesicht und dachte an Sarah. Zum ersten Mal, seit ich kein kleiner Junge mehr war, betete ich.

Wieder hörte ich das dumpfe Knacken des Abzughahns. »Ist gleich vorbei«, sagte er, und ich hielt die Luft an. Neben dem Grab lehnte eine große schwere Schaufel, aber sie war zu weit weg, als dass ich danach hätte greifen können. Es hatte angefangen, richtig zu regnen, und ich spürte große schwere Tropfen auf meinen Händen und im Gesicht.

Die Bäume schwankten wild hin und her, der Wind hob an, und ich hörte Conroy hinter mir. Ich drehte mich um und merkte, dass auch er sich umgedreht hatte, plötzlich hellwach und angespannt. Dann hörte ich, was er gehört hatte; Schritte. Conroy zielte mit der Waffe in die Dunkelheit, dorthin, woher wir gekommen waren. Er zögerte, als wolle er sein Ziel in der Dunkelheit erst besser in den Blick bekommen. Dann hörte ich einen Schuss und brauchte einen Augenblick, um zu kapieren, dass nicht Conroy geschossen hatte. Erst als ihn die Kugel in die Brust traf und er nach hinten umkippte, flach auf den Rücken, und seine Waffe ins hohe Gras fiel, begriff ich, was geschehen war. Er keuchte und versuchte, auf die Füße zu kommen, aber es gelang ihm nicht. Stattdessen fiel er rückwärts zu Boden, sein Kopf rollte hin und her, und er riss die Augen weit auf in dem ver-

zweifelten Versuch, sich an das Leben zu klammern. Ich starrte in die schwarze Nacht, um zu sehen, woher der Schuss gekommen war, aber da war nichts. Ich konnte absolut nichts erkennen und inzwischen auch nichts mehr hören, weil der Wind jetzt wild am Blattwerk zerrte und es in Strömen goss. Dann allerdings zeichnete sich in der Dunkelheit vor mir eine Gestalt ab. Der Mann hielt eine Waffe im Anschlag. Es war Palmer.
Er sah mich nicht an, ging nur langsam auf Conroy zu, ließ ihn nicht aus den Augen, die Waffe auf den Killer gerichtet. Palmer wartete, bis er nah genug an ihn herangekommen war und Conroy ihn deutlich sah. Er versuchte immer noch verzweifelt, sich wieder aufzurichten, aber es half nichts. Palmer entdeckte die Pistole im Gras, und seine Anspannung schien sich ein wenig zu lösen. Er warf einen kurzen Blick auf mich und sah das Loch in der Erde, dann schaute er erneut den keuchenden und zuckenden Conroy an.
»Blödes Arschloch«, sagte er zu ihm, »jetzt kommst du da rein.«
Ich sah Conroy an den Augen an, dass er Palmer verstanden hatte. Palmer trat einen Schritt vor und feuerte zur Sicherheit zwei weitere Kugeln auf ihn ab.

43

Palmer sagte kein Wort. Er steckte nur die Waffe weg, leerte Conroys Taschen, dann zerrte er die Leiche an den Rand der Grube und rollte sie hinein. Mit der Schaufel in den behandschuhten Händen schippte er Erde darauf, arbeitete unglaublich schnell.
Ich brach auf dem nassen Gras zusammen, blieb dort mit offenen Augen liegen und starrte in den Himmel, aus dem es unerbittlich herabregnete. Meine Energie war restlos aufgebraucht. Ich hatte jegliches Zeitgefühl verloren. Alles, was ich hörte, war Palmer, der vor Anstrengung leise grunzte, während er den Erdhaufen abtrug und auf Jack Conroy schaufelte. Anschließend verschwand er zwischen den Bäumen und kam mit Zweigen und Ästen wieder heraus, mit denen er das frisch aufgeworfene Grab bedeckte. So bald würde wohl niemand hier entlanggehen, und wenn doch, würde die notdürftige Tarnung vermutlich genügen, neugierige Blicke zu täuschen.
Als Palmer zu mir kam, richtete ich mich mühsam auf. Er nahm Conroys Waffe, schraubte den Schalldämpfer ab und verstaute die beiden Einzelteile in den Außentaschen seines Ledermantels. Dann half er mir auf die Beine und schob mich wieder auf den Pfad. Ich kapierte nicht, wie er darauf gekommen war, dass er hier gebraucht wurde. »Wie ...?«, fragte ich.

»Jetzt nicht«, sagte er, und statt einer Erklärung wurde ich erneut unsanft über den zerfurchten Pfad vorwärtsgeschubst. Mein Kopf tat weh, und in meinen Ohren rauschte es, aber ich war am Leben.

Palmer verstaute Conroys Schlüssel im Handschuhfach des Mietwagens und rief einen unserer Leute an, damit er ihn abholte und zur Mietwagenfirma zurückbrachte. Palmer fuhr mit mir in die Stadt zurück. Es dauerte eine Weile, bis ich wieder reden konnte.
Schließlich gelang es mir. »Wie hast du mich gefunden?«
»Hab deinen Wagen mit einem Sender ausgestattet.«
Normalerweise hätte ich ihm jetzt einen Vortrag gehalten, weil er sich meinen Wünschen widersetzt hatte, aber ich wusste, dass jetzt ich statt Conroy im Wald liegen würde, hätte Palmer auf mich gehört. Ich sagte nur: »Versteh ich nicht. Wir sind doch gar nicht mit meinem Wagen gefahren.«
»An seinem war auch einer.« Er sah mich an. »Ich wusste, dass wir ihm nicht über den Weg trauen können, nachdem er bei dir war und freiwillig erzählt hat, dass ihn jemand für den Mord an dir bezahlen wollte.« Er zuckte mit den Schultern. »Ich hab ihm einfach nicht getraut.«
Also hatte mir Palmers Instinkt, sein angeborenes Misstrauen gegenüber allen anderen Menschen, das Leben gerettet. Wäre mein wichtigster Mann auch nur ein halb so zynischer Typ, wäre ich jetzt Geschichte. »Ich kapier's immer noch nicht«, sagte ich, »das war doch gar nicht sein eigenes Auto. Er hat's gemietet.«
Palmer seufzte, als könnte er meine Fragen im Moment wirklich nicht gebrauchen, aber ich wollte eine Erklärung, auch wenn das bedeutete, den Mann zu nerven, der mich gerade eben gerettet hatte und der wahrscheinlich selbst erst

mal verdauen musste, dass er einen anderen ermordet und seine Leiche im Wald vergraben hatte. Jetzt wollte er sich einfach nur möglichst schnell vom Tatort entfernen, bevor doch noch jemand dort auftauchte. »Ich hab deinen Wagen mit einem Sender ausgestattet«, erklärte er, »weil es mein Job ist, dafür zu sorgen, dass du am Leben bleibst, und deine mangelnde Kooperationsbereitschaft hat mich professionell stark eingeschränkt.«

»Schon gut«, lenkte ich ein.

»Conroys Wagen habe ich mit einem Sender versehen, weil ich ihm generell misstraut habe, deshalb habe ich auch Robbie gebeten, ihn im Auge zu behalten. Als sein Wagen zwei Tage lang nicht bewegt wurde, obwohl er nicht bei ihm vor dem Haus stand, hab ich das überprüfen lassen, und wie sich herausstellte, parkte er vor der Filiale einer Mietwagenfirma. Da er mit seinem eigenen Wagen hingefahren war, konnte dieser also technisch gesehen nicht kaputt sein, deshalb dachte ich mir gleich, dass er den Mietwagen für einen Auftrag brauchte, also bin ich abends zu ihm hin, hab ihn vorfahren sehen, hab gewartet, bis er im Bett war, und dann auch einen Sender am Mietwagen befestigt.«

Die meisten, die ich kenne, hätten zu viel Angst, um sich Conroys Haustür auch nur auf eine Meile zu nähern, aber Palmer macht sich obercool an seinem Wagen zu schaffen. Unglaublich.

»Ich hab Robbie und seine Jungs gebeten, jede halbe Stunde nachzusehen. Ein paar Tage lang hat unser Freund vermutlich auf eine günstige Gelegenheit gewartet, um sich an dich ranzumachen, dann bekam ich einen Anruf von Robbie. Der Sender am Mietwagen meldete, dass er keine drei Meter von deinem Wagen gehalten hatte, und zwar in deiner angeblich so sicheren Tiefgarage. Darum müssen wir uns übrigens

kümmern. Conroy ist da viel zu leicht reingekommen, und wenn er's schafft, schaffen das auch andere.« Ein aufmunternder Gedanke. »Kaum hatte Robbie angerufen, hab ich mich schleunigst auf den Weg gemacht, aber du warst schon weg. Robbie hat euch beobachtet, und ich bin hinterher, hat aber eine Weile gedauert, bis ich euch einholen konnte.«
»Kann man wohl sagen.«
»Ich wäre leiser gewesen«, erklärte er, als ginge es um seine Berufsehre, »aber es musste schnell gehen.«
»Ich hab dich nicht gehört.«
»Nein, aber er. Zum Glück konnte ich zuerst feuern.«
Da war wieder das Wort – Glück.
»Palmer?«
»Was?«
»Danke.«
Palmer zuckte mit den Schultern. »Dafür werde ich bezahlt.«
»Ich weiß«, sagte ich, »trotzdem.«
Ich schloss die Augen und ließ mich in meinen Sitz sacken. Erst als wir zurück in der Stadt waren, schlug ich sie wieder auf.
Am nächsten Morgen rief ich Kinane an. »Ich hab mich entschieden«, verkündete ich.

Alle waren da, und ich sorgte dafür, dass Kinane von allen gesehen wurde. Während ich von Tisch zu Tisch ging, Hände schüttelte und in Ohren brüllte, um mich trotz des lauten Stimmengewirrs verständlich zu machen, wich er nicht von meiner Seite. Die Aufregung unter den schwerreichen Geschäftsleuten von Tyneside war fast greifbar; die Männer in ihren Anzügen mit den Fliegen und Kummerbunden sahen aus wie Pinguine und schwitzten im Licht der Scheinwerfer, die den Boxring im Zentrum des Saals hell erleuchteten.

Sie waren vollzählig erschienen, um der Eröffnung unseres neuen sechsstöckigen Fünf-Sterne-Hotels in Quayside beizuwohnen und zur Feier des Tages Zeugen eines vermutlich blutigen Freundschaftskampfes zu werden. Hauptsächlich waren es Männer, aber hier und da wurde das eintönige Schwarz-Weiß auch von einem beige, grün, vielleicht sogar dunkelrot glitzernden Abendkleid am Körper einer fülligen Ehefrau oder einer teuren Geliebten unterbrochen.
Während des Händeschüttelns stellte ich Kinane vor. »Das ist Joe!«, schrie ich über den Lärm hinweg. Er spielte mit, schlug ein, zerquetschte den Leuten beinahe die Hände, und ich bezeichnete ihn laut brüllend als »das Hirn unseres Boxers«, »unseren Trainer«, als »Mann in der Ecke« oder den, der »im Ring alles möglich macht«. »Das ist alles Joes Verdienst!« Und sie merkten sich sein Gesicht. Wie sollte man auch einen Mann wie Kinane vergessen? Die ganzen schwabbeligen Smokingträger aus der Industrie fühlten sich ihm unterlegen. Auch einige der Frauen waren sichtlich beeindruckt von seiner Statur, beäugten ihn von Kopf bis Fuß. Wir ließen uns Zeit, an unsere Plätze zu gelangen, und bis wir endlich dort ankamen, hatte sich Kinane von sämtlichen einflussreichen Persönlichkeiten von Tyneside auf die Schulter klopfen lassen.
Trotz meiner Behauptung, Kinane sei »der Mann in der Ecke«, übernahm »Big Auty« diese Aufgabe. Der silberhaarige Trainer kam noch vor unserem Boxer in den Saal, und Joe und ich setzten uns an unseren Tisch. Einen Ringrichter gab es auch, und nun kündigte er lautstark den Auftritt unseres Mannes an. Kinane sah mich fragend an, und ich sagte: »Noch nicht.«
Mein Handy piepte, schon wieder eine SMS von Simone. »Sehen wir uns später?« Ich ging ihr nicht absichtlich aus

dem Weg, aber verständlicherweise hatte ich in letzter Zeit sehr viel zu tun gehabt. Und da sich bei mir und Sarah wieder alles eingerenkt hatte, konnte ich ein Arrangement mit einer so komplizierten Person wie Simone eigentlich gar nicht mehr gebrauchen. Vieles wäre einfacher gewesen, wenn sie nicht darauf bestanden hätte, weiterhin im Salon zu arbeiten. Anscheinend war sie nicht bereit, Hilfe von mir anzunehmen. Ich ließ das Handy, ohne zu antworten, in der Tasche verschwinden, nahm mir aber vor, sie am Morgen anzurufen.

Ich wartete, bis der Herausforderer, ein tätowierter Stiernacken aus Lewisham, in den Ring gebuht wurde und die beiden Boxer sich einander gegenüber aufstellten, gab Kinane aber immer noch nicht das Signal. Die Kämpfer zogen sich in ihre Ecken zurück, und das Gejohle des Publikums erreichte seinen Höhepunkt, das Licht im Zuschauerraum wurde gedämpft, und eine glamouröse Blondine stieg in den Ring. Die Männerfraktion, die ja den Großteil des Publikums ausmachte, drehte durch. Pfiffe, Rufe, Jubel und Gebrüll wurden immer lauter. Ich wartete, bis sie sich in der Mitte des Rings plaziert hatte, und als sie sich aufrichtete, um ihr Schild mit der Aufschrift »Runde eins« hochzuhalten, nickte ich Kinane unmerklich zu. Er glitt so diskret, wie dies einem Mann von seiner Statur möglich war, vom Stuhl und ging. Ich hatte darauf geachtet, dass unser Tisch in einer eher dunklen Ecke stand. Kinane musste nur wenige Meter zurücklegen, um hinter einem Vorhang zu verschwinden. Ich hätte gewettet, dass niemand im Saal etwas davon mitbekommen hatte. Nicht solange alle noch damit zu tun hatten, die Körbchengröße unseres Bikinimädchens zu erraten, das nun selbstbewusst mit hocherhobenem Schild im Ring umherstolzierte, damit alle mitbekamen, dass es gleich losging.

An den Veranstaltungssaal schloss sich ein Konferenzraum an, den Kinane durchschritt, um unbeobachtet das Gebäude zu verlassen. Das Licht war ausgeschaltet, aber ihm genügten die Straßenlaternen, die durch die Vorhänge schienen. Zielstrebig schritt er über den Teppichboden, erreichte die Brandschutztür und drückte den schweren Metallbügel herunter. Kein Alarm. Dieser war bereits deaktiviert worden und würde später am Abend, nach Kinanes Rückkehr, wieder aktiviert werden. Die Ermittlungsbeamten sollten berichten können, dass an jenem Abend kein Alarm ausgelöst wurde, und falls sie darum baten, würde man ihnen hilfsbereit das bereits am Vorabend aufgezeichnete Material der Überwachungskameras zur Verfügung stellen, das dank Palmers Spezialisten mit dem Datum von heute versehen war.
An der Hotelrezeption war einiges los. Blake hatte darauf geachtet, dass vier Mitarbeiter die Rezeption besetzten und ebenso viele glamouröse PR-Mädchen sich im Foyer aufhielten, die die Gäste vor dem Kampf begrüßt hatten. Sie waren die letzten acht Menschen, die bezeugen konnten, dass sie Kinanes einprägsame Gestalt nicht während des Kampfes durch den Vordereingang hatten treten sehen. Blake hatte sichergestellt, dass auch an allen anderen Ausgängen Zeugen standen; die Küche war voller Köche, das Restaurant mit Gästen voll besetzt, und in der Tiefgarage waren Hoteldiener den VIPs behilflich – und verschafften Kinane nebenbei ein Alibi.
Einzig dem Zufall überlassen blieb das Ergebnis des Kampfes. Für Kinane war nur wichtig, dass dieser lange genug dauerte. Er brauchte Zeit, um den Ort des Geschehens zu verlassen, alles Nötige zu erledigen, zurückzukehren und das Ende mitzuverfolgen. Sein Alibi war hinüber, wenn die Begegnung schon in der ersten Runde mit einem K. o. ende-

te. Phil »The Warrior« Watsons Gegner an jenem Abend war sorgfältig ausgewählt, handverlesen aus einer kleinen Auswahl von Boxern, die in der Lage waren, eine zufriedenstellende Show abzuliefern, deren Schlagkraft einem künftigen britischen Champion aber nicht ernsthaft etwas anhaben konnte. Watson war Kinane und seinem Sponsor David Blake gegenüber unerschütterlich loyal, und da niemand von ihm verlangte, den Kampf zu verlieren, sondern er lediglich das Ende bis zur letzten Runde hinauszögern sollte, wusste Kinane, dass Watson genau das auch tun würde. Er würde um seinen Gegner herumtänzeln, eine Reihe halbherziger Schläge lancieren, dadurch ein paar Punkte machen, ihn aber keinesfalls in die Seile schicken, so dass es aussah, als hätte er große Mühe, ihn fertigzumachen.

Die Zeitungen würden berichten, der Titelanwärter sei hinter seinen Möglichkeiten zurückgeblieben, aber niemand würde sich besonders aufregen, schon gar nicht bei einem Freundschaftskampf. Kinane hatte Watson weisgemacht, es ginge um Geld, und er hatte genickt, als habe er verstanden. Watson vermutete, man habe Tausende auf einen K.-o.-Sieg in der zehnten Runde gesetzt, und er hatte Kinane versprochen, einen solchen zu liefern.

Kinane trat durch die Brandschutztür, zog sie hinter sich zu, passte aber auf, dass sie nicht einrastete. Er schob eine Mülltonne davor, die die Tür blockierte und verhinderte, dass sie aufflog. Aus der Ferne sah sie geschlossen aus, tatsächlich musste er die Tonne aber nur wegschieben und die Tür aufziehen, um heimlich wieder in das Gebäude zu gelangen.

Hinter Kinane wurde ein Motor angelassen, und ein Transporter fuhr langsam durch die Seitenstraße auf ihn zu, hielt am Bordstein. Sein Sohn Chris saß am Steuer, Kevin neben ihm. Kinane zog die Schiebetür auf und stieg ein, dann schloss er sie hinter sich. Sein dritter Sohn Peter reichte ihm eine Tasche, deren Reißverschluss er aufzog. Dann setzte er sich auf den Boden des Transporters, zog Smoking und Fliege aus und packte sie in eine andere Tasche, damit sie später noch schön sauber waren. Schließlich zog er einen übergroßen Overall an und gab den Befehl, loszufahren. Der Transporter fuhr an.

Braddock ließ den großen Mercedes aus der Garage gleiten und begab sich auf seine gewohnte Strecke. Es regnete in Strömen, und die Straßen waren glatt, das Licht der Laternen reflektierte auf den glänzenden Bürgersteigen. Er fuhr zu schnell für das Wetter, aber er dachte nicht daran, vom Gaspedal zu gehen. Er hatte es eilig, in die Stadt zu kommen. Braddock war bedient. Der Tag war kein Erfolg gewesen. Allmählich wurde ihm klar, dass einige aus seiner Crew sogar noch zu dämlich waren, um in Sunnydale mit Dealen Geld zu verdienen. Außerdem beunruhigte ihn David Blakes Reaktion auf den kleinen Raubüberfall. Er hatte damit gerechnet, dass Blake unverzüglich bei ihm aufkreuzen und die Sache mit ihm klären wollen würde, aber anscheinend fehlten ihm die Eier dafür. Er hatte nur eine Nachricht geschickt und das Thema gemieden. Bald würde er Blake verklickern, dass er in Sunnydale nichts mehr zu melden hatte. Die Wohnblocks waren jetzt Braddocks Territorium, und wenn er über die Leute aus Liverpool, mit denen er bereits Gespräche führte, endlich regelmäßige Heroinlieferungen bekam, konnte er sich schon in wenigen Wochen komplett selbständig machen. Trotzdem hatte er nicht damit gerechnet, dass es so einfach sein würde.
Schon bald würde Braddock bekommen, was er wollte: die totale Kontrolle. Seine Zukunft schien jedoch ungewiss, und

er fragte sich allmählich, wem in seiner Crew er eigentlich noch vertrauen konnte. Der Gedanke bescherte ihm ein ungutes Gefühl. Er wusste, er war leicht reizbar – er hatte sogar Suzy eine gescheuert, was vielleicht nicht nötig gewesen wäre. Schon wahr, sie hatte seine Bitte ignoriert, ihm und ein paar von den Jungs Bier aus dem Kühlschrank zu holen, andererseits musste man ihr auch zugestehen, dass sie wegen des holländischen Shits, den er ihr angedreht hatte, ein bisschen neben der Spur war. Als er ihr zum dritten Mal vergeblich befahl: »Hol ... uns ... jetzt ... das ... scheiß ... Bier ... Suzy!«, war ihm der Geduldsfaden gerissen, und er hatte ihr sauber eine über die Fresse gezogen. Sie war nach hinten getaumelt, als hätte ein Schuss sie getroffen, dann war sie zum Kühlschrank gerannt, hatte drei Bier herausgeholt, aufgemacht und den Jungs gebracht. Danach hatte sie sich, Tränen in den Augen, aus der Wohnung geschlichen.
Seit zwei Stunden hatte niemand sie gesehen. Es war das erste Mal gewesen, dass er ihr eine geknallt hatte. So, wie sie reagiert hatte, war es wahrscheinlich auch das erste Mal gewesen, dass sie überhaupt von einem Kerl geschlagen worden war, aber das würde sie lernen müssen. Suzy bekam freie Kost und Logis bei Braddock, außerdem so viel Dope, wie sie rauchen konnte. Als Gegenleistung erwartete er nicht mehr von ihr, als dass sie sich vögeln ließ und ihm ab und zu ein Bier brachte. Das war doch bestimmt nicht zu viel verlangt. Ein Mann wie Braddock konnte schlecht vor den Augen aller selbst zum Kühlschrank gehen und seinen Angestellten Bier holen. Das wären definitiv die falschen Signale. Und wenn sein Mädchen, seine Freundin, nicht spurte, und zwar zackig, war das ein noch viel falscheres Signal.
Anscheinend war sie durch die Siedlung und die Straße runtergegangen, die blöde Schlampe. Allgemein wusste man, dass

Suzy die jüngste Errungenschaft in einer recht langen Reihe von Braddock-Freundinnen war, also würde man sie in Ruhe lassen, auch wenn das hier eigentlich nicht die beste Gegend für einen Spaziergang allein war. Diese Töchter aus gutem Hause konnten manchmal verdammt bescheuert sein, und er nahm sich vor, es das nächste Mal mit einer von der etwas derberen Sorte zu versuchen, die nicht ständig alles hinterfragte, ihn ignorierte oder sich anstellte, wenn sie völlig verdient eine fing. Suzy würde zurückkommen, da war er sicher. Sie stand nun mal auf böse Jungs, und, realistisch gesehen, wo wollte sie überhaupt hin ohne Job, ohne Geld und mit einem Koksbedarf im Wert von hundertfünfzig Pfund pro Tag?

Robbie rief von seinem Prepaidhandy Kinane auf dessen ebenso wenig lokalisierbarem Mobiltelefon an. »Elvis hat das Gebäude verlassen«, sagte er feierlich.
»Rede ordentlich mit mir«, sagte Kinane, »wir sind hier nicht im Film.«
»'tschuldigung«, sagte Robbie. »Fahrzeug gesichtet, unterwegs in östlicher Richtung, wie erwartet stadteinwärts.«
Nicht ganz wie erwartet, dachte Robbie, aber fast auf die Minute pünktlich. Blake hatte einen Schwachpunkt bei Braddock entdeckt. Obwohl er ein harter und skrupelloser Gangster war, besuchte er regelmäßig einmal die Woche seine grauhaarige alte Mutter am anderen Ende der Stadt, und zwar so zuverlässig, dass man die Uhr danach stellen konnte. »Leg dir niemals solche Angewohnheiten zu«, sagte Palmer immer, »sonst kriegen sie dich.« Und er hatte recht. Robbie verfolgte das diebische kleine Arschloch, das Kevin Kinane verprügelt und den Stoff geklaut hatte, und Joe Kinane und seine Söhne konnten es kaum erwarten, die Falle zuschnappen zu lassen.

In den folgenden fünf Minuten ließ Robbie den Überwachungsmonitor nicht aus den Augen, schaltete von einer Kamera zur nächsten, während Braddocks Wagen weiter Richtung Innenstadt fuhr. Dazu lieferte er einen Kommentar, bestehend aus Straßennamen, Pubnamen und sonstigen Eckdaten, so dass sich Joe Kinane vorbereiten konnte.
Gelegentlich, wenn sich Lücken im Netz auftaten, verschwand Braddocks Wagen ein paar Augenblicke, aber Robbie lernte sehr schnell, vorauszuberechnen, wann und wo sein Wagen wieder auftauchen würde. Und Kinane wusste ganz genau, wo sich der Mercedes auf seinem Weg durch die Stadt gerade befand.

Braddock war fast angekommen, als er sie entdeckte. Sie stand ganz allein im strömenden Regen an der Bushaltestelle. Nicht mal einen Mantel hatte sie an. Er fuhr seitlich ran und hielt direkt vor ihr, aber sie reagierte nicht, anscheinend war sie immer noch sauer. Braddock ließ die Scheibe herunter. »Steig ein«, sagte er, und als sie keinerlei Anstalten machte, sich in Bewegung zu setzen, runzelte er die Stirn. »Sei nicht bescheuert, du blöde Kuh, es pisst wie verrückt. Steig ein, hab ich gesagt.«

»Wir haben ihn verloren«, sagte Robbie.
»Was?«
»Das ist seltsam.« Robbie klang, als würde er mehr mit sich selbst als mit Kinane sprechen. »Sein W-W-Wagen ist verschwunden. Er hätte längst wieder auftauchen müssen und ... oh ... warte mal ... ja ... da ist er. Ich h-h-hab ihn.«
»Halt mich auf dem Laufenden«, befahl Kinane barsch.

Phil »The Warrior« Watson umtänzelte seinen Gegner, landete willkürlich hier und da mal einen Treffer. Der Kneipenschläger aus Lewisham wirkte völlig überfordert, aber er war kein Spielverderber und ließ sich erst Kinnhaken verpassen und anschließend von Watson in den Schwitzkasten nehmen, bis der Ringrichter die beiden auseinanderzog. Ein seltsamer Kampf war das. Watson schien seine sonst so berüchtigte Schlagkraft eingebüßt zu haben und seinem unterlegenen Gegner viel zu viel Respekt entgegenzubringen. Als der Gong die dritte Runde beendete, standen beide Männer immer noch.

»Was denn jetzt schon wieder?«, fragte Kinane, den Robbies aufgeregtes Gestammel merklich irritierte.
»Er w-w-weicht von seiner Route ab«, erwiderte der junge Mann nervös. »Er b-b-biegt ab.«
»Scheiße«, erwiderte Kinane. Damit hatte er nicht gerechnet. Palmer hatte Braddocks Wagen mit einem Sender versehen und beobachtet. Er war in den vergangenen Wochen nicht ein einziges Mal von seiner gewohnten Strecke zur Wohnung seiner Mutter abgewichen. »Wo will er hin? Sag schon. Schnell.«
»Jetzt fährt er Richtung Süden. Keine Ahnung, wohin der will, aber wenn er immer noch auf dem Weg zu seiner Mutter ist, hat er sich wohl für die l-l-landschaftlich reizvollere Strecke entschieden.«
Kinane befahl seinem Sohn, den Transporter anzulassen und loszufahren. Er kannte Newcastle in- und auswendig, und die Richtung, die Braddock jetzt eingeschlagen hatte, führte nicht einmal annähernd in den Hinterhalt, den sie geplant hatten.
»Hör gut zu, Robbie. Sag mir jede einzelne Straße, durch die

das Arschloch fährt, und verliere ihn bloß nicht, hast du gehört.«

Ab der siebten Runde wurde gepfiffen. Die Leute hatten eine Superleistung vom besten Boxer des Nordostens seit dem großen Glenn McCrory erwartet, aber immer, wenn er seinen Gegner in die Enge getrieben hatte, schien er urplötzlich sein Selbstvertrauen zu verlieren und zu schwächeln. Die beiden traktierten sich gegenseitig mit kraftlosen Hieben und klammerten sich aneinander wie ein besoffenes Pärchen beim Marathontanz. Jetzt wurden sogar erste Buhrufe laut.

Braddocks Mercedes bog um die Ecke, und er fluchte, als die Ampel an der Kreuzung vor ihm auf Rot schaltete. Das war nicht seine gewohnte Strecke, er war wegen des Mädchens davon abgewichen, aber die Straße hier kannte er gut, jeder kannte sie, und die Ampel war total nervig. Ständig zeigte sie Rot, und es dauerte immer eine Ewigkeit, bis sie auf Grün umschaltete. Er war versucht, einfach darüberzufahren, aber er wollte nicht auffallen, also bremste er ab und hielt.
In dem Moment fuhr der Transporter neben ihm heran. Er konnte den Fahrer nicht sehen und beachtete den Wagen nicht weiter. Dann hörte er ein metallisches Kratzen und drehte sich um.

Kaum hatte der Transporter an der roten Ampel neben dem Mercedes gehalten, gingen alle Türen auf. Joe und Kevin Kinane sprangen heraus und rannten zu Braddocks Wagen. Bevor er reagieren konnte, hatten sie ihre Berettas im Anschlag und auf die getönten Scheiben gerichtet.

Kinane konnte Braddock durch das dunkle Fenster nicht erkennen, empfand es aber durchaus als befriedigend, dass ihn Braddock auf jeden Fall sehen konnte. Tatsächlich sollte Joe Kinane das Letzte sein, das Braddock je sah. Beide Kinanes feuerten ihre Gewehre ab, direkt in die Front- und die Seitenscheibe des Mercedes. Zweimal krachte es ohrenbetäubend, Glas und Metall splitterte. Die Alarmanlage des Mercedes heulte los, verstärkte den Lärm.
Kinane ging auf den Wagen zu und spähte durch die zerborstene Windschutzscheibe – jegliche Befriedigung, die er angesichts Braddocks Tod verspürt haben mochte, war urplötzlich wie weggeblasen, als er nicht eine, sondern zwei Leichen im Autowrack entdeckte.
Kinane erstarrte, konnte kaum glauben, welcher Anblick sich ihm bot. Kevin hatte sich bereits umgedreht und war zurück zum Transporter gerannt. Chris rief seinen Vater, drängte ihn, einzusteigen, bevor es zu spät war. Kinane warf einen letzten Blick auf den angerichteten Schaden und auf die tote junge Frau neben Braddock, dann wandte auch er sich um und rannte zum Transporter.

44

Die letzte Runde war bereits zu zwei Dritteln vorbei, als Big Auty zu mir herübersah und ich nickend mein Okay gab. Er suchte Blickkontakt zu Phil Watson und gab ihm ein unauffälliges Zeichen. Unser Kämpfer verwandelte sich plötzlich in einen anderen Mann, wich mühelos einem Schlag unseres Lewisham-Rowdys aus und verpasste seinem Gegner anschließend nacheinander drei Kopftreffer, woraufhin dieser bewusstlos zu Boden sank. Er versuchte, noch einmal aufzustehen, aber als ihn der Ringrichter auszählte, kniete er immer noch.
Die Leute erhoben sich, um das für unseren Gegner verheerende Finale zu würdigen. Sie trommelten mit den Händen auf den Tischen und trampelten mit den Füßen, während sich Kinane unbemerkt durch den Vorhang schob, an unseren Tisch zurückkehrte und sich wortlos zwischen mich und Palmer setzte. Schließlich fragte Palmer: »Und?« Als er keine Antwort bekam, hakte er nach: »Braddock?«
»GNV«, erwiderte Kinane, wirkte aber ein bisschen fassungslos.
»Hm?«
»*Good Night Vienna*«, sagte Kinane, schien aber keineswegs so gut gelaunt zu sein, wie wir erwartet hatten. Normalerweise lebte er für Nächte wie diese, und genau das war der Grund, weshalb ich ihn unbedingt in meiner Crew brauchte.

»Wie hat er sich gemacht?«, fragte Kinane, bezogen auf Watson, um das Thema zu wechseln.
»Vorbildlich«, sagte ich.
Kinane nickte, als hätte er nichts anderes erwartet, dann griff er nach seinem Bier und nahm einen langen Schluck.
»Was ist, Joe?«, fragte ich.
Zunächst ignorierte er mich, nahm einen weiteren Schluck Bier, dann stellte er das Glas auf den Tisch.
»Gab ein kleines Problem«, räumte Kinane endlich ein. »Er war in Gesellschaft.«
»Was?«
Joe schüttelte den Kopf. »Eigentlich hätte er allein im Wagen sitzen müssen, aber da war noch jemand. Nachdem wir fertig waren, nicht mehr ganz leicht zu erkennen«, fuhr er fort, »aber ich bin sicher, dass es eine Frau war.«
»Gott, verdammt!« Sofort sah ich Suzy vor mir, die blasse kleine Junkiebraut, die bei Braddock war, als wir ihn in seiner Wohnung besucht hatten. Sie hatte zwar ausgesehen, als hätte sie die Reise ins Jenseits längst angetreten, aber dass wir ihr den Rest geben würden, hatte ich nicht geplant.
»Arme kleine Schlampe. Wie ist das passiert?«
»Keine Ahnung«, sagte er mit ausdrucksloser Stimme, als könnte er es nicht fassen. »Die Jungs an den Bildschirmen dachten, er sei allein. Ich weiß nicht, wie das passieren konnte.«
»Wir haben die arme Kleine kennengelernt«, sagte ich gereizt, »das war eine verfluchte Zivilistin.«
»Eine Zivilistin, die's mit einem Dealer getrieben hat, der seinen Großhändler bestiehlt«, sagte Kinane. »Damit will ich nicht sagen, dass sie's verdient hat, aber sie ist nun mal ins Kreuzfeuer geraten. Das ist seine Schuld, nicht unsere.«
Ich wusste, dass Kinane seine Tat zu rationalisieren versuch-

te. Ich konnte mir vorstellen, wie sich das angefühlt haben musste, in den Wagen zu gucken und zu kapieren, dass man gerade unabsichtlich ein junges Mädchen abgeknallt hatte. Ich wusste, dass Kinane ein schlechtes Gewissen hatte, also ließ ich das Thema fallen, auch wenn ihr Tod den Ermittlungsdruck mindestens um das Zehnfache verstärken würde.

An jenem Abend zwang ich mich, zur treibenden Kraft der Party zu werden. Ich lachte laut über den prominenten Comedian, der nach dem Kampf die Bühne betrat, ein fieser kleiner Wichser, der sich über Alte, Dicke und Behinderte lustig machte, angeblich total ironisch, so dass es schon wieder okay war. Ich stand auf, um den Kellner zu bitten, mehr Wein und Champagner zu holen, dann spendete ich großzügig für einen guten Zweck. Die Benefizauktion war der Höhepunkt des Abends. Wir versteigerten fünf Tage bei einem Formel-1-Rennen, Fahrten mit dem Heißluftballon und Trikots ehemaliger Newcastle-Spieler – alles nur, damit niemand daran zweifelte, dass ich meilenweit weg von Braddock gewesen war, als dieser starb.

»In der Siedlung wird's zum Aufstand kommen«, sagte Palmer, als wir alle wieder im *Cauldron* waren, als ob ich das nicht selbst wüsste. Braddocks Leute würden durchdrehen, wenn sie hörten, dass er tot war. Sie würden gegen alle vorrücken, die sie hinter dem Mord vermuteten, und wenn sie die Verantwortlichen nicht fanden, würden sie einfach alles kurz und klein schlagen, einschließlich der Häuser, in denen sie wohnten. Ob es einem gefiel oder nicht, die Polizei würde hinfahren und für Ruhe und Ordnung sorgen – ein paar Stunden lang würden sie einiges aushalten müssen, sich hinter großen Schutzschilden verstecken, während es aus den

Hochhäusern Flaschen auf sie herabregnete. Ihre Vorgesetzten würden zunächst kein allzu rigoroses Durchgreifen befürworten, zumal die Medien jetzt ganz genau hinsahen und der Tod einer »Schlüsselfigur aus dem Milieu« Auslöser der Unruhen war. Einige würden Braddock als eine Mischung aus Ronnie Kray und Jeanne d'Arc beschreiben, als Kämpfer für das unterdrückte Volk in Sunnydale. Wahrscheinlich musste erst ein Polizist ernsthaft verletzt werden, bis die Verantwortlichen Anweisung gaben, die Samthandschuhe auszuziehen und mit Knüppeln einzufallen. Nichts macht einen Polizisten wütender, als sich mit Molotowcocktails bewerfen lassen und tatenlos zusehen zu müssen, wie seine Kollegen ins Krankenhaus abtransportiert werden. Als endlich mit »angemessener Härte« vorgegangen werden durfte, tobten die Kollegen in ihrem gerechten Zorn wie eine Sturmflut durch die Siedlung. Alles und jeder wurde mitgerissen, Unschuldige und Schuldige gleichermaßen.
»Was machen wir jetzt?«, fragte Kinane.
»Nichts«, sagte ich. »Wir halten uns raus. Die sollen erst mal Dampf ablassen. Die Polizei schlägt ein paar Köpfe ein, dann verziehen sie sich wieder in ihre Käfige. Dauert bestimmt noch eine Woche, bis da wieder Ruhe einkehrt.«
»Und dann kommen wir?«, fragte Kinane.
»Nein«, erklärte ich, »dann drehen wir ihnen den Hahn ab. Keine Drogen mehr für Sunnydale, kein Stoff für die Junkies, keine Kohle für die Dealer, die Späher und die Schläger. Und für die Kredithaie auch nicht. Braddocks Leute müssen begreifen, wer ihnen ihre Autos, Frauen und rauschenden Partynächte in der Innenstadt finanziert. Gib ihnen eine Woche, dann drehen die Junkies am Rad, strecken verzweifelt die Hände nach allem aus, was high macht. Noch eine Woche später tanzt die Dealerkonkurrenz aus

den anderen Ghettos an, jede Nacht gibt's Schießereien, die knallen sich gegenseitig ab. Wir tun nichts. Das wird der Weltuntergang. Wir verbreiten nur, dass uns Braddock bescheißen wollte; und wir bestrafen die gesamte Siedlung, indem wir sie auf dem Trockenen sitzen lassen. Mal sehen, wie lange sich Braddocks »Robin Hood«-Image hält, wenn sie ihm die Schuld an der Scheiße geben müssen, in der sie dann sitzen.«

Meine Jungs lauschten aufmerksam, während ich meine Pläne zur Rückeroberung der Sunnydale Estates weiter ausführte. »Einen Monat später fahren wir mit deinen Söhnen und ein paar Leuten aus dem Boxstall hin und sorgen für Ordnung. Wir sprechen mit Braddocks Männern, sagen ihnen, sie werden wieder beliefert, vorausgesetzt, sie spuren und lassen die Finger von unseren Einnahmen. Die Konkurrenz schmeißen wir raus. Eine Woche lang wird das chaotisch, aber den Jungs wird die Arbeit bestimmt Spaß machen.«

»Das denke ich auch«, pflichtete Kinane mir bei.

»Bis es so weit ist, werden sich alle in der Siedlung freuen, euch zu sehen. Ihr reitet als Befreiungsarmee ein, rettet die Pisser vor sich selbst.«

»Gefällt mir«, pflichtete er mir bei.

»Ich sage Sharp, dass er mit seinem Journalisten von der Zeitung spricht. Er könnte als ›Quelle aus dem gehobenen Polizeidienst‹ auftreten und durchblicken lassen, dass die Behörden annehmen, Braddock wurde getötet, weil er ihnen Informationen über rivalisierende Dealerbanden zugesteckt hat. In der Zeitung wird sich das lesen, als sei das ganz toll gewesen und als würde es Braddock ungeheure Sympathien bei der normalen Bevölkerung einbringen.«

»Aber in Sunnydale …«, unterbrach mich Kinane.

»... werden sie ihn für ein Judas-Arschloch halten«, ergänzte Palmer.
»Braddock – ein Spitzel?« Kinane lachte. »Der würde sich im Grab umdrehen. Wahrscheinlich steht er von den Toten auf und verfolgt euch im Schlaf.«
»Der steht nicht mehr auf«, versicherte ich ihm, »einem Toten kann man nicht schaden, und umgekehrt kann er einem ebenso wenig was.«
»Du hast an alles gedacht«, sagte Kinane trocken. »Wie immer.«
»Wenn man in unserer Branche jemanden umbringt, muss man es gleich zweimal tun«, erklärte ich. »Erst tötet man den Mann, dann ruiniert man seinen Ruf. Nur so hört es auf.«

Als sie mich vorluden, wussten sie, dass ich es getan hatte. Natürlich. Die sind ja nicht blöd. Die Polizei weiß in der Regel genau, was los ist. Aber beweisen? Tja, da wird es schwierig.
Man bestellte mich zum Verhör und ließ mich warten. Ich vermutete, sie wussten, dass sie mir die Sache nicht in die Schuhe schieben konnten, nicht mal, wenn sie mich von jetzt bis ans Ende der Zeit mit Fragen bombardierten. Aber antanzen musste ich trotzdem, schon aus Prinzip. Natürlich war mein Alibi hieb- und stichfest, und es kotzte sie an, dass ich Braddock ausgerechnet am Abend einer so bedeutenden Wohltätigkeitsveranstaltung zugunsten von Kindern die Lichter ausgeknipst hatte. Ich vermute mal, am meisten hat sie genervt, dass auch ihr eigener Chief Constable Gast der Show war.
»Können wir uns den üblichen Blödsinn sparen«, fragte Carlton, »und ausnahmsweise direkt zum Thema kommen?«
»Okay«, sagte ich, »es geht um den Strafzettel neulich, we-

gen Falschparkens, oder? Ich hätte schwören können, dass ich ihn bezahlt habe, aber wenn nicht, dann haben Sie mich eiskalt erwischt.«

»Nein«, sagte er sachlich und gab sich die größte Mühe, angesichts meiner Provokation ruhig zu bleiben. »Es geht um den Mord an Frank Braddock, aber ich glaube, Sie wissen das.«

»Frank Braddock?«, fragte ich. »Nein, der Name sagt mir nichts.«

»Ich dachte, wir hätten uns darauf geeinigt, den Blödsinn zu lassen, aber nein«, sagte er übertrieben gequält, »ich muss Ihnen erklären, dass Frank Braddock vergangene Nacht von mindestens zwei unbekannten Attentätern in seinem Wagen erschossen wurde. Sie werden weiter behaupten, dass Sie noch nie auch nur von ihm gehört haben, obwohl er in Wahrheit Ihr erster Mann in den Sunnydale Estates war, und das seit mindestens einem Jahr, wenn nicht länger. Ich nehme an, Sie werden auch gleich behaupten, Sie kennen die Sunnydale Estates nicht, obwohl wir Filmaufnahmen haben, die Sie dort zeigen.«

Aha, sie hatten mich also gefilmt. An sich bewies das gar nichts, und ich wunderte mich, dass er mir überhaupt davon erzählte. »Ich habe mit dem Gedanken gespielt, in Immobilien dort zu investieren«, erklärte ich geduldig, »deshalb wollte ich mir persönlich ein Bild davon machen, ob die Geschichten stimmen, die man so hört. Ich hätte ungern in eine Gegend investiert, die wegen ihrer Kleinkriminalität und Drogenszene berüchtigt ist. Tatsächlich fand ich dann, das Risiko sei es nicht wert.«

»Ah was? Wie interessant.« Er nickte. »Wenn ich Ihnen verrate, dass Braddock gestern Abend um ungefähr zweiundzwanzig Uhr getötet wurde, werden Sie mir gewiss entge-

genkommen und erklären, dass Sie zu dem Zeitpunkt der Eröffnung Ihres Hotels beiwohnten und gemeinsam mit einigen hundert Würdenträgern der Stadt einen Boxkampf verfolgt haben.«
»Mit Ihrem Chief Constable«, rief ich ihm ins Gedächtnis.
Er ignorierte die Bemerkung. »Und ich nehme an, Sie haben das Gebäude zu keinem Zeitpunkt verlassen und können Dutzende von Zeugen benennen, die genau das aussagen werden. Das ist alles schön und gut«, erklärte er, »nur dass es so nicht hinhaut. Wir beide wissen, dass Sie Braddock getötet haben, oder genauer gesagt, töten ließen. Er hat Sie bestohlen und seit Monaten schlecht über Sie geredet. Wir wundern uns nur, dass Sie sich so lange Zeit gelassen haben, ihn aus dem Weg zu räumen.« Er beugte sich ganz dicht an mein Ohr heran. »Wir dachten schon, Sie werden langsam weich, Davey, aber unsere Sorgen waren unbegründet. Ich meine, unter Bobby Mahoney waren Sie noch ein ausgemachter Softie. Aber wie konnten wir nur je an Ihnen zweifeln? Sie haben sich zum echten Verbrecher gemausert.«
»Ja, das ist richtig« – ich seufzte – »ich bin ein Mafioso und arbeite für Don Corleone.«
»Und wenn ich Ihnen verrate, dass in dem Wagen außer Braddock noch eine Frau saß«, sagte DI Carlton leise, »würden Sie mir das glauben?«
Darauf hatte ich gewartet und war vorbereitet. Ich hatte immer noch ein schlechtes Gewissen wegen des Mädchens, aber nüchtern betrachtet hätte sich die kleine Suzy auch wirklich keinen schlimmeren Freund aussuchen können. Ich fand, sie hatte ihr Schicksal in dem Moment besiegelt, als sie mit Braddock in die Kiste stieg. Carlton dachte anscheinend, ich wüsste nicht, dass sie tot war. Er hoffte, ich würde entsetzt ausrufen: »Nein, er war doch allein!«, oder: »Das kann

nicht sein!«, nur um dann theatralisch aufzuspringen und zu schreien: »Ha! Woher wollen Sie das wissen?« Irgendwie so was aus einer drittklassigen Krimiserie.
»Warum sollte ich Ihnen irgendwas glauben?«
»O ja«, fuhr Carlton fort, »sie war schön, wobei sich das jetzt natürlich kaum noch nachvollziehen lässt. Ihr wurde nämlich das Gesicht weggeschossen, und der halbe Kopf fehlt. Wir mussten sie anhand der Kreditkarten in ihrer Handtasche und dem Bild auf einem alten Ausweis identifizieren. Einer unserer Beamten war in ihrer Wohnung und hat ein Foto aus ihrer Zeit an der Uni gefunden. Die hatte Klasse, wirklich. Gott weiß, was sie an Frank Braddock gefunden hat, obwohl ich mir habe sagen lassen, dass er Frauen gegenüber sehr charmant sein konnte. Sie war zur falschen Zeit am falschen Ort. Kam sie Ihnen einfach in die Quere, oder haben Sie Simone Huntington absichtlich getötet? Was hat das arme Mädchen getan, um einen solchen Tod zu verdienen?«
Er hielt inne und wartete auf meine Antwort, und als ich nichts sagte, runzelte er die Stirn. »Was ist los, Blake? Sie schämen sich doch nicht etwa? Das kann ich mir nicht vorstellen. Sie haben kein Herz, um so etwas wie Scham zu empfinden. Ihren Leuten ist doch scheißegal, wen sie abknallen.« Er drehte sich zu mir um und legte erneut die Stirn in Falten. Ich war noch dabei, die Information zu verdauen. Dann machte DI Carlton etwas Seltsames. Er lächelte.
»Das hat er nicht gewusst«, triumphierte er. »Seht euch sein bescheuertes Gesicht an. Er hat's nicht gewusst!« Er schüttelte verwundert den Kopf. »Na, wie ist das? Sie sehen aus, als hätte Ihnen jemand einen Schlag in die Magengrube verpasst, Mr. Blake. Ist Ihnen übel?«
»Sollen wir Ihnen einen Eimer bringen, Mr. Blake?«, schalte-

te sich jetzt auch Carltons Detective Sergeant höhnisch grinsend ein. »Wir wollen doch nicht, dass Sie sich Ihre teuren Schuhe schmutzig machen.«
Carlton war noch nicht fertig. »Was ist los? Ist Frank Braddocks Ex aus Versehen ins Kreuzfeuer geraten? Wollen Sie uns erzählen, Ihre Leute haben Scheiße gebaut und nicht nur Braddock, sondern überflüssigerweise auch noch ein Mädchen erschossen?«
»Sie wirken mitgenommen, Mr. Blake«, fügte der DS an. Die beiden hatten Spaß. »Stimmt es Sie kein bisschen reumütig, dass Sie den Tod eines vollkommen unschuldigen Mädchens zu verantworten haben?«
»Wollen Sie uns vielleicht etwas sagen?«, drängte Carlton. »Nur zu.« Ich fasste mich, bevor ich erwiderte: »Ich habe Ihnen nichts zu sagen, gar nichts.«

45

Nachdem ich erfahren hatte, dass Simone in dem Wagen war, glaubte ich ein paar Tage lang, wahnsinnig zu werden. Ich verließ mein Hotelzimmer nicht. Je länger ich über alles nachdachte, desto mehr hatte ich das Gefühl, mir würde der Schädel explodieren. Ich fing sogar an, dem Gott, zu dem ich bete, die Schuld an meinem Pech zu geben. Was, zum Teufel, hatte ich verbrochen, fragte ich ihn und mich. Ich hatte doch nie etwas anderes als immer nur das Beste gewollt, für meine Familie, für meine Freunde, für die Leute, die von mir abhängig waren. Alles, was ich tat, tat ich für sie. Und das war der Dank. In Gedanken spielte ich immer wieder die letzten Sekunden in Simones Leben durch. War sie sofort tot, oder musste sie leiden? Hatten die Kugeln wirklich ihr hübsches Gesicht zerfetzt, wie DI Carlton behauptete? Hatte sie Angst? Hatte sie geschrien?
Ich durchlebte einige düstere Tage, das kann ich wohl behaupten, aber schließlich wurde mir klar, dass ich keine Schuld daran trug. Ich hatte Kinane nicht befohlen, sie umzubringen. Sie hatte sich nur den falschen Moment ausgesucht, um sich zu Braddock in den Wagen zu setzen. So einfach und traurig ist die Geschichte von Nenn-mich-Tanja. Sie hatte mir nie verraten, dass er der Kerl war, der sie so fertiggemacht hatte, also woher hätte ich wissen sollen, dass sie ausgerechnet in jener Nacht bei ihm sein würde? Ver-

dammt noch mal, ich hatte sie retten wollen. Warum verliebte sich eine Frau wie Simone in einen Mann wie Braddock? Was hatte sie bloß in ihm gesehen, abgesehen von der Gefahr – der Gefahr, die sie zum Schluss alles gekostet hat?
Es gab eine Phase, in der ich so oft an Simone und den armen Danny dachte, dass ich glaubte, mein Gehirn müsse aussetzen, aber irgendwie rettete ich mich über den Tiefpunkt hinweg und machte weiter. Was hatte ich auch sonst für eine Wahl? Noch immer sind so viele Leute von mir abhängig und darauf angewiesen, dass ich die richtigen Entscheidungen treffe. Ich kann mich nicht einfach ausklinken. Wenn ich es täte, würde alles um mich herum zusammenbrechen.

Simones Bild tauchte in allen Zeitungen auf, was kein Wunder war, denn sie war jung, schön und ein tragisches Opfer. Überall waren Artikel über sie erschienen, aber anscheinend wusste niemand so genau, wie man sie bezeichnen sollte. Einige sprachen von einer intelligenten, gebildeten, jungen Frau, die sich unerklärlicherweise auf einen Mann eingelassen hatte, von dessen geheimem Doppelleben sie nichts geahnt hatte. Um diese These zu stützen, wurden Berichte einer Freundin veröffentlicht, die behauptete, sie habe ihn für einen Bauunternehmer gehalten. Andere brachten düstere Reportagen über die Gefahren der Drogensucht und glaubten sich damit auf der sicheren Seite, da einem Tote keine Verleumdungsklagen anhängen können. Sie bezogen sich auf anonyme Quellen, denen zufolge Simone auf den Toiletten von Nachtclubs und teilweise auch ganz offen in Bars Koks geschnupft haben soll, was eindeutig reiner Blödsinn war. Ich meine, Simone war ein bisschen Koks hier und da durchaus nicht abgeneigt, aber sie hätte es sich niemals in der Öffentlichkeit reingezogen.

Ihr Vater wurde ausführlich mit dem Wunsch zitiert, eine nach ihr benannte, wohltätige Stiftung ins Leben zu rufen. Der Simone-Huntington-Fonds sollte beträchtliche, von ihrem Vater und anderen Geldgebern gespendete Summen jungen Männern und Frauen zur Verfügung stellen, um ihnen aus der Sucht zu helfen. Experten und Betroffene würden Schulen besuchen, um Kinder davon zu überzeugen, dass man von Drogen am besten die Finger ließ. »Vielleicht«, wurde ihr Vater zitiert, »ist meine Tochter Simone dann nicht umsonst gestorben.« Nicht lange nachdem ich den Artikel gelesen hatte, erhielt ich einen Anruf von Palmer. »Sie ist da«, sagte er, und ich konnte die Erleichterung in seiner Stimme hören. »Die Lieferung ist endlich angekommen.«
»Gut«, sagte ich und legte auf. Es sah aus, als müssten wir den Türken doch nicht töten. Die Dürreperiode war vorbei.

Die Verhandlung gegen Ron Haydon begann und ging bemerkenswert schnell über die Bühne. Er war eine Schande für die ganze Region und für seine Partei, besonders für diejenigen, die ihn unterstützt oder in den vergangenen neunundzwanzig Jahren für ihn gearbeitet hatten. Alle sagten sich von ihm los oder gegen ihn aus. Alle wollten die unschöne Affäre einfach nur hinter sich lassen und ihn nie wiedersehen.
Ron Haydon ließ sich überzeugen, dass es unter den gegebenen Umständen möglicherweise besser sei, auf schuldig zu plädieren. Die in den Medien befragten Juristen waren einhellig der Ansicht, dass er ein bis zwei Jahre Gefängnis bekommen würde.
Der Richter akzeptierte sein Schuldeingeständnis und hielt einen langen Vortrag über die Schwere seiner Vergehen,

führte langatmig aus, dass er damit nicht nur gegen geltendes Gesetz verstoßen, sondern auch das Vertrauen seiner Wähler missbraucht habe, weil man doch von ihm als Parlamentsabgeordnetem eine »weißere als weiße« Weste erwarten dürfe. Daraufhin musste ich grinsen, da die meisten meiner Bekannten glaubten, Politiker seien ohnehin ausschließlich aus eigennützigen Gründen in ihren Jobs tätig. Sie lügen ihr gesamtes Berufsleben hindurch, nur um nicht der offiziellen Parteipolitik widersprechen zu müssen, und vergraben ihre Schnauzen so tief in den Futtertrögen, dass es ein Wunder ist, dass sie nicht an ihrer eigenen Gier ersticken.

Ron wurde erklärt, dass eine Freiheitsstrafe so gut wie unvermeidlich sei, und anschließend wurde er auf Kaution entlassen. In Begleitung seiner Frau und seines Sohnes durfte er das Gebäude verlassen und einer Schar von Fotografen entgegentreten, die darauf erpicht waren, seinen Niedergang für die Nachwelt festzuhalten. Ich war ebenfalls dort, stellte mich auf die Stufen vor dem Gerichtsgebäude, so dass er mich sehen konnte.

Als er ins Blitzlichtgewitter trat, war es bereits früher Abend, und er bemühte sich, die Treppe möglichst würdevoll hinabzusteigen. Seine Frau klammerte sich an seinen Arm, um ihn zu stützen, was sie einiges an Mut gekostet haben musste, da er mit Fragen bombardiert wurde wie: »Was ist aus dem Geld geworden, Ron?« Diese Fragen ignorierte er ebenso geflissentlich wie die Sticheleien nach dem Motto »What did you do Ron-Ron-Ron-De-Doo-Ron-Ron?«. Die Scham und Schande konnte man ihm allerdings am Gesicht ablesen. Fotografen knipsten, als könnte er sich plötzlich in Luft auflösen und sie um die morgige Titelseite bringen. Er hatte die halbe Strecke bereits zurückgelegt, als er mich entdeckte. Ron hielt inne, sah mich an und klappte den Mund auf, als wolle er etwas sagen, dann überlegte er es sich anders, nickte mir unmerklich zu und ging weiter. Ein deutlicheres Eingeständnis seiner Niederlage hätte ich mir nicht vorstellen können.

Auch Detective Sergeant Wharton kam auf die Titelseite. Der Polizist, der sich für den Ausfall der Überwachungskameras in Quayside hatte bezahlen lassen, damit ich ohne Filmmitschnitt abgeknallt werden konnte, erlitt eines Morgens einen gehörigen Schrecken, als er einen Anruf von der BBC und mitgeteilt bekam, dass er Thema der Panorama-Sendung am Abend sein würde. Anscheinend gehörte er zu einer kleinen Gruppe von Detectives im Nordosten Englands, die Gelder von Verbrecherfürsten kassiert hatten, deren prominentester Boss ehemals in Glasgow agiert hatte, jetzt allerdings in Thailand im Gefängnis saß.
Bei der BBC ist man gründlich. Kaum hatten sie den Tipp mit Wharton bekommen, hatten sie sich an die Arbeit gemacht. Sie fanden Filmaufnahmen, die ihn im vertraulichen Gespräch mit den Gladwells zeigten, wie er ihnen die Hand schüttelte und mit ihnen trank, außerdem gab es Material, auf dem zu sehen war, wie er Geld bei Drogendealern abkassierte, und Telefonmitschnitte von Gesprächen, in denen er sich bereit erklärte, einen Zeugen in einem Mordprozess einzuschüchtern. Um dem Ganzen die Krone aufzusetzen, tauchten außerdem Bilder auf, die von versteckten Kameras aufgenommen worden waren und die DS Wharton Koks schnupfend und in einem schmierigen Club mit einer seiner zahlreichen Geliebten beim Knutschen zeigten. Wharton weigerte sich, mit der BBC zu kooperieren, sprang in seinen Wagen und floh, ließ seine Frau und die beiden Kinder in ihrer Doppelhaushälfte sitzen und fragte sich, was, zum

Teufel, da gerade über ihn hereingebrochen war. Glücklicherweise aber war der Inhalt der Sendung bereits im Vorfeld der Northumbria-Polizei zugespielt worden, die, durch die Anschuldigungen in Verlegenheit gebracht, sich keine weitere Blöße geben wollte, indem sie es versäumte, ihren eigenen Mann festzunehmen. Er wurde gefasst, noch bevor er seine Wohnstraße überhaupt verlassen hatte, und mit der ganzen Bandbreite seiner Gesetzesverstöße konfrontiert. Es ist anzunehmen, dass er mindestens zehn Jahre bekommt.

Meine Besuche bei Danny fielen mir immer schwerer. Schließlich eröffnete ihm der Oberarzt, dass er nie wieder würde laufen können, so dass mir wenigstens das erspart blieb. Auch sprach er mit ihm über seine Verlegung aus dem Krankenhaus in ein Rehazentrum ungefähr sechzig Meilen von Newcastle entfernt. Dort sollte er durch möglichst hartes Training, Physiotherapie und mit Hilfe von allerhand Hightech-Geräten, die elektrische Impulse sendeten, so viel Beweglichkeit wie möglich wiedergewinnen. In Dannys Fall lief dies allerdings auf reine Zeitverschwendung hinaus. Er hatte sich längst aufgegeben.
Kaum hatte ich erfahren, dass er gelähmt sein würde, war ich dem Problem mit Geld begegnet. Ich knauserte nicht. Ich ließ Therapeuten antanzen, die geglaubt haben müssen, es sei ihr Glückstag. Zu allem, was sie mir verkaufen wollten, sagte ich ja und versuchte nie, sie runterzuhandeln. Dann bestellte ich Handwerker, die sich sofort an die Arbeit machten. Ich verlangte, dass zusätzliche Arbeiter eingestellt wurden, und zahlte Prämien für die vorzeitige Fertigstellung, vergewisserte mich aber, dass sie Qualität ablieferten. Pfusch hätte ich nicht geduldet.
Als sie fertig waren, hatte ich das Haus unseres Kleinen

komplett umgebaut. Jetzt gab es alles: Rampen vorn und hinten und einen kleinen Lift, mit dem er in seinem Rollstuhl nach oben fahren konnte. Besondere Duschen auf beiden Stockwerken und Betten, die sich auf Knopfdruck bis auf Bodenhöhe absenken ließen. Ich installierte Plasmabildschirme in jedem Zimmer, ebenso wie alles andere, von dem ich mir vorstellen konnte, dass es ihn amüsierte oder bei Laune hielt.

Als ich fertig war, zeigte ich unserem Kleinen die Bilder vom Umbau. »Danke«, sagte er, als hätte ich ihm die aktuelle Ausgabe der Lokalzeitung mitgebracht. Zuerst ärgerte ich mich ein bisschen. Nicht jeder kommt nach einem Unfall in ein solches Zuhause. Dann rief ich mir vor Augen, was Danny zugestoßen war, einem Mann wie ihm, einem ehemaligen Soldaten, der sich gern in der Stadt herumtrieb, Kneipen besuchte und seine Mädchen und Freunde am liebsten ständig um sich herum hatte. Eigentlich hätte es für ihn gar nicht schlimmer kommen können.

Irgendwann sagte er das, von dem ich wusste, dass er es dachte, und wovor ich mich fürchtete. »Du hättest mich in Ruhe lassen sollen, Bruder. Dann wäre ich jetzt glücklicher.« Er meinte, ich hätte zusehen sollen, wie er sich langsam zu Tode soff, den Rest seines Lebens in zwielichtigen Pubs der Stadt vergeudete. Ohne Job, ohne Freunde und ohne Zukunft. Jetzt erklärte er mir, dass es ihm dann besser ergangen wäre. »Immerhin könnte ich dann noch laufen«, behauptete er. Mir fiel keine Antwort ein.

»Ich kann verstehen, dass du mich im Moment nicht sehen willst, Danny«, sagte ich, »du gibst mir die Schuld.« Er widersprach mir nicht. »Vielleicht zu Recht. Ich lasse dich in Ruhe, aber es gibt ein paar Leute, die du noch kennenlernen solltest.« Dann ging ich ohne ein weiteres Wort durch die

Tür hinaus, zog sie aber nicht zu. Ich wollte sie Danny nicht vorstellen. Ich dachte, es wäre besser, wenn sie das selbst übernahmen.

Sergeant Johnson und Corporal Connelly waren jetzt schon eine ganze Weile aus Afghanistan zurück, aber erst seit kurzem konnten sie akzeptieren, was ihnen widerfahren war. Beide waren Opfer eines USBV geworden, eines unkonventionellen Brand- und Sprengsatzes. »Früher hab ich das für eine Geschlechtskrankheit gehalten«, sagte Corporal Connelly, und da wusste ich, dass er der richtige Mann war. Vor allem aber waren beide ehemalige Fallschirmjäger.

Ich nickte ihnen zu, und sie betrachteten das als Signal, einzutreten; Sergeant Johnson hoppelte auf Krücken, weil ihm in Afghanistan ein Bein weggesprengt wurde, und Corporal Connelly saß im Rollstuhl, weil er gar keine Beine mehr hatte. Sie hatten für ihren Besuch bei Danny extra Uniform angelegt, was mir aus irgendeinem Grund fast die Tränen in die Augen trieb.

»Hallo, Bruder«, rief Corporal Connelly Danny zu, als er ins Zimmer rollte. »Schon okay, wegen uns musst du nicht aufstehen!« Dann lachte er über seinen eigenen Witz. Ich wusste, falls es jemanden gab, dem Danny in seiner Verzweiflung zuhören würde, dann diesen beiden. Sie waren meine letzte Hoffnung.

Ich saß in der First-Class-Lounge in Heathrow und wartete darauf, dass mein Flug aufgerufen wurde. Vor mir lag eine Zeitung aufgeschlagen auf dem Tisch. Darin abgebildet war ein Foto von Alan Gladwell unter der Überschrift »Britischer Kinderschänder erhält hohe Haftstrafe im Bangkok Hilton«.

»Bangkok Hilton« ist der eingängige Spitzname des Bang-

Kwang-Gefängnisses, sechs Meilen außerhalb der thailändischen Hauptstadt. Dort sitzen siebentausend lebenslänglich Verurteilte fünfzehn Stunden täglich zu jeweils zwei Dutzend Mann in ihren Zellen. Als Neuankömmling würde Gladwell die ersten drei Monate außerdem Fußfesseln ertragen müssen.

Der Zeitungsartikel erklärte ihn zum »gemeinen Sextouristen«. Alan Gladwell habe »minderjährigen Jungen aufgelauert, ihnen Geld und Geschenke im Gegenzug für Sex angeboten«, was natürlich stimmte. Der Artikel führte weiterhin aus, er habe außerdem Videos gedreht und mit deren Hilfe die Jungen anschließend auch anderen Männern mittleren Alters aus dem Westen angeboten, sei damit Teil eines gerissenen Pädophilenrings gewesen, der gerade von der königlich thailändischen Polizei gesprengt worden sei. Letzteres war natürlich reiner Blödsinn, ebenso wie die Behauptung, Gladwell habe »am Bangkok International Airport große Mengen Heroin« im Gepäck gehabt, denn das Heroin war natürlich nicht seines gewesen. Pratins Streifenpolizisten hatten es ihm untergeschoben, als sie ihn rausgewunken hatten.

Es war nicht nötig, die Zollbeamten zu bestechen. Tatsächlich machten sie nur ihren Job, und der Tipp, den sie bekamen, stammte von Pratin. Als die Kollegen vom Zoll das Heroin und die Fotos fanden, die Gladwell mit dem Jungen zeigten, räumten sie seinem Fall oberste Priorität ein. Schließlich gelang es ihm, einen Anwalt und die britische Botschaft zu kontaktieren, bei der man ihm steif versicherte, ihm würde die »übliche konsularische Unterstützung« zuteil, die ihm als britischem Bürger zustehe, aber er könne die Vorwürfe doch wohl nicht von der Hand weisen, oder? Immerhin war er auf den Fotos zu sehen, und wenn er sich einer solchen Tat schuldig gemacht hatte, dann war an den anderen Vorwürfen doch sicher auch etwas dran. Wir hatten sehr gutes, überzeugendes Material auf einen USB-Stick gezogen, den Pratin in Gladwells Hotelzimmer »fand«. Als Gladwell verhaftet und unter Anklage gestellt wurde, blieb die gegenüber den thailändischen Behörden zum Ausdruck gebrachte Empörung durchaus verhalten, auch seitens der Männer aus seiner eigenen Firma, die immer noch daran zu knabbern hatten, dass sie seit Jahren für »eine Schwuchtel geschuftet« hatten, wie Fallon sich ausdrückte. Der Mann hatte ganz eindeutig nicht zwischen Sex mit mündigen Erwachsenen und mit minderjährigen Jungen unterschieden. Am verhasstesten sind in Thailand Drogendealer und Kinderficker aus dem Westen, was das Urteil erklärt, das Alan Gladwell aufgebrummt bekam. Zweiundvierzig Jahre Gefängnis. Alle waren sich einig, dass das kranke Arschloch nichts Besseres verdient hatte.

Keiner der verbliebenen Gladwells hätte sich klammheimlich und leise verdrückt.

Deshalb hatte Fallon ihnen weisgemacht, Amrein wolle mit ihnen über die gemeinsamen Pläne zur Verwaltung der Stadt sprechen. Auf dem Weg zu dem Treffen wurden sie in ein Lagerhaus am Rande Glasgows umgeleitet, wo Fallon und seine Leute sie so lange folterten, bis sie verrieten, wo sie ihr Geld gebunkert hatten. Dann wurden sie mit Spitzhacken zu Tode geprügelt und ihre Leichen in den Clyde geworfen, damit alle wussten, dass ab sofort ein Neuer in der Stadt das Sagen hatte.

Uns gehört jetzt die Hälfte der Einnahmen aus dem Drogenhandel in Edinburgh und auch ein beträchtlicher Anteil an Fallons Glasgower Unternehmungen, wobei ich mich dort eher als stiller Teilhaber verstehe. Solange er mir monatlich meinen Anteil gibt, überlasse ich Fallon die Geschäfte – und er wäre blöd, wenn er es nicht täte, denn er weiß, was sonst passiert.

Ich betrachtete das unscharfe Bild von Alan Gladwell und fragte mich, ob ich mir auch nur im Entferntesten vorstellen konnte, wie es sein musste, in seiner Haut zu stecken. Zweiundvierzig Jahre. In einem Knast wie dem Bangkok Hilton konnte er unmöglich so lange überleben, und ich bezweifelte, dass er es überhaupt anstrebte. Schon komisch. Erst wollte er mich tot sehen, und jetzt betete er wahrscheinlich jede Minute eines neuen Tages darum, selbst einen gnädigen Tod sterben zu dürfen.

Epilog

Hua Hin

Kaum sah ich unser Haus und das Gelände vor mir, wusste ich, dass etwas faul war. Normalerweise war das Tor geschlossen, und einer meiner Gurkhas drehte draußen seine Runden, während ein anderer das Gelände hinter dem Zaun abschritt. Heute waren die Tore nicht nur unverschlossen, sondern standen auch noch sperrangelweit offen, und keiner unserer Leibwächter ließ sich blicken. Mein erster Gedanke galt Sarah.
Aber ich hatte keine Zeit, mich zu fragen, ob es eine Falle war. In den vergangenen Wochen hatte ich eine ganze Reihe meiner Feinde ins Gras beißen oder ins Gefängnis wandern sehen, aber es gab immer noch mehr als genug Menschen auf dieser Welt, die sich meinen Tod wünschten. Am leichtesten konnten sie mir weh tun, indem sie sich an Sarah vergriffen. Ich fuhr direkt auf das Gelände.
Als mein Wagen durch das Tor und über die Auffahrt rollte, blickte ich hektisch von links nach rechts und sah niemanden. Wo, zum Teufel, war Jagrit? Wenn er und seine Männer ausgeschaltet worden waren, hatte ich keine Chance. Ich parkte so dicht wie möglich vor der Haustür, sprang aus dem Wagen und lief ins Haus. Ich blieb im Eingang stehen und lauschte. Absolute Stille.

»Sarah?« Ich schrie nicht, sagte nur laut ihren Namen, so dass sie mich gehört hätte, wäre sie im Wohnzimmer oder oben in einem der Schlafzimmer gewesen. Keine Antwort. Mich beschlich ein Gefühl absoluten Grauens. Ich war bereits für Simones Tod verantwortlich und dafür, dass mein Bruder gelähmt war. Wenn Sarah etwas zugestoßen war, wusste ich nicht, was ich tun würde. Vielleicht hatte ich es verdient, sie zu verlieren, aber sie hatte es nicht verdient, zu sterben.

»Sarah?« Dieses Mal rief ich ihren Namen laut genug, dass ihn jeder im Haus hören könnte. Ich rannte die Treppe hinauf, nahm zwei Stufen auf einmal. Ihre Schlafzimmertür stand offen, ich stürzte hinein und fand … nichts. Alles sah ganz normal aus, keinerlei Anzeichen, dass ein Kampf stattgefunden hatte, aber auch von Sarah keine Spur. Mein Gehirn arbeitete auf Hochtouren. Jagrit hatte gemerkt, dass es gefährlich wurde, und sie hatten sich verzogen. Er hatte sich nur nicht die Mühe gemacht, mir davon zu erzählen. Nein, das war unmöglich.

Aber wer hätte Jagrit und seine Männer ohne ein erbittertes Gefecht ausschalten können? Ich rannte wieder die Treppe hinunter und schaute in jedem einzelnen Zimmer nach. Das Wohnzimmer sah aus, als wäre Sarah wenige Minuten zuvor noch dort gewesen, und die Küche war makellos aufgeräumt, abgesehen von einem einzigen, benutzten Teebecher.

Ich ging durch die Haustür nach draußen und zum Pool, aber ich hatte kaum Hoffnung. Sarah hätte meinen Wagen gehört, wenn sie in der Sonne lag, und wäre gekommen, um mich zu begrüßen. Keine Spur von ihr.

Ich ging in den einzigen Raum, in dem ich noch nicht nachgesehen hatte: ins Schwimmbad drinnen. Wenn ich Sarah

dort nicht fand, hatte jemand das Unmögliche möglich gemacht. Jemand hatte alle meine Leibwächter getötet und Sarah mitgenommen.
Ich zog am Griff und schob die Tür auf. Die Jalousien waren heruntergelassen, und es schien nicht viel Licht in den Raum, aber anscheinend war er leer.
Dann entdeckte ich einen undefinierbaren Umriss ganz hinten. Als er sich bewegte, sah ich zu meiner enormen Erleichterung, dass es Sarah war – aber irgendetwas stimmte nicht.
»Sarah?«, rief ich und ging rasch auf sie zu. Sie bewegte sich und drehte sich langsam zu mir um. Als ich näher kam, merkte ich, dass sie geweint hatte. »Was ist los?«, fragte ich und legte ihr meine Hand auf die Schulter. »Wer war das? Erzähl, was passiert ist.« Aber sie schüttelte nur den Kopf, und erneut liefen Tränen.
»Was ist passiert?«, fragte ich noch einmal. »Wo ist Jagrit?«
»Weg«, presste sie heraus, »sie sind alle weg.« Und sie musste die Panik in meinen Augen gesehen haben, weil sie hinzufügte: »Mir geht's gut. Mir hat niemand was getan.«
»Ich versteh nicht«, sagte ich. »Wo sind die Leibwächter?«
»Jagrit und seine Männer hatten gestern Abend so eine Art Dienstbesprechung. Es gab Streit, und die Stimmung kochte hoch. Ich meine, ich hab nicht verstanden, was gesagt wurde, aber es klang nach einem Riesenkrach. Heute Morgen kam dann Jagrit zu mir und sagte: ›Tut mir leid, Missy. Wir müssen gehen.‹ Ich sagte: ›Gehen? Wieso gehen?‹ Aber er meinte bloß: ›Tut mir sehr leid, Missy.‹«
»Ich fasse es nicht.«
»Er hat angeboten, mich nach Bangkok mitzunehmen, aber ohne dich wollte ich hier nicht weg. Ich wusste nicht, was ich machen sollte. Er wollte nicht lockerlassen.« Wut blitzte

in ihren Augen auf, und kurz bekam ich die alte Sarah zu sehen. »Zum Schluss hab ich gesagt: ›Jagrit, verpiss dich, ich fahre nirgendwo hin.‹«
»Hast du eine Ahnung, warum sie gegangen sind?«
»Na ja, sie haben immer wieder gesagt, dass sie nicht mehr für dich arbeiten können«, erklärte sie. »Irgendwas von wegen ihrer Ehre.«
Na toll, dann hatten Jagrit und seine Männer also endlich herausgefunden, in wessen Diensten sie standen, und es hatte eine Art Meuterei gegeben. Dann hatten sie Sarah hier draußen mitten im Nichts allein sitzen lassen.
»Schon okay«, sagte ich, »alles in Ordnung.« Sie wusste, dass ich log. »Pack ein paar Taschen, und zwar schnell«, sagte ich, dann korrigierte ich mich: »Ich meine, keine Panik, aber lass uns nicht länger hierbleiben, ja?« Irgendwie musste Jagrit mitbekommen haben, was in England los war, und jetzt wollten sie nicht mehr für einen wie mich arbeiten.
»Ich bringe uns von hier weg«, sagte ich, woraufhin sich Sarahs Laune schlagartig besserte. Da wusste ich, dass wir nie mehr zurückkommen würden. »Trockne dir die Tränen«, sagte ich. »Ich weiß, dass du Angst hattest hier ganz allein, aber jetzt bist du in Sicherheit.«
»Deshalb hab ich nicht geweint«, erklärte sie. »Ich hab was Blödes gemacht.«
Meine Gedanken fingen erneut an zu rasen. »Schon gut«, log ich, »sag einfach, was du gemacht hast, und ich kümmere mich darum.«
»Kannst du nicht«, sagte sie und schluchzte.
»Erzähl's mir einfach«, drängte ich sie sanft.
»Ich glaube, es lag am Kotzen«, verkündete sie, als ob sie damit irgendetwas erklärt hätte. Ich sah sie nur an und runzelte die Stirn. »Es hat nicht funktioniert, weil mir so schlecht

war. Ich konnte zwei Tage lang nichts bei mir behalten, aber ich hab mir nichts dabei gedacht, es tut mir so leid.«
»Was?« Ich gab mir wirklich die größte Mühe, zu verstehen, worum es ging, aber ich kapierte es einfach nicht. »Was hat nicht funktioniert?«, fragte ich sie. »Sag schon!«
»Die Pille«, sagte sie. »Ich bin schwanger.«

Ich brauchte eine Ewigkeit, um Sarah davon zu überzeugen, dass ich nicht sauer war. Sie hatte wirklich gedacht, ich würde wütend auf sie werden, weil sie so blöd war, aber stattdessen lief ich mit einem Dauergrinsen durch die Gegend.
Ich hatte immer schon irgendwann Kinder gewollt, aber wir hatten keine Eile gehabt, weil sie noch so jung war.
»Bist du sicher, dass du nicht sauer bist?«, fragte sie mich immer wieder. »Bist du sicher, dass du's willst?«
»Ja«, versicherte ich ihr zum tausendsten Mal, »ja, ich will es.«
Wir packten und luden alles in den Wagen. Ich schloss das Haus ab, dann das Tor zum Gelände, und gemeinsam fuhren wir weg; Sarah, ich und der »Hubbel«, wie wir inzwischen ihren Bauch nannten, obwohl man noch gar nichts sah.
Zum ersten Mal seit Monaten verspürte ich so was wie Hoffnung. Wenn diese schreckliche Zeit doch noch ein Gutes gehabt haben sollte, dann das. Sarah würde unser Baby bekommen, und das würde alles verändern.
Einen Augenblick lang, als ich auf das verlassene Gelände gefahren war, hatte ich geglaubt, Sarah verloren zu haben, aber jetzt hatte ich sie wieder, und ich wollte sie nie mehr im Stich lassen. Als sie mir sagte, dass sie schwanger sei, rückte alles wieder ins rechte Licht. Irgendwie passte es. Als könnte ein neues Leben für uns alle einen Neubeginn bedeuten, und ich weiß einfach, dass Sarah die beste Mutter der Welt sein

wird. Sie wird das Kind vergöttern, auch wenn sie glauben wird, dass ich derjenige bin, der es verwöhnt. Da könnte sie recht haben. Ich denke jetzt schon über einen dieser großen Teddies bei Hamleys in London nach, die ganz weichen und richtig teuren, so groß wie ein Fünfjähriger. Aber Sarah sagt, ich soll nicht blöd sein, das Baby wird sich davor fürchten, aber sie lächelt, wenn sie es sagt, und es ist toll, sie wieder so glücklich zu sehen. Sarah sieht toll aus. Ihre Haut ist so rein, und ihre Augen funkeln.
Ich werde dafür sorgen, dass sie und das Baby es gut haben. Ganz bestimmt. Ich brauche nur noch ein bisschen mehr Zeit.
Aber dann wird alles gut, weil Sarah unser Baby bekommt. Bei dem Gedanken muss ich lächeln, wobei mir allerdings gleichzeitig die Luft wegbleibt, weil er mich auch mit Panik erfüllt, und zwar so dermaßen, dass sich das als körperlicher Schmerz im tiefsten Inneren meiner Brust bemerkbar macht. Immer wieder muss ich mir sagen, dass alles gut werden wird. Ich kann stark genug sein für uns alle; für Sarah, für mich und unser Baby. Ich werde stark sein und keine Fehler machen.
Aber ich hoffe, es wird ein Mädchen. Das klingt blöd, aber ich meine es ernst. Wer will schon einen Jungen in eine Welt wie die unsere setzen?

Danksagung

Ich möchte mich bei folgenden Personen für ihre Unterstützung und Freundschaft bei der Arbeit an diesem Buch bedanken: Adam Pope, Andy Davis, Nikki Hurley, Gareth Chennells, Andrew Local und Stuart Britton. Außerdem gilt mein Dank David Shapiro und Peter Day.

Ein ganz großes Dankeschön auch an Ion Mills bei No Exit für die Veröffentlichung von *The Damage*. Ebenso vielen Dank an Alan Forster für die Umschlaggestaltung und an Claire Watts, Chris Burrows, Jem Cook und Alexandra Bolton bei No Exit für ihren unermüdlichen Einsatz. Außerdem an Keshini Naidoo für ihr intelligentes und einfühlsames Lektorat.
Mein ganz großer Respekt gilt dem Team der Literaturagentur Marjacq, insbesondere meinem Agenten Phil Patterson, dessen Zuwendung, Hilfe, Rat und Freundschaft ich sehr zu schätzen weiß. Außerdem danke ich Isabella Floris für ihre Bemühungen im Ausland und Luke Speed, der sich um Fernsehoptionen gekümmert hat. Mein besonderer Dank gilt David Barron und Stevie Lee bei »Runaway Fridge« Productions. Zum Schluss noch ein riesengroßes Dankeschön an meine liebe Frau Alison und meine wunderbare Tochter Erin für ihre Liebe, ihr Vertrauen und ihre Unterstützung, die mir alles bedeuten.

Ein Gangsterthriller wie eine Achterbahnfahrt

Howard Linskey
Crime Machine
Thriller

David Blake hat eine weiße Weste. Soweit man in Newcastle eine haben kann, wenn man als Berater für einen skrupellosen Gangsterboss arbeitet. Als zigtausend Pfund Schutzgeld verschwinden, kommt David jedenfalls reichlich ins Schwitzen. Er hat 72 Stunden, das Geld wieder aufzutreiben – sonst ist er ein toter Mann.

»Ein Dashiell Hammett aus Newcastle –
Thriller des Jahres!«
The Times